陈思和

著

新文学整体观续编

（修订版）

稷下文库

中国教育出版传媒集团
高等教育出版社·北京

作者简介

陈思和

1954年生于上海。复旦大学文科资深教授，中文系博士生导师。

教育部高等学校教学名师奖获得者。

曾任复旦大学人文学院副院长、中文系主任、图书馆馆长等职，

兼任上海市文史研究馆馆员、上海市作家协会副主席，

曾兼任中国作家协会全委会委员、中国现代文学学会副会长、

中国当代文学学会副会长、中国文艺学学会副会长等。

主要研究方向为中国现当代文学、中外文学比较和当代文学批评。

代表作有《中国新文学整体观》《新文学整体观续编》《人格的发展——巴金传》等，

主编教材有《中国当代文学史教程》等，并有《思和文存》（三卷）、《陈思和文集》（七卷）。

著作多次获得上海市哲学社会科学优秀成果奖著作类一等奖、

教育部高等学校科学研究优秀成果奖（人文社会科学）一等奖、鲁迅文学奖等。

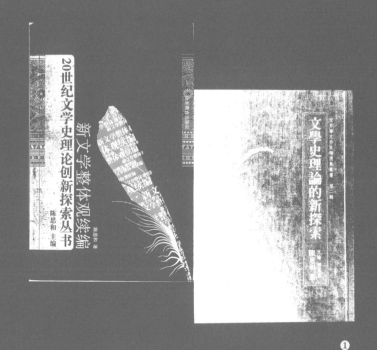

4

"稷下文库"总序

学术史的传承有绪、守正创新，建基于今人对前贤大家学术思想的意义生发，离不开学术成果的甄别、整理和出版。高等教育出版社作为新中国最早设立的专业教育出版机构，始终以"植根教育、弘扬学术、繁荣文化、服务社会"为使命，与我国教育文化事业同发展、共成长，以教材出版为主业，并致力于基础性学术出版工作。为了更为系统地呈现当代中国人文社会科学领域的经典学术成果，我们特推出"稷下文库"丛书。

"稷下"之名取自战国时期齐国的稷下学宫。稷下学宫顺应时代变革而生，是世界上最早的官办高等学府，倡导求实务治、经世致用和学术自由、百家争鸣的学风，有力地促成了先秦学术文化繁荣的局面，更对后世思想、学术、文化的发展和交流传播产生了深远影响。我们希望延续这一传统，以学术经典启迪当下、创造未来，打造让学界和读者广受裨益的新时代精品学术出版品牌。

"稷下文库"将以"荟萃当代优秀成果，彰显盛世学术繁荣"为宗旨，注重历史与现实相结合、理论与实践相结合，涵盖人文社会科学各个门类，收录当代知名学者的代表作，展现当代学术群像，助力学术发展繁荣。

习近平总书记在哲学社会科学工作座谈会上指出，当代中国正经历着我国历史上最为广泛而深刻的社会变革，也正在进行着人类历史上最为宏大而独特的实践创新，这必将给理论创造、学术繁荣提供强大动力和广阔空间。加快构建中国特色哲学社会科学学科体系、学术体系、话语体系，是新时代的战略任务，也是中华民族的期盼。我们愿与广大学人和读者一道，为展示中国学术风貌、传播中国声音贡献一份力量。

高等教育出版社

2022年10月

目录

代序

关于现代文学研究的一封信

光东兄：①

　　来信收到，没想到这篇文章花了你这么多时间，让我于心不安。本想利用春节几天仔细读一下你的文章，不料我家里发生一些意外事情，没有时间细读了。于是我想写封信，谈谈我对我的专业研究的一些想法，供你修改时参考。

　　我自己也常常想，我的专业是中国20世纪文学史研究，但我为什么会如此执迷不悟地投身到它的深层漩涡里去？为什么会轻易地把自己赖以安身立命的精神传统与这门专业紧密联系在一起？究竟是我在寻求那些被时间或者其他原因淹没的文学史真相，还是为了自己的文化斗争需要在文学史里寻求某种精神资源？在我的眼里，中国现代文学史从来就不是一个过去的文本，它是一条长河，一直延续到今天，并从我们的身上漫淹过去。大约任何一个时代的文学工作者都不会有我们今天这样强烈的文学史意识，我清楚地感受到：我是个研究文学史的学者，但我也是在书写文学史。当然不是说，我会无中生有地编造文学史，我所指的"书写"，也就是我和我的同行们努力的目标：把现代文学史从人为的三十年时间限制中解放出来，让它延伸到今天以至未来，使现代文学成为一门未完成的开放性学科。中国学者向来具有创新意识，1949年是一次，"文化大革命"结束后又是一次，20

---

　　① 　　王光东，当时为上海大学文学院教授，曾写作《陈思和学术思想的意义》，载《文艺争鸣》1997年第3期。这封信是对王光东此文的回复。

新文学整体观续编

代序　关于现代文学研究的一封信

世纪90年代还有一次，"新时期"以后就有"后新时期"，等等，总是企图中断文学发展历史，开创出一个"新纪元"。但事实证明这些提法都经不起检验，新文学的传统依然在艰难曲折地发展着。《西游记》写孙行者在如来的手掌心里翻筋斗，孙行者的空间概念已经是几个十万八千里过去了，可是在如来的空间里还没有翻过他的掌心。我们身在"各领风骚三五年"的文学时代里，不断被一些新鲜事刺激着，动不动以为"新纪元"来了，其实在稍懂一些历史知识的人看来，不过是"又来了"而已，知识分子自20世纪初社会转型以来的自身现代化过程并没有完成，这道历史的文化的序幕拉开了一百年，但有没有拉到位还是个问题。所以，可以说，我们都是这部文学史中人，我们从面对的现实生活里发现问题、思考问题，以求解决问题，都能够从这部正在我们身上流淌着的文学史里寻求精神力量。

当然，这只是我们开掘的第一步，中国20世纪文学及其文化背景，不过是近百年的历史，而且初生时正逢乱世，价值体系屡易。但是，20世纪文学（尤其是现代文学史）并不是孤立地形成的，它与中国古典文学不一样之处，就在于它的开放性与世界性因素，中国作家的文化立场和文学创作，都离不开世界文化的大格局。正因为20世纪中国知识分子没有梳理和整合出自己的新"道统"，没有圆通庙堂、民间和知识分子精英文化的三个不同价值体系，所以20世纪的新传统是一个不完善的开放性思想文化空间，我们面对20世纪中国新文学传统也就是面对了整个世界的文化传统，其提供的精神资源不可能仅仅是中国的。我举一个例子。我在大学里研究巴金的思想和生平传记时，不能不追寻着研究对象的思想脉络，学习和研究欧洲的无政府主义思想理论，从俄国民粹派到欧洲的国际共产主义运动史文献，都涉猎过一些。无政府主义者对于知识分子个人与历史、民众的关系，关于个人信仰、理想、道德的自律与绝对个人自由的精神追求的关系，关于利己与利他的伦理冲突，都曾经作过探讨。这些思想理论后来就成为巴金一代中国无政府主义者的精神源泉。近日我读到《文艺争鸣》上王晓明兄组织的一组青年学者关于精神资源的讨论，很受启发。那些青年人所关注的问题，都使我想起当年那些让我读之激动不已的历史文献，我不知道克鲁泡特金等人与别尔嘉耶夫有什么关系，但有些高贵的思想其实是相通的，它们曾经哺育过巴金一代中国作家，今后也会鼓励年轻一代的知识分子，当我们面对新的困扰和疑虑时，我们同样能够从这种历史的承传中获取许多有益的精神财富。这也许是我沉浸于现代文学史不能自拔的主要原因，因为我所面对的不是一部单纯的文学史，而是包含了现代知识分子追求与探索的全部思想历程。

这样的研究目的和研究对象，都使我在文学史观念及其研究方法上形成了自己的一套独特想法。我们这一批在"文化大革命"后走上学术岗位的研究者，先是从社会的"江湖"里认识人生这本大书，再是在20世纪80年代恢复和承传五四精神的学术氛围里接受专业训练，我们的精神被烙上了五四新文学传统的烙印，经世致用的学术观念和现代战斗精神或多或少都制约着我们的学术活动。别人怎样想我不知道，至于我自己，一面是明明知道学术的非功利性和求知的独立价值的重要，另一面却在提倡非功利性的背后，真正的旨意仍在破除以权力为中心的功利主义的功利目的。这几乎是一个宿命，我有时也怀疑我这样做是否违背了科学的研究态度，但我更明白我所面对的这部文学史究竟意味着什么。或许在下几个世纪培养出来的严谨的文学史研究者对我们这一代的研究成果会不屑一顾，但我们的工作精神和工作成果，会作为后人认识历史的一份资料，而融入文学史的传统。历史正在我们身上流淌，我们无法超越。也许，只有中国现代文学这门学科才会富有这样鲜活的生命力。我徜徉在其中十多年，深知唯一有价值的工作就是帮助这门学科激发出这股生命力。严格地说，这门学科没有太丰厚的遗产，前人每走一步，都是伴随着意识形态的束缚，就像是一株从田野里移植过来的幼枝，被层层绳索与铁丝扎成一个盆景，现在最需要的工作就是将那些绳索与铁丝统统剪除掉，让它自由生长为一棵参天大树。在这个领域里，在我看来几乎没有什么既定的条条框框是不可以被质疑的。我在这十多年来一直做着这门学科的证伪工作。既然是证，就需要认真艰苦的材料收集和分析，不能随心所欲地标新立异；但证的是"伪"，就需要史识，要有无畏无饰的求真精神。从研究巴金开始，我每涉及一个研究课题，都希望能破除一些陈旧东西，你不妨读读我那篇致汪应果先生的信，大约能明白我对这部文学史的证伪工作做到了哪一步。你在文章里提到"重写文学史"，其实"重写"的真正用意也就是想提倡"怀疑精神"，这是方法论，并非在于对具体文学史现象或人事的评价（遗憾的是，至今仍有些人以为"重写文学史"是一场翻烙饼运动）。我比较喜欢胡适之的一句座右铭：做学问要在不疑处有疑。怀疑精神适用于一切学术对象，既是对谬误的揭露，也是对真理的检验；但证伪不是简单地否定一切，而是希望在指出真理的有限性以后，将原来的文学史理论观念内涵的缝隙撑开，从中发现被遮蔽的隐性现象，提出新的解释理论。我后来关于战争文化心理与民间理论的提出，都可以说是"重写文学史"的个人研究结果。如果没有对一些文学史的观念前提的证伪，是不可能产生这些想法的。我感兴趣的是在研究这些课题的过程中，一旦摆脱了以前文学史的一些基本命题的束缚以后，突然产生出自由想象的空间，许多前所未有的想法都不邀自来，纷沓相间，这才能体会思想的快感。至于这些学术观点本身的价值，因为只是一种个人性的参与，能不能获得一般认同倒在其次，我只是希望通过对某个命题的突破性研究引申出一系列的学术争鸣，也包括被证伪。现代文学史不是一门成熟的学科，它自身不完善并不一定是缺点，倒是它可能再生新的生命力的优势。近几年来现代文学这门学科遇到了各种思潮的挑战，我有许多同行朋友都表示了应战的态度和坚守岗位的信心，我理所当然会赞同朋友们的这一立场，但我最想做的工作，还是继续剪除这株盆景的各种废枝和人为束缚，并且不断帮助它吸收和包容异质文化的营养。我想它只有成长为真正的大树，才能真正有效地阻挡风霜的侵袭和摧残。

与证伪的工作相应的，是我一直在努力使这门学科摆脱某种共名的观照，提倡个人性研究话语对它的解读。我这里说的共名，不仅指过去的意识形态的潜在影响，也包括今天的各种被时代认可的流行话语。记得在倡导"重写文学史"的时候，有不少人认定我们提倡"重写"，就是想否定前人的文学史而自己取代之；也有些人建议说，你们不要提"重写"，可以提"另写""复写"，等等。后来关于"人文精神寻思"的讨论中，又有了类似的指责，说我们提倡"人文精神"就是抢"话语权"，就是破坏了宽容、多元的大好形势，等等。这两种批评意见都有相似的思维特点：批评者并不关心你的主张和结论对与不对，只是关心你的发言态度，他们只允许一种"共名"，新的观点只能在认可共名的前提下作补充发言，但不能与"共名"平等对话，当然更不能争鸣。以此推理，对文学史"另写""复写"甚至"补写"大约都没什么问题，唯独一提"重写"就成了立场问题。我是不同意这种禁忌的。文学与文学史是两个不一样的概念，文学史是研究者对一个历史时期的文学现象进行梳理和整合，它包括对文学现象的诠释、褒贬和取舍，这完全离不开研究者个人性的主体感受和把握。文学史只有成为个人的研究工作，表达个人对时代、历史和文学的真知灼见，展示研究者个人的人格魅力，才有可能使现代文学这门学科体现出真正的自由精神，文学史才会有一个蓬勃的前景。

"要写个人的文学史"，我在1988年就这么提倡过，但"重写文学史"倡导已经八九年了，这方面的成效甚微，你也可能感觉到了。我去年在日本庆应大学做了一个讲演，谈共名与无名的关系，你来信说已注意到这篇讲演，但我在那篇文章里要说的，不仅是创作的问题，有感而发的是针对这个无声的时代。当时我在《上海文论》上主持的"重写文学史"专栏发表过一些对以往文学作品提出质疑的讨论文章，虽然在有些人的眼里纯属离经叛道，但在我看来，"重写文学史"在以启蒙为主流的研究界里仍然是一种共名，我的新文学整体观就是取的这一立场。提倡"重写"时，我对这种逐渐固定起来的研究思路也开始怀疑，我觉得真正的学术研究不是仅仅提出一个价值判断就可以了事，更需要的是以新的理论视角来解释这种历史现象：既要破除以往定于一尊的主流解释，又要使这种新的解释成为真正的个人话语。它当然需要充足理由，但又只能是个人研究思路的逻辑推理，并不是一般逻辑推理，也不是要定于一尊，以新的结论来取代旧的结论，因而这种个人性解释又必须是开放性的，才可能鼓励和推动真正的学术自由和百家争鸣。出于这样的学术立场，我对于我的一些朋友们提出的将现代文学经典化的倡议，是有点怀疑的。我疑虑的是将由谁来决定现代文学作家和作品是否"经典"？文学的经典化必然经过长期的实践过程，各个时期的共名内容和审美趣味都不一样，同一个时代中各人对这些文学创作现象也是歧意丛生，这部文学史随着时间延伸还在慢慢发展着，未来每出现一种新的因素都可能改变文学史原来意义的坐标系。我们今天能做些好的选本或者有独立见解的诠释，已有功德，何必多事，轻易去为后人决定什么是经典？我倒是觉得应该鼓励研究者打破各种共名的框架，提倡充分个人化的学术研究，只有在个人化的多元格局中，在互相不谐合的学术争鸣中，这门学科才能全面保留这个时代的学术信息，为它在下一世纪的进一步发展打下基础。

但是想真正地做到个人性的研究谈何容易？我近年来东西写得不少，有些杂乱，真所谓杂而且乱，说明我的思想立场相当游移。有些问题，依托了时代共名比较容易说明白，也比较容易被理解和接受，但如你的思路游离了共名，想用自己的语言来表述自己也不曾完全搞清楚的个人性思想和感觉，这就有些吃力。我自己是明显感到有些力不从心，所以有时宁可用随笔的方式来随便谈一些实在的人和事，想有所依托，隐约地表达一些想法，也就是藏拙之意。我现在越来越相信"知难行易"的老话，其实在我们的生活里，真正有"知"之"行"恐怕也不易，但这比起无"知"而随着时代流行的风尚乱吼，到底是有了自己的立场，即使实践失败，仍是一个有力量的人。近年来读顾准和张中晓的遗书，大概就得出了这么一点感觉。先驱们用生命点燃的探索之火，不过是朝着"知"的方向微微挪了一小步，就被

熄灭在大黑暗中，这足以使后来者清醒，在求"知"的前景中任重而道远。此致
撰安

陈思和
1997 年 2 月 16 日于黑水斋

绪论

一

中国20世纪文学史是一门新兴的研究学科，没有太长的发展历史。若要追溯一下它的学科发展，大致可以分作三个阶段：

第一阶段是被称作"中国新文学史"的研究时期；

第二阶段是被称作"中国现代文学史"的研究时期；

第三阶段是被称作"20世纪中国文学史"的研究时期。

这里所取的"新文学史""现代文学史"和"20世纪文学史"都不过是一个个代名词，但它们表达了不同历史阶段对这门学科的不同认识。

"中国新文学史"的研究几乎是与五四新文学同步发展起来的，起始于20世纪30年代初期。当时中国新文学运动只有十多年的历史，研究者不可能科学地从中发现规律性的内容，但新文学作为一个文化现象，不能不成为人们认识当时社会发展的一种参照。1935年上海良友图书公司出版十卷本《中国新文学大系》，第一次系统汇集新文学十年（1917—1927）来的主要成果，分别编为理论建设一卷，文学论争一卷，小说三卷，散文二卷，新诗、戏剧、资料各一卷，分别请胡适、郑振铎、茅盾、鲁迅、郑伯奇、周作人、郁达夫、朱自清、洪深和阿英负责各卷的编选和写作万字以上的导言。编选者都是新文学的主将，其身份决定了这套大型丛书的持久学术价值。尤其是各卷的导言，他们从不同领域和不同认识角度总结了新文学的十年历史，合订在一起就是一部相当有价值的新文学史雏形。那时候在高等学院的课堂里，已经有了专门讲"新文学"的课程。现在被保留下来的有两份讲义：一份是王哲甫写的《中国新文学运动史》①，是山西省立教育学院的授课讲义，后来整理出版，成了新文学史的开山之作；另一份是朱自清在清华大学的讲义，讲的是"中国新文学研究"②。这表明了一个信息：在20世纪30年代初，新文学的研究已经从一般的文艺批评中脱离出来，有了文学史的研究眼光，并且进入高等学校课堂，具有了学科的雏形。

王哲甫编写的《中国新文学运动史》是对当时同步发展着的新文学做一些资料积累工作。除第一讲"什么是新文学"稍有一点理论探讨外，其他各章节都是介绍性地讲解新文学运动的经过、作家及其作品，保留了不少后来的文学史著作没有注意到的史料。其文学视野比较宽阔，除了介绍当时的创作，还列了专章介绍文学翻译、整理国故、儿童文学等。朱自清的"中国新文学研究"讲义并未成书，只留下一份简略的提纲，共八章，前三章介绍新文学运动发生的历史背景及其所受外国文学的影响，第四章起分别就新诗、小说、散文、戏剧和批评五个方面来概述新文学的创作成果。朱自清是诗人又是学者，具有敏锐的艺术感受力，对作家作品的分析时有独到见地。如对郁达夫的论述，分八个小标题：（1）病的青年心理的解剖；（2）现代人的苦闷；（3）对于性的非游戏态度；（4）社会苦闷与经济苦闷；（5）时代

---

① 　王哲甫：《中国新文学运动史》，杰成印书局1933年9月初版，上海书店1986年影印。
② 　朱自清：《中国新文学研究纲要》，形成于1929年，载《文艺论丛》第14辑，上海文艺出版社1982年版。

精神与都市生活（世纪末的病弱的理想家）；（6）爽直、坦白、真诚（对工人的态度）；（7）主观的即兴的态度；（8）自然的婉细的表现。这样分类解说郁达夫，与通常的文学史写法很不一样，但似乎又把郁达夫的创作特点都说到了。假若这份提纲能够成为一部完整的书稿，中国新文学史研究的开端会非常辉煌，可惜这只是寥寥数页的提纲，难以传达出朱自清对新文学的全部认识。

"中国现代文学史"的研究时期是这门学科发展的第二阶段，它是中国政治局势发生了重大变化（1949年）以后开始的。这里所指的"现代"，既不是世界意义上的"modern"也不是时间意义上的"contemporary"，它是一种特定的政治概念，也就是指1919年到1949年之间的"新民主主义革命"时期，因此也有的文学史将这一时期的文学称为"新民主主义时期的文学"。其中政治对学术的制约是相当明显的。在这个前提下，"中国现代文学史"只是"中国现代革命史"普及教育的一个方面，是论证新的政权的光荣历史及其合法地位的一个组成部分。当然，从大的文化背景看，全民族抗战爆发以来中国即进入了一种战争文化的规范之中，即便在抗战胜利以后，战争的阴影和世界性的冷战，都继续支配和影响着中国人的文化心理。这一点，海峡两岸没有什么差别。不过，中国现代文学史的研究主流在大陆，其特点就更加突出一些。那一时期由于政治的需要，这门学科不仅被放到相当高的位置，而且在学科的设置上也有了一系列制度上的保证，而出于同样的理由，它在自身的学科建设上也表现出种种缺陷。这一时期的代表性著作有王瑶、丁易、刘绶松、张毕来和唐弢的文学史，大都是作为高校的教科书，其影响波及海外，成为研究中国现代文学史的一种固定模式。第一部为学科建设而编写的文学史是王瑶先生的

新文学整体观续编

绪论

《中国新文学史稿》①，虽然沿用了"新文学"的概念，但已明确地将1919—1949年的文学划为一个特定的历史范围，即所谓"中国现代文学史"阶段。这部著作完成于50年代初，受政治干扰比较少，资料较为丰富，成为后来几代人学习中国现代文学史的入门书。这部著作放到今天来读也许有许多不足，如分析粗疏，缺乏理论力度，对一些作家作品未能给予应有的评价，但是与以后的几种文学史著作相比较，它依然是最有价值的。50年代中期开始，政治运动迫使文学史不得不删减许多作家作品，更主要的是一种新的政治标准取代了对文学本体的必要尊重，现代作家作品除了政治面貌以外，其艺术创造在文学史中无法得到真实的展示。②

第三个阶段是1985年开始提出的"20世纪中国文学史"研究时期。原来以"现代文学"概念取代"新文学"的概念，规定了一个学科的范围和规模，但这三十年为时间界限的"现代文学"很快就表现出它自身的局限性，时间与空间上的局促都妨碍了研究思维的进一步深入。中国现代文学作为一门学科，本来就不是在纯粹文学意义上建立起来的，它只是一个小小的窗口，借助这个窗口可以了解中国现代社会文化的诸种因素，所以它不是一个孤立的现象。若把它封闭在三十年的时空中，上不衔接世纪初社会转型的文化特征，下不联系当代文学的流变，横向上又缺乏与世界文学格局的联系，这样等于扼杀了这门学科自身的生长因素。1985年在万寿寺举行的青年学者创新座

---

① 王瑶：《中国新文学史稿》，上册于1951年9月由开明书店出版，下册于1953年8月由新文艺出版社出版，1982年由上海文艺出版社出版修订本。

② 应该指出的是，这种政治唯大的弊病，并非大陆学术界的特色。在台湾及海外出版的一些文学史著作，如刘心皇、夏志清的文学史著作里，同样存在着意识形态大于艺术分析的弊病。这当是20世纪冷战思维的后果，并非个别现象。

谈会上，北京大学有三位学者联名提出"20世纪中国文学"的概念。他们所下的定义是："所谓'二十世纪中国文学'，就是由上世纪末本世纪初开始的至今仍在继续的一个文学进程，一个由古代中国文学向现代中国文学转变、过渡并最终完成的进程，一个中国文学走向并汇入'世界文学'总体格局的过程，一个在东西方文化的大撞击、大交流中从文学方面（与政治、道德等诸多方面一道）形成现代民族意识（包括审美意识）的进程，一个通过语言的艺术来折射并表现古老的中华民族及其灵魂在新旧嬗替的大时代中获得新生并崛起的进程。"① "20世纪中国文学"的定义相当空泛，但确实抓住了某种共同的东西，那就是"进程"一词。在他们的描绘下，20世纪中国文学是一个充满动感、包孕强大生命力的开放性的流动体。它在外与"世界文学"的总体格局保持了无数密集的信息沟通，在内则经受了东西方文化大撞击而生出新的民族意识。它不仅完成了文学自身的变化，而且也用艺术手段折射出时代与民族的变更信息。无论在外在内，在客在主，它都处于动荡不定、蜕旧变新之中。在这样一个混沌般并无定型的文学本体面前，研究者可以投射各种主体认知，作出各种自由注释。"20世纪中国文学"的命题的提出，不但解放了现代文学的研究对象，也解放了研究者自身的学术视野。《论"二十世纪中国文学"》的作者们说，他们是在各自的研究中不约而同地抓住了这个新的"文学史概念"，而事实上在学术界自由的气氛中更多的人想到这一命题可能存在的各种形态，把现代文学与当代文学视为一个整体的研究方式在当时风行一时。我在一篇介绍《中国新文学整体观》的文章中说

① 　　　黄子平、陈平原、钱理群：《论"二十世纪中国文学"》，见《二十世纪中国文学三人谈》，人民文学出版社1988年版，第1～26页，引文见第1页。

新文学整体观续编

绪论

过自己的体会："把两种不同时期的文学置于一个整体下加以考察，它的意义明显要大于对两个时期文学的分别研究，它可以导致我们对以往许多结论产生怀疑！现代文学史上的许多现象在近三十年的文学发展中检验出各自的生命力；同样，当代文学史上的许多现象由于找到了源流而使它们的生存有了说服力，这不是一个时间的拼接问题，而是需要我们正视历史与现实，去改变一系列的现成观念。"[①]沟通中国现当代文学两个领域本身并非目的，而是试图用一种新的研究视角来重新认识文学史的某些结论，换句话说，是为了引起对原来的教科书式的文学史定论的怀疑。于是，从这一步再走到1988年下半年发起"重写文学史"的讨论，正是顺理成章。

二

文学史的分期应该有其特殊的规律，并非政治历史的简单透射。文学史研究的不同个性，也往往在不同的历史分期观点中体现出来。在"中国新文学史"的研究阶段，由于新文学历史太短，无法科学地给以分期，王哲甫在其著作里把1917—1933年的新文学运动分作两期，以"五卅事件"为界，开了以政治事件为文学史分期的先河。在"中国现代文学史"的研究阶段，文学史著作有多种分期，但都是以政治事件来划分。王瑶的著作最典型，分别以1919年的五四爱国运

[①] 陈思和：《方法·激情·材料——与友人谈〈中国新文学整体观〉》，初刊于《书林》1988年第7期，收入《中国新文学整体观》（修订版），高等教育出版社2023年版。

动、1927年的北伐和大革命失败、1937年的全民族抗日战争爆发和1942年的延安文艺座谈会为标志。由于这一百年来中国的政治事件对文学运动和文学创作产生过重大的影响，王瑶的分期法有一定的合理性，其他文学史著作基本沿用这一分期法。80年代出版的两种较有影响的现代文学史著作在分期上略有变化。钱理群等所著的《中国现代文学三十年》[①]采用了含混的方法，笼统地把新文学发展史分成三个十年；黄修己所著的《中国现代文学发展史》[②]把新文学分成四个时期：1917—1920年为现代文学发生期，然后也分别以1921—1927年、1927—1937年、1937—1949年为三个发展时期。这些大同小异的分期有一个共同的特点，就是淡化了抗日民主根据地发起的文艺运动及其理论上的倡导，把全面抗战开始到第一次全国文代会期间的各个不同地区的文学笼统视为一个整体。这从三十年时间范围的现代文学史来看是符合客观状况的，但如果文学史的时间延伸下去，将20世纪文学视为一个整体，有些现象会变得复杂一些，因为自1949年起，正是40年代抗日民主根据地的文艺运动及其理论指导在全国扩张开去，成为指导全国文艺的总方针。也可以说，由于有了50年代以后的文学，1942年发生在延安地区的文艺运动在文学史上就变得重要了。所以，当进入"20世纪中国文学史"的研究阶段后，即使是对现代文学三十年的历史分期，也会发生变化。

我在1985年写《中国新文学整体观》时曾经想解释这个现象，我认为中国新文学大致可以分成三个阶段：第一阶段从1917年的

[①] 钱理群、吴福辉、温儒敏等：《中国现代文学三十年》，上海文艺出版社1987年版。
[②] 黄修己：《中国现代文学发展史》，中国青年出版社1988年版。

新文学整体观续编

绪论

五四新文学运动开始形成，第二阶段从1942年的抗日民主根据地文艺开始形成，第三阶段从1978年的思想解放运动开始形成，每个阶段的文学发展都有互相交叉消长的过程，因此下限不予确定。这样一种分期是将中国新文学视为一个开放型的生生不息的文学运动，是将每一个文学阶段视作不断流动有起有伏的过程而不是僵死的时间分割①，但这样分期的缺点也是明显的，就是比较简单化，尤其是难以解释两个文学阶段交替时期文学上的复杂现象，对于1937年以来中国各区域不同的政治情况带来的不同文学特征也很难概括。

20世纪90年代以来，我把主要精力放在研究全民族抗战爆发以后的文学现象，逐渐地形成了中国20世纪文学以全民族抗战爆发为界的想法。20世纪的中国发生过几次改变国家政治文化结构的大变故：第一次是辛亥革命推翻帝制，建立民主共和，从根本上杜绝了知识分子通向庙堂的传统仕途，知识分子的"道统"由此与政统脱离，这才使世纪初开始的中西文化交流有了质的提升，才使知识分子在庙堂以外另辟广场发起新文化运动，建立起以启蒙文化为特征的新文学传统。在这个传统里，知识分子被簇拥在金字塔尖，对外抗衡来自残败庙堂的压力，对内肩负着启蒙教育大众的重任。当然启蒙的内涵并不是单一的，它还包括了思想道德启蒙、生命与美的启蒙，这就有了白话文和新文艺。第二次是全民族抗战的爆发，由于这是一场民族解放战争，原来处于中国社会最底层的农民成为战争的主体力量，显示出其前所未有的巨大能量。随着这种社会结构的戏剧性变化，农民在政治上文化上相应地提出了自己的要求，以农民为主体的中国民间文

①　　参见拙文《中国新文学史研究的整体观》，收入《中国新文学整体观》（修订版），高等教育出版社2023年版。

化加盟到新文化传统中来，使原有文化传统的金字塔结构发生了颠倒，一种新的文化规范随即取代了五四以来的启蒙文化。全民族抗战爆发以来的文艺运动、知识分子从政入伍的道路，以及新文学性质所发生的一系列变化，都反映了战争在中国文化结构上造成的巨大影响。

以全民族抗战爆发为20世纪文学的分期，并不取代40年代抗日民主根据地文艺运动在文学史上的历史性作用，相反，它包容了这一阶段的文艺运动，而且具有更大的涵盖面。原来我从当代文学的发展状况来考察文学史，把当代文学的源头上溯到1942年的抗日民主根据地文艺运动，因为从文艺性质、作家队伍和文艺对象三者综合来看，50年代以后的大陆文学都是由此延伸而来。但是，如果我们把中国20世纪文学看作一个不可分割的整体，那么，1942年抗日民主根据地的文艺政策和文艺运动也不是孤立地发生的，它是服从抗战这一大背景的需要和制约的，由于抗战，才可能使五四新文学传统发生质的自我异化，也才可能使五四新文学传统影响下的知识分子走入实际的民间世界，接受文化结构改变中自身地位的边缘化。

从空间上说，全民族抗战爆发以后中国文学的整体性还包括了不同区域的文学现象是否具有共同性的特征。事实上，当时的中国存在着三种不同政治性质的地区：由国民党统治的抗日大后方、共产党领导的抗日民主根据地和日本侵略军占领的沦陷区。这三个地区有各具特色的文学现象，如果单一地以抗日民主根据地的文艺来概括，显然是不全面的。但三者之间仍然存在着共同的现象，那就是五四新文学以来知识分子精英传统独占主流的文学现象受到遏制，民间的文化形态进入当代文化建构，由原来启蒙传统形成的知识分子精英对庙堂统治者的批评和对民间"国民性"的改造同时展开的文化冲突，转向庙堂意识形态、民间文化形态和知识分子的精英传统三者有条件的沟通，尽管每个区域内部依然充满了文化冲突，甚至是残酷的政治斗争，但这种冲突是为了达成新的内在统一而生的，"三分天下"的局面由此而生。这表现在大后方地区是激进的知识分子为了抗战不得不与政府达成和解，左联解散而中华文艺界抗敌协会成立、被通缉的郭沫若结束流亡生涯归国领导第三厅参加抗战为一标志，而新文学与之长期龃龉的"旧派文学"（都市通俗文学）也正式加盟抗战，不仅一些通俗作家如张恨水写出了宣传抗战的作品，而且新文学作家也积极利用旧文学形式的通俗性来宣传抗日，三者之间的沟通得以成立。在日本侵略军所占领的沦陷区，知识分子精英传统受到摧残，许多有良知的知识分子不得不转入地下隐蔽状态，一部分知识分子屈从于权力者的淫威投敌事伪，文学上则以非政治非批判性的文字来达成和解，也有一部分知识分子完全从五四的精英传统中走出来，成功地进入现代都市的民间，以民间话语来开拓私人空间，淡化沦陷区专制政治的紧张空气。上海40年代出现的张爱玲现象为一标志，尽管沦陷区文学的繁荣是以放弃知识分子精英传统为代价，但为以后都市民间形态进入文学史争得了一席之地。在抗日民主根据地，这种趋同的现象更为明显。1942年的延安文艺整风展开的一系列思想斗争和政治化的民间文艺运动，直接保证了三者之间的高度一致性。当然，无论哪一个区域的文学现象，既然存在了"三分天下"的文化建构，就不可能达成内部的完全一致性，其间的缝隙在不断扩大，内在的冲突也从未真正消失，这就构成了当代文学发展中最有趣的现象。总的说来，全民族抗战爆发以后的文学现象要比之前复杂得多也丰富得多，虽然这种丰富性不是表现在文学作品内在的美学意义上，而是表现在文学作品与外部世界所构成的多元关系中。

随着时间的推移，全民族抗战爆发以后形成的三大区域整合为一个文学整体的特点并未因为抗战胜利而消失。随着三年内战，三大区域的范围和性质都有了新的变化，到1949年以后大陆和台湾成为新的对峙区域，而从文学上说，则是全民族抗战时期的大后方国统区文艺和抗日民主根据地文艺的延续，战时的许多特征依然制约着文学。而两者之间的香港地区，则保持了特殊的殖民统治下的文化特点，虽然与日本侵略军占领下的沦陷区有本质的差异，但在文学上延续了40年代上海都市文学的民间精神，逐渐形成言情、武侠和科幻鬼怪鼎立的现代文学读物主潮。过去当代文学史只限于大陆（内地）的文学范围，显然是不全面的，在全民族抗战以前，台湾和香港的新文学虽然受到五四新文学运动的影响，但与大陆（内地）文学界的直接交流不多；全民族抗战开始后，内地作家纷纷南下，香港一度成了全国文艺中心，而台湾则从光复到1949年以后，海峡两岸文学完全交融在一起。大陆（内地）、台湾和香港成了不可偏废的三大区域，这是全民族抗战以来形成的文学格局的一大特点。以全民族抗战爆发为中国20世纪文学的分界，正是反映了这一特点。这场民族解放战争对民族文化心理造成的影响延续得相当长远，直到七八十年代交替时期台湾当局实行解禁政策，和大陆改革开放，使冷战状态逐渐缓和，海峡两岸的文化以至文学才逐渐发生新的因素，而香港的殖民统治下的文化也因签署了1997年恢复行使主权的中英条约而发生了质的变化。因此，文学上的真正"新时期"，也就是20世纪文学的最后一个新阶段，应该是从80年代中期才开始。

新文学整体观续编

绪论

三

1985年"20世纪中国文学史"研究刚刚起于萌芽之时，我发表了《中国新文学研究的整体观》一文，开始了对新文学的研究。在当时，中国现代文学史和当代文学史是两门学科，很多高等院校都并列地设立两个教研室，但复旦大学一向没有这个传统，当代文学的教学和科研都由现代文学教研室来承担，而且开设了一种简化的现代文学史课程，要求教师在一个学期内讲授完整个20世纪中国文学史。我起先就讲授这门课程。也许从根源上说，老牌大学中文系的主流意见是不承认中国当代文学能够成为一门学科，但在客观上，这样做使得当代文学不得不向现代文学靠拢，从而扩大了现代文学的外延。我尝试着将20世纪中国文学作为一个整体来考察的最初构思，就是在这门课程中形成的。

1985年被称为"方法年"。"新三论""老三论"等从西方引进的新名词新概念新方法对学术界的理论思维狂轰滥炸，打破了以社会反映论为主流的传统思维模式。"中国新文学整体观"的研究思路当然是受启发于这样一个理论背景，但现在推究起来，那些西方新名词和术语对我的吸引力远不及李泽厚的《批判哲学的批判》和《中国近代思想史论》两本书。在大四准备写毕业论文时，我一度就想用李泽厚划分中国现代知识分子的方法来研究中国新文学史，但终因没有形成系统的方法而中止。直到1985年，在"方法论"的推动下，我才开始完成《中国新文学研究的整体观》，从方法论的角度来描述新文学史。我把这种方法称作"史的批评"，它要求把批评对象置于文学史的整体框架中来确认它的价值，辨识它的文学源流，并且在文学史的流变中探讨某些文学现象的规律与意义。这种批评方法的对象仍然是文学作品或者文学现象，而不是文学史本身。但是批评者必须把文学史作为批评对象的参照系，在两者之间寻求批评的张力：或者在文学史的宏观研究中阐释具体的文学现象和理论现象，或者以具体作品的特殊价值来强调它的文学史意义。

这种批评方法形成了我的研究领域的包容性。至今为止，我一直在文学史研究与作家作品批评的两端徘徊，用不断发展出的新的文学作品和文学现象来补充和修正文学史常识。我在前文分析过，中国新文学史是一个开放型的整体：唯其开放，所以作为一种文学史而没有时间的下限，它将在不断的文学实践中不断发展和自新；唯其是一个整体，所以任何一种新的文学因素的渗入都会引起整体格局的变化，导致对以往文学史现象的重新理解和解释。譬如关于"共名"与"无名"的理论概括，是我在考察了90年代出现的个人化叙事立场的创作特征后，结合文学史现象提出来的，虽然讨论的是五四时代与30年代的文学现象比较，但这个话题充满了当代性，即从文学史的发展中寻找这些新的创作现象的存在依据和依据新的创作因素来重新解释文学史构成中一种互动的关系。在讨论民间文化形态及其隐形结构的问题时也体现了这种追求。在《中国新文学整体观》初版以后，我一直觉得书中关于1949年以后的文学史研究有简单化的缺点，没有从这段历史本身来寻找其创作特点，所以后来几年中我一直将研究的关注点放在1937年以后、尤其是五六十年代的文学史方面，关于民间文化形态的理论构成就是在解释那一段文学史现象时形成的，但一旦形成后，我发现这一理论即使对当下的文学创作研究，也提供了新的阐释空间。

新文学整体观续编

绪论

新文学的整体观是作为方法论提出来的，但我不认为研究方法是一种目的，研究方法归根到底是受制于研究对象的。我运用整体观的目的，仍然是想通过对20世纪文学史的研究，来探讨中国现代知识分子的道路和命运，也是对当下知识分子处境的一种意义探询。"中国新文学"的概念与"20世纪文学"毕竟是不一样的，新文学研究应该属于整个20世纪文学研究的一部分，但它具有比较鲜明的个性。什么是新文学？现在也有各种各样的说法，这是正常的，但在有关新文学内涵的探讨中，不应该完全将它与"20世纪文学"等同起来，甚至无视新文学的个性存在。比如有一种从海外学来的理论，把五四以来的文学划分为保守主义和激进主义，用的仍然是"二元对立"的二分法，有意无意地贬低新文学运动的意义。这类学术风气自有一些形成的根源，而我想用"新文学"作为我的主要研究对象，表明自己的学术立场。

　　中国新文学有一种传统，这种传统形成于传统的士大夫阶级朝现代知识分子转型的过程中。现代知识分子脱离了庙堂以后，不是像传统士大夫那样用归隐民间的方式来独善其身，而是在民间的知识领域建立起新的工作岗位，通过自己的知识传播渠道，来履行一个现代知识分子对社会的责任和使命。但这样的传统不是短时间里能够建立起来的，知识分子在摆脱传统士大夫的社会身份的同时，必须不断地同自己身上残留的士大夫的庙堂意识作斗争，这是一个漫长的自我斗争的过程，而新文学的传统也是在这种实践中一步步发展而成形的。五四以来的中国知识分子，一直有三种价值取向潜在地决定他们的探索道路：一种是继续对新的庙堂价值的迷恋和追求，暂称之为庙堂意识；一种是站在民众立场上进行启蒙和批判，其锋芒既指向庙堂，又指向民众的庙堂影响，暂称之为广场意识；还有一种是自觉地站在民间的立场上，建立起以知识为核心的岗位，重新确定知识分子在现代社会的职能、立场和价值，暂称之为岗位意识。新文学的传统应该是在这三种意识的自由发展中逐渐形成的。我在本书里没有讨论这个话题，是因为我对这个问题的研究仅仅做了些很初步的工作，谈不上成熟，而本书有关新文学各种现象的讨论，正是以进一步探讨、梳理、阐释新文学传统为目的的。

我一直觉得研究新文学的学者有一种优势，就是我们所研究的不是一门过去的历史，它不但极其生动鲜活，而且它还将从当下的时代流淌过去，通向未来。这意味着我们作为研究者，除了承受这个传统，还将让这个传统之流从自己的生命中流过，融入了一代代亲历者的生命信息的传统之流已经不再是原来那个传统了。从这个意义上说，中国新文学研究还将继往开来，在新的传统中发展自身，在自身的发展中丰富传统。

试论五四新文学运动的先锋性

五四新文学运动在20世纪中国文学史上究竟起了什么样的作用？这个问题长期以来似乎不证自明，因为它是20世纪中国文学的源泉或者是唯一的文学传统。在中国现代文学史著作里，五四新文学运动是作为整个现代文学的起点。按照这样的自在逻辑，1917年以后将近一个世纪的中国文学发展轨迹，基本上是五四新文学的逻辑发展之结果①；而1917年以前的晚清和民初文学，只是五四新文学运动的准备阶段，它们具备价值与否，取决于对五四新文学的形成是否有铺垫作用，并且依据进化论的观念，五四新文学运动一旦正式登上文学舞台，所有以前的"旧"文学都失去了存在的意义，不仅封建遗老们的旧诗词和旧语体作品都成为废纸，连作为新文学准备阶段的前现代文学因素（诸如林纾的译作、梁任公的散文以及晚清小说等）也都成为过时的东西而被历史淘汰。

　　1985年，学术界提出"20世纪中国文学"的概念，开始把五四前二十年的文学与五四新文学作为一个整体来考察，但是考察的范围依然局限在以新文学为标杆的文学史视野，把"现代性的焦虑"作为一个特定视角来整合20世纪文学史。近二十年来对20世纪文学的整

---

① 　　20世纪80年代的文学史研究，对新文学史的描述基本采用了这一思路。如黄子平、陈平原、钱理群《论"二十世纪中国文学"》，见《二十世纪中国文学三人谈》，人民文学出版社1988年版；陈思和《中国新文学整体观》，上海文艺出版社1987年版；李泽厚《二十世纪中国文艺一瞥》，见《中国现代思想史论》，东方出版社1987年版。

合基本是沿着这一思路。但是海外的汉学研究出现了另外一种视角，以哈佛大学王德威教授的《被压抑的现代性：晚清小说新论》^①一书为代表，提出了"没有晚清，何来五四"的著名论点。王德威教授指出，五四新文学不是扩大了晚清小说的表现内涵，而是压抑或者遮蔽了晚清小说中"现代性"因素的发展，进而讨论了晚清小说中的"被压抑的现代性"（repressed modernities）。这其实是一个非常重大的问题，其意义在学术领域还将被进一步探讨。另外，随着近年来学术界对文学资料的进一步发掘，以往不被人们所关注的文学史料正在不断地涌现出来。在大陆，对陈寅恪、钱锺书一脉文人诗的文学渊源的研究，牵引出一批近代诗人及其旧体诗创作的研究资料，与此相关的还有沦陷区文学资料的挖掘与重视，也展示了被五四新文学否定的另类文学在现代文学领域中传承的一面。^②在台湾，随着对日本殖民统治

---

① David Der-wei Wang, *Fin-de-siècle Splendor: Repressed Modernities of Late Qing Fiction, 1849—1911*, Stanford, CA: Stanford University Press, 1997.北京大学出版社 2005 年出版宋伟杰译本。

② 近年来相继出版的有《陈寅恪诗集》（清华大学出版社 1993 年版）、钱锺书《槐聚诗存》（生活·读书·新知三联书店 1995 年版）和《石语》（中国社会科学出版社 1996 年版），"中国近代文学丛书"相继整理出版郑孝胥、樊增祥、陈三立等近代诗人的诗集（上海古籍出版社 2003—2004 年版）。相关研究见刘衍文《〈石语〉题外》等，曾在《万象》杂志连载，后收入《寄庐茶座》（汉语大词典出版社 2004 年版）。日本学者木山英雄（Kiyama Hideo）前几年对中国新文学作家的旧体诗也有系统研究，中译的有对扬帆、潘汉年以及郑超麟的研究论文（蔡春华译，见陈思和、张新颖、王光东编著《无名时代的文学批评》，广西师范大学出版社 2004 年版），还有对聂绀弩、胡风、舒芜、启功等的研究论文（见赵京华编译《文学复古与文学革命——木山英雄中国现代文学思想论集》，北京大学出版社 2004 年版）。

时期文学的研究，一大批"古典诗"①创作引起了愈来愈多学者的关注和整理②；再者，随着文化研究热而兴起的大众文化研究以及雅俗文学鸿沟被消解，原先被看轻了的通俗文学，也逐渐进入了学术界的研究视野③，尤其是在香港文学研究领域。这些文学现象和文学资料的再现，不管学术界是否承认它们的文学史地位，其客观存在不能不要求研究者去面对和研究，同时迫使研究者去进一步思考：面对这些新材料的发现，如何通过文学史理论的自我更新和整合，完成新一轮的关于20世纪文学的描述和理解？

　　这就势必涉及对五四新文学运动在整个20世纪中国文学史上的地位和作用的重新认识和界定。本文所要探讨的，是把五四新文学运动及其发展形式放在整个现代文学的创作状况中，力图更加准确地把握它在当时的意义与作用，以及它作为一种文学精神和文学传统的发展过程。它究竟是20世纪现代文学的唯一的源泉或者唯一的传统，

---

① 台湾"古典诗"的概念是指：时间范围从明郑（1661—1683）起始，经历清（1683—1895）、日本殖民统治（1895—1945）时期，前后将近三百年；体裁以古典文学中的古体诗、近体诗、杂体诗及乐府诗为限。（参见《全台诗凡例》，见《全台诗》第1册，远流出版公司2004年版，第4页。）可见，台湾的"古典诗"包括了1945年以前所有的旧体诗创作。

② 台湾学术界在整理日本殖民统治时期文学材料上有很大的收获。如对林献堂、张丽俊日记的整理，可以看到栎社的吟会创作活动，《全台诗》和《全台赋》的编撰整理以及许多旧杂志被影印等，都有重要的意义。如台湾文社发行的《台湾文艺丛志》，除了提供《全台诗》相关诗作的搜罗，也提供了当时台湾传统文人广泛吸纳东西洋文史知识、开拓视野的前瞻企图。又如《汉文台湾日日新报》《三六九小报》《南方》《风月报》等几乎以传统文人为主的刊物，保留不少旧文学的史料，也是台湾通俗文学的大本营，为台湾传统文学之古今演变和现代转化，都提供了新的思考资源。

③ 关于通俗文学的研究，范伯群的研究提出了新的文学史观点。他多次引用朱自清的话，认为"鸳鸯蝴蝶派'倒是中国小说的正宗'"，并努力将通俗文学与新文学结合起来，使之成为20世纪中国文学史的"两翼"。（参见范伯群、孔庆东主编《通俗文学十五讲》，北京大学出版社2003年版；范伯群《近现代通俗小说漫话之三：鸳鸯蝴蝶派"倒是中国小说的正宗"》，《文汇报》1996年10月31日。）

新文学整体观续编

试论五四新文学运动的先锋性

还是20世纪文学中一个带有先锋性质的革命性文学运动？它是如何在整个20世纪中国文学史上发挥作用的？它通过怎样的形式来体现它的先锋性？这些问题涉及对一系列文学史现象的再评价，笔者不可能、也没有能力给以全面的回答。本文只是从分析五四新文学运动所含有的先锋性因素着手，从先锋文学运动的意义上来探讨五四新文学运动对当时中国文坛所产生的作用，进而为研究上述问题提出一种思路，供研究者进一步讨论。

在中国，"先锋文学"是一个外来的概念。它在西方除了指第一次世界大战前后某些激进文学思潮，本身还包含了新潮、前卫、具有探索性的艺术特质。① 所谓"先锋精神"，意味着以前卫姿态探索存在的可能性以及与之相关的艺术可能性，它以极端的态度对文学共名状

---

① 　　　　"先锋"一词，在中国古代是指军队作战的先遣部队。在法国，avant-garde一词最初出现在1794年，也是用来指军队的前锋部队。"1830年，由于傅立叶、欧文、蕾德汶等英法空想社会主义者对一种有着超前性的社会制度和条件的建构，这个术语也被借用，并曾一度成为乌托邦社会主义者圈子里的一个流行的政治学概念。在这方面，将其与乌托邦相关联无疑暗示了它与现状（或传统）的不相容性的叛逆性。1870年，随着早期象征主义诗歌的崛起以及接踵而来的现代主义思潮的同行，这个术语便进入了文学艺术界，用来专门描绘新崛起的现代主义作家和艺术家，因此在相当一部分写作者和批评家那里，这一术语仍有着极大的包容性，直到有的学者将本世纪的达达主义、未来主义、超现实主义、表现主义等思潮流派统称为'历史先锋派'（historic avant-garde）并将其区别于少数几位现代主义艺术家时止。"（转引自王宁《传统与先锋 现代与后现代——20世纪的艺术精神》，《文艺争鸣》1995年第1期。该段话是王宁引自Charles Russell, ed. *The Avant-Garde Today*, Urbana, IL: University of Illinois Press, 1981。）而卡林内斯库在《现代性的五副面孔》一书里，对"先锋"这个概念追溯得更远，认为在16世纪的一本叫作《法国研究》（*Recherches de la France*）的书，在文学史章节里已经用"先锋"一词来形容当时的诗歌领域一场"针对无知的光荣战争"［a glorious war (was then being waged) against ignorance］中的诗人们。卡氏还指出，无政府主义者巴枯宁、克鲁泡特金等都对这个词的内涵与使用作过贡献。（参见［美］马泰·卡林内斯库《现代性的五副面孔》，顾爱彬、李瑞华译，商务印书馆2002年版，引文见第106页。）

态发起猛烈攻击，批判政治上的平庸、道德上的守旧和艺术上的媚俗。五四初期陈独秀曾经把"急先锋"这个称号加在首倡"八不主义"的胡适头上①，毛泽东后来论述五四时期知识分子与中国革命的关系时，也使用过"先锋"的比喻。②在那个时候，"急先锋"或者"先锋"的概念大约还是一个指代冲锋陷阵的军事术语，与西方文艺思潮中的先锋精神还是有很大区别的，但在实际意义上已经包含了上述有关特征。所以，虽然当初没有人用"先锋"这个词来形容五四新文学思潮的前卫性，但在今天，我们重新审视以鲁迅为代表的新文学运动，指出它的先锋性不仅十分恰当，也有利于把握它与当时整个文学环境之间的关系。

一、新文学作家对西方先锋文学运动的关注

"先锋派"一词在西方指的是20世纪初期与现代主义思潮有直接关联的文学艺术运动，但两者仍然是存在着明显的差别。早期的象征主义诗人波德莱尔在他那个时代已经敏锐发现了"先锋"这一概念被用在艺术流派上的尴尬。他轻蔑地称之为"文学的军事学派"（the militant school of literature）。他批评"法国人对于军事隐喻的热烈偏好"（the Frenchman's passionate predilection for military metaphors），

---

① 陈独秀《文学革命论》："文学革命之气运，酝酿已非一日，其首举义旗之急先锋，则为吾友胡适。"（《新青年》2卷6号，1917年2月1日）
② 毛泽东《青年运动的方向》："'五四'以来，中国青年们起了什么作用呢？起了某种先锋队的作用……什么叫做先锋队的作用？就是带头作用，就是站在革命队伍的前头。"（《毛泽东选集》第2卷，人民出版社1991年版，第565页）

因为"先锋"一词既有战斗与狂热的一面，也有绝对服从纪律的一面。它与"自由"既有某种联系，也有天然的对抗性。波德莱尔所揭示的"先锋"一词的矛盾状态，也是先锋派文学与现代主义文学之间的异质所在。① 在20世纪60年代的美国学术界，先锋派几乎就是现代主义的同义词。但在欧洲，各个国家对此都有不同的理解。尤其在德国，法兰克福学派影响下的学者彼得·比格尔的《先锋派理论》一书，针对美国哈佛大学教授波焦利的同名著作进行了论战，他的基本论点就是：资本主义社会的高度发展，使文学艺术已经很难像巴尔扎克时代那样对政治社会产生影响，所以19世纪末开始，现代主义（指的是象征主义、唯美主义等思潮）的兴起强调了艺术的"自律"（"为艺术而艺术"）而脱离社会的实践，而先锋艺术正是对这种艺术自律体制的破坏，使艺术重新回到生活实践中去。因此，先锋艺术与现代主义是相对立的，它不仅批判资产阶级的传统艺术（现实主义），同时批判现代主义的脱离社会实践、沉醉于文本实验的自律行为。② 从西方文学史的角度来说，真正称得上先锋文学艺术运动的是从1909年以后的各种新潮文学宣言开始的。它大致包括未来主义、达达主义、超现实主义、表现主义等，它们多半是由政治、艺术态度都比较激烈的小团体运动和少数出类拔萃的艺术大师所组成。

从时间表上我们大致可以看到，中国的现代文学运动的起始时间与西方的先锋派文学几乎是同时期的。我们在考察五四新文学运动的外来影响因素时，不能不注意到它所包含的现代主义和先锋性的因素。

① 参见［美］马泰·卡林内斯库《现代性的五副面孔》，顾爱彬、李瑞华译，商务印书馆2002年版，第119页。
② 参见［德］彼得·比格尔《先锋派理论》，高建平译，商务印书馆2002年版，第117~126页。

中国20世纪文学与古典文学之间最重要的区别，就是它所具有的世界性因素，它是在中国被纳入世界格局的背景下发生和发展起来的文学，中国作家与其他国家和地区的作家有机会共同承受人类社会的某种困境——尤其是现代性的困境——以及表达出自己的感情。五四新文学运动在1917年发生，有着强大的外力推动，就文学而言是在西方文艺精神的感召下展现其新质的。本节要考察的是，五四新文学运动作为一场具有先锋性质的文学运动，它在接受西方文艺精神中，西方的现代主义艺术和先锋派艺术是否成为其主要的内容。

五四时期，中国新文学运动的发起者所面对的西方文化文学潮流，可以分为两类思潮：一类是西方文艺复兴以来的人文主义思潮以及由此衍生的为人生的俄罗斯文艺精神；另一类是西方资本主义发展过程中衍生出来的各种现代主义的反叛思潮，它可以追溯到尼采等人的哲学思潮和西方恶魔派的浪漫主义文艺思潮，社会主义思潮也属于后一类。这后一类具有"恶魔性"（daimonic）特征的现代反叛文化思潮，与前一类的人文主义思潮既有千丝万缕的联系，又是前者的反动。五四新文学所接受的西方文艺精神与之前的中国文人翻译西方小说热潮有着本质上的区别。晚清以来，大量翻译成中文的西方小说主要是走市场的畅销书，其中通俗小说类占了主要的成分，而在当时所引起关注的西方文艺思潮中，主要是恶魔型与言情型两种浪漫主义思潮①，在许多中国人对这个内涵充满矛盾的浪漫主义思潮的接受中已经夹杂

①　参见李欧梵《中国现代作家的浪漫一代》（*The Romantic Generation of Modern Chinese Writers*, Cambridge, MA: Harvard University Press, 1973）。李欧梵把传入中国的西方浪漫主义思潮分为两类：一类属普罗米修斯型的强悍、反抗的浪漫主义，另一类为少年维特型的感伤的、抒情的浪漫主义；前者在中国的代表有鲁迅、郭沫若等，后者在中国的代表有苏曼殊、郁达夫、徐志摩等。

了现代反叛因素。关于这一点，我们从王国维早期的美学论文对康德、叔本华思想的接受，鲁迅早期的论文《文化偏至论》《摩罗诗力说》等对浪漫主义和现代哲学的阐述里面，已经大致可以有所了解。

五四新文学发轫之初，两类西方文艺思潮是同时交杂在一起传入中国的。但对新文学运动的发起者来说，他们直接关注的是同时代所流行的、具有现代反叛意识的文艺精神。陈独秀在宣言式的《文学革命论》里公然宣告："欧洲文化，受赐于政治科学者固多，受赐于文学者亦不少。予爱卢梭巴士特之法兰西，予尤爱虞哥左喇之法兰西；予爱康德赫克尔之德意志，予尤爱桂特郝卜特曼之德意志；予爱倍根达尔文之英吉利，予尤爱狄铿士王尔德之英吉利。"①这里"予爱"与"予尤爱"之分，虽然是着眼于政治哲学与文学思潮之间的区别，但也鲜明地表现出新文学的发动者心目中的西方文学英雄究竟是哪些人——雨果、歌德是法德两国的浪漫运动领袖，都属于"恶魔"型的人物，左拉因为德雷福斯事件成为正义的英雄，王尔德更是惊世骇俗成为社会异端、唯美主义大师，豪普特曼则是德国后期象征主义的戏剧大师，除英国的狄更斯是比较传统的现实主义作家外，其他的英雄都是以反社会抗世俗而闻名的"斗士"。陈独秀引进这样一批西方英雄的目的是什么呢？在同一篇文章里他继续说：吾国文学界豪杰之士，有以这些西方文学英雄自居，"不顾迂儒之毁誉，明目张胆以与十八妖魔宣战者乎？予愿拖四十二生的大炮，为之前驱"②。"十八妖魔"指的是明代以来"前后七子"与"桐城派"四大家，为中国古典文学的主流和传统，陈独秀之所以引进西方的文学英雄的反叛精神，就是

①　　陈独秀：《文学革命论》，《新青年》2卷6号，1917年2月1日。
②　　陈独秀：《文学革命论》，《新青年》2卷6号，1917年2月1日。

为了向传统发起猛烈进攻，而他自己身为新文学运动的"总司令"，却愿为"前驱"去冲锋陷阵。——军队之前驱者，就是"先锋"。

波焦利的《先锋派理论》一书的主要观点，是强调先锋派写作对语言创造性的普遍关注。这种关注"是一种'对我们公众言语的平淡、迟钝和乏味的必要的反应，这种公众言语在量的传播上的实用目的毁坏了表现手段的质。'因此，玄秘而隐晦的现代小说语言具有一个社会任务：'针对困扰着普通语言的由于陈腐的习惯而形成的退化起到既净化又治疗'的作用"①。如果按此观点来理解西方先锋派，他们在语言上的革命先驱，可以追溯到雨果时代的法国和歌德、席勒时代的德国。从这个意义上，新文学运动的领袖所崇拜的西方文学英雄，大多是在世界文学史的各个时期具有先锋性的前驱者，他们对中国的先锋作家和西方的先锋作家有同样的意义。虽然新兴的西方先锋派理论竭力要划清先锋派与历史上的先锋人物的界限，仿佛反传统的先锋派

① 波焦利的这部著作，我读过台湾张心龙译的《前卫艺术的理论》（远流出版公司1992年版）。在大陆，赵毅衡在《今日先锋》1995年第3辑上发表《雷纳多·波乔利〈先锋理论〉》（Renato Poggioli, "The Theory of the Avant-Garde"），给以较为简括的介绍；此外，在周宪、许钧主编的"现代性研究译丛"里，有多种关于先锋派的理论著作都提到了波焦利的这部书，其中彼得·比格尔的《先锋派理论》（商务印书馆2002年版）一书载有英国理论家约亨·舒尔特-扎塞（Jochen Schulte-Sasse）的英译本长篇序言《现代主义理论还是先锋派理论》（Theory of Modernism versus Theory of the Avant-Garde），对波焦利的理论作了清算。本段落即引自这篇序言：

Poggioli is no exception to this tradition. In his view, the tendency of "avant-garde" writing to concentrate on linguistic creativity is a "necessary reaction to the flat, opaque, and prosaic nature of our public speech, where the practical end of quantitative communication spoils the quality of expressive means." Thus the hermetic, dark language of modern fiction has a social task: It functions as "at once cathartic and therapeutic in respect to the degeneration afflicting common language through conventional habits."

(Peter Bürger, *Theory of the Avant-Garde*, translated by Michael Shaw, Foreword by Jochen Schulte-Sasse, Minneapolis, MN: University of Minnesota Press, 1984, "Foreword", p. viii)

艺术家都是从石头里蹦出来似的，但从中国现代文学外来影响的接受史来说，这种渊源关系是不能忽视的。五四新文学运动从酝酿到发轫时间在1915—1919年，发展于20年代初期；西方未来主义运动酝酿于1905—1908年，意大利诗人马里内蒂发表未来主义宣言是1909年，德国表现主义文学运动兴起是在1911年左右，达达主义创立于1916年，法国超现实主义的口号最初提出是1917年，超现实主义杂志《文学》创刊于1919年，诗人布勒东发表超现实主义宣言是在1924年，差不多都是与中国五四新文学运动同步的文艺风潮和社会运动。在东西方文化交流不是很畅通的状况下，中国的新文学发起者很难直接从同步的西方思潮里获得思想资源，但是他们从西方先锋派文学的先驱者们——恶魔派浪漫主义思潮、批判现实主义思潮和早期现代主义思潮（包括象征主义、唯美主义、颓废主义等思潮）那里，吸取了具有先锋性质的思想和行动的精神资源，完成他们的先锋美学追求，是完全可以理解的。

然而，作为先锋派文学思潮的西方未来主义、表现主义、达达主义、超现实主义等，在中国20世纪20年代的大型文学杂志上都被当作流行的时尚文学思潮介绍过，甚至被有意模仿过。五四初期有一个阶段广为流行的西方主流文艺思潮是新浪漫主义，或称表象主义，是象征主义的别称，顺带了刚刚兴起的先锋派文艺。在沈雁冰刚刚接手主编《小说月报》时，他以进化论为思想武器，认为中国文学发展到今天，应该推广的是表象主义。为此，他写了《我们为什么要提倡表象主义》等文章来鼓吹。但胡适及时劝阻了他。胡适认为西方的现代主义文学之所以能够立住脚，全是靠经过了写实主义的洗礼，如果没有写实主义作为基础，现代主义或会堕落到空虚中去。沈雁冰接受了胡适的劝告，在《小说月报》上改变策略，转而提倡写实主义。[①]但沈雁冰仍然是新文学作家中最敏锐的文艺理论家，他是第一个全面关注和介绍西方先锋派文学的人。1922年他在宁波的《时事公报》上发表演讲《文学上各种新派兴起的原因》，着重分析了西方的未来派、达达派和表现派文学思潮。对于同时代西方先锋派文艺的信息，他在自己主编的《小说月报》上进行了密切关注和全面介绍。

我们不妨看一下20世纪20年代初期西方先锋派文学中的两种主要思潮在中国的介绍情况。

（一）未来主义（Futurism，意大利语是 Futurismo）

未来主义是欧洲最早兴起的先锋派文艺思潮，1905年意大利诗人马里内蒂创办《诗歌》杂志，团结了一批青年诗人，形成一个风格独特的自由诗派，并在以后的"自由诗"讨论中提出了若干未来主义的主张。1909年2月20日，马里内蒂正式发表《未来主义的创立和宣言》，标榜未来主义的诞生。第二年他又发表《未来主义文学技巧宣言》，进一步阐述了理论主张。未来派很快就波及绘画、戏剧、音乐、电影等艺术领域，在法国形成了立体主义未来派，在俄国出现了马雅可夫斯基为代表的左翼未来派。意象派诗歌的领袖人物庞德曾经说过："马里内蒂和未来主义给予整个欧洲文学以巨大的推动。倘使没有未来主义，那么，乔伊斯、艾略特、我本人和其他人创立的运动便

---

① 关于这个问题，可参阅拙文《中国新文学发展中的现实主义》，收入《中国新文学整体观》（修订版），高等教育出版社2023年版。

不会存在。"①中国几乎同步地介绍了未来派。1914年章锡琛从日本杂志翻译了《风靡世界之未来主义》，介绍未来主义在意大利如何产生及其赞美战争、赞美机械文明等特点，并且罗列了未来主义在世界各国的流行。如果说这还是比较粗浅的介绍，那么到了20年代，中国新文学作家对未来派的关注渐渐地实在起来。当时意大利唯美主义文艺在中国风靡一时，尤其是著名作家邓南遮（Gabriele D'Annunzio）的创作，沈雁冰、徐志摩等人都有过长篇介绍，但沈雁冰在介绍了唯美主义思潮不久，转而介绍意大利的未来主义思潮。1922年10月他撰文指出："正像唯美主义是自然主义盛极后的反动一样，未来主义是唯美主义盛极后的反动。"②由此可见，吸引沈雁冰的还不是未来派文学的具体作品和美学理想，他关注的是世界性的文学思潮的替代进程，有一种强烈的唯恐落后于世界潮流的心理支配着他对西方文学的关注。其实在1918年，马里内蒂的未来主义已经与意大利的法西斯主义公开合作，成为一种反动的政治思潮，但沈雁冰似乎对此浑然不觉。直到1923年底他才注意到意大利的法西斯主义③，第二年沈雁冰转而鼓吹俄国的未来主义诗人马雅可夫斯基，指出俄国马雅可夫斯基的未来主义和意大利马里内蒂的未来主义之间的不同之点，认为前者"是表

---

① 参见唐正序、陈厚诚主编《20世纪中国文学与西方现代主义思潮》，四川人民出版社1992年版，第244页。该段话原出自德·马里亚编《〈马里内蒂和未来主义〉序》，米兰蒙达多利出版社1977年版。
② 沈雁冰：《未来派文学之现势》，《小说月报》13卷10号，1922年10月10日。
③ 沈雁冰在《小说月报》14卷12号（1923年12月10日）的"海外文坛消息"的《汎系主义与意大利现代文学》一文，批评法西斯主义在意大利抬头，沈雁冰注意到未来主义企图向法西斯主义靠拢，但他认为，那只是马里内蒂等人企图效法俄国的未来派向苏维埃政权靠拢，仅仅是为了得到政府的承认。他说："汎系主义（即法西斯主义——引者）和未来派思想，原来并没有相通的地方；未来派中人见汎系党敢作敢为毫无顾忌，遂引以为同调……遽想奉为Patron（保护者），未免近于单相思。"可见沈雁冰对意大利未来主义还是取同情的态度。

现无产阶级的革命精神的"，而后者是"除浅薄的民族主义而外，又是亲帝国主义的"①，区分了两种未来主义运动。②在1925年发表的《论无产阶级艺术》的长文里，沈雁冰已经开始提倡无产阶级文学，对未来派等的批判意识加强了，但他仍然认为："未来派意象派表现派等等，都是旧社会——传统的社会内所生的最新派；他们有极新的形式，也有鲜明的破坏旧制度的思想，当然是容易被认作无产阶级作家所应留用的遗产了。"③语气里仍然是欣赏的。倒是创造社作家对未来主义的理解比较感性，着眼于思想内容和美学精神。郭沫若对未来派的理解要感性得多，他在《未来派的诗约及其批评》一文中，节译了未来派关于诗歌的宣言，然后批评了未来派的理论主张和艺术形式，认为它"毕竟只是一种彻底的自然主义"。郭沫若那种天马行空的诗歌很像未来派诗艺，尤其语言上的那种将中外各种语汇杂糅一体的文风，似乎应该对未来主义的诗歌有所借鉴。但是郭沫若本人对马里内蒂不屑一顾。他翻译了马里内蒂的代表诗作《战争：重量+臭气》，觉得只是"有了这么一回事。……但是它始终不是诗，只是一幅低级的油画，反射的客观的誊录"④。郁达夫针对未来主义主张彻底抛弃传统、

① 玄珠（沈雁冰）：《苏维埃俄罗斯的革命诗人》，《文学旬刊》第130期，1924年7月14日。
② 这种说法其实也是不准确的。意大利的未来主义运动本来就非常复杂，尤其是后期分化为不同政治态度。"随着政治斗争的日益尖锐化，未来主义运动的分化日益严重。这是未来主义运动后期极其重要的特征。马里内蒂最终走上了同墨索里尼同流合污的道路。帕拉泽斯基等人公开树起了批评马里内蒂的旗帜。左翼未来主义者同马里内蒂划清界限，毅然为劳动人民的自由而战斗，投身于反法西斯斗争的洪流。"（吕同六：《意大利未来主义试论》，见柳鸣九主编《未来主义 超现实主义 魔幻现实主义》，中国社会科学出版社1987年版，第23～24页）
③ 沈雁冰：《论无产阶级艺术》，《文学周报》第196期，1925年10月24日。
④ 郭沫若：《未来派的诗约及其批评》，《创造周报》第17号，1923年9月2日。

摧毁一切博物馆美术馆的虚无主义态度也提出了批评："未来派的主张，有一部分是可以赞成的，不过完全将过去抹杀，似乎有点办不到。"①20年代后期，随着对苏俄新兴文学的关注，马雅可夫斯基被反复介绍，苏联的未来主义则依附于诗人而得以彰显。

未来主义的艺术也受到中国接受者的关注。《小说月报》13卷9号发表馥泉翻译日本现代派诗人川路柳虹（Kawaji Ryuko）的《不规则的诗派》一文，详尽介绍西方未来派、立体派等"不规则"的诗歌，特别翻译并影印了法国立体派未来主义诗人阿波利奈尔（Guillaume Apollinaire）的诗歌《下雨》，整首诗歌形式就像是雨点子随风飘拂的形状，以象形来体现诗的意义。戏剧家宋春舫在1921年翻译了马里内蒂的多种未来派剧本，发表于《东方杂志》和《戏剧》。《东方杂志》是商务印书馆主办的综合性时事文化刊物，很少发表文艺作品，其对未来派的重视可见一斑。②而且，未来主义的影响也是立竿见影的。1922年即有人模仿未来派戏剧创作《自杀的青年》一剧，也自称是未来派戏剧。③在小说领域，沈雁冰以茅盾为笔名创作第一部中篇小说《幻灭》，还念念不忘未来主义崇尚强力的艺术特征，他在小说里塑造了一个英雄男子强连长（名字叫强惟力），作为静女士的最后一个恋人。而这个人公然声明自己是个未来主义者，热烈地歌颂战争。

---

① 郁达夫：《诗论》，见《郁达夫文集》第5卷，花城出版社、生活·读书·新知三联书店香港分店1982年版，第222页。

② 宋春舫一共翻译过六个未来派剧本，四个发表于《东方杂志》18卷13号（1921年7月10日），两个发表于《戏剧》1卷5号（1921年9月30日），并加前言和后记给以批评。

③ 重庆联合县立中学校校友所编《友声》第3期（1922年6月20日）为戏剧号，刊有姜文光创作的未来派戏剧《自杀的青年》及其《我的戏剧谈》一文。唐正序、陈厚诚主编的《20世纪中国文学与西方现代主义思潮》（四川人民出版社1992年版）里有详细介绍，参见第250页。

据沈雁冰说这个人物典型是根据生活中的原型塑造的，或可以理解为，未来主义的美学理想在当时是一种流行的潮流。[①]

《子夜》的开篇，茅盾以怪异的笔调描写暮色上海：

> 从桥上向东望，可以看见浦东的洋栈像巨大的怪兽，蹲在暝色中，闪着千百只小眼睛似的灯火。向西望，叫人猛一惊的，是高高地装在一所洋房顶上而且异常庞大的霓虹电管广告，射出火一样的赤光和青磷似的绿焰：Light, Heat, Power！[②]

接着，又是"一九三〇年式的雪铁龙汽车像闪电一般驶过了外白渡桥"[③]。我们注意到，茅盾不仅特意选了三个英文单词来形容上海的都市现代性特征：光、热、力，而且这段描述所含的美学意境，都隐含了未来主义文学对他的影响的痕迹。

（二）德国表现主义（Expressionism，德语是Expressionismus）

表现主义思潮兴起于20世纪初，起始于绘画音乐，1911年引入文

---

① 据沈雁冰说，"强惟力"的原型是青年作家顾仲起，其未来主义的美学理想主要体现在对战争刺激的迷恋上。（参见茅盾《我走过的道路》，人民文学出版社1997年版，第386页。）
② 茅盾：《子夜》，人民文学出版社1960年版，第1页。
③ 茅盾：《子夜》，人民文学出版社1960年版，第1页。

学领域①，在戏剧、诗歌、小说等领域全面铺展，成为一场轰轰烈烈的文学革命运动。②表现主义艺术反对客观表现世界，强调主观世界、直觉和下意识，要求用怪诞的艺术手法来表现世界的真相，柏格森的生命冲动和时间绵延的学说、弗洛伊德的潜意识的学说都是其思想理论资源。这是对欧洲文艺复兴以来的文学传统最为激烈的挑战。表现主义作家的政治态度，主流是积极的、反抗的，对资本主义社会的残酷与非正义的本质，竭尽全力地给以揭露和抨击。但从艺术上来看，似乎概念化的痕迹也非常严重。

表现主义的先驱者是瑞典的戏剧大师斯特林堡。《新青年》很早就翻译介绍了他的作品，在当时他是作为与易卜生齐名的大师被广泛介绍。由于表现主义的文学主张与五四新文学运动的反传统反社会的激进立场非常接近，所以很快就得以传播和关注。当时介绍表现主义的理论文章很多，主要是转译自日文，大批留日学生都深受那些文章的影响。沈雁冰担任主编期间的《小说月报》成为宣传表现主义的大本营。1921年《小说月报》12卷6号发表海镜（李汉俊）译黑田礼二（Kuroda Reiji）的《雾飙（Sturm）运动》，介绍德国表现主义艺术流派。下一期的刊物又刊登海镜译梅泽和轩（Umezawa Waken）的《后期印象派与表现派》，继续介绍先锋派艺术。再紧接着一期上有"德

---

① 　1910年德国《狂飙》（Der Sturm）杂志创刊，1911年《行动》（Die Aktion）杂志创刊，都是表现主义的重要阵地。1911年表现主义评论家威廉·沃林格尔（Wilhelm Worringer）在《狂飙》上发表文章，被视为表现主义的宣言。

② 　五四作家有把德国表现派比作文学革命运动。如宋春舫在《德国之表现派戏剧》中说："顾表现派之剧本，虽无訾议之点，然乘时崛起，足以推倒一切。大战以来，戏曲之势力，今非昔比。……惟德国之表现派新运动，足当文学革命四字而无愧，譬犹彗星不现于星月皎洁之夜，而现于风雷交作之晚，一线微光，于此呈露，在纷纷扰攘之秋，而突有一新势力，出而左右全欧之剧场，舍表现派外，盖莫属也。"（《东方杂志》18卷16号，1921年8月25日）

国文学研究"专栏,载海镜译山岸光宣(Mitsunobu Yamagishi)的《近代德国文学的主潮》、厂晶(李汉俊)译金子筑水(Kaneko Chikusui)的《最年青的德意志的艺术运动》、李达译片山孤村(Katayama Koson)的《大战与德国国民性及其文化文艺》、程裕青译山岸光宣的《德国表现主义的戏曲》,四篇论文从各个侧面或多或少都介绍了德国表现主义艺术运动。与此同时,宋春舫发表《德国之表现派戏剧》,载《东方杂志》18卷16号,介绍表现主义剧作家恺石(Georg Kaiser)和汉生克洛佛(Walter Hasenclever)的作品,并翻译汉生克洛佛的代表剧本《人类》(Die Menschen)。他作序说:"表现派的剧本,不但在我国是破天荒第一次,在欧洲也算是一件很新奇的出产品。"①

表现主义的文艺观直接影响了五四新文艺作家们,尤其是创造社社员。郭沫若在《自然与艺术——对于表现派的共感》等一系列文章里,反复强调艺术必须创造,反对模仿。他斥责西方的自然主义文学、象征主义文学、未来主义文学,认为都是"摹仿的文艺",而极力赞扬德国新兴的表现派,声称对其"将来有无穷的希望"②。1920年郭沫若发表诗剧《棠棣之花》,之后又连续创作了《女神之再生》《湘累》等诗剧。据作者自称,"诗剧"这种形式是受了歌德以及"当时流行着的新罗曼派和德国新起的所谓表现派"的影响,"特别是表现派的那种支离灭裂的表现,在我的支离灭裂的头脑里,的确得到了它的最

① 宋春舫:《宋春舫论剧》第1集,中华书局1923年版,第85页。其文章《德国之表现派戏剧》也可见此书第75～83页。
② 郭沫若:《自然与艺术——对于表现派的共感》,《创造周报》第16号,1923年8月26日。

适宜的培养基"①。但是与这些剧本相比较，郭沫若的早期小说更具有表现派的艺术特征。正如斯特林堡在《鬼魂奏鸣曲》里让死尸、鬼魂与人同台演出，郭沫若在小说里让骷髅与人一起交流诉说、让人的肉体与"神"相分离，并让肉体变形为动物尸体等怪异的手法比比皆是。郭沫若的早期小说在五四时期有很重要的地位，之所以后来没有受到重视，除郭沫若有更高的诗名以外，还有一个原因就是这些比较典型的表现主义艺术手法后来在占主流的现实主义的狭隘审美观下被遮蔽和被忽视。表现主义手法在五四一代作家的创作里是非常普遍的现象，鲁迅、郁达夫等著名作家的小说里到处可见。

20世纪20年代初欧洲表现主义思潮影响到美国，诞生了表现主义戏剧大师奥尼尔，他的代表作《毛猿》《琼斯皇》等对中国的前卫戏剧家们产生了极为重要的影响。中国戏剧家洪深与奥尼尔是前后相隔几届的哈佛大学同学，他回国后在奥尼尔的影响下创作了中国特色的表现主义戏剧《赵阎王》，虽然在票房上惨遭失败，但是毕竟为中国的表现主义戏剧积累了经验，为三四十年代曹禺的具有表现主义因素的话剧《原野》等获得成功打下了基础。

达达主义、超现实主义运动由于起步晚，与五四初期的新文学运

---

① 　　郭沫若:《学生时代》，人民文学出版社1979年版，第68页。

动关系不大，20世纪20年代只有零星的介绍①，直到30年代戴望舒、艾青等现代派诗人登上诗坛，才逐渐显现出一定的影响。但作为先锋派的未来主义、表现主义的艺术流派，对于五四新文学初期的先锋因素的形成，其意义是重要的。尤其是这两大先锋派的政治文化主张都极为激烈和极端，反传统的呼唤极有气势，既充满了战斗的色彩，又弥漫着孤军奋战的悲怆。这种典型的先锋派的文化气质，与五四初期《新青年》为首的反传统精神在气质上非常接近，这是值得我们进一步研究的。

　　但是，指出这一点并不是片面地强调先锋文艺的影响作用。这是因为，第一，中国的先锋精神本来就是混迹于浪漫主义的恶魔性、唯美主义的颓废性以及现实主义的启蒙和批判，甚至还有自身文化传统中的反叛因素，杂糅成一种以反叛社会反叛传统为主要特点的文艺思潮，其先锋品质不可能是单一的构成。第二，即使西方的先锋运动与中国的先锋运动之间毫无因果的影响关系，同样给我们提供了一个研究的参照系：即具有先锋意识的东西方知识分子如何在世界转变的紧要关头发出相似的战斗者的声音。中国文学与西方文学是在两种完全不同的环境下产生先锋运动的。五四新文学运动的影响不局限于文学，它是广泛的社会整体运动中的一翼，与新文化运动密不可分，整体性地参与促进了社会文化的全面转型，所以五四时期的中国先锋运动要

---

① 　　1922年4月10日幼雄根据日本杂志上的文章改写的《礧礧主义是什么》发表于《东方杂志》19卷7号，介绍了欧洲达达主义艺术的起源与特点。这是迄今查到的资料中最早专门介绍达达主义的一篇文章。1922年6月10日沈雁冰在《小说月报》13卷6号的"海外文坛消息"的《法国艺术的新运动》中对"大大主义"（即达达主义）也作了简要的介绍，以后陆续还有介绍。关于超现实主义的介绍比较晚，能找到的是1934年黎烈文翻译爱伦堡的《论超现实主义派》，载《译文》第1卷第4期。

比西方的先锋运动更具有对社会传统的颠覆性。本节引入西方先锋派文艺在中国的介绍资料，只是为了强调此时此刻中国与世界的同步性，然后在同步发展中再考察中西先锋派文学思潮的差异性。

二、中国先锋精神的特征："吃人"意象、对抗性批判和语言欧化

五四新文学运动之初的文化背景，与西方先锋派文艺的产生背景之间，有一个值得玩味的现象。欧洲在19世纪末，由于殖民地的成功开发，经济发展得到了短暂的飞跃，从殖民地掠夺来的大量资源和廉价劳动力产生的剩余价值，缓和了资本主义国家内部的阶级斗争和经济矛盾，欧洲各国的经济状况和生活环境都有了改善，并且各国政府可以分出利润来收买参与政治权力的工人领袖，真正的工人反抗意志无从表达，精神自由的追求被弥漫社会舆论的庸俗物质主义掩盖，因而产生了普遍的精神压抑和精神危机，极端的反抗行为只有通过无政府主义者发起的恐怖活动来解决。艺术家深深感觉到艺术不再有力量参与社会的进步与改造，批判现实主义对社会问题的局部批判，越来越成为资本主义民主的一种招牌；另一部分艺术家则以颓废放荡、玩世不恭的态度来表示对社会的轻视，形成了文学艺术领域的唯美主义思潮。唯美主义以艺术的自我实现为目的，故意忽略了对社会的批判性介入，同时由于资本主义艺术体制的健全，艺术市场化在此时形成了巨大的涵盖力，把一切艺术都迅速变成商品。先锋运动的产生正是这种消极颓废的艺术观的反动，先锋艺术以自身的惊世骇俗的表现，

企图使艺术重新回到社会反抗的立场，发挥它的批判功能。而中国从晚清到民国初年，一场资产阶级革命刚刚推翻了封建王朝，但由于缺乏充分的准备，历史转折时期的一切混乱都暴露出来，人们对共和国的理想破灭，精神陷入了新的危机。本来致力于思想宣传的文艺这时候失去了它的原有功能，人们不再相信文学所宣传的社会进步的理想。社会功能的丧失使文学迅速转向两种倾向：一种是原先的革命者失去了参与政治的机会以后，转向传统文人放浪形骸的颓废形态，文学创作恢复了古典文学中的士大夫自娱性功能。南社即为典型，南社成员政治上是激进的，但文学观念上相当保守，也可以说是中国式的唯美主义和颓废主义思潮。另一种倾向是，市场经济形成了文学创作的商品属性，许多文人以创作来追求商业利润，文学性受到市场操作，形成了通俗文学的繁荣。所谓"鸳鸯蝴蝶派"文学主要是指这一派文学。比格尔在分析先锋派产生的背景时提出了"艺术体制"的概念，他解释说："这里所使用的'艺术体制'的概念既指生产性和分配性的机制，也指流行于一个特定的时期、决定着作品接受的关于艺术的思想。先锋派对这两者都持反对的态度。它既反对艺术作品所依赖的分配机制，也反对资产阶级社会中由自律概念所规定的艺术地位。"① 西方社会是因为资本主义经济发达和体制完善而造成物质主义对精神的压抑，

---

①　　　［德］彼得·比格尔：《先锋派理论》，高建平译，商务印书馆2002年版，第88页。这段引文的英文与出处是：

The concept "art as an institution" as used here refers to the productive and distributive apparatus and also to the ideas about art that prevail at a given time and that determine the reception of works. The avant-garde turns against both—the distribution apparatus on which the work of art depends, and the status of art in bourgeois society as defined by the concept of autonomy.

(Peter Bürger, *Theory of the Avant-Garde*, translated by Michael Shaw, Foreword by Jochen Schulte-Sasse, Minneapolis, MN: University of Minnesota Press, 1984, p. 22)

导致文学的商品化市场和唯美主义的自律；中国是因为资产阶级革命的不彻底、资本主义艺术体制的不健全和社会的混乱黑暗，导致自娱的唯美主义的游戏文学与媚俗的追求利润的通俗文学。从表面看两者仍然有相似的发生环境，中国的先锋运动首先把批判的矛头指向南社的诗歌创作和鸳鸯蝴蝶派的通俗文学，提倡为人生的文学，其意义可以从这里得到解释。

五四新文学运动是在启蒙意识与先锋精神的合力下形成的一个巨大的批判阵营。西方文艺复兴时期的人文主义思潮与20世纪初西方先锋性的反叛思潮同时传到中国，同时引起中国作家的关注。两者之间，既有互不可分的一面，但还是存在着文化渊源上的差异。我们从周氏兄弟在五四时期的言论中可以明显感受到这种差异的存在。周作人在五四时期的文章里基本上没有什么先锋派的因素，他的《人的文学》一文最能证明。坚持人道主义、坚持理性精神、略带一点艺术上的唯美与颓废倾向，是周作人贯穿一生的作风，新文学运动彻底反传统的战斗始终让他感到格格不入，他最终放弃了激烈的批判立场，转向唯美主义文化。他在20年代提出"美文"的写作原则以及强调个人的专业精神，都可以看作与先锋精神的分离。鲁迅与周作人自有许多不同之处，但根本不同的一点，则是鲁迅始终坚持先锋立场。周氏兄弟早年吸收西方学术的渊源不同，周作人追求的是西方理性与科学、神话等雅典精神传统；而鲁迅追求的则是热血沸腾、舍身爱国、激进主义的斯巴达精神传统，从这一传统结合中外19世纪末哲学思潮，形成了特有的先锋精神。我们从鲁迅在五四时期发表的杂感对传统文化采取的肆无忌惮的否定态度，以及在《狂人日记》中关于吃人问题的探讨，可以看到鲁迅笔下所呈现的反叛性。鲁迅早期的现代反叛思想，是从达尔文、尼采一路发展而来，达尔文提出生命的进化论学说，尼采直接高呼"上帝死了"，从科学与人文两个方面颠覆了基督教文明的超稳定性，而《狂人日记》几乎本能地把这一反叛思想融入本民族传统文明的颠覆因素，不仅颠覆了"仁义道德"的传统意识形态，也颠覆了"人之初，性本善"的儒家人性论的基本信条，并且因揭露了人有一种"吃人"性，进而对弥漫于当时思想领域的来自西方的人道主义、人性论思潮也进行了质疑。[①]这与西方在20世纪初所兴起的先锋文学思潮的锋芒所向基本保持了一致性。狂人原先以为自己发现了吃人的秘密而别的人尚不知晓，他以众人皆醉唯我独醒的态度劝大哥觉悟，但终于失败了。这时候的狂人还是一个人道主义者。但紧接着他感到恐惧的是，吃人的野蛮特质不但渗透于几千年的历史，而且也弥漫于当下的社会日常生活，更甚于此的是它还深深根植于人性本身，连他自己也未必没有"吃过人"。这才是狂人感悟问题的真正彻底性，彻底得让人无路可走，顿时失去了立足之地。从人道主义到反思人的"吃人"性，这就是《狂人日记》不同于清末谴责小说的地方，它显然不仅仅在社会的某一层面揭露出生活的黑暗与怪异，而是对整个社会生活的人生意义以及人道主义的合理性都提出了质疑。这种彻底性正是西方现代主义小说的先锋性的重要特征之一。[②]

波焦利曾把西方先锋精神特征归纳为四种势态（moments），分

[①] 关于鲁迅的这一思想特点，可参阅拙文《现代中国的第一部先锋之作：〈狂人日记〉》，见《思和文存》第1卷，黄山书社2013年版，第28～51页。

[②] 我们在卡夫卡的作品里根本无法找到现代人的出路究竟在哪里，他对人的生存处境从根本上提出了怀疑。《狂人日记》具有非常相似的意义。这是卡夫卡与巴尔扎克之间的根本差异，也是以鲁迅为代表的新文学与晚清民初的谴责小说和言情小说的根本差异。

别为行动势态、对抗势态、虚无势态和悲怆势态。①我觉得，像鲁迅所描绘的"吃人"的意象，就是一种行动势态的表达，这是一种心理上的动势（psychological dynamism），用故作惊人的夸张艺术手法，引起惊世骇俗的效果。

行动的乖张必然带来主体与社会习俗的对抗。新文学运动的发起者们自觉站在与社会公众对抗的立场上，展开他们的自觉挑衅。西方先锋派文艺本身是针对"为艺术而艺术"的唯美主义而出现的反动，出现在欧洲第一次世界大战前后，那时资本主义社会的体制已经出现了松弛、崩坏的迹象，不是铁板一块坚不可摧了，所以给艺术介入社会提供了新的希望。彼得·比格尔甚至解释说：Avant-Garde中的"前缀avant并非，至少并不主要指要求领先于同时代的艺术（这尤其适用于兰波），而是声称位于社会进程的顶端。一个艺术家属于先锋主义者并非因为创造了一部新作品，而是要用这部作品（或者放弃作品）谋求另外的事：实现圣西门式的乌托邦或社会进程的加倍前行，

<hr />

① 　　　　波焦利的原书中这四种态势的表达是："activism or the activistic moment, antagonism or the antagonistic moment, nihilism or the nihilistic moment, and agonism or the agonistic moment." (Renato Poggioli, *The Theory of the Avant-Garde*, translated from the Italian by Gerald Fitzgerald, Cambridge, MA: Harvard University Press, 1968, pp. 25—27)

这是兰波赋予未来诗人的一项任务"[1]。我们如果从这一角度来理解五四新文学运动的发展趋向，就不会惊讶于为什么这场运动的最终指向是对社会的批判和改造，也不会惊讶于为什么新文学运动的骨干力量几年以后都转向了实际的政治运动和政党活动。事实上，五四新文学运动发起者们的心里都是存在着一种社会理想的，并以此乌托邦为精神目标来批判社会现状和提出改造社会现状的药方。《新青年》[2]创办之初，陈独秀就在《敬告青年》里向青年们提出六条标准：自主的而非奴隶的、进步的而非保守的、进取的而非退隐的、世界的而非锁国的、实利的而非虚文的、科学的而非想象的。[3]其中"实利的"一条最不能理解。在今天的语境下就是要讲实际利益。陈独秀认为这是世界性的趋向，中国的青年不能什么都像儒家那样只讲究虚伪道德，讲义不讲利。这与西方的先锋精神是有关的。这种先锋精神的指向，就是要求介入社会，改变社会现状。陈独秀甚至公然鼓吹青年人要学日本的"兽性主义"，所谓"兽性主义"，就是"曰意志顽狠，善斗不屈也；曰体魄强健，力抗自然也；曰信赖本能，不依他为活也；曰顺

---

[1] 引自彼得·比格尔为迈克尔·凯利主编的《美学百科全书》撰写的"先锋"（Avant-Garde）条目：

The preposition avant means not, or at least not primarily, the claim to be in advance of contemporary art (this is first true of Rimbaud), but rather the claim to be at the peak of social progress. The artist's activity is avant-gardist not in the production of a new work but because the artist intends with this work (or with the renunciation of a work) something else: the realization of a Saint-Simonian utopia or the "multiplication" of progress, a task that Rimbaud assigns to the poet of the future.

(Peter Bürger, "Avant-Garde", in: *Encyclopedia of Aesthetics*, Vol.1, ed. by Michael Kelly, New York, NY: Oxford University Press, 1998, p. 186)

[2] 《新青年》第1卷名为《青年杂志》，第2卷才改名为《新青年》，本文为了行文一致，都用《新青年》，特此说明。

[3] 陈独秀：《敬告青年》，《青年杂志》1卷1号，1915年9月15日。

性率真，不饰伪自文也。皙种之人，殖民事业遍于大地，唯此兽性故。日本称霸亚洲，唯此兽性故"①。这种赤裸裸的效法殖民主义的极端言论，如果对照先锋派崇尚强力、歌颂战争的极端态度，也就不奇怪了。

强烈的改造社会愿望以及与社会习俗的对抗性，使新文学运动的发起者对传统抱有虚无的态度。②在中国，几乎没有达达主义者那样追求纯粹的无意义，他们的心中都是怀有满腔救国的理想方案，但是他们敢于指出传统的无意义，认为一切神圣的东西，只要妨碍今天的发展，都是可以推翻的。如陈独秀在《新青年》上发表的《本志罪案之答辩书》，是一篇引火烧身的先锋派文献。他在文章里直认不讳自己的立场是"破坏孔教，破坏礼法，破坏国粹，破坏贞节，破坏旧伦理（忠孝节），破坏旧艺术（中国戏），破坏旧宗教（鬼神），破坏旧文学，破坏旧政治（特权人治）"③。而鲁迅对传统文化的轻蔑与批判态度也表示了这种自觉："苟有阻碍这前途者，无论是古是今，是人是鬼，是《三坟》《五典》，百宋千元，天球河图，金人玉佛，祖传丸散，秘制膏丹，全都踏倒他。"④他曾公然主张青年人不读中国书，另一个激进主义者吴稚晖更是公开号召把线装书丢到茅厕里去。这种虚无主义使人联想到西方先锋派对传统文化的彻底决绝的态度。常为人诟病的是意大利未来主义者公然宣布要"摧毁一切博物馆、图书馆和

---

① 陈独秀：《今日之教育方针》，《青年杂志》1卷2号，1915年10月15日。
② 五四时期的先锋作家对传统采取的虚无主义态度，某种意义上可以看成一种策略。事实上，陈独秀、鲁迅诸先驱本身对传统文化都有深刻的研究和贡献。所以这种虚无主义的态度只流行了很短暂的一个时期。
③ 陈独秀：《本志罪案之答辩书》，《新青年》6卷1号，1919年1月15日。
④ 鲁迅：《忽然想到（六）》，见《鲁迅全集》第3卷，人民文学出版社2005年版，第47页。

科学院"①，而俄国的未来主义者则宣布"把普希金、陀思妥耶夫斯基、托尔斯泰等等，从现代生活的轮船上扔出去"②。

先锋文学为了表示它与现实环境的彻底决裂和反传统精神，往往在语言形态和艺术形式上也夸大了与传统的裂缝，它通过扩大这种人为的裂缝来证明自身存在的革命性，对传统的审美习惯也采取了颠覆的态度，以违反时人的审美口味和世俗习惯来表示与现实的不妥协的对抗。这些现象表面上是技术性的，其实仍然是一种精神宣言。从语言形态和艺术形式的反传统的标志来看，五四新文学运动作为先锋文学运动的特征更为明显。鲁迅是第一个自觉到这个特性的人，他的《狂人日记》一发表，立刻就拉开了新旧文学的距离，划分出一种语言的分界。我很赞同这样的观点：五四之后形成的白话语言体系及现代汉语，本质上是一种欧化的语言。现代白话与传统白话之间的区别不是在形式即语言作为工具的层面，而是在思想思维即语言作为思想的层面。现代白话是一种具有自己独特的思想思维体系的语言体系。③中国自古就有白话文学，胡适作过专门的研究，撰写过《白话文学史》。晚清以来，知识分子出于宣传维新改革思想的需要，使白话逐渐进入了传媒系统，为更多的民众所接受。晚清文学在黄遵宪"我手写我口"的倡导下，不仅白话入诗，而且大量方言也成为小说创作的工具。《海上花列传》中的苏州方言就是最典型的一种。所以学界长

---

① ［意］马里内蒂：《未来主义的创立和宣言》（Fondazione e Manifesto del Futurismo），吴正仪译，见柳鸣九主编《未来主义 超现实主义 魔幻现实主义》，中国社会科学出版社1987年版，第47页。

② ［俄］布尔柳克等：《给社会趣味一记耳光》，张捷译，《文艺理论研究》1982年第2期。

③ 高玉：《现代汉语与中国现代文学》，中国社会科学出版社2003年版，第59页。

期有一种看法：即使没有新文学运动，白话文也迟早会成为文学语言的正宗，这是由现代文学的性质所决定的。这种设想自然有它的道理，但是我们应该注意到的是，五四新文学中大量欧化语言的产生，与传统白话文自然而然的发展轨迹并不是一回事，这是另外一个语言系统进入中国，形成了一种全新的思维方法。五四新文学运动所提倡的现代白话文，可以说是开创了一个新的语言空间。只要把《狂人日记》与任何一篇晚清小说对照读一读就很清楚了。关于这一点，现代白话文的提倡者也未必全都意识到，胡适就始终坚持：白话文只是表示用口语写作，他所强调的"要有话说，方才说话"，"有什么话，说什么话；话怎么说，就怎么说"①，都是一个口头语的提倡。这个口头语，就是晚清以来大量小说的主要用语。而鲁迅创作用的恰恰不是这样的白话文，他不是胡适那样的口语白话文实行者，他是用欧化语言的表达方式，用西方的语法结构来创造一种新的文体，形成了现代汉语精神的基本雏形。汉学家史华慈尖锐地指出："白话文成了一种'披着欧洲外衣'，负荷了过多的西方新词汇，甚至深受西方语言的句法和韵律影响的语言。它甚至可能是比传统的文言更远离大众的语言。"②这也就是新文学长期无法解决语言大众化问题的根源所在。我们不妨读一下《狂人日记》的语言，这种语言有独特的语法结构，用得非常拗口：

　　　　四千年来时时吃人的地方，今天才明白，我也在其中混

①　　　胡适：《建设的文学革命论》，《新青年》4卷4号，1918年4月15日。
②　　　[美]本杰明·史华慈：《〈五四运动的反省〉导言》，转引自高玉《现代汉语与中国现代文学》，中国社会科学出版社2003年版，第59页。

了多年；大哥正管着家务，妹子恰恰死了，他未必不和在饭菜里，暗暗给我们吃。

我未必无意之中，不吃了我妹子的几片肉，现在也轮到我自己……

狂人为了表达自己也曾经"吃人"这一痛苦事实，用了几个"未必"来转折地表达句子的意思，把句子搞得晦涩难读，却又是非常符合逻辑。这就是非常典型的欧化句子。还有，运用大量的补语结构：

你们要不改，自己也会吃尽。即使生得多，也会给真的人除灭了，同猎人打完狼子一样！——同虫子一样！①

不仅惊叹号和破折号的运用十分奇特，语言结构上也很奇特，与中国人一般的口语习惯完全不一样。像这样的奇特语言，怎么能说是传统白话文呢？欧化的句式必然带来欧化的表现效果。新文学作品有时候难读难懂，主要是反映了当时的中国知识分子面对西方许多新的思想激起对自己文化传统的深刻反省，思维混乱、感情复杂是必然的。像鲁迅的文学语言，给人带来的最震撼的就是这个效果。《野草》里的晦涩难懂的语言隐藏着无穷的潜在魅力。从鲁迅开始，中国的文学进入了一种现代语写作，而不是一般的口语写作。所谓的现代语写作，就是用标准的现代语法，尽最大的力量来表达现代人的思维方式，表达现代人所能感受到的某种思想感情。

① 鲁迅：《狂人日记》，见《鲁迅全集》第1卷，人民文学出版社2005年版，第453～454页。

我们再读郭沫若早期的诗歌如《女神》诸篇，大量的中外名词夹杂在一起，大量的现代科学名词入诗，加之世界性的开阔视野和奇特的想象，展示出一种令人目不暇接的万花筒的异彩：

哦哦，摩托车前的明灯！

你二十世纪亚坡罗！

你也改乘了摩托车吗？

我想做个你的助手，你肯同意吗？

哦哦，光的雄劲！

玛瑙一样的晨鸟在我眼前飞腾。

——《日出》

大都会的脉搏呀！

生的鼓动呀！

打着在，吹着在，叫着在，……

喷着在，飞着在，跳着在，……

……

一枝枝的烟筒都开着了朵黑色的牡丹呀！

哦哦，二十世纪的名花！

近代文明的严母呀！

——《笔立山头展望》

啊啊！不断的毁坏，不断的创造，不断的努力哟！

啊啊！力哟！力哟！

力的绘画，力的舞蹈，力的音乐，力的诗歌，力的律吕哟！

——《立在地球边上放号》①

用摩托车来形容日出，用黑色的牡丹来形容大工业，显然是对中国传统优雅的审美习惯的颠覆，而在最后一例里，诗人试图把对强力的歌颂贯穿到绘画、音乐、诗歌、舞蹈等各种艺术形式上去。虽然西方先锋派艺术首先是出现在艺术门类中，然后再传染给文学，而当时中国的现代音乐现代绘画还处于起步阶段，只有文学能够独立承担起先锋运动的使命，但是郭沫若在诗歌里，不仅给现代各种门类的艺术以新的生命，而且使各类艺术因素都融汇到他的诗歌创作里去，使《女神》如横空出世一样，把五四新文学的实绩推到了一个与世界文学同等的高度。这种语言风格是胡适的《尝试集》所开创的白话诗风气以及那种哥哥妹妹的民间情歌传统难以望其项背的。

三、五四新文学的先锋精神与现代文学的关系

本文在论述五四新文学运动的先锋因素时，一开始就试图加以说明，在五四初期，西方人文主义思潮和现代反叛思潮同时影响了新文学作家；同样的原理，即使在一部分具有先锋精神的作家的文学世界

---

① 　　　《郭沫若全集》文学编第1卷，人民文学出版社1982年版，第62～72页。

里，也融汇了多种外来文学的影响因素，绝不可能为先锋因素所独占。但是我们从五四初期新文学运动的发动及其发展状况来看，毋庸讳言，当时就新文学而言，确实存在过一个类似西方先锋派文艺的先锋运动，它构成了五四时期新文化运动中的先锋性，以激进的姿态推动文学上的破旧立新的大趋势。这个运动大致可以陈独秀、钱玄同为代表的《新青年》思想理论集团，鲁迅、郭沫若为代表的先锋文学创作，沈雁冰、宋春舫等为代表的翻译引进和理论介绍为基本范围，以及《新青年》《创造季刊》《小说月报》等杂志以各种不同的方式显现其先锋姿态和先锋精神，在五四新文学运动初期发挥了积极的、几乎是核心力量的作用。

先锋文艺不等同于现代主义文艺，过去我们常常把两者混同起来，把先锋派文艺看作现代主义文艺内部的几个规模不大的派别。然而两者最重要的区别是——先锋文艺的锋芒指向"为艺术而艺术"的唯美主义文艺思想，而现代主义各种流派中也包含了"为艺术而艺术"的文艺观念。中国现代文学史上曾流行过由波德莱尔、马拉美等象征主义，王尔德、魏尔伦等唯美主义和颓废主义以及意识流、性意识等理论构成的现代主义文艺思潮，它们对作家的影响，主要体现在具体的创作美学追求；而先锋精神在中国作家身上所体现出来的主要是文学态度与文学立场，主要体现在文学与社会的关系方面。两者的分野在五四时期就得到体现。作为先锋文艺精神的主要特点之一，五四初期新文学运动中的"为艺术而艺术"的唯美主义倾向并没有得到普遍的响应，新文学运动的发起人只是针对传统的文以载道的弊病，提出了艺术自身的独立审美的价值①，但其出发点仍然是强调文学要介入社会生活，有助于社会进步；创造社成员提倡"为艺术而艺术"，一边强调"反抗不以个性为根底的既成道德"，一边呼吁艺术要"反抗资本主义这条毒龙"，张扬个性与反抗资本主义也达到了高度的一致性。②所以，以往文学史把五四初期的"为人生的文学"和"为艺术的艺术"这两种观念简单对立起来是有失偏颇的。五四新文学运动的先锋精神，一开始就决定了文学与社会的对抗性。新文学是对旧社会体制的批判和抗争，在这一点上，上述两种观念没有根本的差异。从五四初期的外来影响上看，俄国批判现实主义的文学，浪漫主义的恶魔派文学，其本身都有复杂内涵和多元因素，但是中国新文学作家真正欢迎的外来因素，都集中在反抗社会体制和批判文化传统这两个方面，这与狂热反对传统的先锋精神是不谋而合的。五四作家反传统的彻底性，使他们超越了各种艺术思潮流派的自身局限，在先锋精神这一点上统一起来。不过，强调唯美主义、强调艺术形式至上的文艺观点在五四时期并非没有影响，只是没有占据主流，直到20年代后期才慢慢地流行开来（如戴望舒的现代主义诗歌），30年代的许多优秀诗歌和小说的诞生（如京派文艺圈的有些现代派创作成果）才逐渐体现出真正的现代主义的因素。而对于五四初期的激进主义的反叛文学思潮，与其用现代主义，毋宁用先锋精神来概括更为确切。

①　陈独秀在《致胡适之》中探讨"八不主义"中"须言之有物"一条时，阐述了著名的观点："鄙意欲救国文浮夸空泛之弊，只第六项'不作无病之呻吟'一语足矣。若专求'言之有物'，其流弊将毋同于'文以载道'之说？以文学为手段为器械，必附他物以生存。窃以为文学之作品与应用文字作用不同。其美感与伎俩，所谓文学美术自身独立存在之价值，是否可以轻轻抹杀，岂无研究之余地？"（《新青年》2卷2号，1916年10月1日，"通信"栏目）
②　郭沫若：《我们的文学新运动》，《创造周报》第3号，1923年5月27日。

新文学整体观续编

试论五四新文学运动的先锋性

先锋精神不是五四新文学运动的全部，但它是新文学运动中最激进、最活跃的一部分力量，它的基本发生形态可以用"异军突起"来概括。"先锋"一词，原先是用于军事领域，指一支小部队孤军深入，直临前线与强敌作战。在两军对阵敌情未卜的情况下，先锋部队就含有投石问路的性质，战场上胜负难卜、生死危亡的考验使之处于高度紧张的精神状态。更加吊诡的是，先锋与自己大部队的关系也相当暧昧。古代军事上有"将在外，君命有所不受"的说法，意味着前线战场上军情瞬息万变，全靠先锋部队充分发挥主体的能动性，过于拘泥主帅命令反而会遭受全军覆没的危险。这也从另一个角度反映了先锋与主帅之间的辩证关系。换句话说，先锋更加具有独立色彩，它不仅集中力量攻击它的敌人，也会反过来对主帅操纵的大部队生出异己性，这就有了"异军突起"的说法。从文学的先锋精神看，他们除了攻击墨守成规的传统，对本营垒中的主流力量多半也是采取猛烈抨击或者不屑一顾的傲慢态度，他们至少会觉得，主流的文化趋向在它们的掌握者操纵下已经失去了活跃的生命力，已经不足以担当起指挥和领导向传统势力进攻的重任。这就是俄国的未来主义者高喊着要把普希金、陀思妥耶夫斯基、托尔斯泰抛到海里去的原因。中国现代文学史上凡带有先锋性质的文学运动大约都有过类似的经历，新文学运动发起者们对晚清以来的文学革命先驱多有微词，鲁迅在《狂人日记》里对人道主义的质疑，创造社崛起之时针对文学研究会和鲁迅的大肆攻击，左翼文学发动对鲁迅、茅盾的围剿等，都是属于这类先锋运动前后树敌必然伴随的狂妄与紧张相交杂的心理反应。

　　由于先锋运动的孤军深入和前后树敌，它在实践上不可能有很长远的坚持。一般来说先锋运动在文学史上都是彗星似的短暂，如同火光电闪稍纵即逝，伴随而来的是一场场激烈的争论，搅得周天寒彻，但很快就会过去，显出战场的平静和寂寞。所以我们考察先锋文化的成功与否，必须看它与主流文化究竟处于一种什么样的关系。法国先锋派剧作家欧仁·尤奈斯库（Eugene Ionesco）曾经说得很有意思：

> 先锋派就应当是艺术和文化的一种先驱的现象，从这个词的字面上来讲是说得通的。它应当是一种前风格，是先知，是一种变化的方向……这种变化终将被接受，并且真正地改变一切。这就是说，从总的方面来说，只有在先锋派取得成功以后，只有在先锋派的作家和艺术家有人跟随以后，只有在这些作家和艺术家创造出一种占支配地位的学派、一种能够被接受的文化风格并且能征服一个时代的时候，先锋派才有可能事后被承认。所以，只有在一种先锋派已经不复存在，只有在它已经变成后锋派的时候，只有在它被"大部队"的其他部分赶上甚至超过的时候，人们才可能意识到曾经有过先锋派。①

尤奈斯库这么说，显然不是针对具体的文学先锋流派而言的，他泛指某种先锋文学艺术现象只有事后才会被人意识到，指出了真正的先锋运动确是认清了社会文化潮流的趋向而不是故意地装疯撒娇，先锋派是否成为真正的先锋要经得起时间与历史进程的考验，他们所追求的艺术目的是否能为"大部队"即主流文化所容纳，是先锋得以成

---

① ［法］欧仁·尤奈斯库：《论先锋派》，李化译，见《法国作家论文学》，王忠琪等译，生活·读书·新知三联书店1984年版，第568页。

立的标志。如果"先锋"了一阵以后无声无息，那就不是真正的先锋。这一特征毫不掩饰地道出了先锋派在反媚俗的同时，必将有另一种媚俗的倾向，它有急于求成、急于被主流文化承认的功利性和迫切性，这也是自称先锋派的艺术家会自觉接受某种权力的合作的根本原因所在（如意大利未来主义者向法西斯政权靠拢，俄国未来主义者向苏维埃政权靠拢，法国超现实主义诗人阿拉贡、艾吕雅等加入了法国共产党，都可以从这一角度来认识）。我们从这一定义来看五四新文学运动，就不难意识到它的先锋性是经得起时间考验的。其标志当然不仅仅是存在下去，而是五四的先锋主张——反传统的立场、深刻的批判精神、语言的欧化结构、开创性的新文艺形式等，都逐渐为主流文化所接受，并且形成了我们所说的五四新文学传统。

这样，由于先锋性的存在，新文学运动就呈现出特别复杂的形态。我们从考察先锋运动与主流文化的关系的角度，来回应本文一开始所介绍的王德威的"被压抑的现代性"和范伯群所持的"鸳鸯蝴蝶派小说为正宗"说，就能得到进一步的启发。在20世纪前二三十年中国文学发展的过程中，我们不妨把新文学运动中某些激进因素（不是新文学的全部）看成一个异军突起的先锋派文学运动，也就意味着新文学运动内部存在着一个与同时代的文学主流之间"断裂"的形态，而从晚清到民初的文学向五四新文学发展的总体过程则是当时中国文学的主流。当时中国社会面临着三千年未有之大变局，文学凭着敏感的特性，自然而然地充当了回应社会破旧立新的先声。新旧文学之分野是存在的，但未必如后来的文学史所描绘的那样清晰。古典文学历来有雅俗之分，晚清时期新因素的出现，主要是在俗的一边，如小说戏曲等，一是充当了资产阶级政治改革的宣传工具，二是迎合了半殖民地刚刚兴起的通俗文化市场。而雅文学一边，即士大夫们的诗文写作，毕竟还是慢了一拍，直到黄遵宪才发生了缓慢的变化，即使到南社时代，仍然是在传统的旧文学形式里打转。五四前一二十年中国的雅俗文学都在发生变化，比较显著、或者说直接影响了20世纪文学走向的，是俗文学发挥了前所未有的作用。在这个意义上，范伯群引朱自清的"正宗说"有一定的合理性，毕竟当时的俗文学全盘继承了古典小说的文学遗产。但从雅文学创作一边来考量，如诗文方面，俗文学则无法左右其中，继往开来（台湾沦为日本殖民地以后，古典诗创作还有进一步的发展空间）。晚清到民初的主流文学依然是在社会生活的推动下发生着变化，文学为了适应社会的需要，其新的主题的确立、西方文学的翻译介绍、语言的通俗化大众化、文化市场体制的建设等，都在有条不紊地发展着。民初政治的混乱与黑暗，使原来旨在政治改良的晚清白话小说的创作势头有所遏制，而繁荣一时的两大潮流——一个是唯美颓废倾向的旧体诗词和言情骈体小说，一个是文化市场上的通俗读物（包括各种通俗性的狭邪、黑幕、武侠、滑稽小说等等）——都有了长足的发展。在这两大文学潮流中，包含着现代意识的白话文学并非没有增长，这就是王德威所说的"被压抑的现代性"的多种文类的晚清小说，也在按照自身逻辑发展着。王德威指出的"没有晚清，何来五四"，在这个意义上提出质问是相当有力的。

关于"被压抑的现代性"这个概念，王德威的阐述中含有多重的意义：（1）它代表一个文学传统内生生不息的创造力。这一创造力在迎向19世纪以来西方的政经扩张主义及"现代话语"时，曾经显现极具争议性的反应。（2）指的是五四以来的文学及文学史写作的自我检查及压抑现象。在历史进程独一无二的指标下，作家勤于筛选文学经验中的杂质，视其为跟不上时代的糟粕。（3）泛指晚清、五四及20世纪30年代以来种种不入（主）流的文艺实验。[①]虽然他的著作主要是在第三种意义上讨论晚清小说文类中的"被压抑的现代性"，但是我更重视的是第二种意义上所具含的方法论，即如何理解中国文学的现代性问题。如作者所说："晚清小说求新求变的努力因其全球意义及其当下紧迫感，得以成为'现代'时期的发端……晚清作家却发现自己在思想、技术、政治、经济方面，身处世界性交通往来中。他们所面临的要务，乃是即刻掌握并回应西方的发展。"[②]中国作家的这样一种能力是在中国特定环境下的实践中培养出来的，因此，讨论中国文学的现代性因素，不能简单地以某一种现代性的标准绝对化，而排除中国文化自身发展中出现的多种现代化要求。王德威非常准确地指出了中国文学的现代性问题上的世界性因素："作为学者，我们在跨国文学的语境中追寻新与变的证据之际，必须真的相信现代性。除非晚清时代的中国被视为完全静态的社会（这一观念早已被证明是自我设限），否则识者便无法否认中国在回应并且对抗西方的影响时，

①　　参见［美］王德威《被压抑的现代性：晚清小说新论》，宋伟杰译，北京大学出版社2005年版，第10～11页。

②　　［美］王德威：《被压抑的现代性：晚清小说新论》，宋伟杰译，北京大学出版社2005年版，第25页。原文及出处如下："Late Qing fiction distinguished itself as the beginning of a 'modern' (rather than merely 'reborn') ear by its global relevancy and its immediate urgency. ... Qing writers found themselves already in the midst of ongoing worldwide traffic in intellectual, technological, and politico-economic goods. Qing writers were faced with the task of immediately grasping and responding to developments that had taken centuries to mature in the West."（David Der-wei Wang, *Fin-de-siècle Splendor: Repressed Modernities of Late Qing Fiction, 1849–1911*, Stanford, CA: Stanford University Press, 1997, p. 18）

有能力创造出自己的文学现代性。"①他的这一论述，与我过去阐述的"中国文学的世界性因素"②不谋而合。也许，在今天人们的阅读经验里，晚清小说仅仅具有当时的市场功能，很难与今天我们所理解的现代性问题联系起来，而王德威指出的是，现代性的多种可能性本来存在的，后来是在文学史的统一观念支配下被自我检查和压抑掉了。这是他的理论最能击中我们目前文学观念的要害之处，引起了我对传统文学史观念的重新审视。本文所提出的五四新文学的先锋性的观点，正是为了解释他的质疑。长期以来我们混淆了作为先锋文学和主流文学之间的界限，把作为一场具有先锋性的五四新文学运动视为文学史的新的起点，即用先锋文学的规范营造了一个20世纪中国文学的普遍规范和战斗传统，而取代了之前的主流文学的多样性，也涵盖了以后的所有复杂多元的文学现象。这样的理解当然是可以的，但是付出的代价则是牺牲或者漠视了晚清以来近二十年的文学实践及其以后的文学实践的丰富内涵，对于中国可能出现的多种现代性的追求，只能做出简单的教条的理解。我提出五四新文学的先锋性并非抹杀它奠定文学新局面的意义，而是要重新定义它与晚清以来主流文学的关系。异军突起的先锋文学运动，正如尤奈斯库所分析的："一个先锋派的人就如同是国家内部的一个敌人，他发奋要使它解体，起来反叛它，

---

① ［美］王德威：《被压抑的现代性：晚清小说新论》，宋伟杰译，北京大学出版社2005年版，第26页。原文及出处如下："I am only suggesting that as critics we must really believe in modernity–in the pursuit of the new and innovative in the context of international literature. Unless China in the late Qing is seen as a totally static society, a notion that has repeatedly been shown to be untrue, one cannot doubt its capacity to generate its own literary modernity in response and opposition to foreign influences." （David Der-wei Wang, *Fin-de-siècle Splendor: Repressed Modernities of Late Qing Fiction, 1849-1911*, Stanford, CA: Stanford University Press, 1997, p. 19）

② 详细论点可参考本书《20世纪中国文学的世界性因素》一文。

因为一种表达形式一经确立之后，就像是一种制度似的，也是一种压迫的形式。先锋派的人是现存体系的反对者。"①严格地说，先锋派不是建立新的文学范式，而是通过对主流文学的主要体系的出击，使批判的、创新的因素进入主流文学的范式，使传统的内涵在它的攻击下变得更加充实更加丰富，进而也更加贴近时代变化的需要。用尤奈斯库的话来说，就是当先锋文学的批判、创新的因素被主流文学接受并改变了主流文学的方向，先锋才完成任务，才能被确认为先驱者。1921年白话文获得国家教育部门的承认并给予推广，先锋性的新文学运动完成了自己的使命，白话文学因此进入了文学教育体制，五四文学革命的任务已经完成。这时候，具有强烈先锋意识的鲁迅等人敏感地意识到原有阵营被解体了。这意味着作为一场先锋文学运动已经取得了部分的胜利，它已经开始转化，逐渐与主流文学的"大部队"融会成一体了。

所以，我想把20世纪的文学史理解成两种文学：一是随着社会生活的变化而自然发展的主流文学，从晚清到五四以及五四以后的各类文学现象，构成了一个内涵丰富的多元的文学主流现象；二是在时代的剧变中出现的异军突起的先锋文学。主流文学本身也在随时代的变化而变化，发展进程是自然的、常态的，主要形式是努力适应市场的文学创作；而先锋文学是超前的、激进的、突击性的，以前卫的因素搅入主流文学，为主流文学添加新鲜的血液。在中国现代文学史上，大的像五四新文学运动、革命文学运动、左翼文学运动等激进文学运动，小的如创造社、沉钟社、狂飙社等先锋社团，它们对文学史的作

①　[法]欧仁·尤奈斯库：《论先锋派》，李化译，见《法国作家论文学》，王忠琪等译，生活·读书·新知三联书店1984年版，第569页。

用有大有小，有正有负，都可以看作此起彼伏的先锋文学思潮。先锋文学是短暂的，其主要形式是运动，当主流文学接纳它们而发生了相应的变化以后，其先锋意义也就丧失了。如果从这样的角度来认识文学史的发展，那么，中国现代文学既包含了五四新文学运动的先锋性因素，又不是先锋文学所能完全涵盖的。中国现代文学是一个整体，有它自身对先锋文学的或吸取或排斥的选择指标和规律。比如说五四文学提倡白话文学和引进西方文艺形式，这些因素因为更加符合现代性而为主流文学所吸纳，形成了20年代以后的新文学主流，但是欧化的语言形式并没有被完全接受，新文学强烈反对的旧语体文学也没有被完全取消，最明显的证据之一就是旧体诗的写作，连最著名的新文学作家（如鲁迅、陈独秀、郭沫若、郁达夫、田汉等），都没有放弃过旧体诗的写作。还有，新文学运动反对京剧也从未取得成功，相反倒是促使了旧剧的革命和改良。所以，先锋文学看上去很激进，但最终的存在仍然要取决于主流文学的吸纳程度，它不可能全部改变以至刷新主流文学，形成一个全新的方向的流变。

"被压抑的现代性"之所以被压抑，主要的原因不是五四新文学形成的文学机制，而是文学史的研究者忽略了先锋文学与主流文学的辩证关系。我们过去习惯上把文学史视为断裂的文学史，即一个新的文学范式取代另一个文学范式，新的文学永远战胜旧的文学，把新文学运动看作一种全新的范式，并以这样的范式来取舍各种文学史现象。这样的文学史必然是狭隘的文学史，必然会排斥许多异己的文学现象。五四新文学的先锋运动不可能全盘取代晚清以来的现代文学的主流进程，但它以新的激进主张融入主流文学，使主流文学出现了许多新因素，出现了某些激烈变化，但原来的文学并非完全不存在。再简而言之，在过去我们所认定的五四新文学范式下的文学史著作之所以不能容纳张爱玲、沈从文、钱锺书、张恨水等作家，之所以不能如实介绍许多作家的旧体诗创作、戏曲创作以及文言文写作，都不仅仅是政治观念所致，还有一个不容忽视的原因就是文学史观念的局限性，五四新文学的范式确实无法容纳这些另类的作家和作品。

如果以这样的观念来重新审视文学史，那么，王德威所提出的"被压抑的现代性"的晚清文类如狭邪、黑幕、武侠、科幻奇谭等，并非因新文学登上舞台而消失。首先是在新文学范式以外的通俗读物中一应俱全，并且还出过相当有实力的人物和作品（如周天籁的《亭子间嫂嫂》等新狭邪小说、张恨水的《八十一梦》等讽刺黑暗小说、还珠楼主的熔武侠与科幻奇谭于一炉的《蜀山剑侠传》、蔡东藩的历代演义、程小青的侦探小说等）。1949年以后，这些文类又转移到香港和台湾地区，并特别地繁华起来，出现了创作的"大家"。这是中国整体文学地图所决定的。政治区域的划分和政权的变动都不能割裂文学史的完整性和流动性。但我还要强调的是文学史的另外一种现象，即在所谓的新文学范式下面，仔细关注文本就可发现，主流文学虽然接受了新文学的范式，但并不能将这些晚清小说的基本范式取消掉，所不同的是，在各种传统文类里加入了新的时代所需要的话语。以1949年以后各种文类的创作为例，武侠小说所反映的正义性和传奇性，被大量的革命历史题材，尤其是抗日战争题材中的草莽英雄故事取代；公案小说和推理小说，被大量的反特故事和惊险故事取代；科幻奇谭作品被大量科普读物和畅想未来的作品取代。这些文类所含有的现代性，依然在各种变了形态的作品里曲折地存在着。先锋文学的观念虽然能够风靡一时，但终究不能够完全取代传统发展而来的现代主流文学的创作实绩。所以，只要我们掌握了两者之间的辩证关系，仍然能将这些质疑深入讨论下去，继续开拓20世纪中国文学史研究的学术视野。

2005 年初作
2011 年 3 月修订

先锋与常态

——现代文学史的两种基本形态

关于这个题目，我今年上半年已经在北大作过一次讲座。当时我正在主持编写《中国现代文学史教程》，想探讨几个文学史的理论问题，其中一个就是五四新文学运动的先锋性问题。上次讲座的时候，我的思考还很不成熟，是诚心向北大的老师和同学们请教的，同学们在会上的提问对我深有启发，回去后就把这篇文章写出来了，发表在《复旦学报》今年第6期上。[1]但我并不认为这个问题已经深思熟虑无懈可击了，我觉得还可以进一步讨论下去。

一、常态与先锋：现代文学的两种发展模式

五四运动是中国现代文学绕不开的话题。它作为新文学的起点也好像是不证自明的，但近年来大量新材料、新观点出现，既往的文学史观念受到了挑战。许多问题亟待从理论上给以解决。比如对民国以后的旧体诗的研究。近年来不仅出版了大量当代作家的旧体诗，从晚清到抗战，一大批文人的旧体诗（包括资料全编）面世了，比如陈寅恪先生、钱锺书先生及他们同时期许多文人大量的旧体诗著作，成为我们研究20世纪文学不可或缺的内容。我们过去讲现代文学只讲白

---

[1]　　参见拙文《试论五四新文学运动的先锋性》，初刊于《复旦学报（社会科学版）》2005年第6期，收入本书。

话文学，那么文言文、旧体诗到底算不算现代文学，在20世纪文学史上到底占有多重地位？

还有一个问题，就是关于晚清文学的研究，在"现代性"这个概念提出之后，我们的研究视野整个被"现代性"吸引，晚清成为被关注的焦点。许多晚清的作品被重新解释。许多过去被认为价值不高的作品，又有了新的理解。比如苏州大学范伯群教授、复旦大学栾梅健教授对《海上花列传》的重新评价①，就是一个代表；还有美国哈佛大学王德威教授的著作《被压抑的现代性：晚清小说新论》，认为五四压抑了晚清的现代性传统，晚清许多含有"现代性"的作品，如侦探小说、武侠小说、言情小说等，在五四都被压抑了，保留下来的是五四之后的写实主义、浪漫主义等创作。②这些新的研究成果都给我们传统的文学史观提出了挑战。对通俗文学也有许多新的评价和重新研究，模糊了我们过去所谓新旧文学的界限。最典型的例子就是张爱玲及许多海派作家。他们的许多作品当年都发表在一些通俗小报上，分不清它们到底属于新文学还是通俗文学。③

我想把五四新文学或者整个20世纪现代文学分为两个层面。一个层面是，以常态形式发展变化的文学主流。它随着社会的变化而逐渐发生变异。时代变化，必然发生与之相吻合的文化上和文学上的变化，这种变化是常态的，是指20世纪文学的主流。我在谈这个问题

---

① 关于《海上花列传》的讨论，见范伯群《中国现代通俗文学史（插图本）》第一章第一节"现代通俗小说开山之作——《海上花列传》"，北京大学出版社2007年版，第14~24页；栾梅健《论〈海上花列传〉的现代性特质》，见章培恒、胡明、梅新林主编《中国文学古今演变论集二编》，上海古籍出版社2005年版。

② 参见王德威《被压抑的现代性：晚清小说新论》导论"没有晚清，何来'五四'？"，宋伟杰译，北京大学出版社2005年版，第1~16页。

③ 参见李楠主持"海派小说钩沉"，《上海文学》2006年第1~8期"古今"栏目。

时，有意把过去新文学、旧文学的问题悬置起来了。这样讲，既可以包括新文学，也可以包括传统文学，还可以包括通俗文学。就是说，常态的文学是随着社会的变化而变化的。比如说，有了市场一定会有通俗文学，一定会有言情小说，古代有，现代也有，它总是这样变化的。这是一种文学发展的模式。另外一个层面，就是有一种非常激进的文学态度，使文学与社会发生一种裂变，发生一种强烈的撞击，这种撞击一般以先锋的姿态出现。作家们站在一个时代变化的前沿，提出社会集中需要解决的问题，而且预示着社会发展的未来。这样的变化，一般通过激烈的文学运动或审美运动，知识分子、作家一下子将传统断裂，在断裂中产生新的范式或新的文学。这个变化不是随着社会的变化而进行，而是希望用一种理想推动社会的变化。或者说，使社会在它的理想当中达到某种境界。20世纪有许多或大或小的文学运动，可归纳为先锋运动，它们构成了推动整个20世纪文学发展的一种特殊力量。不管它朝向哪个方向，都在20世纪起到了一种激进的、根本的作用。

这样两种文学发展模式，构成了20世纪不同阶段的文学特点。

讨论这个问题是想说，五四新文学运动的崛起，其最核心的部分是以先锋的姿态出现的，一下子跟传统断裂了。输入了大量西方的、欧化的东西，希望这个社会沿着它的理想进行变化。它是突发性的运动，含有非常强烈的革命性内容。当然，我不否认新文学运动也有大量传统的东西与传统文化相衔接。我指导过一位博士研究生，她做1921年以前的《小说月报》的研究。她对最初十年的《小说月报》做了定量分析，比如有多少篇与下层生活相关的小说出现，多少篇白话小说出现，多少篇翻译文学，等等。最后，她认为，如果没有五四新文学运动，中国也会朝白话文发展，也会出现白话小说。这当然是对的。有位作家徐卓呆，写了很多小说，都是写下层贫民的生活，有一篇叫《卖药童》，写个卖药的孩子，今天说起来就是无证卖药，被警察抓了，小孩谎称这是卖糖。可是那个警察很坏，他知道小孩卖的是药，却说，你把它吃下去我就放了你。小孩一边吃一边哭，实在吃不下去，不停地流泪。我的学生认为，这与五四小说没有什么区别，非常惊心动魄，写一种被扭曲的心态，写得很好。我后来仔细想了想，觉得徐卓呆的小说与新文学还是不一样，比如跟鲁迅的小说比。徐的小说就是我们今天所说的"我手写我口"的白话文，就是在讲故事，而鲁迅的小说不仅夹杂文言文，而且有欧化的语言，反而显得很拗口。如鲁迅翻译阿尔志跋绥夫的《幸福》，写一个老年妓女为了五个卢布，被迫裸体在雪地里挨人打，语言很拗口。但正是这种拗口，使得小说文本充满了紧张感，成为很有力量和值得想象的东西。

这样就看出五四的意义了。如果没有五四，我们得到的就是徐卓呆那样的白话文，但是有了五四，就不一样了，语言上有了欧化倾向。我觉得欧化不是一个语言问题，而是思维方式问题，一种非常强烈、新颖的思维方式，是我们原来的语言不具备的。欧化思维建立在欧式语言的基础上，正是属于五四新文学带来的东西。

也许有人说，没有五四不更好吗？我们的白话文岂不更纯粹？"我手写我口"，不更自由吗？但是，如果没有五四，文学就会缺少一种包容性的东西，反映人物深层心理的新的思维模式就没有了。五四带给我们的不是一种单纯的白话文，不是一般的"我手写我口"，话怎么说便怎么写。礼拜六派都是白话小说，不需要五四来提倡和鼓励就已经出现了。但是，五四白话文是一种思维方式的丰富和补充。新的语言带来了新的思维、新的美学感受，这是值得我们注意的东西。

但是今天，我们已经习惯了，欧化语言已经融入现代汉语言模式。我们现代汉语语法里有很多欧化的成分。我们不但不觉得五四文学革命的难能可贵，反而批评它过于欧化，不通俗。从瞿秋白开始就批评了嘛。其实这批评的前提，是当年的欧化语言模式已经被认可了，如果不认可，我们很可能还停留在晚清时代"我手写我口"和通俗小说的样子。从这个角度我就想到，五四是不是有一种新的东西给了我们？不完全是通常理解的白话文、现实主义、抒情主义、个人主义，等等，这些东西随着社会的资本主义因素的发展也许自然会出现的。但五四使我们出现了一般时代变化所没有的东西。比如，鲁迅的《狂人日记》突然出现了"吃人"的意象，不仅写人要吃人，而且每个人都要吃人，甚至于狂人自己也吃过人，这是一个巨大的恐慌，与五四的主流完全不一样。五四的主流是人道主义，张扬个人，对抗礼教，反对旧社会把个人吞噬。可是突然出现了鲁迅对人的解构。人本身就不是东西，人是会吃人的，本身就具有从动物遗传过来的吃人的本能。这跟我们通常理解的个人主义和人文主义有很大区别。

所以，《狂人日记》发表以后，当时评论家思想界都无法对其进行准确的解读，批评失语。有些批评家马上把它演化为另外一些命题：如历史是吃人的，礼教是吃人的，中国封建社会是吃人的，传统是吃人的。人不会自己吃人，而是被别人吃，自己没有责任。可是鲁迅明明写的是人自己是吃人的。这是对人与人之间关系的反思，是对人自身的追问，和当时的主流文化有明显的差距。这种差距反映在两种文学思潮的不同特点。一种是随着时代变化而慢慢演变的常态的文学，是正常的发展和变迁，随着这样的变迁，出现人道主义的、现实主义的、白话文的文学。而另一种是非常态的，像五四这样，是比常态文学更精彩、更激进、更具有核心力量的文学思潮，这个有力量的文学思潮就是先锋文学。从鲁迅到郭沫若，从创造社部分作家到狂飙社、太阳社，包括以后"革命文学"等一系列激进文学里边，始终有一种涌动的、前沿的、站在社会发展未来角度对现实进行批判的东西，这就使他们具有强烈的先锋性。我认为在整个五四新文学传统里边，有一部分强烈的具有先锋意识的因素，这种因素的出现，与第一次世界大战前后在法国出现的超现实主义文学思潮，在意大利、俄国出现的未来主义文学思潮，在德国出现的表现主义文学思潮，等等，几乎是同步的，体现了这种具有先锋性的世界性因素。

二、鸳蝴派与反特电影：常态文学的历史演化

我的《试论五四新文学运动的先锋性》完成后，先请几位青年朋友批评。他们提出了一个问题：既然五四运动是先锋运动，先锋即意味着非主流，那么主流是什么？这正是我现在想要解决的问题：如何来把握常态与非常态这两个层面的文学变化的关系，先锋性的文学变化与常态的文学变化的关系。也就是文学先锋与文学主流的关系，到底该如何界定？

这是一个需要不断讨论的问题，我拿出的不是一个完善的成果，而是一个观念。我今天的报告主题就是先锋与大众文学之间的关系，是接着上一个问题继续思考、深入探讨。为何要界定五四文学的先锋性，就是为了回答王德威教授提出的关于五四压抑晚清现代性问题。

更早一些，在王德威教授之前，也有学者提出类似问题。在我读书的时候，我的导师贾植芳教授让我翻译一篇美国汉学家林培瑞（Perry Link）的文章，题目是《论一二十年代传统样式的都市通俗小说》。这篇文章发表很早，差不多是二十年前翻译的。[①]林培瑞在那篇文章里提出了晚清文学的丰富性，但他没有贬低鸳鸯蝴蝶派，也没有贬低五四，而是认为这些文学作品都有对传统文学的延续。言情派小说可以追溯到《红楼梦》，武侠小说可以追溯到《水浒传》，社会小说可以追溯到《儒林外史》，推理小说可以追溯到古代公案小说，鬼怪小说可以追溯到《西游记》《封神榜》等神魔小说。总之，现代通俗小说门类在古典小说中都是存在的。到了20世纪商品经济社会，又加入了新的时代因素，变得更为完备。林培瑞的文章认为，五四没有延续这个传统，而是将这个传统中断了，只弘扬和保留了其中一部分，比如社会小说、批判现实主义的文学，然而其他的文学都被压抑了。由此他进一步推出五四独尊的现实主义，压抑了晚清的现代性传统。关于这一点，国内专家也有类似研究成果，如范伯群教授有一个观点，认为中国现代通俗文学与古代文学的演变相衔接，应该成为文学的正宗。[②]针对这些问题究竟该如何理解？我觉得这里有些内在的矛盾：文学史在描述通俗小说的时候，是把五四新文学放在一边，以古代小说的分类来进行研究。这样一分类，通俗小说就有各种各样的门类，非常丰富齐全。但在讨论五四新文学的时候，我们采用的则是外国文

[①] 参见贾植芳主编《中国现代文学的主潮》，复旦大学出版社1990年版，第120～144页。

[②] 参见范伯群、孔庆东主编《通俗文学十五讲》，北京大学出版社2003年版；范伯群《近现代通俗小说漫话之三：鸳鸯蝴蝶派"倒是中国小说的正宗"》，《文汇报》1996年10月31日。

学史的分类概念，文学体裁或者文学思潮，如现在学界对五四新文学的解释，总是强调五四文学是现实主义文学，或者是浪漫主义文学，这个现实主义或者浪漫主义也就成了评判文学的标准，也是学术视野的制高点，像灯塔一样。往前看晚清，往后看整个20世纪，所有与五四文学这一特点有关的都被抬高和尊崇，都是有意义的，如黄遵宪的"诗界革命"，如梁启超的"新小说"，还有翻译小说、剧本，等等；而与五四新文学特征无关的文学，都是没有意义的，在这个灯塔的照射下，很多与之无关的东西都被推到了暗影中，没有得到应有的认识。比如旧体诗，就是这样的处境。现在陈寅恪、钱锺书的旧体诗都结集出版，我们才知道原来还有那么多的旧体诗创作，还有一大批写旧体诗的文人。这些文人一直在创作旧体诗，很活跃，也很有成就，因为五四的灯塔之光没有把他们照进去，所以一直在黑暗中。凡是与五四传统没有多大关系的创作，就算是新文学的创作，往往也被忽略。如钱锺书的《围城》，以前的现代文学史著作里没有关于它的章节，是不被重视的，大家都说是夏志清写了《中国现代小说史》，才抬高了《围城》的地位。但为什么夏志清看出《围城》好，而别的学者都没有看出来？这其实与五四新文学设定的标准有关。我们是以五四的标准来衡量，《围城》不在这个"反帝反封建"的视野里。五四文学里找不到它的根基和传统。不是说它不好，而是五四文学传统里没有一套话语对之加以阐释，很自然就被排斥。连沈从文的小说也有这个问题，他在50年代被冷淡当然有政治原因，但也不完全是。沈从文小说呈现的很多东西，如果用五四的话语来衡量，的确很多东西无法被解读。并不是说20世纪中国文学只有五四新文学，而是我们这个学术圈就是在被人为构筑起来的五四传统下进行思考和研究文学史的，而没有看清之外的东西。这样一界定，20世纪文学的意义大大缩小了，视野就束缚住了。所以今天我们面对文学史，要重新有一个定位：究竟如何看待五四先锋文学与常态文学的关系。

我对五四新文学传统有很深的感情，但要重新解释五四文学传统与中国现代文学史的关系，研究它跟整个20世纪常态文学发展的关系，仍然要在观念上有所突破。在这个意义上我更强调和突出五四新文学的先锋性。我们今天理解的五四新文学传统，往往把它的先锋性与随着社会的发展而出现的常态文学变化混淆起来，从而混淆了我们的思考对象。我们如果把新旧文学的分界暂时悬置起来就会发现，晚清文学的传统作为文学的某些因素，并没有消亡，只是在不同时代、不同历史阶段发生变化，文学传统到了五四期间发生变化，但还是在正常地延续演变。比如武侠的因素，在20世纪中国文学史上是一直存在的，如从平江不肖生到还珠楼主，就有一条线索。如果把中国文学看成一个整体，而不按政治行政地域划分的话，武侠因素50年代以后在香港、台湾等地区都得到了很好的发展。如果不是绝对囿于新文学旧文学的界限，作为常态文学的武侠因素也一直存在。（我个人认为，新旧文学的分界到了30年代就逐渐模糊，全面抗战后就逐渐消失了，但五四的先锋传统也不存在了。）全面抗战以后，出现了一种"常态"的文学，无法用五四的话语去衡量。比如说，自50年代以后，内地虽然没有武侠小说，但流行的革命历史题材小说中充满了武侠小说的因素。当时有一部长篇小说《烈火金钢》，史更新和日本人七天七夜进行搏斗，丁尚武大麻脸却配上美丽的女医生，还有肖飞买药几近飞檐走壁，等等，大量的传统文学因子跟原来的武侠小说是相关的。再如《林海雪原》中栾超家飞登峭壁、杨子荣打虎上山、少剑波配美丽小白鸽等传奇故事。革命时代不可能再照搬原来的武侠小说，但传统的文学因子一定会融入新的时代话语精神，改变其表达的内容，作家可以把这种因素转换到游击队员、民间英雄的故事中去。武侠的传统还是被保留下来，只不过在不同时代出现了不同的形态。还比如推理小说，晚清风行一时，其前身是公案一类的清官小说，引进了福尔摩斯探案以后，逐渐就有了程小青的霍桑探案等。这个传统好像后来中断了，50年代以后似乎没有传统的侦探小说了。有一次我与一位学生讨论这个问题，他认为推理小说是在"文化大革命"结束之后才重新出现的。我让他去看"文化大革命"之前的反特电影、间谍题材的电影，甚至是地下党活动的惊险电影。当时间谍有两种：一种是国民党间谍，潜入大陆进行破坏，这实际上就是推理、探案的题材；另一种反过来，我们的间谍打入到敌人内部，这就是"地下工作"题材，如《51号兵站》《英雄虎胆》等电影，这些其实都充满了惊险和推理的因素，继承了原来公案小说和推理小说，不过是在新的政治形势下有所演变。还有苏联传统中的"间谍小说"也发挥了影响。惊险、推理、反特电影，在我青年时代风行一时。许多电影我都忘记了，但这些电影我还记得。但是能够进入文学史的电影都是历史电影，比如《林则徐》《红旗谱》《青春之歌》，而反特电影、惊险和推理电影，一部都没有进入文学史，没有一部文学史讨论《国庆十点钟》《秘密图纸》《羊城暗哨》，这些东西大量流传在民间，流传在当时的观众当中。当时我们都喜欢看，因为里边有逻辑推理、抓特务、孤胆英雄、惊险情节等因素，实际上就是侦探故事演化而来，它们正是对传统的继承。今天许多研究者，包括我们自己脑海中还是五四的一套标准。比如对于《林则徐》这样的电影有所偏爱，认为反帝反封建才符合五四标准，能够进入文学史的书写范围。而反特电影常常被当成通俗作品，看看而已，不会写入文学史。过去讲当代文学史的战争题材的创作，通常也不讲《林海雪原》和《烈火金钢》，只讲《保卫延安》。但我们学生往往喜欢读的是《林海雪原》和《烈火金钢》。为什么会出现这种情况呢？因为我们认为《保卫延安》是真正的历史小说，而《林海雪原》《铁道游击队》《烈火金钢》等不过是通俗小说，我们自己脑子里还是有一个精英与大众的区别。

这个区别的意识是何时形成的？是从五四初期反文化市场、反鸳鸯蝴蝶派的斗争中形成的，我们自己把本来很丰富的传统简单化了。五四就像茫茫黑夜中的一盏路灯，它照到的地方是核心，是精华，应当珍惜，但毕竟只能是一点点，而照不到的那些地方非常广阔。文学本来是多层次、多元化且极为丰富的状态，那么文学史如何对待这个状态？如果说文学史是一个常态的发展，就像陈平原教授过去所说的，是消除大家、强调过程，那么"被压抑的现代性"其实并没有被压抑。比如从古代的包公破案到后来的福尔摩斯探案，再到程小青的霍桑探案，再到后来的公安局抓特务题材，以及今天的惊悚小说和推理小说，一代代的文学里不都是存在着的吗？即使在六七十年代，也有小说《梅花党》《恐怖的脚步声》这些民间口头文学，其实没有什么因素被压抑，而是一时代有一时代的文学表达特点。推理是人们心理的一种模式，存在这种心理模式就一定会有相应的文学。它们的出现是必然的。随着整个社会现代化的过程，一定会出现与之相吻合的文学形式，我们需要对它有一个更加宽泛的理解和解释。

但如果是以五四的先锋文学精神为标准来衡量文学史，那又是另外一回事了。

那么，相对于五四先锋文学，主流文学到底是什么？是不是大众文学？我也不这样认为。我觉得，凡是以常态形式随着社会变化而变化的文学就称得上“主流”，也就是在审美上能够被大多数老百姓接受。但我们今天说到“主流”还有另外一个概念，那就是“主旋律”。这个概念近二十年来也有变化。最早提出是20世纪80年代末，那个时候的主旋律电影，如“三大战役”等题材的历史片。近年主旋律电影也讲票房价值了，需要考虑老百姓喜闻乐见的因素。比如“反贪”题材：从官方立场来看，与反腐倡廉相结合；从精英知识分子来看，它揭露了许多社会矛盾；而站在老百姓立场，喜欢其中的惊险破案、凶杀暴力，甚至英雄美人的故事，等等，实际上是把推理、暴力、情欲等因素融合在一起，成为广受欢迎的题材。所以，今天的主旋律越来越向主流的常态文学发展了。常态文学的发展，总是与市场和读者紧紧结合在一起的。

三、政治困境与审美困境：先锋派的两大天敌

现在回过来谈先锋。国外学者对于先锋有不同看法。在20世纪50年代研究先锋运动的权威说法，先锋文学就是现代主义文学，把波德莱尔以后的现代派文学都归纳为先锋文学。但在70年代以后，德国学者彼得·比格尔出版了《先锋派理论》，这本书解构了前人的主张，认为不能把先锋文学运动与现代主义文学运动简单等同起来。因为，从波德莱尔到兰波、魏尔伦、王尔德、马拉美，从法国、英国到德国，这样一种传统都是早期现代主义运动，其特征是唯美主义的，

基本都是追求"为艺术而艺术",即在艺术自律的状态下进行文学艺术活动。比格尔却认为,由于资本主义体制日益完备,在这个体制下的艺术已经属于其体制运作的一个组成部分,通过艺术活动来推动社会改革已经不可能了。当时一批艺术家为了维护艺术的尊严,即对艺术做出了自己的规范,这个规范就是,艺术与社会生活完全脱离,艺术可以在自己的范围内实现自己的价值。其典型就是唯美主义思潮。这是一个很大的运动,完全改变了18、19世纪批判现实主义的潮流,出现了以象征、隐喻、暗示等"向内转"的一系列艺术手法。这个运动是通过与艺术体制不合作的态度来完成的。但比格尔认为"为艺术而艺术"不是先锋运动。唯美主义是通过艺术自律来完成革命和转变的,但这个运动极为软弱。先锋运动的出现不仅针对现实主义的传统,而且针对唯美主义,针对"为艺术而艺术"的艺术观念。这样一来,先锋运动首先批判了唯美主义文学,企图将文学重新拉回到现实生活,要求文学对现实生活发生作用。[1]为此,先锋运动以一种非常夸张的方式与传统进行决裂。

我感兴趣的是,"先锋"这个概念,与早期无政府主义运动、傅立叶的空想社会主义以及各种乌托邦的出现有关。最早把"先锋"的概念从军事术语转用到文化政治领域,是出现在乌托邦社会主义改良实验中,后来被用到了文学上,它一开始就包含了与社会对立的含义,与传统历史的对立,以一种全新的自我夸张来确认自己的地位,使这

---

[1]　参见〔德〕彼得·比格尔《先锋派理论》,高建平译,商务印书馆2002年版,第88页。比格尔所批判的对象,为美国哈佛大学教授波焦利的著作《先锋派理论》一书,该书有台湾远流出版公司1992年出版的张心龙译本,书名为《前卫艺术的理论》。关于西方学者对先锋派的不同界定,我在《试论五四新文学运动的先锋性》一文中给以详细的介绍,在这里不再展开。

个运动重返生活，重新推动社会进步。① 先锋文学的理想实施起来非常困难，所以先锋总是失败的。比格尔分析了先锋运动的两个困境。第一，当一批知识分子想用艺术的方式来推动社会，必然导致与政治权力的结合，否则不可能产生很大的影响力。20 世纪初那些影响较大的先锋运动都消失了，因为它们的发起者最后都去从政了。比如意大利的未来主义者，像马里内蒂等，许多人都跟法西斯结合；俄国的未来主义者，如马雅可夫斯基，参加了苏维埃革命；法国的超现实主义者，也有一些人参加了法国共产党，最著名的是阿拉贡，成了法共的重要干部。这些先锋派，要么投身于政治运动，要么被政治碰得头破血流。这是先锋艺术的政治困境。还有一个困境，比政治困境更严重：那就是美学上的困境。当代的资本主义社会已经不同于以往的社会体制，以往的资本主义体制缺乏包容性，比如当年左拉写了《我控诉》，结果被驱逐出境，还受到审判，托尔斯泰晚年还被开除教籍。而当代资本主义体制已经强大到可以包容反对意见，任何反对意见都可以反过来成为资本主义社会民主的证据。比如，资产阶级政府照样可以建造艺术馆，把反对体制的先锋文学都搬进去展览，告诉大家这也是艺术。先锋艺术本来是要反对这个社会的艺术体制，结果却得到了这个体制的承认。这时，先锋艺术家看似成名了，实际上却失败了。② 当那些先锋艺术家以成功者的面目进入我们的视野的时候，他们已经

---

① 关于"先锋"一词在西方的演变，西方很多学者都讨论过，有罗塞尔《今日先锋派》一书。本文此处转引自王宁《传统与先锋 现代与后现代——20世纪的艺术精神》，《文艺争鸣》1995年第1期，以及［美］马泰·卡林内斯库《现代性的五副面孔》，顾爱彬、李瑞华译，商务印书馆2002年版。

② 这两个困境的大致意思，可参阅比格尔为迈克尔·凯利（Michael Kelly）主编的《美学百科全书》（Encyclopedia of Aesthetics）撰写的"先锋"条目，牛津大学出版社1998年版。

不再是先锋了。当然，他们还在起作用，因为他们毕竟提出了与主流不相容的艺术主张或审美观念，在一定时期内还是有一定效力的。比格尔说，先锋往往是在失败的形态下成功的（大意如此）。这句话我非常喜欢。先锋的成功不是通过胜利而实现，而是通过失败。如果他胜利了，他就失败了。他在失败的形态下发生影响。

那么，我们究竟该如何看待五四新文学的先锋性？首先，五四新文学发生时也遇到了类似的困境。短短几年，白话文、新标点符号等改革都取得了成功；白话文进入了教学、传媒等；白话文运动的倡导者也纷纷成了学术明星，胡适等人都参与了各种政治活动，或者掌握了学术基金的权力。但是，真正的先锋精神没有了。我认为，鲁迅是一个非常具有先锋意识的人，所以他永远交华盖运，永远与周围的人合不来。五四后来的分化就首先表现在这里，当时一批文学先锋都去搞政治了，都飞黄腾达，成为主流。而最糟糕的就是鲁迅这类人，向上没有进入政治斗争中去，向下也没有妥协到被大众承认。鲁迅的被认可，是另外层面的：一个始终被驱逐的、彷徨孤独的人，始终处于边缘的位置，以此来保持先锋位置。所以，在五四期间，先锋文学有一次大的分化，这次分化既有政治困境，又有美学困境和其他困境。

在当时的中国，社会虽然不像西方那样宽容，但还是有一定包容性的，比如对鲁迅的包容。鲁迅，他一直以反社会、反主流的先锋形象出现，但他的先锋姿态一直保留到去世。他一直把很前卫、很尖锐的思想放在文学创作和行为标准之中。正因为这样，他遭遇了很多失败。但他始终保持着先锋性，永远在寻找一种更前卫、更激进的力量来支持他。我们今天理解鲁迅，以为他是一个孤独的独行侠。但实际上并非如此。他一生都在寻找可以和他结盟、可以给他支持的激进的力量，比如在留日期间，他曾经与光复会结合，光复会是一个秘密的反清组织；五四新文化运动兴起以后，他与陈独秀等《新青年》阵营结成联盟；到了20年代中期国民党在南方崛起，他又到广州去参加革命；国民党掌握政权后开始清共，他却倒向了共产党一边，并成为左联的领袖。鲁迅一直在与最激进、最革命的组织联盟。但很多先锋性的组织都攻击他，左联的成员甚至某些领导人在攻击他，后期创造社也攻击他，这些团体，我认为也都是先锋性的。为何具有先锋性的团体也攻击鲁迅？因为先锋具有特殊的警惕性，要孤军深入，在正面与敌人作战的时候，有一种特殊的敏感，所以先锋与主帅之间有一种紧张关系，一种潜在的对立：先锋既要以自己的生死来捍卫主帅，又要保持充分自主灵活行动的独立性。古代有一句话："将在外，君命有所不受。"前方形势千变万化需要随机应变，这个矛盾反映在文化方面，先锋文学也常常是打乱枪的，不仅反对敌人，还要反对同一阵营中比它更有权威的人。五四新文学就是这样的情况。胡适的"八不主义"主要批判的锋芒所向，不是封建文人的旧体诗，而是南社成员的作品。南社也是革命团体啊，为何胡适不去反对晚清的遗老遗少，而是专门批判主张革命的南社？这就是先锋的策略。后来创造社异军突起，所谓异军突起，就是同一阵营中另一派人的突起。它的矛头不是针对鸳鸯蝴蝶派，而是针对新文学主流一方的文学研究会。这里的关系非常微妙。鲁迅的遭遇就是这样，当更激进的革命团体一出现，矛头总是对准他而不是真正的敌人。创造社、太阳社、"革命文学"论者等先后出现，率先攻击的都是鲁迅，而不是胡适。虽然鲁迅到处被辱骂、被攻击，可是在主观上他一直积极追求和这些激进团体的结盟。他到了广州第一件事情就是想和创造社结盟，当时创造社并无此意。后来到上海也是这样，"革命文学"论者反过来批判鲁迅，但后来共产党找鲁迅，要他和创造社、太阳社联合建立左联，鲁迅马上就接受了。可见，鲁迅是非常乐意与一些激进的团体结合的，虽然这些结合在某种意义上不太成功，但我们可以看出，先锋文学的道路在鲁迅身上越走越艰难，逐步进入困境。

四、巴金的转变：五四先锋意识的弱化与大众取向

这种情况下，五四文学与大众文学的关系究竟如何发生? 五四新文学如何成为20世纪文学主流? 也许这个问题显得奇怪，一般的文学史都认为，五四新文学作为主流是不证自明的。这是我们后来的文学史"做"出来的。实际上五四文学作为一种先锋姿态出现，仅是在北大，仅是在《新青年》杂志发出反抗的声音。它在当时的文学环境中，实际上就是一个手电筒跟茫茫黑夜的关系。我们今天已经习惯于站在五四立场上把它作为当时的主流。但当年的它，其实是一个非常具有极端性和先锋性的现象。严复当时就曾说，不必像林纾那样与白话文运动较真，它会自生自灭的，"亦如春鸟秋虫，听其自鸣自止可耳" [1]。他们当时根本没有想到五四新文学后来会发展得那样强大，他们以为不过是一批极端的文人在那里瞎折腾。钱基博当年编撰《现代中国文学史》，从王闿运一路写下来，到最后才随便提到了胡适、鲁迅、徐志摩等人，寥寥数笔，并不重视。可见新文学在当时是不受重视的，都认为它成不

[1] 　　严复:《与熊纯如书·八十三》，见王栻主编《严复集》，中华书局1986年版，第699页。

了气候。所以钱锺书没有介入新文学运动，与他的家学制约是有关系的。

那么，新文学到底是从何时被作为主流的呢？冒昧地说，就是当它的先锋性消失以后，就是鲁迅的路子越走越窄的时候。此时，五四新文学运动发生了一个转折。当然，转折是通过许许多多的方面、各种各样的因素来完成的，今天的演讲无法全面展开。我仅举一个例子来说明，就是最近刚刚去世的巴金先生。巴金在新文学史上是什么地位？第一，巴金早期是无政府主义者。前面我故意埋下一笔，先锋文学与傅立叶、欧文、巴枯宁的乌托邦空想社会主义和无政府主义有渊源关系，由于这种思潮的影响，巴金所认同的无政府主义意识具有强烈的先锋性。他早期创作中的欧化语体、反传统思想、激进的政治理想，与未来主义、超现实主义等先锋文学思潮非常有关系。意大利的未来主义者疯狂诅咒博物馆、图书馆、科学院是"白白葬送辛劳的墓地、扼杀梦想的刑场、登记半途而废的奋斗的簿册"，号召要摧毁它们[1]；法国达达主义运动更是把巴枯宁的"破坏即创造"口号奉为宗旨，叫嚷要摧毁一切价值观念[2]，颠覆各种政治社会制度和美学观念，甚至给蒙娜丽莎的嘴唇添上肮脏的小胡子；俄国的未来主义者提出要把普希金、陀思妥耶夫斯基、托尔斯泰"从现代生活的轮船上扔出去"[3]这类谬论，认为所有的传统都可以断裂，等等。巴金在文化反叛上深受这类先锋运

---

[1]　参见［意］马里内蒂《未来主义的创立和宣言》，吴正仪译，见柳鸣九主编《未来主义　超现实主义　魔幻现实主义》，中国社会科学出版社1987年版，第48页。

[2]　参见［法］查拉《达达的七个宣言》："让每个人叫喊吧：有一件摧毁性的、否定性的伟大工作要完成。清除吧，扫荡吧。"转引自程晓岚《超现实主义述评》，见柳鸣九主编《未来主义　超现实主义　魔幻现实主义》，中国社会科学出版社1987年版，第85～179页，此处见第101页。

[3]　［俄］布尔柳克等：《给社会趣味一记耳光》，张捷译，《文艺理论研究》1982年第2期。

动、无政府主义、虚无主义的影响，他在20世纪30年代就说过，故宫也没有什么了不起，与大多数人的幸福是没有什么关系的。^①显然，巴金正是以无政府主义关于未来的理想来要求社会的。艺术是为人生服务的，要推动社会的进步，所有这些想法都与先锋派的艺术主张相吻合。

但是，这样一个先锋运动失败了。五四新文学的先锋精神消失了，巴金的无政府主义的先锋精神也消失了。巴金的无政府主义的先锋精神是与五四新文学的先锋精神一脉相承的，所以他自称是"五四运动的产儿"。但巴金与鲁迅不太一样。鲁迅的先锋精神是原创的，鲁迅带来了五四的先锋性，直接影响了后来者。但后来有变化了。比如五四时期的吴虞，他在《吃人与礼教》^②一文中，将鲁迅的"人吃人"意象转移为传统礼教的吃人、被动的吃人。这样的问题在巴金身上也存在。巴金的思想意识是先锋的，他在进行创作以前是先锋的，但当他进入文坛的时候，先锋精神逐渐减弱了。为什么？因为整个无政府主义失败了。当年他从法国回来写了一本书，叫《从资本主义到安那其主义》，有人问他自己的什么书最满意，他说我的书没有满意的，比较有意义的就是这本理论书。这本书探讨人类社会怎样从资本主义发展到无政府主义。但这本书已经绝版了，被国民党政府查禁了。到了30年代，巴金的无政府主义和理想追求已经完全失败了。他尝试做其他事情，比如到福建等地进行社会考

---

①　巴金《灵魂的呼号》（即《〈电椅集〉代序》）："艺术算得什么？假若它不能够给多数人带来光明，假若它不能够打击黑暗。整个庞贝城都会被埋在地下，难道将来不会有一把火烧毁艺术的宝藏，巴黎的鲁佛尔宫？……我最近在北平游过故宫和三殿，我看过了那些令人惊叹的所谓不朽的宝藏。我当时有这样一个思想：即使没有它们，中国决不会变得更坏一点。"（《巴金全集》第9卷，人民文学出版社1989年版，第294～295页）

②　吴虞：《吃人与礼教》，《新青年》6卷6号，1919年11月1日。

察，探索无政府主义的可能性，但没有进行下去。他的小说《电》就描写了这方面的内容。后来他带着绝望回到上海，把这种绝望投入小说创作中去。所以巴金的小说在思想意识上有很前卫很先锋的因素，即使到今天，仍然有它的意义。

举一个例子。今年第11期《上海文学》为"纪念巴金"专号，我特意挑选了他的两个短篇。① 其中一篇叫作《复仇》，描写法国的反犹运动以及犹太人的复仇。故事是写一个普通的犹太商人，在一次排犹运动中，妻子被两个军官杀害了。他被逼上绝路，变卖了自己的店铺，千辛万苦，寻找仇人，终于在一个偶然的机会杀死了其中一个军官。巴金在这里处理得很紧张。这个杀人犯本来是一个小心谨慎的商人，当他用刀把仇人杀掉后，心态发生了变化。复仇的欲望使他越来越以杀人为快。他在杀人之后，甚至用嘴去快意地舔刀上的血。然后他又跟踪另外一个仇人，终于杀掉了他。之后，他公布了自己的名字，最终自杀。这是当时欧洲一个真实的故事。这个小说创作于20年代。巴金曾写过大量这样的小说。能这么详细、强烈、辩证地写出一个恐怖主义者的心理，令我非常震撼。巴金一方面很严厉地批判了变态的杀人狂，另一方面生动地写出了这种变态形成的社会原因。他把这种现象一直追溯到世界反犹主义。当然，反犹主义让人想到后来的纳粹，恐怖主义可以延续到今天。但迫害的恐怖与反迫害的恐怖始终辩证地发展着。谁说这样的故事已经失去意义了呢？今天我们在全球化的强势话语下面，有没有作家可以站出来，把眼下最尖锐的问题在创作中艺术地展示出来？其展示是否正确并不重要，重要的是把这种绝望的

① 巴金先生2005年10月17日去世，笔者主编的《上海文学》2005年第11期推出了一个纪念专号。

形象展示出来。

我还选了巴金的另一篇小说《月夜》。一个月夜，船上有两个客人，要到城里去。但船老大一直不开船，因为在等一个常客，他是村里的一个伙计，每天晚上要坐船到城里。最后大家一起去找，发现那个伙计已经被人杀害。原来他参与选举村长而遭暗害。现实生活里也确有一群无政府主义者到广东农村，想通过合法手段组织农会，通过合法的选举将原来的恶霸村长选下来，结果失败了。巴金及时地描写了这一现实故事。巴金的尖锐就在这里，他对社会进行剖析的炮弹集中打在这些根本性的社会焦点上，同样是分析社会，他能抓到社会制度的要害。为什么巴金能够做到这样？他当时只是一个无政府主义者，所以，我现在把无政府主义也归纳到先锋性里边来。他通过文学创作尖锐地表达了自己的无政府主义的理想。在这个写作的过程中，他慢慢地被文化市场接受了。

巴金是带着先锋色彩被社会接受的，但最先被接受的是长篇小说《家》。他的小说本来都发表在一些文学杂志上，即今天所谓的纯文学杂志上，都写得很尖锐，他早期的中长篇小说几乎都被国民党查禁过。当时，上海有一个小报《时报》，属于市民阶层的通俗报纸，常登一些言情小说。有一个编辑想刊登新文学的作品，于是通过熟人找到了巴金，希望巴金给报纸写点小说。巴金便想到自己家的故事，既然那些政治小说老被禁，写家庭这样的故事总不会被禁吧。巴金的《家》里的"高家"纯粹是一个象征，高老太爷象征封建家长制，与巴金自己的家庭真实情况不是一回事，不过是表面上通过对自己家庭的批判，来达到对社会的批判。巴金为了在一个通俗小报里发表作品，不得不把一个先锋意识的作品改变成普通的家庭故事。这就是巴金的变通。

巴金最初的长篇小说《灭亡》写革命者精心培养了一些工人，给以他们革命的意识，结果工人参加革命以后被抓去杀头，那位革命者也去看了刑场。小说写得很恐怖，工人的头被割下来，在地上滚来滚去，周围的老百姓还麻木地议论，说这个刽子手没有以前的刽子手刀法快云云。这些都与鲁迅小说的先锋精神很相似。但巴金在《家》里面是以一个较低层次的角度，演绎了鲁迅的"吃人"理念，但不是人吃人，而是礼教吃人，制度吃人。在《家》中，巴金将鲁迅的先锋意象弱化为一个大家能够接受的言情故事。这个改变使巴金的名字在上海的市民读者中广为流传。小说连载了一年多，几经曲折。中国新文学本来一直在小圈子中流传，到了巴金、老舍等作家出现，由于他们的长篇小说被市民广泛接受，在文化市场上流通起来，才培养起越来越多的新文学的读者群。茅盾当年写《蚀》三部曲，加入了一些在今天看来有些色情或低级趣味的细节描写，遭到评论者批评，为此，他专门写了一篇文章《从牯岭到东京》来自我辩解。他指出，当代的读者群到底是谁？是小市民、小资产阶级，我们要争取他们，就要为他们写作。这是新文学一直没有解决好的为什么人服务的问题，新文学应当争夺一批小市民读者，他们是文化市场的主要消费者。但如何争夺他们？不可能拿一个真正的先锋作品来征服他们，只能拿弱化了的先锋作品，比如巴金的《家》，当作先锋与大众之间的桥梁。后来左翼文学的瞿秋白等，一直批评五四文学的欧化，批评它不够大众化。因为只有大多数读者认可了新文学，新文学才能真正得到普及。

我现在只举了巴金一个例子，其实有很多新文学作家都有如何大众化的焦虑症，比如沈从文、老舍、张爱玲等。他们本来与五四新文学是有一定距离的，比如《二马》《赵子日》等作品，对五四新文学有讽刺和批评的意味。老舍本来出身于市民阶层，有很强的市民趣味，结果他的创作把五四新文学精神与市民趣味衔接了起来。可是当年老舍的小说，鲁迅以先锋的眼光来衡量是不喜欢的。但正是因为这第二代作家们的出现，为新文学逐渐赢得了大量读者。后来，广大读者都知道鲁迅、巴金、老舍、沈从文了，就标志五四成功了。五四的先锋文学，通过自身努力占领了文化市场。30年代，五四文学的黄金时代真的到来，这与大量新文学作品走向市场有关。但这恰好印证了比格尔的那句话，先锋是在失败的情况下成功的。五四文学被市场认可，甚至成为文学的主流，早期的先锋精神却慢慢消失了。先锋形态的文学转化为另外的形态。我想探讨的就是这样的问题，巴金只是其中的一个例子。巴金为此很痛苦。他的小说非常流行，有那么多人都读过他的小说，但作为一个拥有大量读者的作家，他非但没有沾沾自喜，反而一直在说：这是违背他的写作初衷的。当他看到自己的作品发表在小报上，自己的名字和一些自己不喜欢的人列在一起，而且自己的作品如此流行，他很失望。①这里就涉及"先锋"和"媚俗"的关系，今天时间不够，不能再展开讨论了。但市场会使先锋变为媚俗。这种演化，反过来又使先锋成为我们这个时代的文学主流。这是辩证的关

① 参见巴金《灵魂的呼号》（即《〈电椅集〉代序》），见《巴金全集》第9卷，人民文学出版社1989年版，第293～294页。其实这个问题涉及巴金的整个文学观念。我在《从鲁迅到巴金：新文学传统在先锋与大众之间——试论巴金在现代文学史上的意义》（初刊于《文学评论》2006年第1期）一文里有详细的探讨，供参考。

新文学整体观续编

先锋与常态——现代文学史的两种基本形态

系。今天我把这个问题端出来，请教于大家。①

① 本文是我应北京大学中文系主任温儒敏教授的邀请，于2005年11月30日在北京大学中文系作的一次讲座。该讲座是北大中文系建系95周年的系列学术讲座之一，子民学术论坛第94讲。讲演以后，北京大学学生师力斌等同学根据录音整理成文，推荐到《中华读书报》摘要发表。全文15000字左右，后经《中华读书报》编辑删节，于2006年3月8日发表，题目为《"五四"文学：在先锋性与大众化之间》，发表稿的篇幅大约占全文的一半。讲稿发表后引起了热烈的反响，《中华读书报》《中国现代文学研究丛刊》都组织了专题讨论，吴福辉、王嘉良、刘勇、吴晓东、栾梅健等专家从各个方面对我的观点作了充分的肯定和进一步补充。最近张未民先生希望我把"先锋与常态"的讨论放到《文艺争鸣》上继续进行，这对我是一个鼓舞。所以，我特意找出师力斌等同学整理的讲稿全文，交给未民先生去发表。我要强调的是，我当时的讲演仍然是不成熟的，思考也没有周全，而且因为时间的关系，我不可能在一次演讲里把所有的问题都讲透。但因为北京大学的同学们整理得相当完整，质量也高，所以我就不想在原稿上再添加什么内容，希望读者借助这份不成熟不完整的讲稿深入批评和探讨，帮助我更加周密全面地思考这个问题，并给以最后的完成。特此说明。

简论抗战为文学史分界的两个问题

如果说，从1917年发轫的新文学运动是一个含有先锋文学因素的思潮，在其近二十年的发展中，逐渐地融入了各种各样的文学因素和文学潮流，进而在汇集成为文学主流的过程中，原有的先锋精神也逐渐地消解和丧失；如果说，从五四初期的新文学运动中的先锋性因素到左翼文艺运动是一个文学先锋精神的演变式微过程，从社会的文化的紧张对立关系进入政治的政党的紧张对立关系以后，其内在的先锋文学因素也开始衰亡，那么，对这种变化来说，抗战①爆发则是一条斩钉截铁的分界。由于外来的情势剧变使文学的先锋性转换为民族主义的政治激进态度，而文学本身则从之前的巨大的文学精神中游离出来，形成了内敛的风格——启蒙的文学批判精神与纯美的文学性追求的分离，在有的研究者看来，正是抗战爆发之所以成为20世纪文学史分界的充分理由。②

关于抗战为文学史分界的看法，我以前著文讨论过。当时的主要理由来自这样的思考：第一，抗战改变了知识分子在中国现代化进程中的社会地位及其与中国民众的关系，战争文化规范的形成取代了知识分子启蒙文化规范。第二，抗战使中国的政治文化地图发生了改变，文学也相应地分布在不同政治性质的三个区域：国民党统治的大后

① 本文所称"抗战"，指七七事变后的全民族抗战。
② 参见刘志荣《抗战爆发：中国20世纪文学史上的重要分界线》，见章培恒、陈思和主编《开端与终结——现代文学史分期论集》，复旦大学出版社2002年版，第241～260页。

方、共产党领导的抗日民主根据地、日本侵略军占领的沦陷区。三者各有不同的文化背景和创作环境，但它们之间也有共同的特点：五四以来知识分子精英传统独占主流的文学现象受到遏制，民间文化形态开始进入当代文化建构。原来由启蒙传统形成的知识分子精英对庙堂统治者的批评和对"国民性"的改造同时展开的文化冲突，转向了庙堂意识形态、民间文化形态和知识分子精英传统三者有条件的妥协与沟通：尽管每个区域内部依然充满了文化冲突，甚至是残酷的政治斗争，但这种冲突是为了达成新的内在统一而生的，"三分天下"并存的局面由此形成。①刘志荣先生在《抗战爆发：中国20世纪文学史上的重要分界线》一文中对此作了两点理论上的修正和阐释。一是把文学史上的"共名状态"定义为：在特殊的历史情境中，某种声音因为种种原因取得了主流地位，并对别的声音形成了有效的压抑，而这种压抑之所以有效，在于这种声音在特定时期与现实权力相结合。并以此为标准，肯定了抗战以后的文学进入共名状态，而否定我所持的关于1917—1927年间属于"共名状态"的观点②，以为1917—1927年间与1927—1937年间的文化环境具有连续性，都是一种无名状态，这样，使1937年的全民族抗战爆发，成为中国文学史由无名状态进入共名状态的标志性转折。二是抗战使一种以鲁迅为标志的文学精神产生分离，使之或者内敛、或者消失、或者潜隐。③在我看来，刘志荣

---

① 参见拙著《中国新文学整体观》（增订本）的"绪论"，上海文艺出版社2001年版，收入本书。
② 参见拙文《共名与无名：百年文学管窥》，收入本书。
③ 参见刘志荣《抗战爆发：中国20世纪文学史上的重要分界线》，见章培恒、陈思和主编《开端与终结——现代文学史分期论集》，复旦大学出版社2002年版，第241～260页。

提出的两个问题都是至关重要的，尤其是后一个问题，因为一般对文学史分期的理解总是从决定文学变化的外部条件着眼，但刘志荣第一次把分界的意义与文学创作本身的变化联系起来，从其中美学风格的变化来把握文学史的走向和变化。但也正因为是从美学风格上把握文学史的走向，问题就显得更加暧昧复杂，需要我们在此基础上作出更加清晰的把握。

先说第一个问题。1937年以后因为战争爆发，"民族国家"的焦虑上升为主导性的焦虑，"将文学视作于现实政治有力的东西，实际上也是企图将文学有效地组织到'现代民族国家'的宏大叙述中。现实情境造成的共名，对于知识分子的自由表达，已经形成了强制作用"①。如是表述我基本上同意。这也是我认为的现代文学史上最长的一次"共名状态"由抗战开始的理由。但是1937年以前的文学状况则比较复杂，我之所以曾将1911—1916年视为无名状态、1917—1927年视为共名状态、1928—1937年视为无名状态，都是基于一种将五四新文学视为新纪元的文学史观。这也是传统的文学史观，我们所有研究现代文学史的人都是从这样一种文学史观里接受文学史的。为了解释五四新文学是20世纪文学的新纪元，那一定要把这场新文学运动与之前的文学加以区别，同时必须张扬它的涵盖性和共名性。问题不在于五四新文学初期存在着反对运动和旧文学（因为任何共名状态下的文学都存在对立面，只是对立面被有效地压抑，从而不能够影响时代），只要把五四新文学运动视为一种文学史的"新纪元"，它所倡导

---

① 　　刘志荣：《抗战爆发：中国20世纪文学史上的重要分界线》，见章培恒、陈思和主编《开端与终结——现代文学史分期论集》，复旦大学出版社2002年版，第251页。

的民主与科学、个性解放、爱国主义等话语涵盖了以后几十年的思想界的发展并起到主导作用，那就很难说，五四新文学初期（1917—1927）不是一种共名状态。但是，如果还原到历史场景里，把五四新文学运动视为一种含有先锋因素的增长性的新生力量，它从五四初期到30年代，完成了一个由排他性战斗性的先锋行为到包容性多元性的无名状态的发展过程，那么，也不妨把从1917—1937年视为一个连续性发展的文学过程，其无名状态是在发展中逐步形成的。但是这样一来，意味着文学史的叙述立场和策略都将发生变化。

虽然这个问题与本文的论题并不直接相关，但仍然有一定的联系，而且是讨论第二个问题的前提。因为，如果新文学运动始终是一种无名状态下的多元文学运动，那么，如何来理解刘志荣所特别提出的"鲁迅精神"？作为一个个体作家的鲁迅的独特性与作为一种文学精神标志的"鲁迅"的涵盖性是不同的，无名时代不可能拥有涵盖时代精神的"专名"作家，也不可能有以一个作家名字来涵盖的文学时代。之所以形成现在的鲁迅专名化，只能是抗战以后的共名状态描述历史的产物。也就是说，是共名时代的文化建设需要，才倒叙了文学史上的历史人物，才有了刘志荣所树立的以"鲁迅"为专名的文学精神。这种文学精神被描述为：强调文学对政治的无力（即独立的纯文学精神）与不断参与现实批判的精神之并存。我曾经以"文学的启蒙"与"启蒙的文学"来概括这两种文学精神的并存不悖，而这两种文学精神在抗战时期的共名状态中，不仅仅是相分离，而且逐渐地萎缩和趋向消失。

抗战爆发前的文学史上以鲁迅为专名的文学精神与抗战爆发后两种文学精神的分离以至消亡，正是以抗战为文学史界线的充分理由。这是从文学自身的审美的内在特征来界定文学史的变迁的一个典型例子。当某时期的共名状态对社会批判的声音造成有效压抑时，文学精神就会发生向文学内部转移，即所谓内敛风格的形成。内敛是指作家对社会的现实批判精神不可能对外张扬而只能"困守于文学的核心，在独立性的创作中"①所形成的风格。这种风格的形成，也正反映了五四新文学先锋精神的逐渐蜕变。我们将张爱玲的《金锁记》与鲁迅的《狂人日记》略作比较就会发现，在艺术构思及其叙事上，两者十分相近：个人与环境所构成的紧张关系，变态的情绪感受与非理性的思想理路。鲁迅笔下的狂人把自己与对象的紧张关系视为"吃人"，而曹七巧对于周围的反应同样是被迫害狂的态度；狂人对中国历史上的仁义道德进行了无情的消解，进而被人视为"狂人"，而曹七巧对于传统伦理、私人情爱、家庭母性等女性恪守的伦理概念，同样以无情无义的态度给予嘲弄与消解，她的经常性的歇斯底里大发作被人视为"精神病"。可是人们把鲁迅的《狂人日记》看作揭露专制家庭（社会）的吃人罪恶的典范文本，自然而然地视狂人为反封建的战士，使之起到振聋发聩的作用；而似乎没有人这样来领会曹七巧的反社会反伦理的意义。所以就文学的社会意义而言，张爱玲的《金锁记》是无力的。但从艺术自身完满的要求来看，曹七巧拥有的内在的丰富性比狂人要饱满得多。狂人的批判精神是抽象的、先天的，也是无理由的；而在曹七巧的乖张行径里，每一步都是她用自己的生命血泪走成的，每一步都蕴含了她的内心深处的欲望动机。她的情欲被守护金钱的物欲压抑，然而分家独立后，她对子女的报复性的掌控而体

①　　　刘志荣：《抗战爆发：中国20世纪文学史上的重要分界线》，见章培恒、陈思和主编《开端与终结——现代文学史分期论集》，复旦大学出版社2002年版，第257页。

新文学整体观续编

简论抗战为文学史分界的两个问题

现出来的权力欲望，同样是受到金钱观念所支配。人的金钱欲望满足了一切，支配了权欲和情欲，才是《金锁记》的令人恐怖的意义。这也体现了一种内敛的风格，它从启蒙的文学和文学的启蒙的两大范畴里游离开来，形成了无名状态下的文学创作的审美特征。尽管有傅雷等批评家从鲁迅文学精神的立场对《金锁记》作了高度的鼓励和评价，但这些鼓励和评价都是无效的，张爱玲只能在她的特殊环境下发展自己的创作才华。我们再来对比萧红的《生死场》与《呼兰河传》。创作于30年代的《生死场》以凌厉的风格不仅表达了沦陷异族的民众的痛苦，也揭露了民众生活自身的不堪忍受，以及生命的坚强与坚韧。这正是鲁迅文学精神的感召和发散，既是艺术的升华，也是人生的启蒙；进入40年代后，《呼兰河传》的作者沉浸在对于家乡民俗风土的回忆之中，寂寞、沉静而博大的民间大地呈现出滋生于斯的生命的本来状态，与时代风云远离了，尽管也有茅盾等作家善意地批评过萧红，但这也是无力回天的努力，作家的艺术风格的最后形成仍然离不开时代给予的根本影响。

共名状态下的文学创作，不仅仅是大面积覆盖的共名意识下的文学创作，同时存在着游离于时代主题的内敛性创作，这正是刘志荣试图揭示的为什么在共名状态下仍然有风格卓然的艺术创作存在，并且与抗战爆发前的文学创作之间存在差别的原因。我认为这也是理解抗战爆发后文学创作的一把有用的钥匙。当然这里所强调的内敛风格也仅仅是抗战文学艺术的一个侧面。刘志荣还指出，抗战文学中同样存在着文学精神的消失和潜隐，只有将这些问题综合起来考察，才能从审美内在特征上来把握抗战作为文学史分界的基本特征。

当代文学观念中的
战争文化心理

20世纪中国的历史被鲜明地分成两半。到1949年为止，20世纪上半叶中国的历史是由一连串的战争构成的，其中对现代中国意识结构直接产生影响的战争有两次，一次是辛亥革命，另一次是抗日战争。前一次战争的结果是封建帝制的崩溃和西方民主体制的尝试，它为中国现代社会开拓了一种新的文化规范：启蒙主义的文化。第二次战争的结果是民族积极性的高扬，并对中国当代文化规范的形成产生了极为深刻的影响。

　　全面论述抗日战争与当代文化的关系不是本文的旨意，也非我能够胜任。文化是一种综合体，它的完成需要各学科的集体努力。也许在若干年后，从事当代文化研究的学者将会以大量资料来说明，1949年以后中国的政治运动和政策方针、经济工作以及组织生产的手段、哲学社会科学方面的理论成就中，有多少成分是与战时文化特征密切相关，或直接源出于此。在本文中，我打算只就自己所从事的研究范围——当代文学观念中的战争文化心理以及当代文化与当代文学的关系，作一些不成熟的探讨。

一、战争与新的文化规范

　　20世纪上半叶，中国人曾有两次突破传统文化观念的束缚，并取得了某种程度的自我解放运动：第一次是五四，那是由一群具有先锋意识的中国新文化的先觉者——知识分子——所进行的自我解放运动，由此建构起新文化的规范；第二次是全民族抗战，那是以中国最广大的阶级——农民为主体所投入的一场自我解放运动，由此建构起当代文化规范。这两次自我解放运动，都在中国文学史上留下深深的烙印。如果联系世界现象，这两次运动的起点也都与世界大战有关，尽管它的文化走向与西方文化的走向绝不相同。在西方，两次世界大战在文化上造成的走向是一致的；而在中国，由于这两次自我解放运动是发生在完全不同的范围和层次之上，又由于抗日战争的特殊性使农民与知识分子在文化结构上的位置发生了戏剧性的变化，造成了两种文化价值的自身冲突。

李泽厚在论述中国现代思想史的时候，曾注意到战争实践以及古代兵家辩证法在毛泽东哲学思想和政治思想的形成过程中所起的重大作用，并指出毛泽东的辩证法哲学完全不同于自黑格尔以来的以"否定之否定"为核心的过程系统，而是与中国的《老子》《孙子》有着更多继承关系的"矛盾论"。①这个论点为当代文化研究提供了一把钥匙。因为把毛泽东作为这一时期文化的主要代言人和体现者是最合适不过的，他在哲学上的《矛盾论》《实践论》，在政治上的《新民主主义论》《论人民民主专政》，在文艺上的《在延安文艺座谈会上的讲话》（以下简称《讲话》），都是这一时期最重要的著作，产生过巨大的影响。

毛泽东思想作为一种意识形态的最后形成，正是抗战全面爆发以

① 　　　参见李泽厚《中国现代思想史论》，东方出版社1987年版，第174页。

后逐渐发生变化的文化规范的产物。换句话说，抗战形成的中国战时文化需要有一个像毛泽东那样既有丰富的战争实践经验，又了解中国国情，具备把各种实践经验上升到哲学和政治学高度并使之普遍化，能够不失时机地改变文化走向的天才人物来作它的代言人，正如五四新文化选择了鲁迅、胡适等人作为它的主要代言人一样。无论毛泽东在共产党内的绝对领导地位和个人威信，还是他在马克思主义理论上的系统建树，基本上都是在延安窑洞里最后完成的。他对当代文化的一个贡献，就是以正统继承者的身份，给新文化运动以高度热烈的评价。据他的解释，新文化运动从一开始就是马克思主义领导的，这就是说，抗战全面爆发以后出现的新的文化规范，正是前一阶段文化逻辑发展的必然结果。在绝对地肯定了新文化运动和它的旗手鲁迅以后，毛泽东又对新文化的主要体现者——知识分子——的小资产阶级属性和欧化的文学表现样式，逐一地进行了批判。他否定了五四新文化的一个重要标准——西方文化模式，建立起另一个标准——中国大众（主要是中国农民）的需要。他强调知识分子唯有背叛自己的教养，深入工农大众中去改造思想，脱胎换骨，才有可能适应新的文化规范。他为知识分子指出了两条途径：一是无条件地向大众（主要是农民）学习，以大众的思想要求和审美爱好作为自己的工作目标；二是无条件地投入战争，一切为战争的胜利服务，因而，也就是一切都围绕着特定历史时期的政治斗争和政策路线方针服务。可以看出，这两个要求都鲜明地烙上了战时文化的特殊印记。

这两个要求实际上不仅是毛泽东个人，而且是战争本身向每一个有爱国心的知识分子提出来的。要在战争实践中作出自己的贡献，唯有走出原来的生活圈子，"到战场上去，到游击队中去……到一切内地城市乡村中去"①，这时候的抗战主体人民大众，已经不再是知识分子口头上的议论对象，而是耸立在面前的实体。要用文学艺术来向他们宣传，就不得不考虑效果，首先是如何为他们所了解，与这个问题相联系的是如何去了解他们，这就涉及由思想感情到表现形式的一系列问题，以西方文化为价值标准的新文化传统的地位，由是发生了动摇。这并非说在五四新文化和西方文化的熏陶下成长的知识分子的情操修养一定错误，也并非说工农大众的审美要求一定正确，而是一切都只能在特定的战争时代的文化背景下加以考察和认识。《安娜·卡列尼娜》《大雷雨》和《小放牛》《兄妹开荒》之间，不管农民喜欢与否，真正属于艺术精品的总是前者而不是后者，但似乎被彻底颠倒过来了。这种价值尺度的颠倒，是一个特定历史时期特定环境下的文化现象。因此毛泽东向知识分子提出的两条要求，也唯有在抗战这样一种大文化背景下才可能被真心实意地接受，并自觉地去履行。

从抗战全面爆发开始，文艺界发生了三件大事，一件比一件深入地展示出两种文化价值的冲突。第一件事是1938年中华全国文艺界抗敌协会（简称"文协"）的成立，这是五四以后第一次建立的全国性文艺组织，并得到了各阶级各派别的一致拥护。文协力图结束以往作家们"各自为战"的散漫状况，提出"我们必须有通盘筹妥的战略，把文艺的各部门配备起来，才能致胜。时间万不许浪费，步骤必须齐一。在统一战线上我们分工，在集团创造下我们合作"②。显然这种意图在当时的条件下不可能真正实现，但作为文协的成立宣言而提出，

---

① 　　《全国文艺界抗敌协会成立大会》，《新华日报》1938年3月27日。
② 　　《中华全国文艺界抗敌协会宣言》，《文艺月刊·战时特刊》第9期，1938年4月1日。

已经具备了以后全国划一的文艺政策的雏形。这种意愿，正是抗战的现实迫使作家们作出的认同性的选择。第二件事是关于民族形式的讨论。当广大作家深入前线、深入农村向大众宣传抗日的工作一开展，立刻就碰到他们的作品如何为人民大众所接受的问题，于是"民族形式"的讨论就提上了议事日程。对于这场争论的结果，李泽厚曾认为是"救亡"主题又一次压倒了"启蒙"的主题。他在评价这场争论时正确指出：胡风的《论民族形式问题》的特点，是"坚决维护五四的启蒙传统，反对简单地服从于救亡斗争；强调应把启蒙注入救亡之中，使救亡具有民主性的新的时代特征和世界性水平"[①]。但他把"救亡"主题视为一种时代文化的本身规范，就缩小了战争文化的内涵。这种解释似不确。抗日救亡是论争双方都在考虑的主题。以民族形式的批评者面目出现的胡风，他在抗战时期所写的《民族战争与文艺性格》《论民族形式问题》等著作，始终在探讨文艺如何为抗战服务，以及文艺工作者如何在这场战争中作出自己独有的贡献。胡风与他的论战对手的主要分歧是在对五四新文学的评价上，说到底就是要不要捍卫五四以来的新文化传统。胡风不能容忍的是新文化培养起来的作家自己翻过脸来咒骂新文学。这些论争如置于两种文化价值观念冲突的背景下都能得到合理的解释。第三件事是延安整风和文艺座谈会的召开。当许多知识分子到了抗日根据地，与战争及战争的主要承担者农民进一步接触以后，两种文化的冲突由纸上的议论发展成具体生活中的矛盾。这里也应包含两个方面的内容：一方面是农民在战争中高扬人性，显现出美的境界，改变了原来知识分子对他们的表面认识，许多知识

---

① 参见李泽厚《中国现代思想史论》，东方出版社1987年版，第76～86页，引文见第76页。

分子在实践中思想感情发生了转变；另一方面是原有的启蒙主义文化价值观念仍在起作用，许多知识分子到了根据地以后，对已经形成了的战时文化环境感到不适应，发生了各种各样的冲突。于是产生了毛泽东的《讲话》，成为一个时期文艺工作的经典性文献。以上三件事，一件比一件深入地展示了两种文化冲突的实质，可以说，到1942年《讲话》发表，一个新的战时文化的文学阶段已经初步形成。

从战时文化背景来认识《讲话》和毛泽东文艺思想的核心，一切都会变得顺理成章。《讲话》中一系列思想及其论述的出发点，起于"引言"部分，即关于文武两条路线和两支军队的论述。这才是毛泽东关于战时文化阶段文艺工作的核心思想。《讲话》的主要论述，即文艺为谁服务和如何服务的问题，并不是毛泽东最早提出的，在这以前就有人谈过。如瞿秋白，在20世纪30年代领导左翼文艺运动时就作过相当全面的论述。我曾经把《讲话》中各种观点分门别类地与瞿秋白的文艺观点作对照，发现大部分都在瞿的著作中出现过。如果就理论的系统性、缜密性和对马克思主义文艺理论原著的熟悉程度而言，瞿秋白并不在毛泽东之下。可是为什么直到毛泽东的《讲话》发表以后，这些思想才在实际生活中产生重大影响，成为一个时期的文艺指导方针呢？这固然与毛泽东个人在党内的地位有关，但更主要的是战争造就了战时的文化心理。毛泽东的独特贡献，是他以军事家的思维方式来总结共产党在文化理论方面的集体经验，使文艺变成战时革命事业中一个切实有效的组成部分。他明智而实际地指出："我们要战胜敌人，首先要依靠手里拿枪的军队。但是仅仅有这种军队是不够的，我们还要有文化的军队，这是团结自己、战胜敌人必不可少的一支军

116

队。"① 把文化、文学、艺术视作军队，视作武器，这不仅仅是军事家职业性的习惯，而是出于对此时此地战时文化环境的周密思考而采取的具体步骤。《讲话》的核心思想，就是把文学艺术纳入当时战火纷飞的现实环境里，使之成为整个革命机器的一个有机的组成部分。

瞿秋白的文学活动处于启蒙主义的文化背景之下，他的马克思主义文学理论是作为文化上的多元模式中的一种在发挥它的影响，而毛泽东的文学活动则是其整个政治活动的一个有机部分，他在新文学发展史上最大的作为是表现出对战时文化与文学的关系的深刻洞察和理解，并且直接地把这一要求转化为具体的文艺政策和方针，催生了一个在抗战母体内躁动不安的文学新阶段。

战争文化要求把文学创作纳入军事轨道，成为夺取战争胜利的一种动力，它在客观上的成绩是有目共睹的。战争结束以后，尽管毛泽东在《在中国共产党第七届中央委员会第二次全体会议上的报告》中已经指出，随着全国革命的胜利，党的工作重心由乡村转移到城市，必须用极大的努力去学会管理城市和建设城市。但从历史发展来看，战争对社会生活的影响要比人们所估计的长久得多，也深远得多。当带着满身硝烟的人们从事和平建设事业以后，文化心理上依然保留着战争时代的痕迹：实用理性与狂热的非理性的奇特结合，民族主义情绪的高度发扬，对外来文化的本能排斥，以及因战争的胜利而陶醉于军事生活，把战时军队生活方式视作最完美的理想生活境界，等等，这种种文化特征在战后的短短几年中不可能得到根本性的改变，反而迅速地形成了一个新的时代的共名。

---

① 　　毛泽东：《在延安文艺座谈会上的讲话》，见《毛泽东选集》第3卷，人民出版社1991年版，第847页。

在这种文化氛围的制约下，文学由军事轨道转入政治轨道，许多战争时期的文学特征移用于和平建设时期。战争时期与和平时期的文化性质本来是不同的，由这种错位造成的文化心理与实际生活之间的矛盾，不可否认地给以后的文艺发展也带来了一系列消极后果。如果我们把《讲话》的理论与1949年以后的一系列文艺政策对照一下就能发现，《讲话》中的理论被保留并被发挥得最充分的，是毛泽东关于建立文化军队的设想，也就是要求文学仍然成为一种政治斗争的工具和革命时期的宣传机器。

另一个问题是，战争年代由于特殊环境引起的两种文化价值的冲突，在新的和平环境下非但没有顺利解决，反而更加尖锐化对立化了。《讲话》中已经表现出这样的倾向：虽然在实际工作中把小资产阶级知识分子看作一支重要的力量，但在思想战线上，是把"小资产阶级"和封建地主、大资产阶级并列在一起，作为无产阶级的对立面。《讲话》关于这一观点的论述绝不是偶然的，如"不是把工农兵提到封建阶级、资产阶级、小资产阶级知识分子的'高度'去，而是沿着工农兵自己前进的方向去提高，沿着无产阶级前进的方向去提高"，"小资产阶级出身的人们总是经过种种方法，也经过文学艺术的方法，顽强地表现他们自己，宣传他们自己的主张，要求人们按照小资产阶级知识分子的面貌来改造党，改造世界。……无产阶级是不能迁就你们的，依了你们，实际上就是依了大地主大资产阶级，就有亡党亡国的危险"[1]。这证明从这一时期开始，五四新文学的主要体现者——知识分子，在两种文化兴替中地位发生了变异，由"先锋和桥梁"转变

① 　　毛泽东:《在延安文艺座谈会上的讲话》，见《毛泽东选集》第3卷，人民出版社1991年版，第859~860、875~876页。

118

为被改造的对象。

胡风的悲剧正是这种文化冲突的产物。胡风的文学思想也成熟于抗战，他把以鲁迅精神为代表的五四新文学传统进一步理论化系统化，努力将五四新文化与全面抗战以后出现的新形势结合起来，用五四精神来指导救亡，解决现实中出现的文化冲突。胡风信奉马克思主义，他把马克思主义理论与人的主观精神力量结合起来，并通过五四以来的新文学实践，由此建构起一套马克思主义中国化、五四化的文艺理论体系。在这个体系中，知识分子的人格力量依然是主体，是先锋的精英，它不仅渗透于整个文学创作精神之中，同时渗透到日常生活的批判当中。这样的精神状态，当然不会见容于战争中严格的军事文化体系，也无法与战后依然要把文学当作政治斗争工具的文化要求相协调。胡风提倡的现实主义真实论，必然有悖于被战争强化了的文学宣传意识；胡风提倡人格力量和主观战斗精神，必然冲犯了战争培养起来的高度集体主义原则；胡风强调对"精神奴役创伤"，对"民族形式"的鞭辟入里的批判，也冲犯了战争中崛起的主体力量——农民阶级——的精神状态。

《关于解放以来的文学实践情况的报告》是胡风最后一部理论著作，也是当代文学研究中不容忽视的一份历史文献。在这部著作中，他试图为自己辩解，但在辩解过程中始终坚持用五四新文化的价值来分析、评判战后出现的各种理论观点。所谓"五把刀子"论，正是用严峻的语言对战时文化中的一系列文学理论所作的批判。以今天的眼光看，胡风的理论中自然有褊狭甚至极端化的毛病，但他的论敌如何其芳等人不也存在着褊狭甚至极端化的毛病吗？有了胡风遗留给我们的这份"三十万言书"，现在再来探讨战争文化心理在文学实践上的种种缺陷已经纯属多余，因为早在三十年前这位文学前辈已经把一切说得如此透彻，如此尖锐了。胡风在当时不可避免地遭遇失败，正标志了五四新文化传统中先锋精神的失落，从此，战时文化规范基本上支配了思想文化领域，直到"文化大革命"中在极端的形式下走向自身的反面。

二、战争文化心理在文学观念中的表现

从一场全国范围的民族自卫战始，到一场全国范围的内乱终，我认为在抗战爆发—1949年后建立新政权—"文化大革命"结束这四十年是中国现代文化的一个特殊阶段，是战争因素深深地锚入人们的意识结构、影响人们的思维形态和思维方式的阶段。这个阶段的文学意识也相应地留下了种种战争遗迹，成为当代文学研究中一个重要现象。过去我们把有些现象都推诸一度占统治地位的极左路线。其实，路线从何而来？它不正是反映了一定时期路线的执行者与特定社会文化心理的某种契合吗？下面，我将考察当代文学观念中的战争文化心理究竟表现在哪些方面，具有哪些特征。

首先是在文学批评领域里，开始出现了一大批前所未有的军事词汇，诸如：战役、斗争、重大胜利、锋芒直指、拔白旗、插红旗、重大题材……一部作品发表后获得成功叫"打响了"，作品有所创新叫"有突破"，把一部批评社会阴暗面的作品称作"猖狂进攻"，等等。以往文学批评中的词汇也被赋予了新的含义，如"围剿"，在鲁迅杂文里曾被用于"革命文学"论争中创造社等同一阵营里的人对他的围

攻，到了毛泽东的词汇里则成为文化上的"围剿"和"反围剿"，象征共产党与国民党两种政治力量的搏斗；又如"批判""清算"，原来含有检查、清理、扬弃等意思，左翼作家也经常用于自己内部的工作检查，1949年后却成了阶级斗争和思想斗争的具体手段，掺杂了鲜明的敌对情绪。当然，这些词汇的出现或词汇含义的变化，还只是表面的现象，它根本上反映了这一时期的人们在文学观念以及思维方式上的变化。

其次，这种文化心理不但表现在文学领域，更重要的是它渗透到生活中的各个领域，成为日常生活的普遍现象。文学只要处于这样的生活环境中，受到这样一种意识结构的制约，那么，文学创作就不可能不出现种种战争的痕迹。即使在描写和平生活的文学作品中，也难以摆脱这种痕迹。譬如，当代文学中反映社会主义建设的作品里，主人公的英雄行为往往从战争的回忆中得到鼓励（当时的文学作品中，让复员军人来担任建设社会主义的主人公屡见不鲜）。随着60年代阶级斗争的扩大化，即使和平建设的题材也充满了火药味和战场氛围，最典型的莫过于风行一时的《艳阳天》。书中每一章都充满了两军对垒的战斗气息，支部书记萧长春（也是复员军人）仿佛一个运筹帷幄的统帅，整天忙于调兵遣将、明争暗斗。这样的小说读起来扣人心弦，因为作者把军事斗争的一套战术都用到日常生活中去了，但作为对和平时期农村生活现实的描写，是一种严重歪曲。这些责任当然不能完全由作家来负，在那个时代里，唯有这样的题材，这样的写法，才能得到战时文化意识形态的认可，也才能得到同样受这种文化意识制约的读者的欢迎。

（一）当代文学观念中的战争文化心理特征之一：
明确的目的性和功利性，文学宣传职能与文学真实性的冲突

　　战争为文学规定了过于明确的目的性，文学的现实功利主义得到充分的肯定。抗战时期的共名压倒一切的任务，就是争取战争的胜利。这种共名下的文学，第一功能就是宣传，思想深度、艺术技巧、审美功能等要素都必须服务于宣传这一客观标准。如何使文学艺术为大众、尤其是为战时没有受过新文化熏陶和教育的广大农民所理解，成了文学作品优秀与否的关键。抗战时期的文艺界领导人之一郭沫若说过："抗敌所必需的是大众的动员，在动员大众上用不着有好高深的理论，用不着有好卓越的艺术——否，理论愈高深，艺术愈卓越，反而愈和大众绝缘，而减杀抗敌的动力。"[①]这个思想后来被毛泽东上升到理论的高度加以阐述，即著名的"阳春白雪"和"下里巴人"、"锦上添花"和"雪中送炭"等辩证关系的论述。

　　其实，所谓"文艺为工农兵服务"并不是说工农兵喜欢什么作家就给他们创作什么，而是他们应该接受什么，能够接受什么，并且是在什么样的水平上接受，这才是《讲话》以及其他当代文艺理论家所探讨的问题。至于给工农兵什么样内容的作品，这不是由工农兵决定，也不完全由作家决定，而是在读者与作家之间存在着一种"合力"，即时代的要求。在抗战时期，反映抗战就成为唯一的创作内容。梁实秋编《平明》副刊时站在读者的立场上要求创作内容的多样化（所谓"与抗战无关论"），胡风在国统区站在作家的立场上要求作品反映更为

①　　　郭沫若：《抗战与文化》，《自由中国》1938年第3期。

广阔的生活内容（所谓"到处有生活"论），结果都受到了严厉批判。

但是，当这种战时的要求一旦作为文化形态被规范，由具体历史条件下的特殊要求转化为一般文艺理论上的原则，并在文化心理中产生了积淀以后，情况就发生了变化。本来，战争是有着明确目的性的，大至组织一个战役，小至攻占一个碉堡，目标一旦确定下来，将调动军队的各种力量投入进去，一切临时的、次要的、非中心的因素都必须为实现这个中心目标让路。战争中文学的宣传意识正来源于此，它与新文学初期"为人生的文艺""为大众的文艺"的思想已经相去甚远。五四初期的为人生的文学思想，不过是相当宽泛的目的论，其实质是利用文艺创作来探索人生问题，表达作者对改造社会的见解，宣泄他们潜在的经世济民的政治热情与社会责任感。这里并不存在一种明确的规定性和强迫性。但在战争时期情况就变得严峻了，如《讲话》指出："党的文艺工作，在党的整个革命工作中的位置，是确定了的，摆好了的；是服从党在一定革命时期内所规定的革命任务的。"[1]这对党的宣传工作者来说，无疑是必要的。但以这种宣传功能直接要求大部分文学工作者，那就会使文学自身的艺术功能出现不平衡的状态。

这表现在创作题材上就有了重大题材与非重大题材之分；表现在创作的内容上，就有为政治服务、再进而表现阶级斗争和路线斗争、再进而是"写中心，唱中心，演中心"等一系列愈来愈狭窄的规定；表现在文艺批评上，就有了"政治标准第一，艺术标准第二"的区分，实质上是要求文艺批评家以一个时期的政治目标为尺度去衡量作品，

---

① 毛泽东:《在延安文艺座谈会上的讲话》，见《毛泽东选集》第3卷，人民出版社1991年版，第866页。

新文学整体观续编

当代文学观念中的战争文化心理

123

去提倡写什么和反对写什么。文学的宣传职能与文学的真实性并不是任何时候都一致的。战时宣传的根本目的是为了争取战事的胜利，因此，战争过程中许多不利于最后胜利的细节都可以隐去不谈，不但战时不允许有动摇人心的舆论，战后一般也不予宣扬。然而文学创作所关注的始终是个体的命运与具体的生活现象，它无法为了一个最终结果而舍弃大量的真实细节，也无法脱离作家本人对事物独特的感受与评判。这一切与文学的宣传意识存在着不可回避的矛盾。特别在进入社会主义和平建设时期，过于强调文学的目的论和宣传意识，只能使大多数作家陷入无所适从的处境。先是一批由五四新文化培养出来的作家不得不搁笔，或者写些力不从心的应景东西，显然这不能归咎于他们艺术创造力的枯竭。接着，一批由解放区培养起来的作家也有了惶恐。因为文学创作本该是一种充满个人自由创造精神的劳动，失去了创造精神，失去了对人生对社会对自我的审美感受和独立思考，就不是真正意义上的文学了。

（二）当代文学观念中的战争文化心理特征之二：二分法思维习惯被滥用，文学创作出现各种雷同化的模式

美国罗彻斯特大学的弗素教授（Paul Fussell）在《大战与现代回忆》（*The Great War and Modern Memory*）一书中认为，对事物采取简单的对立化观点是第一次世界大战的特色。当时不管是前线的军事报告、军事用语，还是后方的报纸书刊、日常词汇，无不充斥着两极分化的概念思维。整个世界被看成一个黑白分明、正邪对立的两极分化体，仿佛是两个迥然相异的世界被错误地凑聚在一块，有必要重新

把它们按照明确的标准分开来。按照这一逻辑，人最重要的是在人生这块扩大的战场里站稳一个正确的岗位，所有从这个岗位来看是敌对的，一律可以不假思索地炮轰。这样，人在本来错综复杂的世界上的角色就变得最明确最简单，而他借以安身立命的种种道德价值也变得清楚易懂了。这种思维习惯，弗素教授称为"现代的敌对习惯"（Modern Versus Habit）①。

我没有经历过战争，一向以为这种简单化两极对立思维形态来自极左路线下的阶级斗争扩大化，现在看来这并非中国的土货，西方的战争也造成了同样的思维方式。如果置于战时文化背景下来看，阶级斗争扩大化又何尝不是这一文化的产物呢？李泽厚认为由于1949年后片面强调了阶级斗争，故而造成了政治、经济、意识形态领域里的"两军对战"模式。②我想这个推论应该反过来看，正是由于战争在当代文化建构中留下了深重的痕迹，才使人们的意识结构中出现了某种战时化倾向，对阶级斗争的片面强调正是其中的表现之一。

中国哲学有阴阳学说与兵家辩证法的传统，其本身具有极为丰富的内容。古代阴阳学说除了两极自身的辩证转化，还以五行相生相克的循环说配之，犹如西方结构主义的"二元互补"（complementary bipolarity）原理有"多项周旋"（multiple periodicity）原理相配一样。

---

① 转引自傅葆石《战争和文化结构的关系》，《复旦学报（社会科学版）》1985年第6期。

② 参见李泽厚《中国现代思想史论》，东方出版社1987年版，第187～189页。原话是："由于强调政治挂帅、阶级觉悟，强调'要用阶级和阶级斗争的观点，用阶级分析的方法去看待一切、分析一切'，而'阶级和阶级斗争、阶级分析'又主要是'无产阶级'与'资产阶级'的'你死我活'的两军对战，于是弥漫在政治、经济而特别是意识形态领域，无论从文艺到哲学，还是从日常生活到思想、情感、灵魂，都日益为这种'两军对战'的模式所规范和统治。"（第187页）着重号为原作者所加。

一分为二，并非以"二"为终极，而是从"二"再演化出无穷。兵家在两军对战中同样必须综合多项因素演成千变万化的内容。毛泽东结合自己长期的军事实践，融合这种哲学传统和马克思主义唯物辩证法的修养，形成了丰富灵活的辩证思想，成为指导党和国家各项工作的哲学方法。但是这种哲学上的辩证法传统，在其运用过程中常常受到执行者在战场上形成的战争二元对立思维的干扰：活着或者死去，战斗或者投降，前进或者溃退，胜利或者失败，立功或者受罚，当英雄或者当俘虏，和平或者法西斯……这种由战场上的简单选择而养成的思维习惯，只能对辩证思维作出简单化的理解，使两极对立的思维习惯渗透到日常生活之中，也给文学创作与文学批评留下了深重的影响。

首先是简单对立的历史观点支配了作家的文学构思。以中华人民共和国成立为一道历史分界线，1949年以前为旧社会，它联系着苦难、黑暗、死亡、人间地狱、贪官污吏、地主资本家、剥削；1949年以后为新社会，它联系着光明、幸福、和平、人间天堂、人民、翻身当家作主。用当时一个著名歌剧所揭示的公式，即是"旧社会把人变成鬼，新社会把鬼变成人"。这种历史二分法在当时许多艺术作品的主题结构中都表现出来，使矛盾的解决最终总是有赖于历史的大变更，"光明的尾巴"的雷同模式由此而来。如果说，封建时代的大团圆结局取决于主人公经刻苦奋斗而获的"金榜题名时"，那么，现代大团圆的关键则完全取决于社会政治的变更。1949年以来历次政治大变化，促使这种历史的二分法继续延伸下去："文化大革命"中，人们把一切错误归咎于"十七年"，而期待着"文化大革命"到来后解决一切（如当时的电影《春苗》）；粉碎"四人帮"以后，人们又如法炮制，把苦难的结束取决于1976年10月（如当时流行的许多"伤痕"作品）；再后来，又取决于中共十一届三中全会（如《乡场上》《被爱情遗忘的角落》等）……这里不涉及对历史事件本身的评判，以唯物史观看，上层建筑的变革，一般反映了社会生产力发展的某种质的飞跃（但也有相反的结果），但艺术作品不是历史教科书的图解，它需要从揭示普通人的生活和命运中、从有血有肉的个体生命活动中，展示历史的内容。把改变人的苦难、危机、困境的一切机缘都推给政治变革，文学的宣传效果自然可以达到，但文学的中心——人和人的主体精神的表现，必然会受到简单化的处理。

如果我们对当代文学的艺术语言作一个综合的分析，即可发现，当代文学艺术系统中存在着两个泾渭分明、完全对立的语言系统。除了上面已经说到的一些，还有——

甲系统：工人阶级、贫下中农、人民解放军、党的领导形象、英雄形象，先进性、革命性、大公无私、英雄无畏、九死一生、没有性欲、没有私念、没有精神危机……

乙系统：地主资本家、叛徒特务、死不改悔的走资派、知识分子、动摇性、破坏性、邪恶、阴险、愚蠢、自私自利、贪生怕死、钩心斗角、最终失败……

一切艺术构思都必须遵守这两大话语系统的规则，绝对不许相互混淆。20世纪50年代初期，一个反映工人生活的剧本，就因为写了一个落后工人的思想转变，就被认为侮辱了工人阶级而遭禁止（路翎的《人民万岁》）。60年代，一部长篇小说写了一个国民党军官的尽职牺牲，结果使作家锒铛入狱，受到残酷的迫害，罪名是美化国民党（吴强的《红日》）。发展到后来，不允许写先进人物死亡、先进人物恋爱以及先进人物的正常感情，也不允许反面人物有正常人的感情，甚至不允许长得漂亮些。而且值得注意的是，这种现象不是由某种具体条文来硬性规定的，它是通过一个特定时期的文化熏陶和教育，由作家、批评家、读者三方共同养成的思维习惯，一部作品违反了这些话语系统的规定，不但批评家，就连读者也会提出责难。

因战争形成的心理习惯一时是难以改变的，因此把人们所憎恨者描写得稍稍正常一些，就会不符合他们想象中的形象，就不能容忍，就会提出抗议。久而久之，人们（包括没有经历战争的人们）都自觉地把当初出于宣传要求而创作的作品当成历史的真实，并且把这种种印象固定下来，使之成为一种模式。思维的"现代敌对习惯"助长了这种简单化公式的确立，这种思维的特点就是把一切复杂的现象简单化、公式化，并注入了强烈的感情色彩，把各种对立的现象夸张到两极。我们把这些现象联系起来就不难看出，战争文化心理养成了二分法的思维习惯，这种思维习惯又造成了这个时期文学创作的各种雷同化模式。

（三）当代文学观念中的战争文化心理特征之三：英雄主义和乐观主义基调的确立，社会主义悲剧被取消

抗日战争以胜利结束，接着又迎来了第三次国内战争的胜利，建立起人民共和国。巨大的胜利情绪支配着所有参与、支持或同情革命的人们，黄继光、董存瑞、刘胡兰……一个个英雄事迹被编成了文学作品，以完美的形象来鼓舞人们奋不顾身地建设新生活，战争没有结束，战场上的英雄主义精神将永远地延续下去，在一代代人身上重新得到体现。

值得注意的是，同样是反侵略反法西斯的第二次世界大战，留给西方人的还有对人的存在价值与生命价值的严肃思考。西方许多学者认为，第一次世界大战是西方文化的一道分水岭，它动摇了西方社会根深蒂固的乐观精神，使往日的天真一去不复返。其实这种说法多少有一定的片面性。早在19世纪末20世纪初，由于物质财富的畸形增长和精神危机的产生，由于资本主义向垄断化发展以后互相掠夺的加紧，西方文化的转机与蜕变的条件就已经趋于成熟。第一次世界大战前欧洲知识界的先知者对文化的批判不是没来由的，他们焦灼、诅咒、呼唤超人的出现，都可以视作文化变革的报春之燕。战争本身即是文化冲突的极端形式，是战争把这种本来在知识界范围里的现代意识普及化、通俗化，随着灾难的降临而进入社会领域。第二次世界大战进一步深化了一战后造成的现代意识结构，使之成为西方社会中的普遍精神意识。存在主义哲学在战前战后的不同遭遇正反映了这种趋向。现代主义的文化意识，更加平民化、世俗化和社会化，它的中心依然是大战后人们对生命价值（包括它的外在过程即生存方式）的深刻探讨。因此，我们在西方战争题材作品中，总是能看到对人的命运、人的生存意义和生命意识的哲学思考。这种思潮影响到苏联，就有了《一个人的遭遇》和《这里的黎明静悄悄》等优秀作品。然而这一切在我国20世纪五六十年代的文学观念中都变得不可理解：为什么战争胜利了，主人公还那么悲哀，那么痛苦？为什么把战争写得那样凄凉，那样残酷？我们需要的显然不是这些，而是红旗插在城堡上的欢呼，是英雄带着满身硝烟的微笑，以及一群孩子幸福地向着英雄纪念碑走来。其中重要的一个原因，在于战前的各国社会文化状况的差异。在西方，两次大战加速动摇了战前的乐观精神，从布满希望的天空突然坠落到灾难的深渊；在中国，战争则帮助完成了战前人们建立一个新社会的美好愿望，这种愿望体现为整整一部中国近现代史的文化走向，人民共和国的诞生意味着这一理想的最终实现，这也是为什么那么多的中国知识分子尽管痛苦、却如此自觉地接受这种特定的文化规范的原因所在。

然而，将过程的意义融化到结果中去，将个体的价值溶解到集体中去，产生的直接后果，就是当代军事题材创作中英雄主义模式的确立。运用二分法的思维方法，先区分正义战争与非正义战争，然后小心翼翼地不让代表正义战争一方的成员轻易地牺牲，如果到了英雄非死不可的时候，也必须以更大的胜利场面去冲淡它的悲伤情调，以维持作品基调的平衡。英雄的死绝不能引起传统悲剧中的恐惧效果，结局总是以道德价值认识来取代生命本体价值的认识。应该说，中国新文学的战争题材创作是在全面抗战爆发以后开始发展起来的，但由于英雄主义模式的限制，这类创作只是在数量与篇幅上得以增长，没有造成艺术上多样化的局面。如果创作者不敢正视战争的残酷与非理性状态，不能从战争中生命力的高扬、辉煌和毁灭过程揭示它的美感，把它转化成审美形态表现出来，那么，严肃的作家充其量只能达到《保卫延安》这样的高度而不能更前进一步，至于一般作家，就只能在战争背景下写一些传奇性的英雄故事而已。

这种英雄主义和乐观主义基调的间接后果，是"社会主义悲剧"的被取消。正如战争的二分法思维习惯不能容许在肯定的话语系统中出现"悲剧"的字眼，在历史发展过程中，人们总是用总结者的眼光去描写历史，凡是悲剧性的事件只能发生在过去的已被证明是错误的年代里，这个年代必须与今天之间存在着一个分界。就是说，个体的悲剧性遭遇总是能够融化到历史的喜剧性结论中去。战争结束了，人们在欢庆胜利的时候，似乎很少有艺术镜头对准那些永远失去亲人的悲哀者面孔和永远破碎了的家庭。同样，在一场浩劫以后，人们为一些终于平反昭雪者写传时，总是为他们的苦尽甘来而欢欣，却少有人注意到他们永远失去了的健康、青春、理想、甚至幸福……巴金《随想录》的文学价值之一，就是它塑造出一个永远孤寂凄凉的老人的自我形象，而这种美感形式在战时文化背景的制约下往往是难以被接受的。历史是由胜利者来书写的。胜利者愿意自己的成功成为某种历史性转折的标记，愿意看到历史在自己的成功处出现一个句号。某些作品之所以受到批评，正是因为它把个体的悲剧性价值从历史的喜剧性结论中分离出来，它让个体生命的悲剧如一道水流淹过了固定的历史句号，从而违背了这种乐观主义的文化基调。

虽然有人赞美我们的民族酷爱和平、讲究中庸、具有非战的传统，虽然也有人批评传统文化的束缚造成了我们民族的孱弱、保守和超稳定的文化结构，以致缺乏开拓进取精神，但有一点似乎很少被人注意到，中国文化传统中始终掺有古代兵家思想因子，重视兵法和战术的研究。它渗透在各种学术思想之中。老子的学说，是在哲学的境界上体现出这种思想因子；法家以及一部分儒家的学说，则反映了政治领域中的兵家思想。它们除了在国内的无数次民族间的战争和政治力量间的战争中得到至美的体现，还常常从人事斗争、权术较量、政治倾轧、宗派之争中隐约地体现出来。在漫长的历史中，这种兵家思想因子随着不同的环境时隐时现地存在着，一旦外界条件成熟，它随时可能对这一时期的文化发生至关重要的影响。

从20世纪中国文化的发展来看，两个阶段是非常明显的：第一阶段是由20世纪初的东西文化撞击和辛亥革命的政治变革为开端的启蒙时期文化，它以五四新文化运动为成熟标志；第二阶段是由全面抗战爆发为起点，以中华人民共和国成立为成熟标志的战时文化，这一时期的文化规范，一直发展到"文化大革命"时期，达到了登峰造极。一种文化发展到极致，它内部自然会产生出新的对立力量，从这个意义上可以说，"文化大革命"在人们的文化心理中又播下了新的由战争文化内部孕育出来的超越战争文化的因素。

那么，第三个阶段的文化是否以"文化大革命"的结束为开端？它的特征又是什么呢？随着党的十一届三中全会路线的制定，全党工作重点实行大转移，一种新的充满着建设、创造、和谐和个性发展等精神特征的文化规范逐步形成。任何一种文化都不是个人所能造就的，它必须与具体的社会形态及其生产方式联系在一起，因此，我们总结战时文化的种种特征，正是为了总结一个过去了的时代的历史经验。

文学上也是这样，当代文学观念中的战争痕迹在新的文化规范下虽然渐渐地隐去，但并没有彻底消失，在许多方面，如批评意识、思维习惯、对社会的看法与评价中都自然地流露出来。我们认识战争文化心理是为了改变它，以适应新的文学阶段的到来。

1988 年 2 月初作
2011 年 3 月修订

民间的浮沉：

从抗战到『文革』文学史的

一个解释

本文提出的"民间"，是指20世纪中国文学史上已经出现，以其本身的方式生存发展，并且孕育了某种文学史前景的文化空间。当我们讨论它的定义时，只有在下列一点上，部分地吸取了西方"市民社会"（civil society）论者[①]的观点：即民间是与国家相对的一个概念，民间文化形态是指在国家权力中心控制范围的边缘区域形成的文化空间。

一、民间在文学史上的位置

从文学自身发生的变化而言，发生在20世纪30年代末40年代初的"民族形式"论争，正是当代文化格局变化的一个标志：民间文化形态的地位始被确立。尽管这一场论争的参加者都是知识分子，他们同样是站在五四以来由知识分子自己建立起来的传统的光圈内，面对光圈外面漆黑一团的天地说三道四。也许是战争的炮火使这束凝聚在知识分子意识深处的光圈稍稍黯淡了一些，他们感觉出这光圈以外的黑暗中隐约闪烁着一些亮点，如萤如磷，知识者由此感到了不安。以前，20世纪20年代的"普罗文学"、30年代的"大众文学"口号的倡

①　Civil society有许多中文译名，如市民社会、公民社会、民间社会等。西方学者在讨论这个概念时，是以西欧17、18世纪出现的市民社会为参照，指介于国家权威与市民社会之间存在一种公众的社会生活领域，人们以自主自律来治理政治生活，并与国家权威相抗衡。其内涵根据接受者不同的环境而改变。

导中，甚至更早一些，五四初期"平民文学"的呼声中，知识分子也议论过民间的话题，不过那时候的大地沉默着，一切都由知识分子自己挑起话题，自己作出结论。然而这次不同了，战争唤起了民众的力量，知识分子不但清楚地感受到那个庞然大物蠢蠢欲动的喘息、炽热的体温和强烈的脉搏跳动，而且分明意识到它背后是一片尚未可知的世界。

1938年在陕北的毛泽东还没有系统地公开他关于民间文化的想法，他只是针对理论上的老对手——教条主义的马克思主义——提出了诘难。为了避开那些来自国外的政治对手所擅长的理论纠缠，他很策略地提出了一个新的话语概念"民族形式"，并且用"中国作风和中国气派"这样一个含义丰富的概念加以修饰。很显然，毛泽东最初使用这些术语主要是政治性的隐喻，暗示了一个新的具有中国特色的马克思主义学派即将形成。[①]可是在知识分子的眼中，这个术语代表了另外一种符号，那就是在抗战[②]中崛起、正在被逐渐接受的民间文化形态。

根据西方人类学家的区分，文化分为大传统和小传统。[③]大传统为上层社会知识分子的精英文化，它的背景是国家权力在意识形态方

[①]　　毛泽东的这段论述如下："离开中国特点来谈马克思主义，只是抽象的空洞的马克思主义。因此，使马克思主义在中国具体化，使之在其每一表现中带着必须有的中国的特性，即是说，按照中国的特点去应用它，成为全党亟待了解并亟须解决的问题。洋八股必须废止，空洞抽象的调头必须少唱，教条主义必须休息，而代之以新鲜活泼的、为中国老百姓所喜闻乐见的中国作风和中国气派，把国际主义的内容和民族形式分离起来，是一点也不懂国际主义的人们的做法，我们则要把二者紧密地结合起来。"（《中国共产党在民族战争中的地位》，见《毛泽东选集》第2卷，人民出版社1991年版，第534页）

[②]　　本文所称"抗战"，指七七事变后的全民族抗战。

[③]　　这是美国人类学家雷德斐（Robert Redfield）的观点，本文转引自余英时《中国文化的大传统与小传统》，见辛华、任菁编《内在超越之路——余英时新儒学论著辑要》，中国广播电视出版社1992年版，第192～193页。

面的控制能力，所以常常凭借权力以呈现自己（在中国传统社会里，包括钦定史书经籍、八股科举制度、纲常伦理教育等），并通过学校教育和正式出版机构来传播。而小传统是指民间（特别是农村）流行的通俗文化传统，它的活动背景往往是国家权力不能完全控制，或者控制力相对薄弱的边缘地带。就文化形态而言，它有意回避了政治意识形态的思维定式，用民间的眼光来看待生活现实，更注意表达下层社会的生活风俗。它拥有来自民间的伦理道德信仰审美等文化传统，具有原始的自在的文化形态。全面抗战爆发前，中国民间文化基本上被排斥在知识分子的精英文化传统以外。

这就是20世纪中国文化的复杂之处。自19世纪末起西学东渐，打破了中国本土文化在庙堂与民间之间封闭型自我循环的轨迹，学术文化分裂为三种形态：国家权力支持的国家主流意识形态、知识分子为主体的外来文化形态和保存于中国民间社会的民间文化形态。这三大领域包含的文化内容不是固定的，而是随着文化格局的分化和组合而不断变动。譬如西方传来的马克思主义，起初只是作为外来文化形态的一翼，为中国的信仰者所实践，全面抗战后逐渐与地方政权相结合，1949年后成为国家的主流意识形态。相反，中国传统文化原来既是传统士大夫"道统"的主要体现，又是国家主流意识形态，但20世纪以来，它在西方文化和政治革命的双重打击下，处于"礼崩乐坏"的境地，五四以后又被激进的知识分子排斥在新文化传统外，散落于民间，由一部分保守的知识分子默默地守护着，成为民间文化的一部分。

辛亥革命到全面抗战，中国文化的三大领域基本处于隔裂的状态。在中西文化撞击下产生的国家政权，旧的"礼乐"制度已经崩坏，新的精神支柱尚未建成，内乱外祸，旗帜数易，文化建设收效甚微，统治集团始终没有形成过自己的庙堂文化，也没有成功地继承并改造旧的文化道统（袁世凯政权的尊孔，国民党政府提倡的"新生活"，都是一些失败的例子）。统治集团有的不过是一种关于统治的思想，或者说是体现了统治术的文化政策而非文化体系。这一特征的证明，就是国家政权的文化建设始终排斥现代知识分子的参与，拒绝接纳知识分子建立起来的新文化传统，由此造成了全面抗战前中国文化的主要冲突：国家主流意识形态企图用统治思想来统一文化与舆论，而知识分子则维护五四以来的民主科学和个人主义的新传统。

同样，五四新文化运动所建构的中西文化新格局没有成功地修补并发展自身的文化传统，现代知识分子与国家权力集团几乎是同步地实验着各种新的文化方案。他们在传统仕途中断后被抛出了政治权力中心，但似乎并未放弃传统士大夫的理想，他们仗着特有的西方文化的优势，与几近废墟的国家意识形态（统治的思想）进行了长期的较量。五四新文化就是知识分子在庙堂之外自建的一个"广场"，它构成了一个介于国家政权与民间社会之间的知识分子的领域，可是由于中国政治的动荡和文化体系的混乱，它没有形成一种新的稳定的文化空间，文化价值取向上充满了自相矛盾的冲突。[①]知识分子把主要注意力都放在重返庙堂的努力上，无论胡适派文人集团的改良主义路线，还是陈独秀派文人集团的激进主义路线，都反映了这种急功近利的心态。在这种与国家主流意识形态的冲突中，民间社会与民间文化传统的作用显然被忽视。知识分子把传统文化覆盖下的礼乐制度与民风民

---

① 关于现代中国知识分子的"广场意识"问题，请参阅拙文《试论知识分子在现代社会转型期的三种价值取向》，初刊于《上海文化》创刊号（1993年11月）。

俗视为一个整体。为了反对传统话语的统治，他们提倡白话，这虽然是一种充满颠覆性的接近大众的语言，但并不意味着他们开始接纳大众文化本身。在他们看来，大众的意识形态充满了封建毒素，是传统体系赖以保存的基础，所以提倡新的接近大众的语言不是为了更好地表达大众的愿望而是为了改造它。民间只是一块有待他们去征服的"殖民地"。

而这一时期的民间，一如既往地，以其特有的沉静和保守默默对峙着外界的冲突。由于它处于政治权力控制的边缘区域，政治斗争对它的影响不大，由于民间自身具有藏污纳垢的特点，它可以容纳一切从政治文化中心溃败下来的散兵游勇。在全面抗战前，它至少包含了三种文化层面：旧体制崩溃后散失到民间的各种传统文化碎片，新兴的商品文化市场制造出来的都市流行文化，以及中国民间社会的主体农民所固有的文化传统。甚至一部分默默守护传统文化的知识分子，也不得不归隐民间，在新文化以外另立宗派。由此形成了一个知识分子精英文化以外的非主流文化的传统。

全面抗战爆发，由于中国社会结构的变动，民间社会逐渐被关注，它与国家主流意识形态和知识分子的新文化传统鼎足而立的局面逐渐形成。全面抗战爆发后中国政局发生了地域性的自治格局，分为国民党统治的大后方地区、共产党领导的抗日民主根据地以及日本侵略军占领的沦陷区，各自推行一套代表政权利益的意识形态。在每一个政治区域里，政权意识形态、知识分子的新文化传统与民间文化之间构成微妙的三角关系。在国统区，五四知识分子传统的代表是胡风，他以犀利深刻的理论风格把新文化传统推进抗战的炉膛深处，同时一再受到来自政治权力的压迫，民间文化则以通俗文学与抗日主题相结合的方式重新焕发活力。在沦陷区，五四知识分子传统的代表是周作人，他以被奴役的身份萎缩了新文化的战斗性，而民间文化形态则复杂得多。一方面它受到侵略意识的渗透，伪满政权曾利用通俗演义故事来宣传其民族的英雄史诗①，或把通俗文艺作为侵略的宣传品，但同时有些文学创作曲折地表达出新文化与都市民间文化的合流。至于抗日民主根据地，知识分子传统因为王实味、丁玲等人的文章而受到清算，但民间文化则在抗日宣传的主题下得到倡导。我们综合考察这一时期的文学创作，无论在哪个区域，新文化传统都出现了分化，有的坚持原来的启蒙立场而遭遇到不同程度的挫折，也有的慢慢地从自身传统束缚下走出来，向民间文化靠拢，如老舍、田汉等人的通俗文艺创作（国统区），如张爱玲、苏青等人的都市小说（沦陷区），又如赵树理等人向通俗文化的回归（抗日民主根据地）。战争给了民间文化蓬勃发展的机会，五四以来的文化"三分天下"到这时才有了明确的分野。

在这样的背景下看"民族形式"的讨论，其间文化冲突的真相就比较清楚了。当时参加论争的左翼文化的领导者，都是新文化传统培养出来的知识分子，他们对旧民间文化的看法大致是差不多的，只是因为各自的文化背景不同，采取了不同的表达方式。胡风作为新文化传统的代言人，他依然采用了五四时代人们的机械进化论的思维方法，认为民间文化代表了封建传统意识形态的文化毒素，而五四新文化则是市民阶层兴起后，"世界进步文艺传统的一个新拓的支流"②。所以，无产阶级文化只能从五四新文化传统中继承发展，而不能倒退到旧民

①　　如穆儒丐的《福昭创业记》（1937年）曾获伪满第三届"文艺盛京赏"和第一届"民生部大臣文学赏"。
②　　《胡风评论集》中，人民文学出版社1984年版，第234页。

间文化基础上继续。与胡风相对立的一些知识分子（他们大多接受来自延安方面的指令）则比胡风更了解"民族形式"作为政治隐语的内涵，他们用心良苦地采用折中态度，企图将新文化传统与民间文化合二为一，证明五四新文化传统本身包含了民间文化。譬如周扬曾小心翼翼地解释说："'五四'的否定传统旧形式，正是肯定民间旧形式；当时正是以民间旧形式作为白话文学之先行的资料和基础。"[①]何其芳、郭沫若等人也提出了类似的说法。但是这种说法与其说是企图沟通新文化传统与旧民间文化，还不如说是试图沟通新文化传统与延安政权意识形态的联系。

而站在新文化传统对立面的是向林冰。他的理论是："民间文艺形式是民族形式的中心源泉。""民族形式"的内涵究竟是什么？怎么会从毛泽东对它所作的马克思主义学派的含义转化到了向林冰认为的文学时代风格？这过程似乎从未有人去注意过，不过既然是在文学史范围中讨论这个概念，只能暂且承认这个转化。值得注意的是向林冰完全是站在民间的立场上向新文化传统发难，他首先指出了现有文艺形式的两种形式："其一，五四以来的新兴文艺形式；其二，大众所习见常闻的民间文艺形式。"他企图用形式辩证观点来解释民族文艺的"新形式"发生在"旧质的胎内"，因而必须从旧民间文艺中发展而来。他还就新文艺的外来文化形式，转引了一个后来在文学史上很有名的说法，即批评新文艺形式是"畸形发展的都市的产物"，所以对于畸形发展的"大学教授、银行经理、舞女、政客以及其他小'布尔'"

[①] 周扬：《对旧形式利用在文学上的一个看法》，见《周扬文集》第1卷，人民文学出版社1984年版，第297页。

的表现是不错的，然而拿来传达人民大众的说话、心理，就出了毛病。①
由于向林冰的理论触及"谁是中国当代文化的正统"这个原则问题，
触犯了一向以新文化正统自居的知识分子的众怒，当时在国统区就有
了关于向林冰有"国民党背景"的谣传。②

但有意思的是，在国统区发生争论的胡风和向林冰的两种观点，
在根据地也有类似的反响。胡风观点的回响者是王实味，他比胡风更
加激烈地攻击旧民间形式和维护新文化的传统③；而向林冰一类的见
解，则在延安的政治幕僚集团（诸如陈伯达、艾思奇等）的言论中引
为同调。这现象如果放到当时的文化冲突背景下去看一点也不难理解。
向林冰虽然未必有国民党的"反动背景"，但他的"中心源泉论"作
为一种学术观点，能在延安政权的主流意识形态中找到知音。几年后，
毛泽东《在延安文艺座谈会上的讲话》的基本思想之一，就是关于农
民如何享有文艺的问题。知识分子为农民服务的措施，已经不再是知
识分子是否应该抛弃五四新文化传统的问题，而是要把屁股坐到农民
文化的立场上来。标准完全变了，农民文化标准作为抗衡新文化传统
的武器被正式使用。这也是赵树理后来一再强调的"普及"与"提
高"不是二元文化的跨越，而是由民间文化一元立场上的自我提高的
观点。赵树理是个典型的民间文化正统论者，他始终是把五四新文化

① 向林冰的言论均引自《论"民族形式"的中心源泉》，见《中国新文学大系
（1937—1949）·文学理论卷二》，上海文艺出版社1990年版，第146～149页。
② 据胡风说："由于他（指向林冰——引者）的理论倾向的严重性，又不能说服
他，和他论争的人们后来把问题从文艺拉到了政治立场上去，暗示他是被国民
党派来的，阴谋用理论破坏革命文艺。我没有采取这种在论争中不应该有的态
度。"（《胡风评论集》下，人民文学出版社1985年版，第401页）
③ 参见王实味《文艺民族形式问题上的旧错误与新偏向》，见《中国新文学大系
（1937—1949）·文学理论卷二》，上海文艺出版社1990年版，第279～293页。

传统与民间文化传统对立起来，认为新文化不及民间文化。这观点深究起来，还是向林冰的"中心源泉论"的翻版。不过他是以朴素的民间艺人的眼光，把向林冰运用的形式辩证法逻辑更加简单地说了出来。①

毛泽东在延安文艺整风中一再批评五四新文化传统的形式主义缺点，强调知识分子必须脱胎换骨改造世界观，但是对农民阶级自身落后的一面讳莫如深，这种带倾向性的观点在《在延安文艺座谈会上的讲话》中明确地表现出来："所谓文艺的提高，是从什么基础上去提高呢？从封建阶级的基础吗？从资产阶级的基础吗？从小资产阶级知识分子的基础吗？都不是，只能是从工农兵群众的基础上去提高。也不是把工农兵提到封建阶级、资产阶级、小资产阶级知识分子的'高度'去，而是沿着工农兵自己前进的方向去提高，沿着无产阶级前进的方向去提高。"②如果我们把"小资产阶级知识分子"置换成五四新文化的知识分子传统，把"工农兵群众"置换为"民间文化传统"，那么，这段言论不单单是论述普及与提高的关系，更重要的是论述了对未来文艺政策和文化走向的设想。这一点赵树理非常敏感地意识到了，他反复引用这个"什么基础上提高"的问题，来为"民间文艺正

---

① 赵树理直到"文化大革命"时期，还坚持"民间文化正统"的观点。他的观点表述如下："中国现有的文学艺术有三个传统：一是中国古代士大夫阶级的传统，旧诗赋、文言文、国画、古琴等是；二是五四以来的文化界传统，新诗、新小说、话剧、油画、钢琴等是；三是民间传统，民歌、鼓词、评书、地方戏曲等是。要说批判地继承，都有可取之处，争论之点，在于以何者为主。文艺界、文化界多数人主张以第二种为主……可是这不合乎毛主席所说那从普及基础上求提高，在提高的指导下去普及的道理。……按那个正统所要求的东西，根本要把现在尚无文化或文化不高的大部分群众拒于接受圈子之外。以民间传统为主则无上述之弊，至于认为它低级那也不公平。"（《回忆历史 认识自己》，见《赵树理全集》第5卷，北岳文艺出版社1994年版，第389～390页）

② 《毛泽东选集》第3卷，人民出版社1991年版，第859～860页。

统论"作注脚。

二、民间文化形态与国家意识形态之间的关系钩沉

"民间"是一个多维度多层次的概念。本文从描述文学史的角度出发，发现民间与当时的政权意识形态发生直接关系的，仅仅是来自中国民间社会主体——农民——所固有的文化传统。它具备了以下几种特点：（1）它是在国家权力控制相对薄弱的领域产生的，保存了相对自由活泼的形式，能够比较真实地表达出民间社会生活的面貌和下层人民的情感世界；虽然在国家权力面前民间总是以弱势的形态出现，总是在一定限度内接纳国家权力对它的渗透。"任何一个时代的统治思想始终都不过是统治阶级的思想"①，正是这种状况深刻的说明；但它毕竟是属于"被统治"的范畴，有着自己的相对独立的历史和传统。（2）自由自在是它最基本的审美风格。民间的传统意味着人类原始的生命力紧紧拥抱生活本身的过程，由此迸发出对生活的爱与憎、对人生欲望的追求，这是任何道德说教都无法规范、任何政治条律都无法约束、甚至连"文明""进步""美"这样一些抽象概念也无法涵盖的自由自在境界。在一个生命力普遍受到压抑的文明社会里，这种境界的最高表现形态，只能是审美的。所以民间往往是文学艺术产生的源泉。（3）它既然拥有民间宗教、哲学、文学艺术的传统背景，用政治术语说，民主性的精华与封建性的糟粕交杂在一起，构成了独特的藏

① 《共产党宣言》，见《马克思恩格斯选集》第1卷，人民出版社2012年版，第420页。

144

污纳垢的形态，因而要对它作一个简单的价值判断，是困难的。

根据这些特点，民间文化虽然在战争的环境下，对抑制知识分子的自由主义传统，沟通知识分子、国家权力和农民大众三者之间的感情交流，确实起过重要的作用。但它所起的只是一种工具的作用，而不是"民间文化"本身。在封建时代，由于国家意识形态与知识分子道统合二为一，统治者的意志主要通过知识分子来传播，除非一些特殊情况，民间文化往往处于自生自灭状态。但在20世纪以来，尤其是中下叶以来，由于文化的"三分天下"不能圆通以及农民对知识分子传统的拒绝，国家主流意识形态不能不倚重民间文化来沟通信息，这就引出了另一组矛盾：代表政治权力的主流意识形态对民间文化的改造以及引起的一系列的冲突。

这种冲突几乎是与延安政权对王实味等人的批判同时进行的。既然政权意识形态需要让民间文化承担起严肃而重大的政治宣传使命，那就不可能允许民间自在的文化形态自我放任。**延安时代对旧秧歌剧和旧戏曲的改造，便是冲突的第一阶段。**

在知识分子的支持下，这项工作取得了成功。1944年春节延安街头铺天盖地的秧歌剧运动是最好的证明。秧歌是陕北地区民间文化固有的品种，它用北方农民喜爱的活泼形式，综合音乐、舞蹈、戏剧等手法，表达出民间生活的内容。这些内容反映了什么呢？周扬在1944年写的一篇文章里认为："恋爱是旧的秧歌最普遍的主题，调情几乎是它本质的特色。""恋爱的鼓吹，色情的露骨的描写，在爱情得不到正当满足的封建社会里，往往达到对于封建秩序、封建道德的猛烈的抗议和破坏。"周扬站在知识分子立场上总结了这一类民间文化的精神，他甚至认为有些秧歌剧中描写爱情的"细腻与大胆"，可以与莎士比亚作品相媲美。秧歌剧里不仅有男女主角，还配有活泼可爱的丑角。"在森严的封建社会秩序和等级面前，丑角是唯一可以自由行动、自由说话的人物。"但是，这些充满民间气息的旧秧歌被改造成新秧歌剧以后，面貌就不同了。那一年春节的秧歌剧运动中，主题一律改成生产劳动、二流子改造等政治性的宣传鼓动[①]，其功能不再被当成简单的娱乐，而是一种群众"自我教育的手段"。周扬借群众之口，说旧秧歌只是"溜勾子"秧歌、"骚情地主"，而新秧歌是"斗争秧歌"："新的秧歌取消了丑角的脸谱，除去了调情的舞姿，全场化为一群工农兵，打伞改用为镰刀斧头，创造了五角星的舞形。"[②]这生动的描述让人想起60年代的现代京剧样板戏，谁说这里没有某种一脉相承的指导思想呢？新秧歌剧其实是知识者根据政治要求，利用民间文艺形式重新创作的，提倡新秧歌，就意味着对旧秧歌的否定和批判，民间文化的原始自在的形态是得以升华了，还是被否定了呢？

秧歌剧是一个小型的民间文艺品种，对它的改造获得成功以后，延安开始对民间文艺中最大的品种——京剧——实行改造。这项工作同样是在政治权力与知识分子结合下开展的。1944年，毛泽东看了延安平剧院演出的新编历史剧《逼上梁山》以后，以极具鼓动性的语言给两位执笔者写信，指出旧戏曲"是由老爷太太少爷小姐们统治着舞台"，这种历史的颠倒，应该"再颠倒过来"。他赞扬这个戏将是"旧剧革命的划时期的开端"。《逼上梁山》是根据后来被毛泽东称为反面教材的《水浒传》这部书改编的，除了林冲和鲁智深的传统故事外，

① 据周扬统计，1944年春节上演秧歌剧56篇，写生产劳动的26篇，写军民关系的17篇，写自卫防奸的10篇，写敌后斗争的2篇，写减租减息的1篇。
② 以上引文均出自周扬《表现新的群众的时代——看了春节秧歌以后》，见《周扬文集》第1卷，人民文学出版社1984年版，第437～453页。

还加了林冲主张抗金御侮、高俅推行投降主义路线以及正面表现农民起义等内容，显然与当时抗日的主题有关。这同国统区里郭沫若写历史剧的目的基本一致，不过话剧本身就是新形式，不存在改造传统的问题，而产生在延安的《逼上梁山》，以后就成为推动全国戏改工作的样板。50年代初戏曲界在"推陈出新"的指导下实行改革，镇压戏霸，整顿各种民间剧团，禁演一大批内容上有各种问题的传统剧目，可以说正是戏曲改革的进一步深化。

赵树理道路的悲剧，是冲突的第二阶段。第二阶段延续的时间比较长，大约一直到"文化大革命"前夕。在这漫长的岁月里，农民作家赵树理走过的悲剧性道路可以说明一些问题。后人研究文学史，总是无法绕过令人费解的赵树理现象：在表面上赵树理是当代获得最高荣誉、被称为文艺为工农兵服务"方向"的人物，可是这些荣誉既没有为他的创作带来积极意义，也没有使他躲开各种批评。20世纪50年代初期，批评小资产阶级文艺、促使知识分子思想改造的运动方兴未艾，被称为"方向"的赵树理因为编《说说唱唱》杂志陷入无休止的检讨；50年代末，文艺界刚刚结束了一场"反右"斗争，赵树理则因为一篇关于农村工作的建议①被定为犯"右倾机会主义"错误；60年代，大连会议刚刚闭幕，就传来了文艺界批判修正主义思潮的斗争，旋即赵树理也落进了写"中间人物"的劫难。再接下去就是"文化大革命"，赵树理遭受迫害，悲惨死去。赵树理现象充分说明了当代文化的"三分天下"始终存在着激烈的冲突。

---

① 即《公社应该如何领导农业生产之我见》(1959年)。赵树理在农村蹲点中发现了许多实际存在的问题，便写了这篇长文给《红旗》杂志，未发表，就发生了庐山会议的反右倾斗争，陈伯达将此文批转作协，发动批判赵树理。

赵树理在中国当代文学史上的地位无法抹煞。因为唯有他，才典型地表达了那一时期新文化传统以外的民间文化独立自在的抗争精神。赵树理作为一个知识分子，他选择民间文化作为安身立命之地，完全是出于理性的自觉的行为。这一方面取决于他来自民间社会的家庭背景和浸淫过民间文化的熏陶①，更重要的是，他在战争时代里看到了农民将会在未来的政治生活中发挥更大的作用，民间文化也应该应运而生，获得复兴。他是属于中国农村传统中有政治头脑和政治热情的民间艺人，当他选择了"文摊"作为自己的岗位以后，始终尝试着使民间文化绕过新文化传统，直接与国家意识形态相结合。他把自己的小说称为"问题小说"，要求"老百姓喜欢看，政治上起作用"，都包含了这种意思。他所谓的"作用"，不仅仅是利用通俗手法将国家意识形态普及远行，也包含了站在民间的立场上，通过小说创作向上传递农民阶级对生活现状的看法。这才是赵树理拥有的一般工农作家不可取代的独特性，因此他的创作也不单单是拥有了形式上和枝节上的民族特色，而是在整体精神上的民间意识。这就是为什么同样是鼓吹农村青年的自由恋爱，康濯的《我的两家房东》不过是一篇技术幼稚的新人新事报道，而赵树理的《小二黑结婚》却留下了40年代根据地农村阶级矛盾的时代印痕；为什么同样表现土改，别的作家都是根据土地改革文件铺展惊心动魄的艺术想象力，而《李有才板话》《邪不压正》却土头土脑地描述了农民自身在土改中表现出来的各种心态和各种问题。如果依延安政权的主流意识形态为衡量标准，赵树理对

---

① 　据董大中的《赵树理评传》介绍，赵树理的祖父和祖母都是北方农村宗教"三教圣道会"（将儒、释、道三教合为一教）的信徒。他的父亲又精通民间阴阳之学，人称"小孔明"。赵树理从小即在这种民间文化环境里长大。（参见董大中《赵树理评传》，百花文艺出版社1986年版，第9～12页。）

生活的解释怎么看也缺乏"深刻性"，他总是执着地盯着这块土地上蠕动着的那些小人小事不放，既没有《暴风骤雨》《太阳照在桑干河上》那种描述时代风云的大手笔，也没有后来柳青的《创业史》那样充满理性思考的农村社会分析，但是，我们暂且抛开五四以来政治与文艺逐渐结合而成的一系列评判所谓"深刻性""真实性""史诗""阶级性"等新文学批评标准，把眼光放到民间的土壤里，就不难理解赵树理笔下的深刻性与洞察力。有一个现成的例子。周扬曾经写过两篇综论赵树理创作的文章，第一篇写于1946年，完全是站在官方立场上总结赵树理小说如何体现了"毛泽东文艺思想在创作上实践的一个胜利"。事隔34年，周扬经历了"文化大革命"大难后再次分析赵树理小说，他有了新的发现，并检讨了前一篇文章的不足："赵树理在作品中描绘了农村基层组织的严重不纯，描绘了有些基层干部是混入党内的坏分子，是化装的地主恶霸。这是赵树理同志深入生活的发现，表现了一个作家的卓见和勇敢。而我的文章却没有着重指出这点，是一个不足之处。"①周扬的话说得很委婉，但意思是明白的，为什么在延安时代他看不到赵树理作品中的这一特点呢？这种揭露根据地农村干部的阴暗面，显然不是延安政权的主流意识形态所需要的。赵树理作为农民的发言人，他敏锐地发现，那时对农民威胁最大的，正是金旺那样的地痞流氓、小元那样的旧势力跟屁虫、小旦那样跟着形势变戏法的地头蛇，以及小昌那样怀着"轮到我来捞一把"的农民干部……既不写地主富农的反抗，也不写国民党特务的破坏，

---

①   周扬的两篇文章是《论赵树理的创作》（1946年），见《周扬文集》第1卷，人民文学出版社1984年版，第486~498页，引文见第498页；《〈赵树理文集〉序》，《工人日报》1980年9月22日，收入《周扬文集》第5卷，人民文学出版社1994年版，第233~234页，引文见第234页。

新文学整体观续编

作家完完全全是站在农民立场上观察问题①，可是这种立场在1950年就被一些喜欢用阶级眼光"深刻"地看问题的人批评为"模糊了阶级观点"。《人民日报》发表编者文章认为，对赵树理小说《邪不压正》的争论，重点主要集中在作品的现实意义上，因而也就牵涉到对农村阶级关系，对几年来党的政策在农村指导实施等一系列基本问题上的"认识的分歧"。②《人民日报》是中央级党报，在当时以党报编者名义发表的文章无疑表示了一种官方的态度。

再接着是编《说说唱唱》时犯下的多种错误。《说说唱唱》是一个通俗文艺的小刊物，由老舍挂名主编，赵树理负责。第一次是刊物刊发了一个描写落后农民的故事，有人批评它"侮辱了劳动人民"，但赵树理仗着对农村的熟悉，肯定作者"真正了解未解放以前的农村"，"也没有一般写农村者只写概念的毛病"，于是就刊发了，结果惹来了一而再的检讨。③紧接着关于《"武训"问题介绍》，关于《种棉记》故事的单纯观点……一连串的批评终于使赵树理明白："产生这三次错误有一个相同的根源，就是不懂今日的文艺思想一定该由无产阶级领导"，而自己的"理论水平低和固执着从旧农村得来的一些

①　　赵树理在《关于〈邪不压正〉》中说："据我的经验，土改中最不易防范的是流氓钻空子。因为流氓是穷人，其身份很容易和贫农相混。在土改初期，忠厚的贫农，早在封建压力之下折了锐气，不经过相当时期鼓励不敢出头；中农顾虑多端，往往要抱一个时期的观望态度；只有流氓毫无顾忌，只要眼前有点小利，向着哪一方面也可以。"（《赵树理全集》第4卷，北岳文艺出版社1990年版，第198页）这显然是以农民的眼光看问题，与土改文件中对农村阶级状况的分析完全是两回事。民间的文学作品通常是正面避开官府等统治阶级的压迫，把批判矛头针对了社会劣绅恶霸地痞流氓。老舍写市民社会的作品也有这个特点。
②　　《展开论争推动文艺运动》，转引自董大中《赵树理评传》，百花文艺出版社1986年版，第210页。
③　　参见《〈金锁〉发表前后》《对〈金锁〉问题的再检讨》，均见《赵树理全集》第4卷，北岳文艺出版社1990年版，第211～214、217～220页。

狭隘经验"，成了犯错误的资本。①孙犁对这时期的赵树理有过一个非常中肯的评论："这里对他表示了极大的推崇和尊敬，他被展览在这新解放的，急剧变化的，人物复杂的大城市里。不管赵树理如何恬淡超脱，在这个经常遇到毁誉交于前，荣辱战于心的新的环境里，他有些不适应。就如同从山地和旷野移到城市来的一些花树，它们当年开放的花朵，颜色就有些暗淡了下来。……他的创作迟缓了，拘束了，严密了，慎重了。因此，就多少失去了当年的青春泼辣的力量。"②

"青春泼辣"的丧失就是民间精神的失落，这就是赵树理为什么不像其他来自解放区的作家那样，在50年代写出代表自己文学地位的扛鼎之作，反之，他在一部勉为其难的《三里湾》以后，几乎不再有更高的发展。当《创业史》《山乡巨变》等写合作化运动的作品一部部问世时，他却用评书形式写了半部历史故事。"大跃进"以后，在放"文艺卫星"的狂潮中，编造民歌是极为吃香的，赵树理本想写《李有才板话》的续编，结果却用极其曲折的笔调写出了欲哭无泪的《"锻炼锻炼"》。这是一篇赵树理晚年绝唱，他正话反说、反话正说，明眼人都能看出，他揭露的仍然是农村基层干部中的"坏人"，那些为了强化集体劳动和割资本主义尾巴的基层干部，不但作风粗暴专横，无视法律与人权，而且为了整人不惜"下套"诱民入罪，把普通的农村妇女当作劳改犯来对待。像"小腿疼""吃不饱"这些可怜的农村妇女形象，即使用丑化的白粉涂在她们脸上，仍然挡不住读者对她们真实遭遇的同情。这篇小说从文本表面看，仿佛是写农村干部对落后

①　　　参见《我与〈说说唱唱〉》，见《赵树理全集》第4卷，北岳文艺出版社1990年版，第253～255页。

②　　　孙犁：《谈赵树理》，见《晚华集》，山东画报出版社1999年版，第159页。

群众的批判改造，但文本潜在的话语，真实地流露了民间艺人赵树理悲愤的心理。再接下去，正是浩然在《艳阳天》里有声有色地讴歌农村阶级斗争传奇的时候，赵树理却只能用极其笨拙的手段写了一些老农民热爱劳动的报道文学，他晚年终于放弃了小说创作，转向传统戏曲，改编出反屈服投降的上党梆子《三关排宴》。

成也民间，败也民间，这就是一个被誉为《在延安文艺座谈会上的讲话》以后代表着文艺"方向"的作家所走过的道路。从向林冰的"中心源泉论"被批判到赵树理"民间文艺正统论"的悲剧下场，人们弄明白了，政治家所提倡的民族形式和民间自在的喜闻乐见的民族形式毕竟不完全是一回事。

"文革"时代的样板戏和民间文化回归大地，是冲突的第三阶段。"文化大革命"是以社会上"破四旧"为先声的，在政治权力斗争中，兼及了主流意识形态对知识分子传统与民间传统的双重否定。当一切文艺传统都被否定的时候，当时的主流意识形态的掌权者江青之流独独从西方文艺样式中保留了芭蕾舞，从民间文艺形式中保留了京剧，但它们已经不再以本来的面目出现，而是渗透了意识形态说教的"样板"。这似乎意味着，从五四以来的文化"三分天下"终于定于一尊，主流意识形态在改造和利用其他两家的基础上，形成了自身的完美的样板，"样板"即正统。

但是从另一个方面看，民间文化也是被置于死地而后生。民间文化处于毁灭境地后并未绝迹，反之，它以更深入更广泛的地下活动获得了生命。《"锻炼锻炼"》那种不死不活的反话正说形式已经不需要了，民间文化转化为直接吐自人民之口的民间潜在创作：牵动千百万知识青年命运和心声的"知青命运歌"，流传民间社会的口头故事、评书、政治笑话、民谣……甚至连"样板戏"也被夸大了民间文化的成分而任意改编，虽然被冠以"破坏样板戏"的罪名，却仍然屡禁不绝。同时，被摧毁了的五四新文化传统转入民间延续香火。这些潜在写作虽然艺术质量不高，仍在藕断丝连地继续。起先在民间流传一些旧小说的手抄本（如无名氏的《塔里的女人》等流行小说），渐渐地出现了创作的诗歌和小说，到70年代，地下沙龙和地下诗社的出现，已经为一个新的思想解放时代积蓄力量了。[①]"礼失而求诸野"，文学史又一次证明了民间的力量。

三、文学创作中的民间隐形结构

以上从民间的角度对文学史作了一番重新梳理，仅仅是指出一种人们熟视无睹的事实，并没有掺入具体的价值判断和审美批判。但是，当民间文化形式转化成一种文学的建设因素，它对这一时期的文学创作确实发挥了积极的作用，在高度意识形态化的文学文本里曲折地传达出民间的声音。

所以，我们从文化运动及其变迁的角度看文学史，看到的是民间文化形态被国家意识形态的改造与渗透，但如果换一个角度，从创作文本的发展来看文学史，民间文化形态就不再扮演那个被动的角色，而是处处充斥着它的反改造和反渗透。民间文化拥有自身的话语传统，虽然能够容纳国家意识形态对它的改造，但毕竟有一定的限度，超越

---

① 关于上述内容，可参阅杨健《文化大革命中的地下文学》，朝华出版社1993年版。

了限度，会适得其反。比如有人在50年代初新编神话剧《天河配》中，用大量政治话语来取代神话话语，让老黄牛唱出鲁迅的诗句。尽管作者自以为体现了"推陈出新"精神，结果还是因为反历史主义而受到批评。[①]以后的戏曲改编工作同样体现出这一历史主义规律，即使到了现代京剧样板戏的时代，我们也不难看出，对民间文化形态利用较好的作品，就比较受到观众的欢迎，反之，就失去观赏和审美价值。表面上看样板戏是对民间文艺形式的改造，其实决定其艺术价值的，仍然是民间文化中的某种隐形结构。

这种隐形结构的存在是当代文学文本生产中的一个重要特点。任何时代的文学创作都会受到时代共名的制约。在五四时代，启蒙主义和个人主义思潮是文学创作的共名；全面抗战爆发以后，政治热情和民间精神的高扬是文学的共名；延续到50年代以后，国家意识形态的高度强化就是文学的共名。虽然当时的文艺领导者也一再强调对民间文化的利用，但真正的着眼点仅在民间文艺形式的通俗普及。作为一种文化形态，民间文艺的内容与形式同样是一个有机的整体，通俗、轻松、自由的形式不过是反映了民间对历史内容和社会生活的特殊视角，因此，当作家在利用民间形式来表现国家意识形态的共名时，他们不能不同时吸收了民间的内容，也许50年代的作家在主观上对民间文化形态怀有潜在的同情心（他们中间绝大多数都是通过民间文化的教育走上写作道路的），于是，在改造和利用民间形式的同时，民间文化形态从向来不登大雅之堂的民间创作进入知识分子创作的文本，

[①]　关于杨绍萱新编《天河配》引起的争论，可参考於可训、吴济时、陈美兰主编《文学风雨四十年——中国当代文学作品争鸣述评》，武汉大学出版社1989年版，第459～463页。

成为文本中的隐形结构，支配了一个时代的审美趣味。

在20世纪五六十年代的文学创作里，我们可以看到一个相当有趣的现象，即时代共名对民间文化产生制约和影响的结果，仅仅在文本的外在形式上获得了胜利（即故事内容），但在隐形结构（即艺术审美精神）上实际上服从了民间意识的制约。以"文化大革命"中的样板戏为例，除《海港》属于比较次劣的宣传品外，其他大都是来自民间的结构。京剧本身是民间文化中的精致艺术，它的艺术程式不可能不含有浓重的民间意味。尽管时代共名对这些作品一再施加影响（或可说这些戏的原始脚本本身就是时代共名的产物），但是民间意识在审美形态上依然顽强地保存下来，并反过来影响了这些作品的创作意图。以《沙家浜》为例。当时最流行的京剧样板戏《沙家浜》折子"智斗"，表现了中国民间传统文艺中"一女三男斗智"的隐形结构模式。阿庆嫂的身份是双重的，其政治符号是共产党的地下交通员，其民间符号是江南小镇的茶馆老板娘，后一种身份在民间文艺中常常体现为一种泼辣智慧、自由自在的角色。她的对手，总是一些被嘲讽的男性角色，代表了民间社会的对立面——权力社会和知识社会。代表权力社会的往往是愚蠢、蛮横的权势者，代表知识社会的往往是狡诈、怯懦的酸文人；战胜前者需要勇气，战胜后者需要智力。这种男性角色在传统民间文艺里可以出场一个人，也可以出场双人或者若干人，若再要表达一种自由、情爱的向往，甚至也可以出现第三类男性角色，即正面的男性形象，往往是勤劳、勇敢、英俊的民间英雄。这种一女三男的角色模型，可以演化出无穷的故事。其最粗俗的形式就是挑女婿模式（如《刘三姐》就采用了这个模式，男角甲是恶霸莫怀仁，男角乙是三个酸秀才，男角丙是劳动者阿牛）；若精致化，就可以转喻为各种意识形态符号。《沙家浜》的原型正是来自这样一个民间结构，阿庆嫂与胡传魁斗是斗勇（她曾经在日本人眼皮底下救过胡而征服胡），与刁德一斗是斗智，与郭建光则是互补互衬。权势者、酸秀才、民间英雄三角色分明换上了政治符号。现在许多研究者把《沙家浜》的艺术成就归功于京剧改编者汪曾祺，这是一个误解。这个戏最初是由文牧等曲艺工作者根据民间抗日故事编成沪剧《芦荡火种》，无论阿庆嫂与三个男角的基本关系，还是那些为人们所喜欢的唱段，在沪剧脚本里已经具备了。① 京剧本只是在情节与语言上改编得富有文人气，但没有提供更富有生命力的内容，而且在国家意识形态的强力渗透下，反而丧失了许多含有民间意味的场景。从沪剧本到京剧本再到京剧改编本，我们清楚地看到时代共名一再改造民间形态。如沪剧本"茶馆智斗"一场胡传奎（沪剧本作胡传奎，京剧改编本作胡传葵，改定本作胡传魁）与阿庆嫂见面时一些拉家常式的谈论都被取消了，本来是两个江湖人物（一个茶馆老板娘，一个草莽英雄）之间的情感交流，到京剧本里一出场就被分明的政治对立符号所取代。本来在沪剧本里，江湖人物已经按政治符号作了分解：阿庆嫂是共产党，胡传奎是国民党忠义救国军，后来又加入第三者日本势力，本来抗日统一战线又起了分化，民间话语被政治话语取代。但在京剧本的改编中，政治话语更进一步强化。沪剧本的结尾部分是在胡传奎喜庆场合中，郭建光等人乔装改扮戏班子，混入敌巢瓮中捉鳖。这也是民间文学中以弱胜强的基本手法。在京剧本中被改成了正面袭击，从巧夺到强袭

①　　　比如，京剧本中为人称道的唱段："垒起七星灶，铜壶煮三江，摆开八仙桌，招待十六方。来的都是客，全凭嘴一张，相逢开口笑，过后不思量，人一走，茶就凉……"在沪剧本原唱段是："摆出八仙桌，招接十六方，砌起七星炉，全靠嘴一张。来者是客勤招待，照应两字谈不上……"基本唱词已具雏形。

是为了遵循突出武装斗争、淡化白区地下工作的权威指示。但是反过来我们仍可看到，即使改编到最后的"样板"戏，仍然不能改掉阿庆嫂与三个男人之间的固定关系，郭建光的不断抢戏，除了增加空洞与乏味的豪言壮语，并没能为艺术增添积极的因素，春来茶馆老板娘的角色地位无法改变。因为没有了阿庆嫂所代表的民间符号，就失去了《沙家浜》本身，即使把剧名由"芦荡火种"改成"沙家浜"，即使"三突出"理论被奉为金科玉律，《沙家浜》舞台上仍然并立着两个主要英雄人物，而且真正的主角只能是这个江湖女人。这是比较典型的由民间文化而来的隐形结构起作用的例子。后来莫言的《红高粱》基本模仿了这一民间模式，烧酒铺女掌柜同样面对了三个男人角色：甲、土匪余占鳌；乙、第一个丈夫单扁郎；丙、情夫罗汉大爷。不过这个故事在还原为民间形态的时候稍稍变了个花样，让孔武有力的土匪成了英雄，而罗汉大爷则早早地死去。

同样，我们在"赴宴斗鸠山"这折戏中看到了另一个隐形结构模式：道魔斗法模式。《红灯记》的显形结构表现了中国人民的抗日故事，也就是李玉和一家三代人与以鸠山为代表的日本侵略势力争夺密电码的斗争。"赴宴斗鸠山"是剧中高潮戏，也是全剧最含民间意味的一折。观众在这场戏中期待什么呢？当然不是鸠山取得密电码，可也不是李玉和保住密电码，这些都是早已预知的情节。观众真正期待的，是鸠、李之间唇枪舌剑的过程。这场戏的前半部分对话，既不符合生活现实，也离开了情节提供的斗争焦点，在"只叙友情，不谈政治"的幌子下，两人打哑谜似的谈禅论道。鸠山说话的潜在功能不过是略带一点暗示地拉拢对方，而李玉和说话的潜在功能仅在虚与周旋又要不失身价。这跟《沙家浜》"智斗"中试探与反试探的能指功能并不一样，观众由此获得的仅仅是语言上的满足：它体现了民间中道魔斗法的隐形结构，一道一魔（象征了正邪两种力量）对峙着比本领，各自祭起法宝，一物降一物，最终让人满足的是这变化多端的斗法过程，至于斗法的目标则无关紧要。在民间文艺传统里，不但《西游记》《封神演义》原始神魔故事提供了大量的这类结构，而且在反映人世社会的作品里，这类结构也往往转化成斗勇（武侠故事）、斗智（如《三国演义》中诸葛亮的故事）等替代形式。《红灯记》1970年改定本强化了李玉和的一句台词：道高一尺，魔高一丈。从语义和语境的关系上恰好点明了这一隐形结构模式。

这种自民间文化而生出的隐形结构，不但在京剧里能发现，在芭蕾舞样板戏里同样能发现，不但在戏曲作品里能发现，而且在50年代以来比较优秀的文学作品中也能发现，成为主流意识形态以外的另一套话语体系。民间的隐形结构同样反映了民间对自由的强烈向往精神，但是除了原始的民间文艺形式，它一般并不以自身的显形形式独立地表达出来，而是在与时代思潮的汇合中寻找替代物。它往往依托了时代主流意识形态的显形形式，隐晦地表达出来。在封建时代，男女争取自由恋爱反对父母包办婚姻的斗争，往往不是通过直接反对，而是依托假想"奉旨完婚"来完成。武侠的仗义除恶、劫富济贫，多半也是套在忠君拯世的模式里表现。由于20世纪五六十年代主流意识形态是以阶级斗争理论来实现对政治经济文化各领域的全面控制，民间文化形态的自在境界不可能以完整本然的面貌表现。因此，在作为主流话语的核心部分的样板戏中，民间隐形结构所表达的语意，只能是相当隐晦的。但只要它存在，即能转化为惹人喜爱的艺术因素，散发出艺术魅力。

民间文化形态产生在国家权力中心控制范围的边缘区域，越是接近权力中心，它的表现形态越隐晦，而在一些接近乡野的题材创作中，它则以比较浅直的方式表达出来。当然文学创作不等于民间文艺，它不可能全盘接受和表现民间的内容，而且主流意识形态即使在权力中心的边缘空间也依然处于权威的主导地位，文学创作只能部分地采纳民间内容，使作品具有生命力。这种结合形式体现民间文化价值的隐形结构，往往是以破碎的形式，由隐形转为显形。20世纪五六十年代的战争题材的长篇小说最能体现这一特点。战争是政治权力冲突的尖锐化形式，政治意识形态表现得尤其强大。但是一旦有了民间的参与，民间文化就不能不将自身的文化形态带入战争，由此决定了描写战争的文艺作品，写正规军作战的不及写地方部队作战的好看，写地方部队作战的不及写游击战和奇袭战好看，战争规模愈小就愈具有传奇色彩。《保卫延安》尽管写了战争的各种形式，写了阻击战、攻击战、突围战、伏击战，等等，也写了跳崖、肉搏、牺牲等战争的残酷场面，只是由于写的是大部队的战争全景，对于用小说形式来图解战争历史可能是积累了一些经验，但对一般无战争知识的读者来说，终究觉得茫然。《林海雪原》是写解放军小分队剿匪，战争规模小，传奇性就大，奇袭奶头山、智取威虎山、活捉定河道人等细节相当生动，再配以茫茫林海，萦绕着一个个神话传说，都让人读过难忘。其间的民间因素是显而易见的。这种隐形结构的破碎形态还表现在人物塑造上。小说里值得玩味的是杨子荣和栾超家。杨子荣被描写成智勇双全的革命战士，无疑是主流意识形态推崇的理想人物，他几度化装成匪徒深入敌巢，又必须沾染一定的匪气和流气，不具备这些特点就无法取信于土匪。但作家除了描写杨子荣在外形上和行为上故意作土匪状，不可能写他的性习本身的草莽气，于是在杨子荣的身边就出现了栾超家，这个人物在艺术结构上与杨子荣形成一种互为补充和合二为一的关系。栾超家性习上带有更多的民间气，粗俗鲁莽，素质不雅，说话爱开玩笑，有时喜在女人面前说性方面的口头禅等，这种种来自民间的粗俗文化性格与他作为一个山里攀登能手的身份相符合。栾超家之所以是杨子荣的性格补充，是因为这些性格本该杨子荣所有，但杨子荣苦于英雄人物的意识形态模式不能更丰富地表现性格，只能转借了栾超家的形象来完成。栾超家性格成了杨子荣性格的外延。若没有栾超家性习的存在，杨子荣也就变得不真实（样板戏《智取威虎山》中杨子荣就基本上失去了真实的基础）。①这是一个很有趣的民间文化的隐形因素与主流意识形态的显形因素组成新结构的例子。但是，正因为这部小说写的是解放军小分队的故事，军队本身就是政治意识形态的符号，在这支小分队里插入栾超家这一形象，多少让人感到格格不入。②假使这支小分队所代表的仅仅是农民游击队或草莽英雄，栾超家的民间

①　这个观点虽出于笔者个人推测，但是有据可依的。小说的扉页上，作家曲波的题词是"以最深的敬意，献给我英雄的战友杨子荣、高波等同志"。（《林海雪原》，人民文学出版社1964年版）也就是告诉读者，杨、高作为生活中真实的人物，已经在这场剿匪战争中牺牲了。可是小说里真正牺牲的只有高波而没有杨子荣，这是怎么回事？后来读者都知道，生活中的杨子荣是在剿匪的最后阶段追捕时中了敌人的暗弹而死。这个细节在小说最后一章已被描写出来，只是中弹的不是杨子荣而是栾超家，杨子荣当时也在场。所以，艺术中的栾超家成了杨子荣的替身，把杨、栾两个形象看作合一的人物形象并不荒诞。在艺术创作中，两个形象合为一个完整形象的例子有很多。

②　栾超家的形象在当时受到批评家侯金镜的指责，侯认为书中"战斗间隙中某些战士们庸俗的取乐，这在生活中会存在的，但这不是《林海雪原》所需要的情节……而在一定程度上损害了战士们的形象"。（《侯金镜文艺评论选集》，人民文学出版社1979年版，第123页）侯金镜把《林海雪原》的缺点归为"客观主义以及带有农民文学色彩"，可以说是相当敏锐的，反映了他站在主流意识形态立场上排斥民间文化的审美本能。

性显然会更加融合与自然。这就是为什么50年代以来，愈接近民间的题材就愈容易写好，愈接近民间的角色就愈生动。《铁道游击队》写的是车侠，鲁汉的酗酒，林忠的赌钱，都写得自由自在，连刘洪与芳林嫂的性爱关系，也带有草莽气，比少剑波与"小白鸽"的英雄美人戏要自然得多也真实得多。在这类50年代最受欢迎的文艺作品里，脍炙人口并有经久不衰艺术魅力的因素，大多是民间文化形态的"折子"。《高粱红了》《古城春色》《逐鹿中原》这些写三大战役的作品，现在已经很难让读者回忆起什么来了，但在一些写民间的小说里，"老洪飞车搞机枪"（《铁道游击队》）、"萧飞买药"（《烈火金钢》）、"杨子荣舌战小炉匠"（《林海雪原》）、"朱老巩大闹柳树林"（《红旗谱》）、"活捉哈叭狗"（《敌后武工队》）等细节，却没有因为时光推移而被人遗忘。即使在写正规军作战的小说里，因为加入了民间的色彩才使整个战争场面变得富有生命力的，也不乏其例，著名战争小说《红日》中"连长石东根醉酒跑马"的细节，正是这部作品中最饱满的一个片段。

民间文化形态当然是相当粗糙的，而且它背后的隐形结构模式并不完整地体现出来，只是以某些破碎的片段，作为政治意识形态框架下的局部补充。但由于政治意识形态的强力渗透，这一时期的艺术创作几近于图解政治，尤其是主要英雄人物，很难摆脱图解概念、图解理想的悲惨命运。在这种情况下，民间文艺因素有时成了全书情节发展的润滑剂，只有它的加入才能使作品情节与情节之间的联系活跃起来，产生出艺术生命力。在这种形态下，主流意识形态与民间隐形结构并不互相排斥，它们以结合的形态来共同完成一个时代的艺术创作。但是还有另一种情况，当主流意识形态与民间文化精神发生冲突、互相排斥的时候，即文学作品不但反映了意识形态之间的互相冲突，同时反映了权力与民间文化形态相冲突的时候，作为一种特定历史条件下的文艺作品，无论作家本人的主观意识还是时代所规定的共名，都会驱使作家站在权力一边，帮助主流意识形态改造民间。50年代众多的描写农村集体化的小说作家都描写了正确思想（即主流意识形态）对错误思想的克服，而错误思想多半来自农村旧习惯和农民旧思想，换句话说，民间文化价值并没有完全退出文学作品，而是转化为艺术冲突的对立面，通过被揭露被批评的方式，畸形地施展出自身的艺术魅力。这种现象造成畸形的艺术效果是文学作品中的正面人物（英雄人物）干瘪无力，而反面人物、中间人物（特别是农村中的富裕中农形象）却活灵活现、生动有力。

赵树理的作品可以说在表现这类冲突方面最为典型。《小二黑结婚》中那位三仙姑，一贯是被人嘲笑的对象，之所以被嘲笑，一是她装神弄鬼，二是她老来俏，年纪大了生活还不检点。从当时农村传统观念来看，这两个缺点虽然谈不上罪大恶极，但也是千夫所指；但是从民间的角度说，这正是偏僻落后地区农村妇女求得一点可怜的自由而不得不耍弄的手法。三仙姑年轻时有几分姿色，却嫁给了老实巴交的农民于福，婚姻不如意又不能摆脱，只能靠装神弄鬼做巫婆，以扩大交际空间。一个妇女爱打扮，希望在别人面前保持感性的美好，这是人之天性，不该指摘，倒是长期生活在压抑人性的环境里不能自拔的传统农民，以自身的畸形心理忖度他人，才会视正常的人性要求为不正经。小说里区长和农民对三仙姑的挖苦嘲骂，是一种不自觉的对人的权利的粗暴干涉，可是在当时的主流意识形态支配下，作家只能站在三仙姑的对立面，用他那支温情的笔写出了这个具有艺术个性张力的人物形象。虽然被嘲讽了,但作为民间文化形态中农妇向往自由的例证,三仙姑被合理地保存了下来。在这篇通俗故事中,三仙姑和小芹(一个正经女子)两个人的形象并在一起,三仙姑的艺术魅力远远超过小芹,三仙姑的胜利也就是民间文化的胜利。

1958年,赵树理面对的是农村集体化后问题百出的现状:强迫性的集体化劳动和农民自发维护生存权利的冲突,干部中粗暴对待农民的恶劣作风和比较注意具体情况具体处理的老实作风之间的冲突,以及天灾人祸下农民生活的贫困("吃不饱")和劳动积极性的普遍低下("小腿疼"),等等。赵树理不可能与"大跃进"以来的极左路线(主流意识形态)作直接对抗,但作为一个自觉的民间代言人,他又不能不如实反映这种现状,于是写下短篇小说《"锻炼锻炼"》。其中有一段描写干部和农民冲突的对话,干部用大字报的办法来威胁农妇,农妇忍无可忍大闹农业社办公室——

> 小腿疼一进门一句话也没有说,就伸开两条胳膊去扑杨小四,杨小四从座上跳起来闪过一边,主任王聚海趁势把小腿疼拦住。杨小四料定是大字报引起来的事,就向小腿疼说:"你是不是想打架?政府有规定,不准打架。打架是犯法的。不怕罚款、不怕坐牢你就打吧!只要你敢打一下,我就把你请得到法院!"……小腿疼一听说要出罚款要坐牢,手就软下来,不过嘴还不软。她说:"我不是要打你!我是要问问你政府规定过叫你骂人没有?""我什么时候骂过你?""白纸黑字贴在墙上你还昧得了?"王聚海说:"这老嫂!人家提你的名来没有?"小腿疼马上顶回来说:"只

要不提名就该骂是不是？要可以骂我可就天天骂哩！"杨小四说："问题不在提名不提名，要说清楚的是骂你来没有！我写的有哪一句不实，就算我是骂你！你举出来！我写的是有个缺点，那就是不该没有提你们的名字。我本来提着的，主任建议叫我去了。你要嫌我写得不全，我给你把名字加上好了！""你还嫌骂得不痛快呀？加吧！你又是副主任，你又会写，还有我这不识字的老百姓活的哩？"支书王镇海站起来说："老嫂你是说理不说理？要说理，等到辩论会上找个人把大字报一句一句念给你听，你认为哪里写得不对许你驳他！不能这样满脑一把抓来派人家的不是！谁不叫你活了？""你们都是官官相卫，我跟你们说什么理？我要骂！谁给我出大字报叫他死绝了根！叫狼吃得他不剩个血盆儿，叫……"支书认真地说："大字报是毛主席叫贴的！你实在要不说理要这样发疯，这么大个社也不是没有办法治你！"回头向大家说："来两个人把她送乡政府！"①

这个文本很复杂。虽然作家当时主观倾向仍站在主流意识形态一边，但在他的笔底下，民间发出了激越、刻毒的不平之声，小腿疼最后几句从心底里迸发出来的咒骂，在我读来，正是"时日曷丧，予及汝偕亡"式的现代变风。联系1958年极左路线在农村造成的灾难，这种民间的声音真正体现了现实主义的胆识和勇气。

也有比赵树理相对温和一些的民间之声，同样贯穿在这一时期的

---

① 　　　《赵树理全集》第2卷，北岳文艺出版社1990年版，第404～405页。

文学创作中。柳青《创业史》写农民梁三老汉对土地血肉相连的深厚感情，强烈地表现了民间文化形态的又一个基本特色。中国真正的民间是在农村，事实上没有一个阶层，包括城市里的居民，含有农民那样对待土地的感情。在农民的眼里，土地是有生命的，是与真正的自由自在的境界联系在一起的生命象征，因而土地是中国民间社会的图腾，而土地上的劳动和生活，往往是民间最惬意的审美形态，从《诗经》开始，最优秀的民间文艺，都是从歌颂田野上的劳动和生活开始的。20世纪中叶在中国农村发生了一场极富有戏剧性的人间喜剧，土地的得而复失事件搅动了农民心灵深处波澜壮阔的感情之海。一个贴近民间的作家，只要真实地把握好这一农民感情的中枢，就能传达出农村题材的魅力。但这种感情世界不属于梁生宝之类的"伟人"，它只能属于几辈子的血汗都流入土地的梁三老汉。60年代初期有一种"中间人物"的理论，认为农民大多数属于"不好不坏，亦好亦坏，中不溜儿的芸芸众生"①，这自然是一种站在主流意识形态立场上的理论概括，但这个理论难能可贵地指出了一个事实：在当时的文学作品中确实存在着两副眼光透视下的人物艺术形象，即在主流意识形态眼光下，人分左中右，或者就是先进人物、中间人物和落后人物。但在民间文化形态眼光下，有根据主流意识形态塑造的人物和属于民间自

---

① 1962年8月2日至8月16日，中国作家协会在大连召开农村题材短篇小说创作座谈会。在会上作协党组书记邵荃麟提出关于"写中间人物"的理论，提倡创作题材多样化，人物描写也多样化，不能只写正面人物或反面人物而忽略了中间人物。同年9月《文艺报》发表署名沐阳的随笔《从邵顺宝、梁三老汉所想起的……》，提倡写中间人物，文中为"中间人物"下了一个十七字的定文，即"不好不坏，亦好亦坏，中不溜儿的芸芸众生"。据说这个定义是当时的《文艺报》副主编黄秋耘加上去的。（参见《文艺报》编辑部《关于"写中间人物"的材料》，《文艺报》1964年第8、9期。）

新文学整体观续编

司的浮沉：从抗战到"文革"文学史的一个解释

然形态的人物，如梁生宝之类就属于主流意识形态人物，是离开了生活真实的客观规定性，根据政治理想塑造出来的人物，而梁三老汉、亭面糊、小腿疼、赖大嫂这样一些在那一时期写农民生活的作品中最有光彩的形象，多半来自民间，属于民间社会传统中自然存在的人物。

民间文化通过隐形结构在各种文学文本中渗入的生命力就是如此的顽强，它不仅能够以破碎形态与主流意识形态结合以显形，施展自身魅力，还能够在主流意识形态排斥它、否定它的时候，以自我否定的形态出现在文艺作品中，同样施展出自身的魅力。

民间文化形态是一个相当复杂的现象，它的藏污纳垢性构成了它自身的瑕瑜互见。要对它作全面的考察需要大量的材料和篇幅，非本文所能完成。考察从全面抗战到"文化大革命"的文学史，不难发现，这一历史时期文学发展的过程也是民间文化形态随战争而起、随"文化大革命"而衰的过程。另一方面，民间文化形态又以无孔不入的精神融汇在文学创作中，成为一种隐形的文本结构，甚至可以说，它充塞了这一历史时期最辉煌的文学创作空间，尤其是在1955年胡风为代表的知识分子集团被"毁灭"之后。"文化大革命"时期，它从文化的大传统中被排斥，重新返回到小传统，拓展其地下文学的空间，直到80年代，才逐渐地被知识分子重新赏识。关于这一些重返民间的文学信息，将是学术界面对的新课题，有待于作进一步的研究。

1993 年初作
2011 年 3 月修订

民间的还原：

新时期文学史某种走向的解释

一、新时期文学的两个源头

新时期文学真正的勃兴是在1978年夏天《伤痕》的发表。在这之前，从1976年底到1978年初的一年多时间里，在文艺领域的上空，在那铅一样沉重的云层里出现过三只携带着春意的燕子：白桦的《曙光》首发质疑，发出了控诉极左路线的第一声，这不仅在文艺创作中扭转了作为政治附庸的所谓批判"四人帮"极右实质的文学创作风气，同时在政治文化领域揭开了几十年来积压在人们心底深处的对极左路线的仇恨。尽管白桦在剧本里对极左路线的批判还闪烁其词，但人们无须经过指点就领会了文字背后的锋芒所指。接着是刘心武的《班主任》，现在看来，这部小说与半年后发表的《伤痕》相比，世故得多，也软弱得多，但它毕竟也引起了一般读者的深思。谢惠敏是当时道德文化教育出来的楷模，但她不是个政治性质的人物。对这样一个人物的揭露，较之对政治人物的批判更加具有涵盖量。再接下去就是徐迟的报告文学《哥德巴赫猜想》，这篇作品发表时已经是1978年初，觉醒了的民族群体感情即将在文学创作世界中喷薄而出。不仅是一个科学家的命运和传奇引起了人们的强烈兴趣，作品中对一场浩劫的正面描述，尽管也说了一些颂扬的话，但毕竟不同于以往的政治性话语，给人们对它的自由想象留下了余地。

当这三只报春的燕子盘旋在文学上空发出呢喃之声的时候，人们已经预感到滚滚的春雷即将在云霾里爆炸。1978年上半年中国政治上与文化上的冲突同样扣人心弦。我们只要排列一下这大半年的政治、文化和文学领域里发生的大事，就不难理解其后十多年来的文学史走向：

5月11日，《光明日报》刊发评论员文章《实践是检验真理的唯一标准》，随即引起了学术领域一场大辩论。

5月27日到6月5日，中国文联召开第三届第三次全体会议，宣布中国文联及五个协会正式恢复工作，《文艺报》复刊。

8月11日，短篇小说《伤痕》在上海《文汇报》上发表。

9月2日，北京《文艺报》召开座谈会，讨论《班主任》和《伤痕》，"伤痕文学"的提法始流传。

10月28—30日，剧本《于无声处》在上海《文汇报》上发表，歌颂了"天安门事件"中的英雄。

11月15日，北京市委正式为"天安门事件"平反。

11月16日，新华社正式报道，中共中央决定为1957年被错划的"右派分子"平反。

12月5日，北京《文艺报》和《文学评论》编辑部召开了文艺作品落实政策座谈会，为《保卫延安》《组织部新来的青年人》等作品平反。

12月18—22日，党的十一届三中全会召开，思想解放路线始被确立。

从以上这个大事年表不难看出，这半年中，北京、上海南北呼应，知识分子的命运与国家命运如此紧密地交织在一起。新时期文学以《伤痕》而不是以别的作品为起点，是因为"伤痕文学"在时间上恰巧配合了改革派向"凡是"派的全面发难。事实上，文学唤起了大多数人对"文化大革命"的痛恨和批判的激情，这种觉悟了的激情又成为政治改革派否定"凡是"派的威力巨大的武器。新时期文学得以顺利发展的因缘之一，就是这种政治与文学的默契配合，这自然是两相情愿的——尽管在"凡是"派失势以后不久，政治上的改革步伐和文学上的改革理想之间也曾产生不少摩擦，但是在支持改革开放这一既定政策上，知识分子始终如一的积极态度在文学创作中明确地表现出来了。

如果我们把这种知识分子对国家前途和命运的过于积极的关怀意识视为整个80年代文学的主流，那么，五四新文学传统中培养起来的知识分子的精英意识自然会开始滋长，它既表现为知识分子对现实改革进程的急功近利的态度，也反映出他们对重返政治中心的虚幻热情。中国的知识分子天然具有政治上当家作主的自信，1978年一度出现的政治与文学的盟誓关系更加巩固了这种幻想，以后的一次次文学与现实政治的龃龉非但没有消解这种热情，反而有过之而无不及。在整个五四传统悄悄恢复的过程中，作家与学者也结成了同盟，一大批对现实社会的进步怀有责任感的学者投入现代文学的研究，在新迭出的学术热情中，他们努力把现代文学和当代文学沟通起来，使他们的研究更具有现实性。"20世纪中国文学"和"重写文学史"概念的提出就是一个推波助澜的运动。80年代中后期，知识分子的这一主流意识形态张扬至极，甚至它的武器与七十年前的知识分子使用的也基本上没有什么两样：人道主义、民主精神以及来自西方的现代意识。

要解释这种现象似乎并不难。从历史根源来看，构成新时期文学的主要作家来自两个时期：50年代和70年代末崛起的两个作家群体；同时有两个相对应的文学来源：被称为"重放的鲜花"的一批优秀创作和1976年天安门广场上涌现出来的民间诗歌。这两种文学源流从表现形态上看没有多少区别，都是强烈表现出对现实政治的干预精神和主观热情，并且与以后形成的80年代文学主流是相一致的。尤其是50年代形成的知识分子群体，他们的价值取向基本上与五四一代的知识分子无异，当这一代作家成为"文化大革命"后文学的中坚力量时，五四传统的价值取向复活是可以理解的。但是，当杨健的《文化大革命中的地下文学》一书出版后，传统的文学史观念受到了挑战。虽然这本书只是收集了大量资料而缺乏学术性的整合和分析，只是偏重于对北京知识分子圈子里地下文学现象的收集，但"地下文学"这一名词出现在中国文学研究中是具有革命性意义的。它意味着学术界开始关注公开出版物以外的文本，也就是意味着文学史领域除了主流、次流、逆流等概念，还有一个潜在的文学结构，那就是处于不稳定状态下的民间文化形态。以天安门诗抄为例，这些作品显然可以分为两类：一类是知识分子利用民间歌词的形式来表达精英意识，还有一类则是政治性民谣，单纯地宣泄民间的不满。如果以这样的思路分析下去，十年动乱时期的地下文学也可以分成两类：知识分子的地下创作和纯粹民间流传的故事、歌谣、手抄本。前一类的作品如白洋淀诗派，如《九级浪》《波动》和《公开的情书》等小说，直接开启了新时期文学创作——以《今天》为代表的诗歌和小说都是这一传统的继承；后一类作品则要复杂得多，有些是从佚失已久的现代文学作品转换过去，如无名氏的《塔里的女人》在70年代的民间手抄本里风靡一时，也有真正来自民间的不平之声，如唱遍祖国大地的各种版本的"知青命运歌"，还有更为通俗的民间故事，如《恐怖的脚步声》《绿色僵尸》《梅花党》等。这类民间创作在那个特定的历史环境下，可能比知识分子的创作拥有更多的读者和更大的覆盖面。此外，民间文学的隐形结构无孔不入地渗透到当时的主流意识形态中去，在极其酷烈的环境里依然发挥着自身的艺术魅力。

一种新的思路可能会开辟出一片新的学术空间，当民间这一元素加入文学史的考察，"文化大革命"时期的文学面貌便为之改观：即使在那个荒草荆棘之地，同样并存着官方政治意识形态、知识分子的精英意识以及民间的文化形态，只是后两者转入了地下。如果再进一步考察的话，就会发现一个更有意思的现象：知识分子在那个年代里几乎没有自己的话语，要么依附官方，作为官方声音的一种喉舌存在——那个时代的官方文艺作品中，有两类题材可能会给知识分子表达自己提供某种契机，一类是鲁迅研究，知识分子在其中可能隐隐约约地寄托了某种批判现实的情怀；另一类是所谓"反走资派"题材，虽然从内容上说它完全配合了官方的政治需要，但这类故事多少提供了对官僚体制的不满和愤怒的宣泄渠道。要么归隐地下，在很小的圈子里抒发个人的感情，而且抒发感情的方式还必须在相当隐秘的环境下才能做到。然而民间的话语则要活跃得多，不但民间生活世界的丰富性为艺术创造提供了多种活力，更主要的是民间话语并未消失，它不但出现在自身的民间创作中间，还渗透到知识分子和官方意识形态的创作中去，形成隐形结构发挥作用。无论在京剧样板戏还是一些知识分子勉为其难的创作中，民间话语始终是一个活跃的因素。

读到这里，读者可能明白了我为什么在本文一开始要讲"三只报春燕子"的用意。很显然，在我们称之为"新时期文学"发轫时，那些携带着春意的燕子们也许是严冬的日子过得太久，对光与热的渴望太强烈，它们从地心深处奔腾而出，直冲九天，而且带出了一个干净的身子，民间的泥水在快速飞升的过程中过滤得干干净净。《曙光》是以历史悲剧借古讽今，寄托了对极左路线危害性的愤怒；《班主任》以孩子的愚昧为警钟，揭露了反知识反文化的恶果；而《哥德巴赫猜想》则是直接为知识分子鸣不平：民间话语在这里荡然无存，知识分子的精英意识破土而出。民间话语和知识分子话语从20世纪一开始就处于潜隐的对立之中，凡知识分子话语受到阻碍，民间话语就开始活跃；一旦知识分子形成了自己的话语空间，民间文化形态则重归大地深处，隐没在昏昏默默中。所以，在"文化大革命"结束后的文学史前几年中，知识分子精英意识几乎是独占鳌头。

二、广场上的文学

本节开始需要引入一个概念：广场。关于这个概念的范畴我在其他一些文章里有过比较详细的论述，这里不再重复。[①]如果从字面上联想"广场"，很容易使我们想起群众的节日庆典之类。但是谁是广场的主人呢？是谁在这个熙熙攘攘的场所里发出居高临下的声音，把真理传播开去？在世俗的要求里，广场是群众宣泄激情和交换信息的场所，而在知识分子眼中，广场成了他们布道最合适的地点。当知识分子在20世纪初被抛出了传统仕途以后，知识分子一直在寻找这样一个可以取代庙堂的场所，现在他们与其说是找到了，毋宁说是自己营造了一个符合他们理想的广场，知识分子依然以启蒙者的身份面对

①　　请参阅拙文《试论知识分子在现代社会转型期的三种价值取向》，初刊于《上海文化》创刊号（1993年11月）。

大众，而大众则以激情怂恿着启蒙者。在一个庙堂处于弱势、民众的政治激情又高涨的时代里，广场是知识分子最好的生活场所。"文化大革命"结束后的最初几年与五四时代最为相近之处，就是都有一个专制体制颓然倒塌后的政治文化重建阶段，所以在"伤痕文学"的时代，当知识分子把个人的苦难和民族的劫难联系在一起时，他们也就成功地占有了这个空间，这就使他们用以启蒙的材料获得了普遍的意义。在官方的同情和大众的激情双重作用下，他们争取建立自己的话语空间，于是一个新的广场就在庙堂与民间的夹缝中产生了。

与五四新文化运动中的前辈一样，当代知识分子虽然身在广场上，心却向着庙堂。所谓身在广场，也就是身在人群之中，自觉地作为群众的代言人。从"文化大革命"结束后初期的文学作品中可以看到，绝大多数作家是以谏臣的身份为民请命。有一位作家在当时说过一段很动感情的话："跌倒了站起来，打散了聚拢来，受伤的不顾疼痛，死了的灵魂不散；生生死死，都要为人民做点事。这就是作家们的信念。"① 这位作家在"反右"时候经受过苦难，失去了亲人，但这种可贵的文学信念里还是充满了知识分子的积极入世的广场意识。所谓心向庙堂，是指知识分子的一种传统价值取向。知识分子为大众鼓与呼，希望能"揭出病苦，引起疗救"，以促进社会改革的步伐。这是庙堂以外的庙堂，用民主的精神来参与社会现实的改革。广场上的知识分子充满激情，它用群众的激情来夸张自己的激情，使之成为与庙堂对话的精神支柱。

但是民间呢？应该看到，经过了"文化大革命"的知识分子绝大

① 　　　高晓声：《解放思想和文学创作》，见《生活·思考·创作》，上海文艺出版社1986年版，第236页。

多数都具有不同程度的民粹意识，对苦难深重的民众抱有近乎夸张的感情。但是当《悠悠寸草心》《蝴蝶》等作品尖锐地指责一些官员在恢复原位以后就背弃了对民众的责任的同时，似乎很少涉及知识分子自身对民众的态度；当《陈奂生上城》《李顺大造屋》等小说揭示了农民的辛酸和痛苦时，似乎也是把主要的意义所指放在有关农村政策上面。民众的生活场景转化为故事，是为了说明作家关于社会理想和现实批评的证据。民间的生活因为贫困而苦难重重，因为愚昧而冥冥无望。为改变这样的命运和这样的苦难，知识分子理直气壮地设想了种种方案，并希望对庙堂的决策者发生影响。这些知识分子绝大多数在困顿时期都曾下放底层，对民间的真实生活不可谓不了解，但奇怪的是，一旦民间出现在他们的笔底，立刻演化成他们先天拥有的思想优势。民间生活世界就像卡夫卡笔下的城堡，知识者在其间转了半天，结果还是面对着自己。

在知青一代作家的作品里，这种状况略有变化。知青上山下乡自然各有苦衷，本来这会成为"伤痕文学"中的一个重要题材，可是由于现实方面的压力，知青话题至今仍然是个敏感话题。知青在返城后遭遇的种种失落，反而促使他们对农村山野生活产生了回味，这种回味包含了对自身已经失落的青春、理想、梦幻的追寻。再说知青一代的成长教育期正逢动乱年月，知识分子的使命感和责任感都没有王蒙张贤亮一代人那么浓重，自然也不像他们那么矫情。民间的生活场景在他们的回忆里逐渐展开，多少接近一些生活的真相：我们在那遥远的清平湾里，能体会到陕北农民在贫困中对生活所持的民间欢欣哲学；在那茫茫大草原上，我们也能感受到老牧民们在知识分子看来是愚昧麻木的精神状态中表现出克服苦难的惊人毅力。①知青作家们正是在亲近民间生活方式和生活态度的时候，开始接近民间的文化形态，寻根文学的最初提出者都是知青作家，这个现象绝不是偶然的巧合。

1985年是中国文学变化最大的一年。从表面上看，这种变化与现实政治对文学的压力有关。1979年是现实主义文学创作最繁荣也是最为尖锐的一年，可以说是知识分子的广场意识高扬的一年，但随着《假如我是真的》《飞天》《女贼》等剧本受到批评，这股现实主义思潮遭遇厄难。1980年王蒙就开始转向了对西方现代主义技巧的学习。当时人们以为提倡学习现代主义技巧的主张只是一个引进上的策略，现在看来不然，它开始的目的很可能是出于现实主义的包装。但既然开了头，现代主义思潮就不以人们的意志为转移地涌入中国。到了1982年，西方现代主义对中国文学创作的影响已经相当深入。当然那时接受西方现代思潮最成功的仍然是知青一代作家，也许对他们来说这绝不是策略而是一种对生活的认识途径。而一批在70年代末已经占据了广场的知识分子并没有被现代主义诱惑，他们依然如故地坚守着自己的社会政治理想，并自以为在为民众立言。1983年是这两股思潮同时受挫的一年，其结果就导致了1985年文化寻根的思潮。这个创作思潮的产生原因颇为蹊跷，不过以民族文化这样一个模棱两可、大而空洞的概念来取代政治、政策这样一些具体狭隘的条条框框束缚，是当时文学得以发展的一条最可靠的捷径。但是对一些知青作家来说，这个思潮的倡导可能还包括了寻找自身价值的要求。正如我在前面所分析的，知青一代作家的广场意识虽然难免，但与50年代末开始就

① 这里指史铁生的《我的遥远的清平湾》和张承志的《黑骏马》。

新文学整体观续编

民间的还原：新时期文学史某种走向的解释

在苦难里经受考验、如今又重返广场并有希望向庙堂进军的一代知识分子相比，毕竟薄弱得多，他们既没有50年代培养成的理想主义作为精神支柱，现实生活中也没有让他们滋生出优越感。写苦难他们写不过上一代的作家，至少不会那样自如地在苦难现实与虚幻理想之间游移，而且那时已经不像"思想解放"那阵，苦难可以打着批判"文化大革命"的幌子轻而易举地给以渲染。这一代作家必须找到一个属于自己的世界来证明他们存在于文坛的意义，即使在现实中找不到，也应该到想象中去寻找。于是，他们很好地利用起自己曾经下过乡、接近过农民日常生活的经验，并透过这些生活经验进一步寻找散失于民间的传统文化的价值。

　　也许这样我们就不难理解，为什么寻根文学才兴盛了不到两年就陷入困惑之中：知青作家们的功利目的和寻根文学自身包含的文化意义无法长期结成亲密无间的伙伴关系。民间是一个藏污纳垢的概念，只有厕身其间才能真正体会到民间的复杂本相，这对被命运之风刮到农村山地的知青来说确是勉为其难。他们对生活的认识主要还是来自精英传统的教育，五四新文化传统对于他们仍然有着重要的影响，这在《老井》《爸爸爸》一类作品里显露得十分清楚。民间在他们的兴趣里主要是文化上的新奇感和潜在的优越感。浮光掠影地记录民风民俗和民间传说并不能真正代表文化之根，于是他们中的聪明者及时抓住了历史散落在民间的一些文化碎片：如阿城，从捡烂纸老头口中发现了玄妙无穷的道家哲理；如韩少功，在湘西深山老林里找到"鸟的传人"；如果连这些文化意义都拉扯不上，那还可以编造一些神话故事。不能说这些东西与民间文化形态无关，但至多也只能看作漂浮在民间之上的碎片和泡沫，泡沫因为联系着大海，它自身仍然是有意义的。可是文学创作一旦把碎片当作文化的整体来炫耀，那就变得矫情。不过寻根文学在当时真是处在天时地利的好时机，中国的文化建设经过一段时间"反封建"的自我清理后，开始意识到振兴民族文化的重要性，文学上的寻根是这场延续至今的文化热的滥觞，所以不管寻根文学实际上达到什么程度，它的出现和存在都具有超越文学史本身的意义。

由于寻根文学的作家绕开了知识分子的广场，广场上的精英文学直接受到打击。这期间知识分子的精英意识形态和僵硬的传统意识形态之间的冲突（其实这两者在当时都是主流意识形态）已经相当激烈，而知青作家的这一分化，至少使广场上的知识分子重返庙堂的理想不再显现神圣了。倡导寻根的作家放弃了对现实生活抱愤愤不平的态度，无论写插队还是写农村，都消解了英雄主义和现实的矛盾冲突的尖锐性，这似乎意味着他们不再打算跟着上一辈知识分子继续向庙堂进军，他们现在是另有寄托，企图在民间的普通大众中重新寻找安身立命之处。尽管在当时这种设想还很空洞，但对广场上的文学的神圣性多少也产生了解构的作用，孤军作战的新文学传统的最后辉煌是1988年前后的纪实文学。但纪实文学既称"文学"，又忌言虚构，用公开的新闻效应来取代文学艺术的力量，这就有点像中国古代的讽刺小说走向晚清的谴责小说一样，表明了一种英雄气短的趋势。

广场上的文学一时受挫并不说明知识分子精英意识从此销声匿迹，但新文学的走向失去了明确的认同。理论界所谓的"新时期文学终结论""后新时期论"以及所谓的"后现代主义"等说法，都反映了文学进入无名状态后理论的茫然。在相当长时期的实践里，理论总是被文学创作的最表面现象迷惑，注意力放在对创作思潮的把握上，而

1989年以后的文学走向很难再有新思潮的动力。当然这仅仅是指知识分子精英意识的彼时状态。如就作家个人的创作活动而言，卸下了扮演广场上的角色的使命反倒感到了一种自如，尤其对一些本来就不那么忧心忡忡的青年作家——他们出道的时间比知青作家更晚一些，年纪也更轻一些，历史对他们并没有施加更多的压力，唯一的压迫感是来自轻蔑，历史只关心向它挑战的人，而这些青年作家只关心自己的存在意义。既然历史轻蔑他们，他们也只有用同样的轻蔑来回报。现在时机来了，当历史已经走到了匮乏的极处，那就轮到他们来施展魅力，他们在历史的边缘上跳舞，虽然出于自娱，也赢得了喝彩。在他们的作品里，以往被人们视为神圣的规范——理想、典型、价值观甚至真实性，一概都遭到遗弃，同时他们并没有提供对生活的新解释，唯一的解释就是没有解释，唯一的理想就是没有理想，唯一的创新就是没有创新。这种不按牌理出牌的创作本身并没有构成大思潮，不过是疲乏的精神状态在同样疲乏的时代引起了共鸣。

三、民间还原的诸种特点

本文如题所示，希图对1976年以后的文学走向作出一些新的解释，但任何解释都只能是一种假设，并且无法涵盖所有。本文所阐释的民间概念也不例外。民间是自在的文化形态，它与知识分子勾勒的文学史没有直接关系，我在前面两节的描述中也注意到，尽管民间形态是新时期文学的两个源头之一，尽管知青作家在提倡寻根文学时已经浅尝辄止，但在90年代以前，它始终处于自在状态，并没有真正

180

以一种知识价值取向存在于文坛。这种处境贯穿了整个20世纪的中国文化和文学。在传统的中国文化结构里，庙堂和民间是一个道统两个世界，既相对立又相依恃，但到了20世纪，知识分子文化从庙堂游离开去，借助西方文化价值取向自立门户，即存于庙堂与民间之间的广场。广场上的知识分子对另外两种文化取向基本上是采取抗拒或排斥的态度。尤其是50年代以来，主流意识形态对知识分子文化与民间文化同时进行改造，以致民间的文化形态只能以隐形结构出现在知识分子和官方的话语里。这种状况直到80年代末才有所改变，民间才作为一种自觉状态加盟于文学史。

有一点应该说明，谈民间应该与谈思潮相区别，民间在文学史上不是作为一种思潮出现的，甚至也不是作为一种特定的创作现象出现，民间在当代是一种创作的元素，是当代知识分子的一种新的价值定位和价值取向。这种迹象在寻根文学中已经初露端倪，在1989年以后的新写实小说里逐渐形成，但它与作为一种思潮的新写实主义并没有具体的关系，也不是所有的新写实小说作家都意识到这一点。新写实小说消解传统现实主义美学原则有独特的贡献，但任何消解的原则都不可能是无价值取向的。新写实作为思潮的发展大致可分两种去向，一是早期的新写实小说，以刘恒、池莉等为代表，基本上走的是由现实主义向自然主义发展的路子。我过去在王安忆、莫言等人的作品中一再发现并讨论过这种创作现象。当《狗日的粮食》《伏羲伏羲》《烦恼人生》等作品出现的时候，这种自然主义的文学从艺术上说已经达到相当成熟的程度。我本人一向不认为自然主义是在现实主义立场上的倒退，相反比较看好它，但不能否认的是，在中国这样一个个人人格力量本来就不强大的国度里，自然主义很容易导致人格的萎缩。新写实小说朝这一去向发展不久便告消沉，而另一去向能悄悄发展开去，那就是朝民间的去向。像《风景》这样的作品，虽然也带有浓重的自然主义倾向，但在表现城市贫民生活场景时，不仅还原了粗俗原始的生活方式，而且在描写贫民窟人们的行为方式时，赋予了与传统道德相反的人生理想。如果说，小说里二哥的死多少表明了传统道德的毁灭，那么，在七哥的发达过程中，作家并没有像巴尔扎克谴责吕西安那样无情无义，她对七哥的人生哲学抱有相当的谅解，体现了一种新的价值取向在悄悄地产生。民间的加盟意味着原有价值取向的变换，这不是一种价值标准的简单颠倒（即那种将原来的是与非改换成现在的非与是），而是将原有的价值标准另置一旁，既不否定也不肯定，只是在另外的空间里重新树立一个价值标准，而民间正好作为这样一种标准的价值取向。稍后的新历史小说，无论《米》那样的亚黑道小说还是《夜泊秦淮》的市民社会，都含有新的民间文化意识的价值转变。

写到这里，似乎应该插入我对民间概念所作的一种解释。我在这里使用的民间概念，包含着两个层面的意思：第一个层面是指根据民间自在的生活方式的向度，即来自中国传统农村的村落文化的方式和来自现代经济社会的世俗文化的方式来观察生活、表达生活、描述生活；第二个层面是指作家虽然站在知识分子的传统立场上说话，但所表现的是民间自在的生活状态和民间审美趣味。作家注意到民间这一客体世界的存在，并采取尊重的平等对话而不是霸权态度，使这些文学创作充满民间的意味。第二种情况比较复杂，需要仔细体会方能辨认。如电影《霸王别姬》，就是这样一部具有民间意味的作品。把它与60年代的电影《舞台姐妹》相比，可能更便于说明这些区别。虽然这两部作品都是写民间艺人的故事，在《舞台姐妹》里，民间生活世界被意识形态话语占领，竺春花与邢月红的冲突由于意识形态的掺入而变质为政治态度的分歧。可是在《霸王别姬》里，导演陈凯歌虽然是个精英意识很强的知识分子，对历史的阐释也充满了理性的反思，影片所表现的艺术世界却具有强烈的民间意味。前半部分小豆子断指、出逃、刑罚以及忘性，如同灵魂飞升神界，肉身的孽障一层层蜕去。影片充满了象征性的暗示：那被断指后的小豆子满院子乱跑，终于跪倒在戏剧祖师爷的牌位前，仿佛迷途羔羊接受了命运的安排；那出逃后的小豆子迷途知返，归来甘受残酷的体罚，一阵阵毒打仿佛使他的肉身一步步离开灵魂，最后以另一个孩子受惊吓自尽而告结束，那高高悬挂着的躯体就像是灵魂飞升后的臭皮囊，暗示了主人公投身艺术的脱胎换骨；再后是那不愿忘记的自身性别，"我本是男儿郎"，不仅是对性别的确认，还是对自己作为人的存在的标志的确认。从男儿郎到女娇娥的自觉转化，是从人的凡界向艺术的神界转化。当小豆子一边念着"我本是女娇娥"一边从椅子上徐徐站起时，真有一种遍体生辉之力。这是任何政治话语所无法解释的，在五四启蒙者看来，这就是人性的扭曲，但如从民间的眼光看去，小豆子学艺的过程就如同一条茫茫天路历程，只有当人的"皮囊"彻底蜕尽，灵魂才真正化入艺术境界，一个艺术之神就诞生了。所以贯穿全局的程蝶衣和段小楼的冲突，始终是民间艺人之间的冲突，即民间艺术之神和卖艺者的冲突。这个影片始终是知识分子话语和民间话语并存地展开情节，而精彩又不落俗套的部分，恰恰属于后者。

有了这些概念的解释，读者不难理解90年代以来文学创作与民间的关系为什么会被人关注起来。最初引诱我对这个现象感兴趣的是对莫言的《红高粱》和冯德英的《苦菜花》的比较。我一直觉得两者之间存在着许多师承关系，一样写战争暴力带来的残酷，一样写民间的性爱观念和性爱方式，甚至一样在粗糙文字下洋溢着强劲的生命力，可是为什么它们看起来竟是那么的不一样？其区别就在余占鳌和柳八爷身上。冯德英笔下的柳八爷虽然是抗日英雄，但又是一个需要不断克服自身缺点的草莽人物，作家在这个人物的身边另树起一个政治道德的标准。而莫言的不同之处，正是把柳八爷式的人物推上主要英雄的位置。余占鳌是个土匪，他身上的缺点是不言而喻的，但是余占鳌的缺点不需要依据某种"政治正确"的标准来识别和改造，他是以赤裸裸的真实成为高密东北乡的真正英雄。余占鳌指挥的伏击战是一场民间战争，莫言在描写中把国共两党的活动置于幕后，从而使民间的力量突出在历史舞台上。这里的关键似乎不在于写了土匪，而是在主流意识形态和知识分子话语之外，作家另外树立起一个整合历史的价值标准，我把这种标准称为民间的标准。从莫言的《红高粱》系列开始的新历史小说，几乎都坚持了这个特点，尽管在这些小说里民间是个极其含混的概念，有的寓托在草莽中，有的徘徊于市井间，但不做二元对立的文章，这一点大约是相同的。

某种意义上说，新历史小说讲的不是历史，作家不过是在一个虚构的语境里有所寄托而已。民间是为沟通历史与现实而设的渠道，它同样可以营造一个非现实的语境来表达当代的情怀。其实用历史题材来表达民间价值取向本身是一种软弱的羞羞答答的行为，真正的大勇者是直面当代人生，用民间取向来解释当今人生问题。我们从《九月寓言》这样一些用非现实语境来抒发当代情怀的作品中似乎能够看到这种大气。与一些魔幻作品不同，这些创作虽然表现了某种在世俗眼光里属于非现实的成分，但这种非现实的意义仅存在于政治话语范畴和知识分子话语范畴之中，一旦我们抛却这些范畴，非现实也就成为最实在的现实，或可说是当代人寻求精神家园的旨归所在。民间的话语特点在其多元性，既没有一神教的统治也没有启蒙哲学的神圣光环，宗教、自然、世俗均成为它的价值取向。它也不排斥政治话语和知识分子的启蒙精神，但是当它用自己独特语汇去表达它们的时候，实际上已经消解了它们的本来意义。《九月寓言》写"小村"农民"忆苦"形同游戏，写大脚肥肩刚刚折磨死儿媳三兰子，随即自己也落进了一场凄楚迷人的恋爱故事，真让人恼不得怨不得，任何一种固定的价值判断都失去了功用。当然，不是要求每一个作家都表现这多种话语混合的民间世界，民间也可以表现为绝对的单纯性。

民间文化形态不是在今天才有的文化现象，它是一个历史的存在，不过是因为长期受到新文化传统的排斥，处于隐形状态。它不但有自己的话语，也有自己的传统，而这种民间的传统对知识分子来说不仅陌生，而且相当反感。民间文化具有藏污纳垢的特点，不像知识分子文化那样单纯，而且在污秽之中还有新文化传统所不能容忍的东西。比如《废都》，这部小说之所以引起知识分子的反感，大部分原因不在叙写男女之欲失度，而在于贾平凹所用的语言违反了新文化传统所能容忍的审美范围。但我们似乎没有想过，《废都》的非新文化传统语言并非贾氏得于异人传授，而正是他从文化寻根时的商州系列小说开始一步步演变而来。再往上溯源，不也与汪曾祺、孙犁等作家的文学语言追求有关吗？贾平凹起先也是感受到现代白话语汇不足以表现他所寄托的美感而退向传统①，那时候他这么做，在批评界是好评如潮，直到他一步迈出了新文化传统的界限，才引起轩然大波。不过依我的想法，贾平凹既然走出了界，倒不妨走下去试试，也未必不能成方圆。因为《废都》虽有一股浊气，但对政治话语和知识分子人文主义的反讽，对人生困扰之绝望及其表达的方式，都得之于民间的信息，要比《小月前本》这类用新言情故事来解释农村政策的作品有更大的生命力。民间自然有其自身的缺陷，但更主要的是它所拥有的传统和语汇的表达方式，对一般在五四新文化传统中受教育长大的知识分子来说是不熟悉甚至反感的，但这并不意味着它就不能存在，民间的混浊物对一体化的体制的解构仍然具有独特的功效。

当我把张炜的《九月寓言》和贾平凹的《废都》列在一个平面上去讨论其民间意义，并没有要混淆其不同价值指向的意思，不过是想从中找出一些有关民间这一含义在当代文学中的特点，即它的非同一性和清浊并包。虽然他们选取了自然、世俗为具体的价值指向，但同样体现了与政治标准和知识分子人文标准相区别的另一种价值标准。民间意识在当代文学史上的发展自有其独特的轨迹，我们不妨再用年表的方式排列一下这些作品产生的背景，其无序性的特点自能明了：

1985年1月5日，中国作家协会第四次代表大会闭幕。知识分子欢呼"文学艺术的真正黄金时代已经到来"。

1987年11月，张炜在山东农村着手创作《九月寓言》。

1989年春夏，北京发生政治风波。

---

① 　1996年底，笔者向贾平凹提出过这个问题。贾平凹回答说，他作品里所运用的语言，并非完全取自传统，更多的倒是从当地农村的口语中采撷来的。由此证明中国农村的语言里，还保存了许多传统语言的因素。

1992年1月，张炜完成《九月寓言》。

1992年初，邓小平南方谈话发表，中国改革开放的步伐加快，商品经济大潮呼啸而至。

1992年，贾平凹创作《废都》。

无论政治事件还是知识分子的话题，对这些作家的创作都没有构成直接的影响。与这种状况相对应的是这些作品问世以后，政治意识形态和知识分子的主流意识形态对它们也表示出惊人的冷淡。这也是意料之中的。民间自有民间的道路，一种价值取向的确立本来也无须另一种价值取向来认可。但是，这给我们研究者制造了困难，也就是说，当我们面对这一类文学现象时，我们是否可能首先改变一下自己的传统，就像张炜说的融入田野一样，融入一个新的话语空间？

1993 年初作
2011 年 3 月修订

新文学整体观续编

间的还原：新时期文学史某种走向的解释

现代都市文化与民间形态

一、都市文化建构中的民间形态

"民间"不是一个历史的概念，在任何国家形态的社会环境里都存在着以国家权力为中心来分亲疏的社会文化层次。与权力中心相对的一端为民间，如果以金字塔形来描绘这两者关系，那底层的一面就是民间，它与塔尖之间不仅包容了多层次的社会文化形态，而且塔底部分也涵盖了塔尖部分，故而民间也包容国家权力的意识形态，这就是民间自身含有的藏污纳垢、有容乃大的特点。在传统的封建专制形态的社会里，塔尖与塔底之间的社会文化层次被大大地简化，在某些极端时期会出现极权统治者直接面对无层次平面文化形态的民间社会。但是现代都市的文化建构则相反，它以不断制造社会文化层面的层次性和不断消解政治权力话语对社会的直接控制为特征，所以民间往往被遮蔽在多层次的文化形态之下，难以展示其完整的面目。在现代都市文化形态下，生活其间的居民不像农民那样拥有固有的文化传统，也没有以民风民俗的历史遗物来唤起集体无意识的民族记忆，都市居民在日日新又日新的社会环境下始终处于不稳定的流动状态中。像上海这样有百年历史的大都市，其拥有四代以上居住史的家族恐怕就不多。所谓"都市"的历史，常常给人一种流动无常、充满偶然性的印象，而与传统民间相关的原始性、自在性、历史延续性等特征都荡然无存，至多是从宗法制传统社会携带过来的旧生活痕迹，如民间帮会的某些特点，并不具备新的文化因素。因此在都市现代化的文化进程中，关于"民间"的传统含义（如一些民俗性的生活习性），只是一种依稀的记忆性存在，即都市居民的家族历史上遗留下来的某种集体无意识，对今天还在形成过程中的现代都市文化建构并没有实际上的建设价值。在这个意义上说，现代都市文化这座金字塔形的"底"，只是一种呈现为"虚拟"状态的价值立场。

我在《民间的浮沉》一文中曾把中国在全面抗战以前的民间概括成三种文化层面：旧体制崩溃后散失到民间的各种传统文化信息，新兴的商品文化市场制造出来的都市流行文化，以及中国民间文化的主体农民所固有的文化传统。这里除了第三种，前两种所包含的民间意义都含有"虚拟"的成分。譬如学者陈寅恪自称其"思想囿于咸丰同治之世，议论近乎曾湘乡张南皮之间"[①]，在庙堂、广场两不入的状况下滞留民间，默默守护着文化传统；同样的例子还有钱锺书，他在50年代以后虽然厕身庙堂，仍能三缄其口，以管窥天，以锥插地，埋首于中西文化大境界里。这或可说都属于第一种民间形态。再者，所谓民国旧派文学，其前身为显赫的知识分子精英集团——南社，但辛亥革命以后未能恢复其在庙堂的地位，于是锐气一败再败，后来在新文化运动的打击下，他们退出了文化的主导位置，却转移到刚刚兴起的都市传媒领域，从事报业、出版、电影以及通俗小说的写作，居然也培养起一些堪称大家的后起之秀。这或可说属于第二种。应该说这些文化现象都属于都市民间文化的表现形态，但是民间对于他们的真实意义，只是当时主流文化——国家权力意识形态和五四新文

①　　陈寅恪：《冯友兰中国哲学史下册审查报告》，见《金明馆丛稿二编》，上海古籍出版社1980年版，第252页。

化——以外的一种立场而不是价值取向本身，他们所寄托的传统文化和传统文学，并非属于现代都市民间自身的话语传统。

在历史上，封建社会的庙堂与民间以对应关系构成自足循环体系，知识分子的文化传统（道统）借助庙堂而被及民间，两者是沟通的。民间虽然有其自在的文化传统（小传统），但仍然以庙堂文化（大传统）为主导文化，因此在古代社会里，国家主流文化艺术传统与民间自在的民风民俗传统一起建构了当时的民间文化形态（孔子整理《诗经》分风、雅、颂三层次，从民风民谣到贵族生活再到祭祖颂神，从物质追求到形而上追求，可以看作当时民间文化形态的最完整的构成形式）。但是这种文化的自足循环体系在现代社会已经不复存在了。20世纪以来，庙堂、广场、民间三分天下因无法圆通而呈分裂状。[①]"道统"已随着传统庙堂的崩溃而瓦解，知识分子在庙堂外另设广场，替天行道似的承担起启蒙民间的责任，传统文化和传统文学在五四新文化运动的冲击下日益式微，与现实生活的价值取向越离越远，它们即使散失在民间天地也不可能真正反映民间和代表民间，所以只能是一种"虚拟"的民间价值取向。

理解现代都市民间的价值取向的虚拟性，有助于我们区别以宗法制社会为基础的传统民间文化形态。当我们在考察和表现农村文化生活时，会以历史遗留下来的文化伦理形态作为民间文化存在的依据；但在考察和表现现代都市生活时，显然不能移用这些实物考察的方法。过去有许多研究者没有注意到这些区别，对都市民间形态的考察总是局限在黑社会、旧风俗、没落世家等旧生活现象的范围，使都市文化

---

① 　请参阅拙文《试论知识分子在现代社会转型期的三种价值取向》，初刊于《上海文化》创刊号（1993年11月）。

中的民间含义变得非常陈腐可笑。其实在现代都市社会里，由于民间的价值取向虚拟化，它的范围就更加扩大了，因为它不需要以家族或种族的文化传统作为背景，其表现场景也相应地由集体转向了个人，现代都市居民的私人空间的扩大，隐私权益得到保障，民间价值的虚拟特征在个人性的文化形态里得到加强。过去与国家权力中心相对应的民间往往是通过"家族""宗族"的形态来体现的，文化价值是以集体记忆的符号来表现，具有较稳定的历史价值；而在现代都市里，与国家权力中心相对应的是个人，当然个人主义在文化上也可能表现出某些雷同现象，如年轻人喜欢迪斯科，在舞厅里寻找消遣。如果说，在今天农村边缘地区残留的民间喜庆舞蹈形式是具有民族集体记忆的历史符号，那么，在迪斯科舞厅中的狂舞背后并没有什么稳定的历史符号存在，不过是一种个人性的选择。迪斯科舞当然是非官方化的娱乐，它属于都市民间文化形态的一种表现，但它的"民间价值"是虚拟的。

这种虚拟的不稳定的都市民间价值形态，只是反映了中国大都市的现代化过程还未最后完成，现代都市文化的背后还缺乏强大稳定的市民阶层意识来支撑。近年来有些研究者对中国市民阶层在历史与现实中可能存在的作用总是抱过于乐观的态度。比如说，20世纪30年代的上海是民族资本主义发展的较好时期，但是否因此形成了以中产阶级为主要力量的民间社会呢？显然是没有的，在30年代，与当时国家权力中心分庭抗礼的主要力量是五四新文化运动中的知识分子及其背后潜在的政党力量，民间只是被动地成为多方政治力量争取的对象。同样，有的研究者不无忧虑地指出，中产阶级文化的保守性可能会在当代都市文化建设中产生负面影响。我以为，当代都市文化建设中会有各种负面效应存在，但还是不要轻易地归咎于中产阶级阶层。一个本身还没有具备完整形态的阶层怎么会已经"预支"了它的负面文化影响呢？中产阶级虽然是个很时髦的词，但距离今天的现实毕竟还有些遥远，对中国现代都市的民间形态的研究也许更能反映我们所面对的都市文化的实际状况。

所以，民间在都市文化构成中的虚拟性质决定了它不是一个类似市民阶层、中产阶级这样的社会学分类概念，更不是类似西方中世纪自由城邦制度下的"市民社会"，它是根据现代社会转型期间知识分子价值取向所发生的变化而用来象征文化形态的分类符号。前文所指的庙堂、广场和民间，都不是指实际的社会结构，而是近代社会中知识分子从权力中心位置放逐出去以后所选择的文化立场。知识分子既然身在权力中心之外，不必以庙堂为唯一的价值中心，只是坚守一个知识分子的工作岗位，建立多元的知识价值体系，以知识立本，在学术传统中安身立命，促进社会改革和文明步伐。这便是所谓知识分子的岗位意识。既然这种岗位是专业性而非政治性的，它只能依据民间的立场来实行。虽然对都市人来说，传统意义上的民间已经成为一种遥远的记忆，再也找不到像农村残留的纯然自在形态的民间文化，但它的虚拟形态依然存在于都市中。据本文前面所借用的金字塔底的比喻，在都市中我们能找到的只是介于国家权力中心的政治意识形态与虚拟状态的民间之间的各种都市文化形态，在每一类都市文化中都存在着两极的成分：一方面是对权力控制的容忍与依附，另一方面是对权力中心的游移与消解。从都市通俗文化思潮泛起到大众传媒的兴盛，从知识分子的民间学术活动与创作活动到都市教育、出版体制以及各种文化市场机制的改革，都包含了上述两种成分的融合和冲突。

二、现代都市通俗小说与民间立场

20世纪初形成的现代都市通俗文学与传统通俗文学有些不同的特点。在古代，通俗文学可以成为民间文化的一部分，而在20世纪社会转型以后，这种通俗文学的价值取向已经与都市现代化的实际进程发生了分离。但它仍然是属于都市民间的一种形态，尤其在通俗小说领域，它非常明显地表现出国家权力形态与民间政治形态的结合。

首先应该说明，都市通俗小说不是真正意义上的民间文学。从理论的界定上说，真正来自民间的文学创作有一些共同的特征，如它的集体性创作的原则，决定了民间文学作者呈无名状态，即使个别作家的名字有幸保留下来，多半也是以整理者的身份而非创作者的身份；还有，它的非书面性的原则，民间文学是依靠民众在口头代代相传的过程中不断补充、发展和完善的。真正的民间作品不可能有标准的文本，它一旦被文人用文字形式固定下来，也就结束了其民间性。①当然这只是西方学术界的一种较传统的界定，依这些标准来衡量，都市通俗小说不过是文人利用民众可能接受的方式（包括语言、形式、审美趣味等）写出来的文学性读物，不能算是民间文学。如果从民间文化形态的界定来看，两者的区别还不仅仅是这些外在的标志。民间文化形态的标志在于它真正贯通了民众的生活意义，表现出生命形态在

①　《辞海》（第七版）中"民间文学"条，有以下内容："指民间集体口头创作、口头流传，并在流传中不断有所修改、加工的文学样式。……民间文学以口头形式而与书面文学形成对照。一旦被文人以文字形式加工、改造而保存下来之后，多少会失去其原始的面貌。"〔《辞海》（第七版）缩印本纪念版，上海辞书出版社2021年版，第1565页〕民间文学来源于集体创作，此说最初源自德国的格林兄弟。

自由自在状态下的生气，这种生气不可能产生在权力制度的支配之下（它的非庙堂性特征），也不可能产生在思想道德的约束之下（它的非广场性特征），当然它也不可能产生在真空似的社会环境里，所以它往往在被动地包容外在文化形态对它的侵犯的同时，努力用审美形态来表达自身的顽强生存意志。在今天的现代都市里已经不存在这样的民间审美价值与可能，一些优秀的作家只能把审美的触角伸向都市以外，在一种虚拟的民间状态中召回民间的正义力量。这在张承志有关哲赫林耶（又译哲合忍耶）教派的作品和张炜的"融入野地"哲学里都有充分反映。但我们回到历史的状况下考察这个问题时，就不能不正视民国初年以来都市通俗小说所含有的民间性。

现代都市通俗小说的作者群并不是一批只知道游戏人生的穷酸文人，他们是20世纪最初的一批知识分子精英，他们从庙堂革命中败退下来，又被五四新文化运动排斥。新文化运动是以引进西方思想价值原则为标志的，当新文化成为时代主潮以后，这批在政治上积极拥护共和、反对复辟的知识分子就成了思想道德领域的保守派，他们与五四一代思想文化上的反叛者相比，更容易为文化政策上趋向保守的各届民国政府所接受，由他们控制现代都市文化运动的主要工具——报纸、杂志、画报、电影等领域，是理所当然的。（各届民国政府对五四一代反叛性知识分子的容忍范围仅限于大学和研究院，一旦其影响进入社会层面，即使如新月书店这样温和的团体，也被毫不客气地取缔。）这也使他们不像五四一代知识分子对庙堂采取针锋相对的批判立场，而是在一定程度上成为国家机器在现代都市文化建构中的另一种声音。所谓民国旧派小说只是寄生于现代传媒体制的一种通俗读物，它固然具有都市传媒体制的政治属性，但毕竟又属于一种商业行为，自然要顾及都市读者的社会情绪和审美趣味的变化趋向，所以与五四一代知识分子创作的白话小说充满着社会批判性和反叛性相反，都市通俗小说则小心翼翼地在官方旨意与民众趣味之间"走钢丝"。以鲁迅为代表的新文学将国家统治者与被统治者所愚弄的民众一起放在批判席上，鞭挞前者，警戒后者；而通俗小说则是根据不同时代的特点，及时找出官方与民众的共同欲望来加以渲染。有位西方专家对中国20世纪一二十年代的"都市通俗小说浪潮"作过很好的概括，他认为这些"浪潮"有的大些，有的小些，每种浪潮都是由一种故事类型组成，一般来说这些故事类型与都市大众中突出的社会问题有关联：第一个浪潮是辛亥革命后不久掀起的言情小说高潮，这显然与都市青年希望新建立的共和制度能使他们从旧式家庭组织下获得自由婚姻的权力有关；第二个浪潮是对袁世凯复辟的反应，这就形成了社会小说到黑幕小说的大浪潮，反映了民众对政治的普遍失望；第三个浪潮是20年代以反军阀为背景的小说，这是因为反军阀的斗争抓住了都市大众的想象力。①从这些概括可以看到，都市通俗小说创作并没有游离在政治斗争以外，但它注意到它所表达的政治意义不仅与都市大众的关心热点有关，而且与政治斗争中占主导力量一面的倾向也有关。共和、反袁、北伐，甚至包括30年代的抗日，都是中国政治斗争的主导性的一面，民国各届政府也需要这样的民间性的推波助澜来配合宣传。（举一个反面的例子：通俗小说里从未出现过共产党领导的革命故事。）所以，研究这类小说时孤立强调其题材的进步性是失

① 　参见林培瑞（Perry Link）《论一二十年代传统样式的都市通俗小说》，陈思和译，见贾植芳主编《中国现代文学的主潮》，复旦大学出版社1990年版，第126~127页。

当的，反之，像当时左翼作家批评这些小说散布的只是"充分的表现着封建意识的统治"①也是不全面的。通俗小说所反映的"政治"，正是当时庙堂与民间的共同欲望，这里并没有三民主义文艺政策的直接传声筒，更没有知识分子的独立批判精神，它反映的是都市文化中的一种民间形态。

现代都市通俗小说与五四新文化运动建立起来的知识分子精英传统是格格不入的。新文学强调文学的启蒙性和批判性，都市通俗小说更多地强调文学的消遣性和游戏性；新文学创作传达出来的是知识分子精英的广场意识，旨在通过社会批评和文明批评推动社会进步，而都市通俗小说有意识地迎合都市小市民的陈旧趣味；新文学的创作主要来源于西方文学的文本，都市通俗小说则更注重对明清通俗小说文本的模仿：言情、武侠、黑幕、演义、侦探各类小说，都能在古典小说里找到相对应的文本原型。而如前面所说的，由于中国古代社会庙堂与民间的内在同一性，这些传统通俗小说的文本，包含了古代民间社会的丰富信息，几乎每一种通俗小说里都含有封建社会的主导意识形态对民间的控制与民间文化形态对这种控制的抗争，这些信息虽然在现代社会已经失去了实际意义，但由于被模仿，也或多或少地表现出都市民间文化形态中的某些传统意义。如张恨水的《啼笑因缘》中

---

① 　　瞿秋白的原话是："这些反动的大众文艺，不论是书面的口头的，都有几百年的根底，不知不觉的深入到群众里去，和群众的日常生活联系着。劳动民众对于生活的认识，对于社会现象的观察，总之，他们的宇宙观和人生观，差不多极大部分是从这种反动的大众文艺里得来的。这些反动的大众文艺自然充分的表现着封建意识的统治。"（《大众文艺的问题》，见《瞿秋白文集》第2卷，人民文学出版社1953年版，第885页）"旧小说所包含的宇宙观人生观，不能够说是'大众所固有的'，而只能够说是统治阶级所布置的天罗地网，把群众束缚住的。"（《再论大众文艺答止敬》，见《瞿秋白文集》第2卷，人民文学出版社1953年版，第897～898页）

关氏父女反军阀的侠义行为，虽然出于对古代武侠小说的模仿，也满足了现代市民不满于现实政治的幻想。但从以上三方面特点来看，似乎很难说都市通俗小说代表了现代都市市民的审美趣味，因为都市市民的构成成分不同于传统农民那样单纯，他们所表现出来的审美趣味是飘忽不定的。新文学的主要对象也是都市社会的市民，尤其到了30年代，郁达夫、巴金、茅盾的作品已经足以与都市通俗小说抗衡，而穆时英、刘呐鸥的作品更强烈地表达了现代都市青年的审美感受。无论都市生活场景的高雅性和传奇性、表现手段的新奇性和刺激性，还是现代男女的情爱内容及其方式的描写，新文学都要胜过传统意味的都市通俗小说。即使在语言技巧上，越来越流利的白话小说也要比半文不白的旧小说语言更好读些。张爱玲回忆自己读中学时流行"两张"——张资平和张恨水——的作品，这恰恰表现出新旧文学在都市年轻读者中分庭抗礼的现实。所以说，在都市市民的读者层里，都市通俗小说并不是独占鳌头的，它只是迎合了现代都市社会转型过程中保持着传统审美口味的读者，而这部分读者的审美意识中含有较多的传统因素。

但是一旦进入文学操作过程和流通过程领域，都市通俗小说的优势显然体现出来了。新文学作品大都发表在知识分子自己办的同人杂志上，除了个别大型刊物有较多的读者，主要是供朋友小圈子自娱的，即使印成单行本出版也不会有太大的读者面，而一些思想激进的书店和刊物还要时时冒着被当局查封的威胁。与这种受压迫的状况相反，控制了都市传媒工具的那批旧文人在传播自己的创作时根本遇不到这些麻烦，他们的作品大多用连载的形式发表于小报杂志和大报的副刊中，有些较有影响的作家甚至可以同时为几家副刊写连载，一旦获得成功马上被改编成连环图画、电影和戏曲脚本，迅速在读者中流传开去。这当然不是说他们的作品比新文学更接近大众，而是他们掌握了更多的合法舆论工具——这恰恰是与现代化的都市传媒体制分不开的。大众传媒是现代都市民间文化的主要形态之一，都市通俗小说在这一优势上也能证明它所含有的民间性质。

五四新文学运动是一批从国外归来的留学生掀起的，尽管他们主观上强调民间运动的必要性，并坚持使用民众的白话文来取代封建上流社会用惯的文言文，但他们的知识背景和政治抱负都使他们忽略了民间文化形态在现实社会转型中的意义，只有极少数知识分子如周作人、刘半农、顾颉刚等，才有意识地收集歌谣、风俗、谚语、传说、笑话，甚至存在于民间的猥亵性的文本。但在现代化都市的建设中，这样一种纯学术意义的民间采风已经不能解决新文化建构中遇到的实际问题，而这批知识分子又是从传统庙堂意识的思维惯性中走过来的，一部分人想建立与庙堂分庭抗礼的知识分子广场作为自己安身立命之地，一部分人则本能地想在传统的"庙堂—民间"循环体系中独善其身，这显然同样忽略了民间在现代都市文化建构中只有虚拟的价值取向，所以一开始就陷入了被动。这种状况刺激了新旧知识分子为争夺都市文化控制权的斗争，由此构成20年代的《小说月报》和30年代的《申报·自由谈》更换主编事件、左翼电影事业和话剧运动，以及有关大众文学的几次讨论，甚至当时左翼作家对梅兰芳为代表的京剧艺术的否定，都与这种争夺都市观众有关。30年代巴金的《激流》在《时报》上连载，并接受了报纸上使用的商业性宣传，这在当时新文学创作中是很罕见的。但是，五四新文化运动的启蒙者立场即使在局部获得了成功，也很难坚持下去。这固然与知识分子的精英立场不见容于统治者有关，但更重要的是面对一个流动不定的都市市民读者群体，西方文学的知识背景和强大的启蒙意识使大多数作家很难一下子找到自己的定位。像巴金这样既坚持了新文学的先锋立场又获得了城市青年读者的喜爱，只是极少数的成功例子。

三、张爱玲现象与现代都市文学

有许多研究者论述新文学与都市通俗文学之间对立情绪的消解，总是归结为全面抗战的爆发：民族主义热情使都市通俗文学开始放弃娱乐的主题去写抗日爱国故事，而新文学作家也更加注意到艺术形式的通俗性。但就文学的民间意义而言，这种合流并没有提供多少新的贡献，相反，抗日主题的流行使民间的自在性进一步丧失，而新文学作家们在形式上的让步也不具备真正的民间意义。民间是一种文化形态而不是技术。使传统的民间文化形态得以复活的，是40年代抗日民主根据地的农民文学创作。关于这一点，我在《民间的浮沉》一文中已经给以探讨。至于民间文化形态在现代都市文学中出现，即新文学传统与现代都市通俗文学达成了艺术风格上的真正融合，却是在沦陷中的现代都市上海完成的。这种历史性转变是以一个当时才20岁出头的女子的名字为标志——那就是张爱玲的传奇创作。

张爱玲的成功出名是在一个特殊环境里。柯灵先生曾说："我扳着指头算来算去，偌大的文坛，哪个阶段都安放不下一个张爱玲；上海沦陷，才给了她机会。日本侵略者和汪精卫政权把新文学传统一刀切断了，只要不反对他们，有点文学艺术粉饰太平，求之不得，给他们点什么，当然是毫不计较的。天高皇帝远，这就给张爱玲提供了大显身手的舞台。"①柯灵先生为新文学阵营中的健将，深知左派批评的苛刻峻厉，如果张爱玲的创作落在这些批评尺度里，难免栏猿笼鸟之祸，但具体到现代文学史的时间空间，恐也是夸大了这些批评的威力，因为在文学批评没有与政治权力结合为一的时候，再严厉的批评也不至于扼杀一个真正有才华的作家的艺术生命。不说别的，即在张爱玲之前，就有两个她所心仪的写世俗的作家：张恨水和老舍②，一个是旧文学的大家，一个是新文学的明星，似乎都没有受到五四启蒙传统的排斥。张爱玲即使早出道几年，也未必不能成其为张爱玲。不过是30年代的上海文坛龙腾虎跃，门户复杂，一个文学新人要出名当别有一番滋味，不像沦陷时期，潜龙伏虎之外只有虾跳猫啼，张爱玲又是被一些有政治背景的杂志炒热的，柯灵先生所说的"大显身手的舞台"确非妄语。但是张爱玲毕竟是写出了传世的作品，而且在新文学的启蒙传统遭到空前抑止、一些坚持知识分子广场立场的精英们只能韬光养晦的时候，她却独独开辟出一条通向都市民间的道路。

张爱玲是新文学史上的一个"异数"。在她接受现代化教育、学习中英文写作的阶段，正是五四新文化发展到最辉煌的30年代，她不可能回避新文学给她的巨大影响。她晚年回忆胡适的时候，说过一段很有感情的话："我觉得不但我们这一代与上一代，就连大陆上的下一代，尽管反胡适的时候许多青年已经不知道在反些什么，我想只要有心理学家荣（Jung）所谓民族回忆这样东西，像'五四'这样的

① 　柯灵：《遥寄张爱玲》，见《柯灵六十年文选：1930—1992》，上海文艺出版社1993年版，第382页。
② 　参见张爱玲《私语》《存稿》，见来凤仪编《张爱玲散文全编》，浙江文艺出版社1992年版，第127、179页。

新文学整体观续编

现代都市文化与民间形态

经验是忘不了的，无论湮没多久也还是在思想背景里。荣与弗洛伊德齐名。不免联想到弗洛伊德研究出来的，摩西是被以色列人杀死的。事后他们自己讳言，年代久了又倒过来仍旧信奉他。"①这"上一代"是指五四同代人，张爱玲自居第二代，第三代当是指50年代大陆成长起来的青年人。在张爱玲看来，从五四一代开始，新文化传统已成为我们这个民族文化不可分割的一部分，它渗透到民族生命的血液当中，你想背叛它也不行。后面一段关于摩西的话，虽然说的是胡适的伟大，但不无反讽意义的是也影射了张爱玲本人与五四文学之间割不断的关系。她接受的西方化的教育，她对人性悲剧的深刻体验，她对大时代中小人物的悲欢离合所持的不无同情的讽刺态度，都可以证明这种文化上的血脉。就在张爱玲最红的1944年，有两篇名重一时的评论文章，可以说文学观乃至人生观完全对立，但他们谈张爱玲的创作时，居然都将张爱玲的小说比附了鲁迅的小说，这虽然是无意的，但也可看作张爱玲与五四新文学的天然联系。②

张爱玲是以《沉香屑 第一炉香》在周瘦鹃主编的《紫罗兰》上一炮而红的。她选择了这家鸳鸯蝴蝶派杂志作为步入文坛的第一台阶，自然有些人事上的因素，但也证明了她对自己的创作与文坛上的门户没有什么定型的选择标准。从其语言、技巧来看，这部小说多少有些得益于旧小说的地方。但不管张爱玲是否承认，它的神韵仍得自于新文学：它探讨了青年女性面对都市文明诱惑的病态心理。据张爱玲本人自述，她喜欢的新文学作品有曹禺的《日出》和丁玲的《莎菲女士

① 张爱玲：《忆胡适之》，见来凤仪编《张爱玲散文全编》，浙江文艺出版社1992年版，第309页。Jung现在通译为荣格。
② 参见迅雨（傅雷）《论张爱玲的小说》，《万象》1944年第3卷第11期；胡兰成《评张爱玲》，《杂志》1944年第13卷第2、3期。

的日记》[①]，我们在葛薇龙在物质诱惑下纯洁外衣一层层褪去时不能不想到陈白露的遭遇，在她被受过西洋文明影响的男子所激起的性的烦躁时也不能不想到莎菲的悲剧，尤其是结尾部分，作家写湾仔市场上的众生相，一直写到那些描蓝涂绿的妓女，最后写葛薇龙对自己处境的叹息，有些卒章显志的意思，这当然是败笔，却是新文学作家常犯的社会性批评的主题的通病。至于《沉香屑 第二炉香》里罗杰教授的隐私不幸被周围人传播，以致逼上绝路的悲剧故事，已经几近于鲁迅小说里对社会舆论的愤怒控诉了。似乎用不着扯来更让人惊心动魄的《金锁记》，即使是张爱玲小试锋芒的处女作，也能在新文学史上有明确的位置。

有了这个前提，我们才能谈张爱玲对现代都市通俗小说品质的提升。张爱玲从小深受中国古典小说的浸淫，晚年又以研究《红楼梦》和《海上花列传》自娱，其实这些个人爱好在一般新文学作家中也是很普遍的，并不说明她与旧文学有特殊关系。令人感到特别的，是她直言不讳自己对都市通俗小说中社会小说（如张恨水、朱瘦菊等人的作品）的喜欢，以及对现代都市世俗文化（如沪上曲艺、旧京剧、社会小报）的热爱，这在五四一代知识分子中是很少见的。以张爱玲的身世来猜想，她对受过西方化教育而大胆背叛封建旧式家庭的母亲向来不抱同情，这种潜在的逆反心理使她对旧式家庭的生活方式反而充

---

① 　　参见《女作家聚谈会》，《杂志》1944年第11卷第3期；张爱玲《读书报告三则》，见来凤仪编《张爱玲散文全编》，浙江文艺出版社1992年版，第496页。

满了温馨的回忆。与她母亲要追随五四新文化的崇高精神理想相反[①]，她故意夸张了其家族贵族血缘的一面，包括陈旧的生活方式和传统的生活趣味。但是随着现代社会的转型，古典的传统的文化由社会中心向民间散失，终于降贵纡尊，与都市通俗文化合流。当张爱玲在文章里饶有兴致地谈旧京剧，谈旧服装，谈一夫多妻，谈爱慕虚荣时，你不会不感觉到其言语背后存有可能来自童年不愉快记忆的变态心理，同时会为她出人意外地坦然走出五四一代知识分子面对世俗社会的心理怪圈而感动。因为张爱玲在文坛上的出现犹如灿烂耀眼的彗星一扫而过，花开花落不过几年的时间，许多深层次的内心世界来不及展露出来，但她那些有意为之的作品里所流露的反五四的情结，鼓励她捡拾起了都市民间文化形态的碎片，在现代都市通俗小说领域进行了一番革命。

张爱玲在1943年对都市小说创作的贡献与赵树理在同一年对农村小说创作的贡献一样，他们都是在知识分子的启蒙传统被抑止的时候，从根本上扭转了五四新文学长期与民间相隔离的局面。但不一样的情况是，中国农村还残存着民间文化的实在价值，所以赵树理可以理直气壮地举起民间的旗帜与五四新文学传统争正统地位；而在现代都市中本来民间文化的价值就是虚拟的，所有的民间形态不过是市民从其家族历史带过来的文化陈迹。民初的现代都市通俗小说就是从传

---

① 张爱玲的母亲黄逸梵是个具有女权主义倾向的新派女性，曾留学欧洲，学习美术，画过油画，与胡适、徐悲鸿、常书鸿都有交往，抗战时在印度当过尼赫鲁姐姐的秘书，晚年在英国当女工，一生追求自由和艺术。但她的"高大完美"的形象在张爱玲心中一直是种无形的压力。（参见张爱玲《对照记——看老照相簿》，皇冠出版社1994年版。）——以上的观点，在写作本文时还是一种推测。到2009年，张爱玲《小团圆》出版，证实了我在1995年读《对照记》时的猜想。

统文本里抓来这些陈迹，却不能真正代表都市市民在现代化过程中真实的精神状态，张爱玲对现代都市文学的贡献是她把虚拟的都市民间场景——衰败的旧家族、没落的贵族女人、小奸小坏的小市民日常生活，与新文学传统中作家对人性的深切关注和对时代变动中道德精神的准确把握成功地结合起来，再现出都市民间文化精神。因此她的作品在精神内涵和审美情趣上都是旧派小说不可望其项背的。她不是直接描写都市市民的生活细节，而是抓住了社会大变动给一部分市民阶层带来的精神惶恐，提升出一个时代的特征：乱世。那些乱世男女的故事，深深打动了都市动荡环境下的市民们。

应该说，这种乱世感对张爱玲来说是真实的。在一段描写里，她把对"乱世"的感悟当作一种神秘主义的启示：

> 我一个人在黄昏阳台上，骤然看到远处的一个高楼，边缘上附着一大块胭脂红，还当是玻璃窗上落日的反光，再一看，却是元宵的月亮，红红地升起来了。我想道："这是乱世。"晚烟里，上海的边疆微微起伏，虽没有山也像是层峦叠嶂。我想到许多人的命运，连我在内的；有一种郁郁苍苍的身世之感。①

这段写于1945年4月的心理描绘，多少反映了张爱玲对个人前途难以把握的不祥之感。从她与胡兰成欲仙欲死的恋爱时起，对大限来临的恐惧一直隐隐地支配着她。及时行乐、个人至上的世纪末情绪和

---

① 张爱玲：《我看苏青》，见来凤仪编《张爱玲散文全编》，浙江文艺出版社1992年版，第273页。

通过古老家族的衰败隐喻传统道德价值的没落，是她的小说的两大主题，而这，绝妙地、也是逼真地写出了现代化过程中都市的传统道德式微和都市市民面对社会文化发生巨大变动而生出的虚无和恐慌。张爱玲的写作比起那种专写亭子间嫂嫂、白相人阿哥、拆白党、姨太太等城市丑恶大展览的石库门风情，是不可同日而语的磅礴大气；比起那些专写咖啡馆、跳舞场以及霓虹灯下头晕目眩的新感觉小说，显出充满历史感的深沉；比起老舍、张恨水笔下的相对静止的旧式市民社会写真，又拥有强烈的时代气息和现代都市特征。确实，是张爱玲使散失在都市里的民间文化碎片凝聚起来，再生出真正的"现代性"的都市生命。直到今天，虽然都市建设在现代化物质文明方面有了巨大的发展，但都市市民面对流动不定、真幻无常的都市文化所生的种种精神病象，大约也没有超出这两个范围。由此而生的当代都市文学创作，几十年来沉而复起，却始终被笼罩在张爱玲小说的阴影之下，无论60年代的港台还是80年代的大陆。

张爱玲的第二个贡献是突出地刻画了现代都市经济支配下的人生观：对金钱欲望的疯狂追求。在西方文学对人性的刻画中，人对三大变态欲望——权欲、物欲、性欲——的疯狂追求都得到过经典性的表现；可是在中国的现代文学创作中，作家们对现代经济社会变动趋向的认识，基本上还停留在传统思维模式上：存天理，去人欲。他们把剖析社会的注意力都放在人们对权力的争夺方面（如阶级斗争之类），而性的欲望也仅仅是在男人们的权力欲望得不到满足时才被提升到合理的地位（郁达夫在这方面是很典型的例子）。在这种传统士大夫模式的男性中心文化中，人的物欲——对金钱及其享乐主义的追求——被挤到了欲望的边缘。虽然鲁迅在《伤逝》里提到过经济对保障爱情的重要性，但这些主题并没有得到很好的发挥。事实上，对金钱在社会变动以至人生道路上的重要意义，是现代都市经济充分发展以后的话题。知识分子只有摆脱了传统的"天理"观念，才能深切地体会到这一点（具体到现代文学史的范围，也就是要摆脱了五四知识分子的精英立场以后才能意识到这一点，而且女性作家往往比男性作家更容易接受这个现实）。在现代文学史上最先表现了这一都市文化特征的是丁玲，可惜她在创作了《阿毛姑娘》《庆云里中的一间小房里》等几部表现都市奢侈生活对人性的异化力量的作品以后，迅速转向了政治斗争题材，文学风格也迅速朝男性化发展，对人性中的物欲挖掘随即中止。作为都市人的张爱玲与众不同，她一开始就直言不讳她爱钱，而且爱得有点"厚颜无耻"，她以爱钱为标准与象征着五四一代理想主义的母亲划清界限，并对别人称她是"财迷"感到沾沾自喜。[1]以这种心态创作，她从来不表现知识分子对金钱的清高态度，相反，在她的小说中一再出现的是人物对金钱的迷恋和不能自拔。葛薇龙、白流苏、曹七巧等破落世家的女子传奇之所以让人感到触目惊心，是因为她们为新文学提供了崭新的形象：在现代都市经济如怪兽张开的血盆大口面前，一面瑟瑟发抖坐以待毙，一面又义无反顾自甘沉沦的都市羔羊们。张爱玲笔下从没有出现过爱情的理想主义者，葛薇龙为了

---

[1]　张爱玲在《童言无忌》里说："从小似乎我就很喜欢钱。我母亲非常诧异地发现这一层，一来就摇头道：'他们这一代的人……'我母亲是个清高的人，有钱的时候固然绝口不提钱，即至后来为钱逼迫得很厉害的时候也还把钱看得很轻。这种一尘不染的态度很引起我的反感，激我走到对面去。因此，一学会了'拜金主义'这名词，我就坚持我是拜金主义者。"（来凤仪编：《张爱玲散文全编》，浙江文艺出版社1992年版，第96页）胡兰成也说张爱玲在人情银钱方面"凡事像刀截的分明，总不拖泥带水。她与她姑姑分房同居，两人锱铢必较。她却也自己知道，还好意思对我说：我姑姑说我财迷。说着笑起来，很开心"。（胡兰成：《今生今世》，远行出版社1990年版，第180页）

享乐与金钱而背叛了破落世家的传统道德，曹七巧为了金钱而战胜了自己的性的本能，那种金钱的枷锁重压下的人性挣扎，确实达到了恐怖的程度。唯一象征了纯真的爱的感情的，却是变态的恋父者许小寒，但她的恋父热情仍然敌不过父亲用金钱买来的爱情。尽管表现人性中物欲疯狂的文学创作在今天也没有得到过很好的发展，但张爱玲树立起来的几面旗帜，成了现代都市文学不可绕过的坐标。

既然是都市民间的文化形态，就不能回避对政治权力的妥协。在沦陷区的文化专制统治下面，民间不可能以纯然的面目出现，它唯以弱势的姿态出现才能流行，所以张爱玲的笔下不可能出现五四一代知识分子与统治者的庙堂文化针锋相对的斗争，甚至连《围城》的作者那样隐居民间从事学术活动的洁身自好也做不到。情况如柯灵先生说的，沦陷区文学只要不反对敌伪，就能被容忍，但这反对不反对并不是体现在字面上的。许多有爱国心的知识分子，即使不便公开反对敌伪，忧世伤生的精神仍然能表现出知识分子的人文精神，但张爱玲对这些都回避了，与其说她不懂政治或者厌倦政治，还不如说在张爱玲身上暴露出都市市民政治观念的冷漠和生活态度的虚浮，即那种"不管由谁当家，总得吃喝拉撒"的怯懦苟安心理。这本来也是中国民间藏污纳垢的特点之一，但在传统的民间社会里，有一种非政治性的原始正义作为指导生活的伦理标准，使其在浑浑噩噩中自有清浊之分；而在现代都市里，本来就虚拟化的价值取向一旦丧失了知识分子的人文精神参与，其虚无情绪就会变本加厉，这在一个特殊环境里正好迎合了敌伪文化政策的点缀需要。当然在政治游戏里张爱玲很懂得规则。从消极的方面说，她的软性文字抵制了敌伪政治的宣传，她喋喋不休地谈性论食，开拓了文学领域里的私人生活空间，同时迎合了专制体制下的市民有意回避政治的心理需要，使原来五四新文学传统与庙堂文化的相对立的交叉线，变成了民间文化与庙堂文化的平行线。于是，在权力与民间达成的妥协中，张爱玲迅速走上了她的文学生涯的顶峰，这才是柯灵先生扳着手指算来算去，算出唯上海的沦陷区才给了她一个"千载一时"的机会的真正答案。

四、知识分子参与都市民间的一种方式

在强大的五四知识分子启蒙话语占领着20世纪30年代的上海时，都市通俗小说虽然与普通都市居民亲近，虽然拥有现代化的大众传媒工具，但它所表现的生活内涵的陈旧性阻碍了它进入主流话语体系。张爱玲的出现把这种状况颠倒了过来，她虽然不断消解新文学启蒙传统，虽然在叙事方式上部分继承了旧文学的遗产，但她所展示的生活内涵充满了现代意义，同时她及时利用现代传媒，把自己的作品用连载小说、话剧、电影、散文随笔、记者采访等多种形式问世，为了达到出名的效果，还不惜用惊世骇俗的奇装异服来包装自己。她的成功是全面的、都市化的，不但现代市民文学由此进入了新文学传统，而且都市民间文化形态也搭上了现代化的时间列车，一直延续于今。正如今天的现代都市文化建设中，真正支配着市民文化趣味导向的是传媒、文学、影视、服装、休闲方式，等等，这些构成了现代都市特有的民间文化形态。如今的种种都市民间现象的存在，追根寻源都能找到张爱玲的淡淡阴影，或者说，今天的都市文化依然在消费这个身为晚清贵族后裔的奇女子。

如果是在一个专制体制过于强大的城市里，权力意识形态可以直接干预市民的日常生活，那么民间不兴，张爱玲也随之不存；如果一个城市完全进入了民间的无序状态，地摊文化和传统小市民的恶俗趣味占领了市民的文化生活空间，那张爱玲也不会那样流行。张爱玲是一个文化现象，她是以一个现代知识分子对都市民间文化的参与方式，提升了传统都市通俗文学的品格，在张爱玲式的文化现象背后，时时刻刻存在着一个隐形的知识分子的影子。

　　当然，这种知识分子的参与方式完全是属于个人化的，它表面上是以与五四以来知识分子的先锋意识相对立的形态展开。我们不妨将同时代的路翎的小说与之相比较。《财主底儿女们》也是一部叙述旧式家庭崩坏的故事，在具体叙事方式上也充满了作家的个性，但是它所采取的叙事立场是典型的五四先锋话语，与巴金的《家》、曹禺的《雷雨》等是一脉相承的。像蒋家这样的家庭本身就是作为一个巨大的历史阴影而存在，反对家庭专制体制与反对社会专制体制成为年轻人从事社会革命的一系列连环式的斗争环节，年轻一代知识分子势必在无数的磨难中成为时代的英雄，蒋纯祖的道路是高觉慧的道路的自然延续——这是五四新文化启蒙传统所特定的话语样式。而张爱玲的独特之处恰恰就在反五四话语，她的故事告诉你：旧家庭崩坏以后并没有奇迹产生，这个世界仍然一天天地坏下去，年轻一代无论是否具有叛逆性都无路可走。你要学习娜拉独立走上社会吗？那葛薇龙的命运就等着你。你想摆脱颓败家庭的血缘成为强悍之人吗？你看看聂传庆的努力就明白了。你希望能够成为一个掌握自己命运的个人主义者吗？白流苏和范柳原的故事足够给你启示。更离奇的是，你如果想学学五四青年的自由恋爱也是可以的，但结果呢？还有个"罗文涛三美团圆"的大圈套等着你。①因此，旧的东西在崩坏，新的东西在滋长，一切都是那么自然，没有什么伟大的历史时代在召唤，微不足道的人们只是"感觉日常的一切都有点儿不对，不对到恐怖的程度"，于是在百无聊赖中感受了"苍凉"。②说句老实话，放逐知识分子悲壮的理想主义和英雄主义，还原出人在历史变动面前的凡俗和无奈，这是符合沦陷区都市居民的一般社会心理的，客观上也迎合了专制体制下的文化心理，如果这里没有"苍凉"的审美效果，这一切就只是传统都市通俗文学的精神延续。而张爱玲的"苍凉"则是她所特有的美学意境。作为晚清重臣的后裔，张爱玲确能感受到历史似白云苍狗变幻无情，看似异常安宁的日常生活会在霎时间变得面目狰狞，她把这一切称为"传奇"，对这样的传奇感到了彻骨的恐怖。

张爱玲的小说集《传奇》的两幅封面画可以作个对照。第一幅图是：

> ……像古绸缎上盘了深色云头，又像黑压压涌起了一个潮头，轻轻落下许多嘈切嘁嚓的浪花。细看却是小的玉连环，有的三三两两勾搭住了，解不开；有的单独像月亮，自归自圆了；有的两个在一起，只淡淡地挨着一点，却已经事过境迁……

---

① 参见张爱玲的小说《沉香屑 第一炉香》《茉莉香片》《倾城之恋》《"五四"遗事》。

② 张爱玲:《自己的文章》，见来凤仪编《张爱玲散文全编》，浙江文艺出版社1992年版，第114页。

她自称"为那强有力的美丽的图案所震撼"①，用它来象征小说人物在现实时代里的无奈和荒诞的相互处境。

　　但在出《传奇》增订本的时候，已是1946年。抗战胜利，张爱玲却经历了一场"内外交困的精神综合症，感情上的悲剧，创作的繁荣陡地萎缩，大片的空白忽然出现，就像放电影断了片"②。她为小说集换了一张封面：

　　　　……晚清的一张时装仕女图，画着个女人幽幽地在那里弄骨牌，旁边坐着奶妈，抱着孩子，仿佛是晚饭后家常的一幕。可是栏杆外，很突兀地，有个比例不对的人形，像鬼魂出现似的，那是现代人，非常好奇地孜孜往里窥视。③

　　她在这幅画里看到了令人不安的气氛，并提醒读者来一起感受，但这"不安"强烈地突出了历史的恐怖感：现代的进程已经突破栏杆进入了这个古旧的传统家庭，而房里主人却毫不知情，还在孜孜地探究自己的命运（骨牌）。虽然现代化的历史进程并无恶意，只是好奇，但它自然而然地往里窥视，对于那被窥视的，却是莫大的恐怖和悲哀。如果说，前一幅画还只是描述出现代都市人在历史巨浪摆布下的被动和无奈，那么，这后一幅画更加惊心动魄，它展示了现代人

①　　　张爱玲：《〈传奇〉再版的话》，见来凤仪编《张爱玲散文全编》，浙江文艺出版社1992年版，第189页。
②　　　柯灵：《遥寄张爱玲》，见《柯灵六十年文选：1930—1992》，上海文艺出版社1993年版，第380页。
③　　　张爱玲：《有几句话同读者说》，见来凤仪编《张爱玲散文全编》，浙江文艺出版社1992年版，第302页。

企图掌握自己命运和命运不可知之间的悖论，由此而生的"苍凉"，虽是张爱玲独特的个人感受，却又紧紧抓住了大都市的现代化进程中个人对历史变动、日常生活、个人命运三者关系的总体感受，或可以说，作为一个知识分子，张爱玲是从审美精神上参与了都市民间文化形态的建构。

在张爱玲的一些比较优秀的小说里，这种"苍凉"已经成为她的总体美学风格。她的小说叙事喜欢采用欧洲小说的框架结构，起先还只是作为故事的楔子，渐渐地，这种叙事风格与叙事美学混同起来，到了《倾城之恋》的二胡声与《金锁记》的月亮光，已完全摆脱了单纯叙事效应，为小说注入了强化"苍凉"的历史意味。张爱玲是明白地感受到都市的现代化进程对个人意味着什么的。她说过在个人被时代迅速抛弃的时候，个人"为要证实自己的存在，抓住一点真实的、最基本的东西，不能不求助于古老的记忆"①。这种完全个人化的审美追求是很不好学的，但张爱玲为此定下的审美情感的高度必不可少，这是张爱玲与一般都市通俗文学的根本分界，也正因为如此，她的作品中那许多世俗的描写才会得到一些受过西方文化教育的知识分子的理解和赞赏。事实上，"张爱玲热"并不是城市小市民偶像崇拜的产物，而是知识分子的一种情怀寄托。当时在沦陷区，不管有敌伪政治背景的一方，还是商业文化市场的一方，或是蛰伏民间的新文学作家，几乎都为张爱玲叫好。到了60年代台湾都市经济起飞之际和90年代大陆都市现代化进程中，"张爱玲热"都是先在知识分子中间流行开来，然后才进入商业文化市场，获得都市中文化层次较高的一批人的

①　　　　张爱玲:《自己的文章》，见来凤仪编《张爱玲散文全编》，浙江文艺出版社1992年版，第114页。

宠爱。

　　作为都市民间文化的一种，毋庸置疑，张爱玲的文章里有许多庸俗的东西。对历史进程的无从把握而生的虚无感和及时行乐的迫切感，使她在公开消解五四传统时掩饰了一些内心深处的卑琐：比如故意对知识分子人格力量的淡化。其实在抗日这样的民族大是大非面前，有些责任已经不仅是知识分子需要承担，就是普通市民也应该承担的，可是张爱玲故意装作什么都不懂。"呵，出名要趁早呀！来得太晚的话，快乐也不那么痛快。……快，快，迟了来不及了，来不及了！"这样的话，放在敌伪统治下的专制环境里，也只有用小女子半是痴癫半是撒娇的口吻说出来还能生出几分可爱，可是在这几句话的背后，却隐藏了深思远虑的历史预感："个人即使等得及，时代是仓促的，已经在破坏中，还有更大的破坏要来。"①这种人生享乐的无常意识，已经将现代都市的声色犬马文化享乐主义提升到生命哲学的境界。又比如，她在消解五四新文化的理想主义时故意夸大了人的凡俗性，这本来也没有什么不可以，但是个人主义并不是一个凡俗性的概念，个人主义者是自觉赋予个人崇高的人性内涵，给以与世俗相抗衡的权力。张爱玲深知，在一个专制时代里个人主义没有出路。她在《倾城之恋》中说，在这兵荒马乱的时代，个人主义者是无处藏身的，但总有地方容得下一对平凡的夫妻。这话自然有道理，用"平凡夫妻"的私人空间来取代个人主义的精神高扬，也是都市民间文化形态中的一个特征：现代市民的隐私权意识正是对专制权力侵犯的一种抗衡。可是张爱玲在宣传人的凡俗性时恰恰回避了这一点，她只是从消极的立场

---

①　　　张爱玲：《〈传奇〉再版的话》，见来凤仪编《张爱玲散文全编》，浙江文艺出版社1992年版，第186页。

216

上渲染了小市民社会中自私庸俗的人生态度。别的不说，《烬余录》中写她抱着贵族小姐的恶劣情绪对待港战中伤员的态度，竟没有半点自责与忏悔。这或许在现代青年看来是一种活得轻松的潇洒和坦率，但在当时严酷的民族战争时期，多少显得有些没心没肺。举此种种旧事，并不是为了责备张爱玲，只是想在都市民间文化形态的背景下看张爱玲现象，指出这种种丰富复杂的文化内涵，既是张爱玲个人的独特之处，又是都市民间文化形态的复杂性所共有的。

张爱玲喜欢说把凯撒的归凯撒，上帝的归上帝，但她本身所构成的内涵丰富的文化世界则是凯撒与上帝的混合物。回到本文开始所论述的民间在都市文化构成中的虚拟价值和都市民间的多层次性，张爱玲现象的复杂性便能够得到完整的解释。她不是某一个阶级或阶层的代言人，而是综合了都市现代化进程中旧的不断崩坏、新的不断滋生、旧与新又不断转化的文化总体特征，并用她特有的美学风格给以表达，因此张爱玲是属于都市的、属于现代的、属于民间的。她对都市民间文化形态的参与，是一种个人化的方式，她以自身的藏污纳垢形态来迎合民间的藏污纳垢性。或许正因如此，张爱玲的名字在今天和未来的都市民间文化领域里还会有相当大的号召力。

本来，知识分子对都市文化建设的参与并不只有张爱玲式的一种态度。比如五四时期提倡新文化运动的知识分子，他们是以群体的精英意识来参与都市文化建设的，两相对照：张爱玲是以现代市民的一分子的态度来对待都市的现代化，她既是都市文化的消费者，又是它的品质的提升者；而五四一代的知识精英们正相反，他们的参与是以都市放逐者的战斗姿态对都市文化进行批判①，这些批判在都市现代化进程中起到了文化上的中流砥柱的作用，这同样是一种参与，而且是更具有知识分子立场的参与方式。再者，张爱玲式的参与方式虽然是成功的，却也不是最好的，因为她毕竟为了获得世俗的成功付出了很大代价，尤其是随着都市商品经济的进一步发展，所谓后现代的种种平庸文化会变本加厉地鼓励大众去发展、追求张爱玲现象中的庸俗成分：那种装痴弄傻的政治冷漠、那种故作潇洒的炫耀庸俗、那种不惜降低艺术水准向大众文化的迁就……到了凯撒终于驱逐上帝的时候，张爱玲的名字也会变成一条冰箱里的鱼，只有肉而没有鲜味。

五、现代都市文学创作的民间形态之一：现代读物

张爱玲以后，都市文学创作基本上处于冷寂状态。由于都市民间价值的虚拟性，它不像农村民间文化具有相对稳定的价值取向和较为长远的历史传统，也不可能像农村题材创作中的民间隐形结构

① 有意思的是，五四一代知识分子精英中间，几乎没有人不对上海十里洋场的畸形文化表示厌恶。周作人把"上海气"说成是"买办流氓与妓女的文化，压根儿没有一点理性与风致"。(周作人：《上海气》，见《谈龙集》，上海书店1987年影印本，第157页)鲁迅在论述上海文艺发展时干脆以"才子+流氓"立论。(鲁迅：《上海文艺之一瞥》，见《鲁迅全集》第4卷，人民文学出版社2005年版，第298~310页)最有意思的是原来也属于旧派文人的刘半农，一到北京以后马上瞧不起上海，为了表示对郭沫若的轻蔑，便称他是"上海滩上的诗人"，而郭沫若也引以为耻。他从日本乘船一进黄浦江，首先感到的是"在'走肉行尸'中感受到一点新鲜的感觉"。(郭沫若：《学生时代》，人民文学出版社1979年版，第68、78页)30年代茅盾更是批评上海的都市文学以"消费和享乐"为主要色调，呼吁左翼作家去改造它。(茅盾：《都市文学》，见《茅盾文集》第9卷，人民文学出版社1961年版，第67页)

那样，以生动泼辣的生命力和自由自在的美学风格与主流意识形态相抗衡。所以，50年代以来的文学创作中，都市文学是最薄弱的环节。有两部长篇小说似乎还值得一提：《上海的早晨》（前两部）和《火种》。严格地说它们都不是纯粹的都市小说，只是用现代都市作背景写一段革命历史或政策。它们所涉及的都市风情，也只是陈旧生活场景的再现。《上海的早晨》写了一个多妻的资本家家庭，《火种》写了上海棚户区的工人家庭。如果抓住了都市的流动变迁，写出新的生活方式如何冲击了旧的生活方式，也会接近都市文学的精神特征，可惜当时过多的政治教条把小说中原来具有生命气息的素材割裂开来。如《上海的早晨》把资本家特地划出左中右三类，分别以不同政策来对待，如果作为"三反五反运动"的政治读物也未尝不是一种写法，但在艺术上作为一部都市小说的特点完全消失了，只留下一些过时的生活场景痕迹。到了上海的柯庆施强行推广"大写十三年"的创作时代，一些拔苗助长的工人作家写出的"都市小说"，都成了阶级斗争的通俗宣讲教材。

都市小说之不兴，主要是都市民间价值的虚拟性所致；但作为都市文化的民间性依然是存在的，它主要体现在私人生活空间的存在。由于都市人口的复杂多变，每一种层次的家庭都有自身家族背景，这些家族背景又是与某些城市区域和城市职业联系在一起，形成他们自己的私人社会空间。特别像上海这样的大都市，几乎包容了各省份地区、各社会层次的人群的生活方式，没有一个人群可以单独作为上海人的全权代表。这样一些私人性质的社会空间，在生活方式及价值观念上，既有传统民间价值取向的痕迹，又有现代都市人的生活特征。举一个文学上的例子，王安忆的《"文革"轶事》是写动乱时期发生在上海弄堂房子里的一个资本家家庭的故事。在这个家庭里，男人们都因为革命而萎缩了（象征了专制时代政治对民间的专政），但一群女人（不同年纪不同身份）和一个来自别的阶层的男人整天聚在一起昏昏然地讲过去的电影故事和旧式都市生活经历，以致发生了男女间隐隐约约的暧昧之情。故事像一枚放大镜放大了革命时代都市中另一个被遮蔽的生活空间：这里不讲革命、不兴破四旧、不唱样板戏，这里的男女完全生活在另外一个与时代隔绝的话语空间里，他们不是反对、批判或者嘲讽那个时代的主流话语，而是采取了回避的态度，尽管他们在现实生活中不可能回避抄家、批斗等灾难，但他们可以在某一个生活空间里完全拒绝这类主流意识形态，用他们所熟悉和喜欢的民间方式取代之。我把小说所描写的这类纯属市民私人性质的话题视为都市民间的一种特征，是因为这些话题与知识分子在那个时代的私人话题完全不一样。知识分子在那个时代经历着一个由迷茫而自我诘难，由怀疑而深入思考，进而讨论、争辩和惊醒的过程，完全是知识分子精英式的广场立场，这才产生了遇罗克、张志新等思想解放运动先驱。都市民间的一个基本特征是与主流意识形态协调成平行的关系，即使在暴烈的时代，民间处于无层次平面状态，它仍然能够在私人性的空间里慢慢生长起来。虽然王安忆是在90年代才写出这篇小说，但这样潜隐在民间的私人空间是确实存在的。随着90年代市场经济的发展，城市人口又开始出现了新的流动，带有雇佣性质的劳动力市场使个人的劳动力使用和劳动力维养成为两个绝然分开的领域，市民私人空间合法化得到越来越多的关注，这才有可能使都市的民间文化形态和都市文学的民间性真正成熟起来。

都市民间的再现以"张爱玲热"为标志，这并不奇怪。如前所说，张爱玲在沟通五四新文学的知识分子立场和传统都市通俗小说，在文学创作中表现都市人的乱世情结、物欲追求和私人空间方面，都达到了很高的境界，后来人很难具有像她那样身临其境的生命真实。80年代初，由于夏志清在《中国现代小说史》中的介绍，张爱玲重新引起中文读者（尤其是海外地区读者）的注意，但仅仅在一些学者中间流行。他们在夏志清的影响下开始对她的作品作分类学上的研究。与此相应的是，上海一批女作家开始注意到改革开放以后资产阶级家族"中兴"的故事，她们描写这些家族在暴烈年代的遭遇和沉浮，描写资产阶级家族和工人市民家庭之间的隔阂和沟通，甚至描写资产阶级家庭的形成史和发展史。因为要描写旧式家庭的生活故事，就不得不从知识上返回旧上海的都市场景和生活方式，作家的注意力就开始转移到一些从意识形态的缝隙中生长出来的民间信息上。这些故事也写到十年动乱时期的灾难，却没有一部是以控诉为基调的"伤痕文学"，作家对描写对象所抱的同情表现得很有分寸，用嘲讽的态度写出了这些人的怯懦、无能和自私。这种表现方法在无形中逐渐消解了"二元对立"的传统创作模式，将原来的"控诉"型、"批判"型话语转向了主流意识形态和知识分子立场以外的民间日常生活描写。不能排除这些创作模仿张爱玲的潜在因素，但受当时的条件限制，女作家们对张爱玲的理解仅止于对旧上海贵族生活场景的表现，而没有抓住张爱玲为都市小说提供的真正灵魂。本来，抓住时代大动荡特征及其给一些家庭和个人命运带来的变化，同样能够表现出张爱玲式的"乱世"精神，现在却与此轻轻地擦肩而过，即使对历史与家族命运的描写，也多半停留在概念的图解上，因而这些作品中的民间意识仍然相当薄弱，并能够获得主流意识形态的容忍和好评。

新文学整体观续编

现代都市文化与民间形态

90年代初，张爱玲的作品开始进入商业性的文化市场，成为都市里的流行读物。与张爱玲一起走红的还有一些同样被排除在现代文学史著作外的作家：沈从文、周作人、林语堂、徐志摩和钱锺书。这里除了钱锺书因《围城》缘于电视剧推广，其他人大都是靠其文字自身的魅力。尤其是那种公然宣称遁世和闲适的小品文与张爱玲市民气的散文随笔，为正被现实苦境纠缠着的都市青年提供了一个逃避的话语空间：前者是为知识分子逃离广场寻找心理平衡的借口，后者是都市市民的欲望被扩张开去。无论逃离还是扩张，都代表了知识分子向民间立场的转移。这些文学作品与许许多多非文学性的流行读物一起陈列于都市的街头书摊，构成了都市民间文化的景观之一：现代读物。这个概念是我于1988年在香港考察都市文化现象时提出的，当时内地尚不流行。几年后，我在一篇谈香港文学的通信里这样界定它的含义：

　　　　这是一种相当宽泛的概念，它可以包括各种各样的品种，有知识性读物，有消闲性读物，自然，也有文学性读物。它们大都是作为商品而投入读者消费市场，但与教科书、政治文件、专业文献等书籍不一样，与纯文艺作品也不一样。纯文艺与通俗文艺之间的界限有时并不那么清楚，特别是进入了商品社会以来。但是艺术观念的区别，写作方式的区别，以及审美口味上的区别，仍然是存在的。我这里界定的"读物"之所以不包括纯文艺，是因为"读物"在现代社会中不是一种与现存社会制度相对立，进而尽到现代知识分子批判责任与使命的精神产品，也不是一种民族生命力的文化积淀，并通过新奇的审美方式表现出来的象征体，更不是凭一己之兴趣、孤独地尝试着表达各种话语的美文学，后者林林总总，都以作家的主体性为精神前导，与现代社会处于潜在的对立之中。或可以说，纯文艺是知识分子占有的一片神秘领地。然而读物……它的存在是以现代社会的需要为前提，它将帮助人们在现代社会中更适宜地生存。这种"帮助"也是多方面的，它可以是实用性的生活指南，也可以是消闲性的精神消遣。……纯文艺（包括纯学术）的读者市场大幅度减少，成为一种精神上的奢侈品，而读物则堂而皇之地接管了所有的各个社会阶层的读者，与影视文化流行音乐鼎足而立，左右了现代社会的文化消费市场。[1]

当时我还没有研究都市民间的理论，但对于"现代读物"的认识已经包含了这层意思。"读物"包括现代社会中所有的流行文字、图书报刊。从体裁来区分，由浅到深可以分为以下几类：（1）连环图画和漫画，包括图文并茂的生活类指南、儿童连环画、各类画报、图册，一直到类似蔡志忠漫画；（2）周刊、小报和各类报纸的娱乐、体育性副刊；（3）各类通俗性消遣性文字书籍，包括黑幕新闻、名人轶事、星相八卦、生活指导等；（4）文学性作品，包括故事、随笔、小品以及通俗小说。这里并没有将"读物"与通俗文学等同起来，但"读物"包括了用文学手段来包装的通俗故事。有些很不错的文学作品，如《废都》《曾国藩》等，一旦用通俗读物的方式来包装，也就加入了现代读物的行列。如果换一种角度来分析，那我们可以看到，这些

---

[1] 参见拙文《现代社会与读物——兼谈梁凤仪的作品》，见《羊骚与猴骚》，上海人民出版社1994年版，第296～297页。

文学性读物，也是为了满足文化层次较高的市民的消闲心理。以人性的三大欲望而言：（1）权力欲望。这是男性社会的主要冲动本能之一，在中国作为封建社会遗留下来的文化积淀尤为深厚，有作为的男人们的日常消遣主要就是演习争权夺利和尔虞我诈的生存本领。在现代都市里，市民们不可能直接参与政治权力的角逐，所有的聪明才智都用在单位里的人事纠纷、商战中的不正当竞争以及里弄街坊间的邻里之争，一大批读物正是为适应市民的需要而出现，它也是多层次的：从各种"厚黑学"、政治笑话、处世公关，到政治黑幕秘闻、政坛人物回忆录、政治人物传记，一直到武侠小说、宫闱斗争、历史演义和《曾国藩》一类的历史小说，形成一个由浅入深的完整系列。（2）物质欲望。这是现代都市里刚刚兴起的话题，自从股票、房地产等投机性行业出现以来，一阵一阵的发财潮刺激了都市市民的赚钱欲望。从读物的范围看，高层次的作品不多，但低层次的读物则从生活类指南、炒股指导、发财秘诀到梁凤仪的财经小说、商界巨头的传记，以及伴随商业明星的成功而来的现代消费指南，等等，应有尽有。（3）性爱欲望。都市人的性爱生活早已远离朴素、纯真的人类爱情方式，各种权力和物质的欲望支配了人们的性爱生活，人的正常性爱要求被压抑在层层都市文明底下，只能被扭曲和变态地表现出来。一些现代都市文明的象征性标记，如咖啡馆、舞厅、歌厅、夜总会，甚至连一些餐厅发廊浴室都可以成为色情欲望的代名词。作为现代读物，它不能不表现市民的这一欲望：从粗俗的层次说，有各种色情画报、文字到性学大全之类；稍高些的层次，是夫妻知识、家庭保健以及各种女性时尚杂志；再高些的层次是用文化包装起来的《素女经》之类的传统房事读物；再上去是琼瑶、亦舒等通俗言情小说和外国色情小说；更高层次还有劳伦斯、昆德拉、《金瓶梅》之类文学作品，亦自成一个完整系列。除此以外，还有都市人各种心理折射出来的心理欲望，如命运欲望、女权欲望、儿童教育欲望、休闲欲望，等等，自成体系地构成完整读物系列，来满足各层次的都市人的阅读需要。从这个层面来理解，大多数文学性读物仅仅是都市人各类欲望的派生物，并没有独特的审美意义存在，这与纯文学作品有本质的区别。（只有极个别的例外，像劳伦斯、昆德拉的小说，在读物和纯文学两个领域里同时承担价值意义。）

在庞大复杂的现代都市民间文化领域中，现代读物只是其中一个部落，而文学性读物又是这个部落中代表了较高层次的部分。知识分子虽然参与其间，但为了获得商业市场的成功，就不得不遵循"读物"的规律。其创作立场、审美功能及读者接受方式，都有所变化。娱乐性、商业性取代了原创性，作家特立独行的人格立场被包容在民间藏污纳垢的浑然世界中。以贾平凹的《废都》为例。这部作品无疑属于现代读物中的翘楚。在创作立场上，它也包含了知识分子社会批判和自我批判的严肃内容，而且其批判的深度是贾平凹以前的创作所不及的，但是在表述这些内容时，作家则采用了非知识分子化的民间立场：其一，他以采风形式在小说里插入了大量的政治民谣、顺口溜和社会性传闻，用民间的口传文本来表达知识分子立场；其二，他对知识分子在现实环境下感到无路可走的苦闷和自暴自弃心态虽然揭露得相当尖锐，但也不是持"抉心自食"式的知识分子反省态度，而是采取了浮浪的性游戏的宣泄，知识分子连一个崇高的忏悔形象也不是，只是在放浪形骸中实现自我消解。在审美功能上，它的大量潜文本都来自中国传统民间读物，许多陈旧的审美手段甚至语言方式对小说产生了过多的影响，这些传统民间读物在都市现代化进程中已经失去了实际价值，只是一种虚拟的价值取向，它们过多地从小说文本里浮现出来，反而造成作品与现实的隔阂。其实，对知识分子由政治绝望转向性的变态追求的文学表现，并非自贾平凹始。远的不说，米兰·昆德拉的小说就表现过类似的主题，所不同者，昆德拉写的是东欧的事，但一些对社会政治的知识分子思考能让人生出强烈共鸣；《废都》写的虽是近事，其情趣却让人感到遥远得很，那就是潜文本里透出来的混浊之气所致。在读者接受方式上，《废都》也改变了贾平凹原来的读者接受心理。贾平凹是个农民出身的作家，从小接受了农村民间文化的熏陶，他在用文学方式来表现农村世界时，有些民间的隐形结构仍然能派上用场：如"换妻"模式，就成了他表现农村主流意识形态时的民间包装；又如他对商洛地区民风民俗的描写，形成了他的散文作品特有的优美风格，并且掩盖了早就存在于他的作品中的粗鄙化倾向。他的读者主要是都市青年，就好像都市人到野外郊游，觉得处处是佳景，谁也不会注意到风景背后的粗鄙简陋；可是一旦贾平凹写起现代都市的时候，这些传统民间包装的优势再也无法展示出来，再加上使用了读物文化的促销方式（如大肆宣传其性描写等），在都市青年看来不但没有现代都市的精神，反而处处暴露了农民的粗鄙特征，所以原来对贾平凹的作品抱有"美文"期待的读者心理因此破灭，尤其是从新文学传统的知识分子立场来看，这种失望更加明显。

《废都》自然是一个比较典型的例子，从《废都》可以看出都市文学如何由高雅的精英文化向粗俗的读物文化转化：（1）都市文学转向读物文化的过程也是高雅的精英文化发生自我蜕变的过程，有一批作家从都市文学中分化出来，游离了主流意识形态和知识分子精英立场的"二元对立"结构，在都市民间寻找新的立足点，这使都市文学的结构趋向复杂多样；（2）现代读物文化也是多层次的，从最低俗的声色犬马文化，到较高层次的文学艺术性读物，它们承担的功能并不一样，在较高层次上的读物，依然需要有知识分子去参与，以满足文化层次较高的一部分读者对象；（3）即使像贾平凹这样优秀的作家，当他向读物写作转化的时候，他仍然需要放弃一些原有的知识分子传统，改用民间的方式表达自己。但由于民间在现代都市的价值虚拟性，它已经不可能如农村民间文化那样富有生命力，因此无论对旧通俗文学文本的模仿还是对旧生活方式痕迹的再现，都不可能真正传达出现代都市的精神。贾平凹为此付出了代价，是值得重视的。

现代读物无论为了满足现代市民的哪一类欲望，其实都是以读者在现实生活中得不到某一方面的满足为基础的，读物仅仅是起到一种精神替代的作用，这种精神替代对读者来说属于个人隐私，扩大这类纯属私人性质的阅读空间满足了都市人做白日梦的需要。现代读物文化与影视传媒文化、流行音乐文化一起建构起现代都市文化的民间世界，它们的出现，使都市在现代化进程中分化出多层次的文化，以取代文化专制时代主流意识形态直接控制都市市民的文化状态。从这个意义来说，现代读物文化具有一定的革命性。但从长远的角度看，读物文化对知识分子的精神启蒙也是一种有力的消解，它以扩大现代市民个人隐私的卑琐情怀来抵消崇高理想，使人们陶醉在自我白日梦中，放弃对现实世界的改造和批判责任，来适应日益技术化的现代经济社会。

所以，知识分子对读物的参与是一个值得探讨的问题。在香港，知识分子常常为了生存而参与读物写作，但他们从不将这类文字当作文学作品或个人著作来看。笔者曾访问香港文坛耆宿刘以鬯先生，他说起自己为了生存而不得不从事读物写作时总是一把辛酸泪，绝不承认这些读物为他的作品。在这些香港的严肃知识分子看来，文学是文学，读物是读物，两者不可混淆；而在内地，随着商品经济和都市文化的发展，读物的迅猛势头吸引了大量名作家加入读物的写作行列，这本来也是自然的现象，无可厚非，但问题是有不少作家以为凡是自己写下来的一定会是文学作品，认为自己有几副笔墨，能俗能雅，还容不得别人批评。这就有些可悲。现代读物在都市文化中自有其应有的地位，但不是文学上美学上的地位，更不是知识分子的价值所在。知识分子通过参与现代读物的写作，或许在一定程度上提高了读物的品味，但这也不过是满足了一部分较高层次的文学性读物的要求，而且也必然会付出一些代价。

但是有一种例外值得注意：即前面所举的一些文学作品在读物和纯文学两个领域里同时承担价值。如劳伦斯、昆德拉、纳博科夫的小说，在纯文学领域自然有其重要价值，尤其在展示人性的深度上具有经典的意义，但它们在现代都市流行文化中获得了另一种解释，如有关性爱的描写，有关人生的哲理，都被引申出通俗的意义；还有些原来属于纯文艺的作品，为了促销也当作现代读物来包装，如前面所举的周作人、林语堂、张爱玲等人的作品，均属此类。这些具有多重性含义的作品，本来就该作多重的分析，既可以从思想艺术的角度分析其人性开掘的深度，也可以从世俗的角度看其展示人性卑琐的一面，甚至可以从庸俗的角度对其作出歪曲性的理解。但无论怎样，这些作品作为现代读物的功能，与其在文学上的价值是不能相提并论的。以张爱玲为例，她在读物市场上受欢迎的作品，并不是她的一些比较优秀的小说，也不是学术研究，而主要是她的那些展示私人空间的随笔。这些谈吃论穿的小品正好迎合了现代都市市民要求扩展私人空间的精神需要，流风所及，一些所谓"小女人散文"的兴盛，正是张爱玲式文字的血缘遗传。这当然也有它存在的意义，但如果把这些文字看作张爱玲的全部美学价值的证明，那也确实污辱了这位现代都市文学的代表作家。

当代都市文学创作中的民间形态是个比较复杂的现象，现代读物不过是其中一种形态，由于它与都市通俗文化的联系密切，所以与知识分子的原有传统处于比较对立的地位，知识分子对读物写作的参与多少是一种自我背弃行为。但这并非知识分子参与民间的唯一途径。有些坚持纯文学立场的作家们在反省了知识分子的新文化传统以后，也有可能站在自己的立场上吸取某些都市民间文化形态的内容，扩大都市文学的表现空间，使现代都市文学在张爱玲以后进入一个新的境界。

1995 年初作
2011 年 3 月修订

我们的抽屉

——试论当代文学史（1949—1976）的潜在写作

一、我们的抽屉是空的吗？

有一位朋友告诉我，她想写一篇文章，题目是"我们的抽屉是空的"。她大概是想说，真正的优秀作家的写作是听从良知召唤的，即使环境不允许他发表作品，他也会写出真正不朽的艺术作品，放在自己的抽屉里，静静等待命运再次对他发出召唤——但是我们的文学史上没有这样的作家。不知道我有没有理解错那位朋友的想法，她把那种写出来准备放在抽屉里的文学作品称为"抽屉文学"，我则称它们为"潜在写作"。两者的意思有点相似，就是指那些写出来后没有及时发表的作品，如果从作家创作的角度来定义，也就是指作家不是为了公开发表而进行的写作活动。但这两个定义都还有补充的必要：就作品而言，潜在写作虽然当时没有发表，但在若干年以后是已经发表了的。如果始终没有发表、没有进入公众视野的作品，那就无法进入文学史的研究视野；就作家而言，是以创作的时候即不考虑发表，或明知无法发表仍然写作的为限，如有些作品本来是为了发表而创作，只是因为客观环境的变故而没有发表（如某种历史的原因迫使许多进行中的写作不得不中断），也不属于潜在写作的范围。作家的创作和作品的完成是一个互为证明的写作过程，我之所以称之为"潜在写作"，是因为这个词比起"某某文学"（如"地下文学"①等）的命名更加强调了写作这一动作对于文学的意义。

其实，当代文学史上并不缺乏潜在写作。这类写作含有多种意思。第一种是属于非虚构性的文类，如书信、日记、读书眉批与札记、思想随笔等私人性的文字档案。作者写作的最初目的显然不是为了公开发表，其"潜在"意义只是在于这些作品虽然不是创作，却具有某种潜在性的文学因素，在一些特殊环境下这样一些文字档案被当作文学作品公开发表出来，不仅成为某种时代风气的见证，而且包含了作者个人气质里的文学才能被认可和被欣赏。比如近年被整理出版的《从文家书》，除了书信等抒情性文字，还包括沈从文先生精神崩溃期间涂写的"呓语"，真实地反映了作家个人彼时彼地的精神状态，也真实地反映了大变化中极为复杂的时代精神现象。当然也有些文类只有认识意义，却没有文学价值，如近年来陆续被发掘出版的检讨文字，就不属于文学研究的范围。第二种是属于自觉的文学创作，或抒情言志，或虚构叙事，但由于某种原因作家在当时不可能发表这类创作，也就是我的朋友所说的放在抽屉里的，若干年以后才能公开发表。对这类作品，过去文学史作者也曾注意到，但一般情况下是将这类作品放在它们公开发表的时代背景下讨论，这对于写作者本人固然是无关紧要，可是一旦置于文学史背景下，作品文本的意义就不一样了。现在提出"潜在写作"概念，就是把这些作品还原到它们的创作年代去考察，尽管没有公开发表因而也没有产生客观影响，但它们同样反映了那个时代知识分子的严肃思考，是那个时代精神现象的一个不可忽

----

① 　　　在我提出"潜在写作"之前，比较流行的说法是"地下文学"。公开出版的讨论这一现象的是杨健的《文化大革命中的地下文学》（朝华出版社1993年版）。关于"潜在写作"与"地下文学"的不同含义，本文后面还将讨论。

视的有机组成。它们是已经存在的文学现象。在任何一个时代里，如马克思主义所认为的，统治阶级的思想永远是占统治地位的思想，所以研究者只有将被遮蔽在地底下的民间思想文化充分发掘出来，才能够打破"万马齐喑"的时代假象，真正展示时代精神的丰富性和多元性。文学史著作研究潜在写作现象，同样是以还原某些特殊时代的文学的丰富性与多元性为目的。另外，潜在写作从文学史的角度来看还有多种类型可作进一步的讨论，比如对某种通过非正式发表渠道来传播的创作，如某些知识分子在五六十年代写的旧体诗词，当时虽然没有发表，可是在朋友中间流传，直到诗人身后才公开出版，那算不算潜在写作？还有，由于出版制度的特殊性，有些不是发表在正式出版物上，但通过民间刊物或自费印刷的方式问世的文学作品，在当时已经产生了一定的社会影响，但直到若干年以后才陆续被正式出版物刊登或转载，这样的创作算潜在写作还是公开写作？这些现象比较复杂，需要时间来做进一步的讨论和界定。

我把这个问题提出来讨论完全是出于编写当代文学史的需要。近十年我一直思考着20世纪50年代以来的中国文学史的编写问题，也相应做过一些理论上的探索。潜在写作的问题正是其中之一。50年代以来，各种政治运动和其他各种原因，使许多作家失去了公开发表作品的可能性，但他们并没有放弃写作的努力，在各种艰难的生活条件下依然用笔来表达自己的内心渴望，写下了许多弥足珍贵的文字，并开拓出一个丰富的潜在写作的空间。十年动乱结束以后，这些作品大多数都已经公开发表，但是由于这些作品属于过去时代的文本，放到事过境迁的新的环境下很难显现出它们原有的热情和魅力，新的时代有新的情绪与感情需要表达，所以这些作品很快为更具有时代敏感性的作品所掩盖。但是，如果还原到这些作品所酝酿和形成的年代的背景下去阅读和理解它们，并将它们与同时期公开发表的文学作品进行比较，它们所具有的热辣辣的艺术感染力就会马上显现出来。过去编写的文学史著作，均以当时占主流地位的文学作品作为其时代的代表作，而一般被忽视和被否定的作品很难写进文学史，更不要说没有公开发表的潜在写作。从表面上看这样研究文学史的方法没有什么大错，但是如果我们深入一步把潜在写作的现象考虑进去，情况就不一样。在那个时代里仍然有作家在严肃地思考和写作。不过作家们身处不同的社会处境，他们思考的方式和表达的方式都不一样。那些为时代的喧嚣之声所淹没的声音，恰恰具有可贵的个人性和独立性。以20世纪70年代（1976年之前）的主要文学现象为例，这个时代的文学大致可以分成如下六个层次：

20世纪70年代前期的文学层次表

主流意识形态
1. 样板戏和"四人帮"的帮派文艺
2. 浩然的《金光大道》和《西沙儿女》等应制之作
3. 电影《创业》，虽然体现了当时的主流意识形态，但不符合"四人帮"帮派文艺的要求
4. 郭小川在干校里创作的《团泊洼的秋天》等政治诗，属潜在写作
5. 牛汉、曾卓、绿原等人的托物咏志诗，属潜在写作
6. 民间大量流传的知识青年创作的诗歌和小说，如食指的诗、赵振开（北岛）的小说，属潜在写作
民间世界

从上表可见，当时在代表国家意志的主流意识形态与民间社会形态之间，同时分布了六种文学形态，其中靠近主流意识形态的1、2、3是公开出版的作品，但命运与艺术价值均以其与主流意识形态的距离远近而不同；靠近民间世界的4、5、6则属于潜在写作，以其文学性和思想内容而言，愈靠近民间者愈具有文学史的历史及美学价值。在一些特殊的年代里，潜在写作比公开发表的创作具有更值得保存的艺术品质。

现在可以回过头来讨论我们的"抽屉"了：即当代文学史是否像我的朋友所认为的，作家的"抽屉"是空的？我是不这样认为的，对于潜在写作现象的研究就是为了证明这一点。

二、我们的抽屉里有些什么？

要了解我们的抽屉里有些什么，目前还难以列出详细的书目。潜在写作是一片尚待开发的研究领域，许多被遮掩在传统文学史观念与话语之下的作家作品正在逐步被重视，许多发表了的作品的意义正在被重新认识，研究潜在写作的过程也正是开发这一项课题的过程，许多方面还需要做进一步的探索。如关于无名氏的《无名书》，起先我对这部两百万言大书的文学史定位感到为难：《无名书》共六卷，前三卷完成于20世纪40年代末，后三卷（包括第三卷下册）完成于50年代，这样跨时代的长篇小说与那个时代的共名毫无关系，它提供了一份当代中国知识分子的乌托邦和大同书。如何判断这部小说的文学史价值？大陆学界原先对此讳莫如深，台港传媒又心怀叵测，不恰当地夸张其中的政治意味。但从文本研究的角度出发，这部小说的后三卷只是按照前三卷的思路完成了既定的创作计划，作家身临其境的大陆生活经验基本没有掺杂到小说创作中去，更没有因此改变原来的小说结构。这种创作现象，只有在近似幽闭的创作状况和异常平静的创作心态下才能出现，于是我将它列入潜在写作来考察，很多创作现象都迎刃而解了。像无名氏那样在50年代不能公开发表作品但仍然写作不辍的作家数量很少，但绝不是没有。更多的则有沈从文那样的作家，他们在工作岗位改变后不再发表文学作品，但仍然在业余时间通过书信、诗词、札记、随笔等形式继续写作了大量的文学性作品。像老诗人陈寅恪先生也是一个特殊的例子。陈先生在1949年以后不仅创作了大量诗词，他所从事的《柳如是别传》等巨著的写作，在当时也是无望公开出版，陈先生因为旧论文集再版久久不能实现，已经作了"盖棺有期，出版无日"的心理准备，新作的问世自然更难有所希图，因此这些诗词与著作大致都可以归为潜在写作一类。40年代末中国政治体制的大变革也造成文化发展上的断裂，迫使一批习惯于传统文化模式写作的知识分子退出文坛，但他们以后不再为追求发表与名利而进行的写作，构成了当代文学史上第一批潜在写作。

1955年以后，以胡风为代表的一大批诗人、小说家和思想家被剥夺了正常写作的权利。所谓"胡风集团"分子绝大多数都是在抗战烽火中成长起来的青年知识分子，进入50年代的时候，他们正是年富力强、创作精力旺盛、思想艺术走向成熟的生命阶段，突如其来的劫难并没有彻底熄灭他们倾吐自己情绪和表达自己理想的创作欲望。于是当环境稍稍松懈，他们很自然地将凝聚着对命运抗争的毅力与包含着痛苦甚至绝望的心理经验熔铸到艺术的创造之中。我们今天读到的胡风、绿原、曾卓、牛汉、彭燕郊、阿垅等人的诗作，彭柏山的长篇小说，张中晓的随笔札记等，都是那个时代如尼采所说的"血写"的书。尤其是绿原的《又一名哥伦布》《面壁而立》《自己救自己》等，曾卓的《有赠》《凝望》《醒来》等作品，在弥漫着歌舞升平的阿谀平庸之风的五六十年代诗坛上，无论在思想性（即知识分子的人民立场与不屈的批判精神）还是在艺术性（即现实主义的艺术深度与感染力）上都达到了时代最高的水平。这些作品在当时没有公开发表不等于不存在，恰恰是因不能发表才使批判精神达到了那个时代难得的纯洁与锐利。胡风一案所牵连的诗人们对中国文学最重要的贡献，正是在那个哑声的年代里保存了旺盛强健的创作力，他们一直坚持以诗言志，直到"文化大革命"后期的《重读〈圣经〉》（绿原）、《华南虎》《悼念一棵枫树》（牛汉）、《悬崖边的树》（曾卓）等高亢有力的诗，仍然是那个时代最优秀的文学创作。

1957年"反右"运动以后，文艺界"右派"的人数比胡风案牵连者多得多，但从潜在写作的角度来考察，真正优秀之作反而少了。但也许是现在掌握的材料不够，还不足以作如此断言。当时有许多被错划"右派"的作家都曾经埋头创作，冯雪峰、丁玲、姚雪垠等都在厄难期间创作长篇小说，但是否有潜在写作的自觉似乎还需作进一步的研究，至少姚雪垠的《李自成》的出版情况不属于潜在写作。比较年轻一代的"右派"作家的潜在写作也很少，我能看到的材料中，刘绍棠蛰居运河边的故乡期间写过一些生趣盎然的小说，可惜这样的例子并不多。诗歌领域有不少优秀作品，如唐湜在被错划"右派"后隐入民间，吸取大量民间文化的营养，在改编民间传说的基础上创作了数量可观的叙事诗。当代叙事诗创作向来少有佳作，唐湜的《海陵王》《划手周鹿之歌》等可以说是填补了这方面的空白。因此，从总体上看，潜在写作在1957年以后范围还是扩大了。

1966年的"文化大革命"给文学创作带来毁灭性的摧残。60年代后期，公开性的文学读物只有样板戏和浩然的《艳阳天》（早期尚有金敬迈的《欧阳海之歌》），大批作家遭受迫害，生存受到威胁，遑论文学创作。但令人震撼的是，肃杀之气下文学仍然如同圣火，在人类的理想之境里不会灭绝。在谢冕和钱理群主编的《百年中国文学经典》里收入的黄翔的短诗《野兽》（1968年）和长诗《火神交响诗》片段（1969年），不能不让人震动于诗人对时代拥有的敏锐而深刻的审美感受，从诗的语言到诗的意境都强烈体现了那个疯狂时代的精神特征。70年代以后，政治的疯狂性稍稍受到遏制，但荒诞性依然如桃偶登场，层出不穷，导致一批中学毕业的知青在生活实践的磨难中早熟，杨健的《文化大革命中的地下文学》、廖亦武编的《沉沦的圣殿》等书提供了这批后来构成潜在写作主力的青年诗人和小说家的许多可贵的材料。老作家在70年代以后也开始在各种困难的环境里秘密写作，如穆旦的诗歌、丰子恺的散文、朱东润的传记文学，等等。五四以来的文学传统在潜在写作里慢慢地聚拢起来，达到了那个时代的文学的最高艺术境界。70年代民间的文学创作浩浩荡荡，从反映上山下乡命运的知青文学雏形到流传于社会上的各色手抄本与口头创作，以其粗糙、野性、活泼的创造形态，生气勃勃地生长着。这样一种来自民间地火的文学趋势发展到1976年天安门广场的诗歌运动，达到了火山爆发的程度。

不难发现，1949—1976年间的当代文学史上，潜在写作的发展趋势与公开发表的创作的发展趋势成反比，即在政治运动越来越紧迫地压抑文学创作的过程中，公开发表的文学创作在不断地萎缩，潜在写作却在不断发展和繁荣，品种越来越齐全，写作者的队伍也越来越壮大，尤其到了"文化大革命"后期，潜在写作的成员已经从老一代作家向年轻一代作家过渡，写作的形式也从起先不自觉的非虚构作品向较为成熟的诗歌、小说、散文等方面开拓。虽然从绝对的数量来说，潜在写作的数量是无法统计的（许多流传在民间的无名作家的创作和大量流失的作家创作都无法清楚地统计出来），但毫无疑义，现在保存下来的潜在写作的创作实绩，已经显示了它的巨大的文学史价值。

三、我们的抽屉里究竟是什么？

我们的抽屉里有没有东西是一回事，但究竟是什么东西又是一回事。当我们确认了潜在写作的存在以后，还必须对潜在写作的性质及其与现实生活的关系作出大致的鉴定。我在罗列20世纪60年代的潜在写作时提到过一本书，即杨健的《文化大革命中的地下文学》，因为作者没有采用严格的学术方式来处理这一文学史题材，使这本很有价值的书在写作上却表现出相当的随意性，包括取名为"地下文学"，正是这种随意性的产物。由于"地下文学"这个词比较流行，很可能使人们对当代文学史上的"潜在写作"作出望文生义的理解，即认为凡是不公开的写作，尤其是被剥夺了写作权利的知识分子的秘密写作，一定是与现实政治处于对抗性的关系，使用"地下文学"一词正是包含了这样的理解。从俄罗斯的民粹运动起，人们就习惯将民间知识分子的觉醒与反抗运动称为"地下"，如著名的民粹派革命家司特普尼亚克（S. Stepniak）写过一本名为《地底下的俄罗斯》历史小册子，讲述了19世纪俄国知识分子的觉醒和反抗沙皇专制的斗争。后来苏联政权下出现的持不同政见的知识分子的文学活动，即所谓的"地下文学"也缘此而来。中国过去没有这样的提法，如现代文学史著作从没有把左翼文学称为"地下文学"。不知我的那位想谈抽屉文学的朋友，对"抽屉文学"是否也作了如是理解？如果是仅从与现实的对抗性的角度来考察文学史，那么中国当代文学史上的潜在写作确是算不了什么"地下文学"或者"抽屉文学"的。

中国当代文学史上的潜在写作不应该是俄罗斯"地下文学"的翻版或者分支，从词义上说，"潜在写作"的含义远较"地下文学"宽泛得多。潜在写作的现象，是在任何时代任何国度都可能发生的，当然文化专制形态下的潜在写作尤其值得注意。除了作家的日记、书信、笔记等不自觉的写作，创作之所以不能公开发表，主要有三种原因。一是与某个时代的"共名"不相符合，作家出于某种私下的考虑，不愿意立即披露这些作品，如法国作家罗曼·罗兰的《莫斯科日记》便是这种情况；二是与国家的政权和社会制度处于自觉的对立状态，作家通过创作来表达政治上的不同声音，这类潜在写作的意义仅限于创作过程，一旦完成创作，就往往将作品转到国外去发表，如苏联和东欧的许多持不同政见的知识分子的作品；三是作家的身份受到限制，或者是失去了公开发表作品的自由，或者是还没有达到自由发表创作的社会环境，他们的创作不一定持与国家政权相对立的立场，有的只是抒发个人的情怀，有的甚至表现出对主流意识形态的一定程度的迎合。中国20世纪50—70年代的许多潜在写作恰恰是属于这一类。这三种创作各有发展的规律和特征，不能混为一谈。如无名氏的《无名书》，海外有人把它比作索尔仁尼琴的《古拉格群岛》，但在我看来，两者很难相提并论。因为《无名书》的主题在20世纪40年代的政治历史条件下已经形成，并不是针对50年代的现实社会制度。书的最后一卷直接写到40年代后期中国正在进行的一场内战即将胜负见分晓，尽管无名氏对其结果并不同情，但从文化的角度他依然给以深切的理解，把这场革命称为"中国四千年古老文化表现巨大生命活力的又一明证"[1]。小说主人公印蒂用这样的口气讨论未来中国的命运，仍然是预言式的，并没有与现实政治制度对抗的立场。

　　无名氏是当代文学史上一个境遇非常特殊的作家，他在1949年以后是在基本上与社会断绝了一切关系的隐居状态下写作的，在当时无须考虑发表的问题，因为根本就不存在这种可能性（1949年以后，无名氏在40年代出版的畅销书全部被禁，直到"文化大革命"时期才出现流传甚广的手抄本）。但即使如此，《无名书》也没有直接对现实构成挑战，无名氏提倡的社会理想也仅仅是文化意义上的探索与想象。这是50—70年代的大陆汉语作家[2]潜在写作的第一种基本形态：在这批潜在写作者中间，除了极个别的还不具备作家身份的写作者，他们几乎隐藏了与现实政治和社会制度的直接的对抗性意向，在有些非常私人化的写作文本里，作家与现实政治之间不和谐的精神指向也是隐藏在晦涩含混的抽象层面。如陈寅恪先生的晚年诗词：

①　　无名氏：《创世纪大菩提》，远景出版社1984年版，第433页。
②　　这里之所以特别指出汉语作家，是因为我对非汉语的少数民族文学不了解，如朝鲜族作家金学铁的长篇小说《20世纪的神话》是一部潜在文学，后来在韩国出版，但因为语言的原因我无法阅读。所以本文所论暂不把少数民族文学包括在内。

五羊重见九回肠，虽住罗浮别有乡。

留命任教加白眼，著书唯剩颂红妆。

钟君点鬼行将及，汤子抛人转更忙。

为口东坡还自笑，老来事业未荒唐。①

诗中"颂红妆"著述的含义所指，至今仍是学坛争论不休的公案，但陈先生的诗词中埋藏有嘲讽现实的今典，也仅是知识分子不愿曲学阿世的独立人格之展现，与苏联及东欧的知识分子那样具有鲜明目标的政治热情有着质的区别。我在一篇文章里谈到过，陈寅恪先生高扬的"独立之精神、自由之思想"两大旗帜，一开始就是明确限定于知识分子的学术传统与岗位范围之内的，也就是说他在现代中国政治与学术之间自觉划定了知识分子民间岗位的范围，建构起现代学术与现行政治权力平行互不侵犯、而非对抗性的关系模式。②再者，张中晓的《无梦楼随笔》也是潜在写作中最尖锐的文本，在胡风一案所累的知识分子中，他也是最具自觉批判意识的思想家，但《无梦楼随笔》的反思性语词都是限定在历史经验和哲学思想领域里作抽象议论，书里俯拾即是这样的议论：

如果精神力量献给了腐朽的思想，就会成为杀人的力量。正如人类智力如果不和人道主义结合而和歼灭人的思想

① 陈寅恪：《辛丑七月雨僧老友自重庆来广州承询近况赋此答之》，见《寒柳堂集》"寅恪先生诗存"，上海古籍出版社1980年版，第46页。
② 参见拙文《读〈陈寅恪的最后二十年〉》，见《豕突集》，汉语大词典出版社1998年版，第148~150页。

结合，只能增加人类的残酷。①

> 对待异端，宗教裁判所的方法是消灭它，而现代的方法
> 是证明其系异端。宗教裁判所对待异教徒的手段是火刑，而
> 现代只是使他沉默，或者直到他讲出违反他的本心的话。②

谁都看得出来这些尼采式的语录饱蘸着现实批判意义，文字里也浸透着不屈不挠的怨毒之气，但他对现实政治及其权术的批判却是不得不借助历史与哲学的语言来进行，现实的真实阴影仅在"寒衣当尽""早餐阙如""写于咯血之后"之类的字样里才含糊不清地透露出来。无名氏的小说、陈寅恪的诗词与张中晓的随笔，都是迄今为止所能看到的比较明显含有现实批判精神的潜在写作部分，但如果说这些文本具有现实对抗性的自觉意向，那也只是停留在文化（包括历史与哲学的）的抽象层面和美学的感性层面。

20世纪50—70年代的潜在写作的第二种基本形态：一部分作家因为文化美学领域的自觉卫道构成了与现实相对抗以后，仍然回避了现实政治层面的对抗。在一批批被剥夺了写作权力的受难者当中，自然有真正的殉道者，他们所殉的道，都是属于知识分子学术传统进而也是知识分子的精神传统范围的"道"，而同时与现实的政治权力与和社会体制形成相当微妙的关系。胡风在监狱里创作的大量诗词（包括《〈红楼梦〉交响曲》《怀春室杂诗》《怀春室感怀》《怀春曲》及集

---

① 张中晓：《狭路集·六九》，见张中晓遗稿，路莘整理《无梦楼随笔》，上海远东出版社1996年版，第116页。
② 张中晓：《无梦楼文史杂抄·八十》，见张中晓遗稿，路莘整理《无梦楼随笔》，上海远东出版社1996年版，第25页。

新文学整体观续编

我们的抽屉
——试论当代文学史（1949—1976）的潜在写作

245

外诗歌）可以作为其代表。胡风为坚持自己的文艺思想和文艺理论而受难，进而也是为了捍卫五四以来鲁迅为代表的新文学战斗传统而受难，表现出一种"道高于政"的现代知识分子的价值取向。从文学史的立场来看，胡风冤案深刻反映了50年代两种文化规范两种文学传统之间的冲突，可是胡风在这场冲突的全过程中始终回避这一点，而宁可将冲突的严重性质降低到文艺界宗派之争。他的狱中诗抄充满了内在的分裂意象，如《怀春室杂诗》中《一九五五年旧历除夕》：

> 竟在囚房度岁时，奇冤如梦命如丝；
> 空中悉索听归鸟，眼里朦胧望圣旗；
> 昨友今仇何取证？倾家负党忍吟诗！
> 廿年点滴成灰烬，俯首无言见黑衣。[①]

作品中，诗人对"昨友今仇"的现代政治权术的愤怒质疑和"眼里朦胧望圣旗"的现实妥协、"忍吟诗"的表白和"俯首无言"的绝望交织为一体，构成一种特殊的诗歌意象。胡风是比较直白地诉说内心痛苦与矛盾的诗人，有许多写作者可能还不敢或不肯像胡风那样直诉胸臆，他们更多的是将暂时不能发表的创作视为表明心迹的工具，或者即使想在困厄中有所作为，也习惯于以主流意识形态所许可的方式来表达，这样的潜在写作是大量存在的。

潜在写作的第三种基本形态：作家的独立人格与政治理想主要表现为对艺术个性或独立审美意识的追求，艺术境界里充沛着张扬个性

---

① 　　　　胡风：《胡风全集》第1卷，湖北人民出版社1999年版，第466页。

的魅力和生命不屈服的元气，它与现实政治的对抗性却被淡化或者悬置。从50年代到"文化大革命"间的政治运动中，受难者无一例外被指责为现实政治体制的敌人（即所谓反党反社会主义），但从现存的受难者的潜在写作文本看，几乎没有留下这方面的证据，反之，大多数受难者的诗文除了明志，更多的是通过艺术形象的刻画和艺术语言的倾诉，表现出当代知识分子威武不能屈的高贵的内在品质。以曾卓的《有赠》为例，诗人写受难者归来，妇人擎灯奉水相迎，重度人间温馨。于是诗人（受难者）用嘶哑的声音问道：

> 我全身颤栗，当你的手轻轻地握着我的。
> 我忍不住啜泣，当你的眼泪滴在我的手背。
> 你愿这样握着我的手走向人生的长途么？
> 你敢这样握着我的手穿过蔑视的人群么？ [①]

诗中妇人的含泪微笑的眼睛成了诗人的炼狱，诗人的灵魂以此获得升华，这让我们想起但丁的《神曲》、屈原的《离骚》以及涅克拉索夫的《俄罗斯妇女》，甚至也联想起列宾的名画《突然归来》等优秀文艺传统。诗的意境无疑是诗意的、美好的，这样的诗歌可以毫不犹豫地称为60年代最优秀的抒情诗。但如果从社会学的角度来分析诗歌所表达的意象，那么，受难者的崇高与妇女的伟大都是在单面的环境中塑造出来的，或者说是在对立面缺席的环境下营造起来的。诗中对制造受难的现实环境当然可以虚写，诗人只是用非常含糊的"蔑

[①]　　《曾卓文集》第1卷，长江文艺出版社1994年版，第140页。

视的人群"一词来暗示，这个词含有启蒙话语的特指性，即鲁迅笔下常见的"众数"的意象，但这个意象的原来对立面通常是作为先觉者的知识分子出现的，这首诗里的受难者的身份和意象显然与之不同。这个词用在这里显然是减低了受难者面对社会冲突的尖锐性及其悲剧程度，或可以说，诗人的不屈服的自我形象已经通过艺术创造完成了，而它与现实相对抗的一面则被有意淡化。

潜在写作是个多层次的文学形态，它还包括第四种基本形态：一些本身是在当时的主流意识形态的环境里成长起来的写作者，他们或许是因为年轻而无拘无束地表达了对生活的感受（如食指的诗），或者是被剥夺了写作的权利以后更加严肃深入地思考了生活（如郭小川在干校里创作的诗），但我们不难发现他们在同一时期可能既写了非常有个性的作品，也写了迎合主流意识形态的作品，这在某些特殊环境下是很可以理解的。这部分写作者并不是自觉的潜在写作者，他们只是如实地表达了自己对生活的感受，包括用共名化的方式来认知世界与表达世界，只是客观环境不允许他们发表作品才使他们成了潜在写作者。以食指的诗为例，他的最为知名的诗篇《这是四点零八分的北京》《相信未来》等所表达的都是那个时代一般知青的情绪，虽与当时"广阔天地大有作为"的豪言壮语不合，但从生活的真实出发，这些诗所表达的情绪也是当时社会所认可的。不自觉的潜在写作与被迫的潜在写作和自觉的潜在写作，其不同文本与现实的关系都是不一样的。

不管哪一种潜在写作，在50—70年代的特殊环境里都不可能成为与苏联相似的"地下文学"，这是中国社会环境与文学互相作用下的产物，也与知识分子五四以来的人文传统有关。比较中国的潜在写作与同时期的苏联"地下文学"可以更加清楚地看到这种特征。恩格斯在《路德维希·费尔巴哈和德国古典哲学的终结》里比较法德两国的启蒙运动时说过一段很精彩的话："法国人同整个官方科学，同教会，常常也同国家进行公开的斗争；他们的著作在国外，在荷兰或英国印刷，而他们本人则随时都可能进巴士底狱。相反，德国人是一些教授，一些由国家任命的青年的导师，他们的著作是公认的教科书，而全部发展的最终体系，即黑格尔的体系，甚至在某种程度上已经被推崇为普鲁士王国的国家哲学！在这些教授后面，在他们的迂腐晦涩的言词后面，在他们的笨拙枯燥的语句里面竟能隐藏着革命吗？那时被认为是革命代表人物的自由派，不正是最激烈地反对这种使人头脑混乱的哲学吗？但是，不论政府或自由派都没有看到的东西，至少有一个人在1833年已经看到了，这个人就是亨利希·海涅。"① 恩格斯对德国哲学的论述方法使我获得这样的启发：研究某种社会形态的文化现象，一定要从文化自身的生存环境与展开方式出发，来讨论它是否具有革命性的意义，而不是以外界某种"公认"的标准来衡量特殊的环境和特殊的现象。恩格斯没有因为德国哲学家们不像法国启蒙主义学者那样富有政治进攻性而把他们简单抹杀，相反是从官方和自由派都没有察觉到的那些迂腐晦涩的哲学言词后面发现了巨大的革命思想。回到本文开始讨论的问题，即"我们的抽屉是否是空的"这一设问，也就是先不要讨论抽屉里存在的是不是外界理想中的或"公认"的"地下文学"，而是应该先确证这是不是"我们"的抽屉，如果确是"我们"的，那么，它里面的东西也只能依据现有的存在形态和方式来讨论其意义。

① 　　《马克思恩格斯选集》第4卷，人民出版社2012年版，第220~221页。

四、抽屉打开后给我们带来了什么？

本文最后要讨论的是，潜在写作的提出将给当代文学史编写带来什么变化？促使我研究这个课题的直接动力是文学史的编写。在20世纪中国文学发展中，50—70年代的文学一向被认为是比较贫乏空洞的，它既缺乏五四到抗战时期的文学那样大师如云，也不同于"文化大革命"结束后二十年的文学那样多姿多彩，它是特殊的共名状态下的文学。所谓共名，是指知识分子参与建构起来的某种时代精神，它与文学创作的舆论导向有直接的关系。50年代以来，强大的国家意志不仅控制了时代共名的建构，也制约了知识分子对共名的解释，因而形成国家意志与知识分子共同建构的主流意识形态，直接为政治路线服务。文学创作理所当然地成为时代共名的宣传工具。这期间作家的个人声音主要表现在两个方面：一是作家利用民间文化形态的健康因素，建构起文学创作的隐形结构，使作品在表现时代共名的同时展现生气勃勃的民间生活场景（如赵树理为代表的农村题材小说和《红旗谱》《林海雪原》等现代历史题材小说都吸收了民间文化中有生命力的因素，使作品产生特有的艺术魅力）；二是有良知的作家依然在创作中隐晦曲折地表达了独特的生活感受（如田汉的《关汉卿》、"双百方针"提出后出现的一批后来被称为"重放的鲜花"的优秀作品，但它们大多都遭到批判和否定）。然而，即使是极为微弱的个人声音，也必须在共名的强大轰鸣之下才能若隐若现地出现。这种状态下的文学创作，雷同与单调是不可避免的，以往的当代文学史仅将公开发表的文学作品作为文学史讨论的对象，就不可能改变这种贫乏与单一的文学局面。

同时，在哲学与社会科学不发达的时期，文学常常又成为时代的精神现象的主要标志，而公开发表的文学创作所能反映的时代精神，也必然是贫乏而单一的。但是引入潜在写作以后，文学史所展示的精神现象出现了不可想象的丰富性。一个时代的精神现象，不可能以单一的思想理论形态来展示，也不可能以正反两极的二元对立模式来展示，它应该是一种多元的生命感受世界方式的共生状态，各种生命现象及其欲望的互相冲突和融合的过程异常复杂，时代精神应该包容并反映这种复杂状态而不是净化它。关于这一点，在60年代终于有一个人意识到并把它提了出来，那就是周谷城教授的"时代精神汇合论"①。但由于"任何一个时代的统治思想始终都不过是统治阶级的思想"②，而占统治地位的思想又总是企图以它的面目来统一这个精神世界，犹如马克思所说，人们"并不要求玫瑰花散发出和紫罗兰一样的芳香……却要求世界上最丰富的东西——精神——只能有一种存在形式"③。所以，周谷城教授的理论没有得到充分的展开就被抑制了。但是，时代精神的丰富性并没有因为人们的无视而不存在，它通过文学创作中的潜在写作终于被零碎地保存了下来。

我们要在50—70年代的文学史里寻找时代精神的多重性似乎是困难的，因为公开出版物里不可能提供这方面的信息。但在引入"潜

① "时代精神汇合论"是周谷城在《艺术创作的历史地位》（《新建设》1962年12月号）等文中论述的时代精神与创作关系问题。他认为时代精神广泛流行于整个社会，包括不同阶级互相对立的各种思想……各时代的时代精神虽说是统一的整体，然而从不同的阶级乃至于不同的个人反映出来，又截然不同。这种种不同，进入各种艺术创作即成为创作的特征或独创性，或天才表现。（参见潘旭澜主编《新中国文学词典》中的条目内容，江苏文艺出版社1993年版，第1626页。）

② 《共产党宣言》，见《马克思恩格斯选集》第1卷，人民出版社2012年版，第420页。

③ 《评普鲁士最近的书报检查令》，见《马克思恩格斯全集》第1卷，人民出版社1995年版，第111页。

在写作"的文学史概念之后,这种单一的文学史图像就被打破了。80年代陆续出版的一些作家的书信与札记让我们看到,知识分子的精神世界仍然是多层面的,五四以来的知识分子的精神传统在受到冲击之后并没有自行消失,而是从公开出版的报刊书籍等公众领域转移到了边缘、民间乃至潜在的私人领域,以书信、札记、日记等私人话语的形式存在,对估量一个时代的精神成果来说,正是这些私人性的文献显示了那个时代人们精神追求的多样性。如《从文家书》《傅雷家书》《顾准日记》《无梦楼随笔》等,写作者大体上与时代共名保持一定距离,并在共名之外发出了不和谐的声音。《从文家书》所收的《五月卅下十点北平宿舍》,是作者因某些精神压力致病后所写的手记,虽为"呓语狂言",却富有象征意味地记录了知识分子在一个大转型的时代里呈现出来的另一种精神状态。病中的沈从文敏锐地感受到时代的变化,"世界在动,一切在动",但他真正感到恐慌的不是世界变动本身,而是这种变动中他被抛出了运动轨迹,"我似乎完全孤立于人间,我似乎和一个群的哀乐全隔绝了","我却静止而悲悯的望见一切,自己却无份,凡事无份"。正因为沈从文从来就不是"有意识地作为反动派而活动"(郭沫若语),所以他才会对这个变化中的时代既不怀有任何敌意和戒心,也不是明哲保身地冷眼旁观,而是想满腔热情地关爱它和参与它,所以才会对自身被排斥在时代以外的境遇充满恐惧和委屈,所以他才要大声地宣布:"我没有疯!"他还要进一步地反复追问:这"究竟为什么?"[①]作者在病中的文字仍然充满力量,读完这篇手记,一个善良而怯懦的灵魂仿佛透明似的出现在读者眼前,

①　　沈从文、张兆和著,沈虎雏编选:《从文家书——从文兆和书信选》,上海远东出版社1996年版,第160~161页。

人们忍不住想问：一个新的时代的到来，难道不能容忍这样一个微弱而美好的生命的存在吗？以往当代文学史从50年代初写起，一味强调的是欢呼新时代的文学，却没有看到欢呼声下依然有着多重的犹疑与苦恼。我在编写《中国当代文学史教程》时就有意分析了沈从文的这篇手记，并把它与胡风的《时间开始了》、巴金的《奥斯威辛集中营的故事》作了比较，这样也许对五四新文学传统转型过程中知识分子的复杂心态会有更为具体和感性的把握。[①]同样，以往文学史在讲解"大跃进"运动以后的诗歌创作时，总是一片歌功颂德的赞歌，以为非如此不能体现时代的精神，但如果我们将歌颂性的诗歌与体现了诗人疑惑与迷茫心理的《望星空》，绿原、曾卓等诗人的潜在写作并立起来给以综合的分析，其时代精神的多重性不就能够真切地表现出来了吗？

当然，一个时代的真正的精神现象不是消极地并置各种生命感受和生命欲望，它应该展示的是人类与生存环境的激烈搏斗，我所理解的"时代精神汇合"的过程也是各种生命现象相生相克地在互相冲突中丰富与壮大自身，其过程甚为壮丽惨烈，生生不息，如火如荼。这反映在文学上的精神现象，就不仅仅是消极展示自身对时代的感受，还应该体现出生命体所含有的强烈冲动与改变生存环境的战斗渴望。潜在写作者大多在现实生活中都受过不同程度的压抑和磨难，不能主宰自己的命运，唯一能做的事就是在潜在写作中释放出强烈的主体的战斗精神，来抗争命运的残酷打击。如"七月派"诗人的潜在写作，大都采用了伤残的自然意象，让它们遍体鳞伤地身处更大的阴谋或者

---

① 参见陈思和主编《中国当代文学史教程》，复旦大学出版社1999年版，第16～31页。

新文学整体观续编

我们的抽屉
试论当代文学史（1949—1976）的潜在写作

1

危险之中，紧张的社会关系常常使诗人的精神处于高度兴奋的临战状态：华南虎，昏眩在铁笼子里，它的命运使人想到里尔克笔底下的豹，但是当诗人想到自己竟以戴罪之身去观赏老虎的破碎趾爪和牙齿时，他突然感到了深刻的羞愧，以下便是不可被里尔克的玄妙哲理所取代的牛汉式的诗句：

> 我终于明白……/羞愧地离开了动物园。/恍惚之中听
> 见一声/石破天惊的咆哮，/有一个不羁的灵魂/掠过我的头
> 顶/腾空而去，/我看见了火焰似的斑纹/火焰似的眼睛，/
> 还有巨大而破碎的/滴血的趾爪！ [1]

深刻的羞愧不但使诗人生出幻觉，而且从灵魂深处爆发了抗争的欲望，这时候，诗人心底里的咆哮与想象中的虎的咆哮已经很难分辨了。

绝望，本来是令人压抑的心理，可是在绿原的诗篇《自己救自己》里，绝望的心理过程与阿拉伯民间故事里的所罗门的瓶子联系在一起，那个关在瓶子里的魔鬼终于在希望与诅咒中平静下来，变成了真正的强者：

> 我不再发誓不再受任何誓言的约束不再沉溺于赌徒的谬
> 误不再相信任何概率不再指望任何救世主不再期待被救出
> 去于是——大海是我的——时间是我的——我自己是我的于

---

[1]　　牛汉：《华南虎》，见《牛汉诗选》，人民文学出版社1998年版，第67页。

是——我自由了！ ①

这首诗让人想到鲁迅的《野草》，诗人的人生希望无数次碰碎在现实的悬崖峭壁上而后迸发出绝望的精神火花，这种绝望里包含了无数希望的尸骸残片，进而使绝望也被消解掉，于是进入了一个新的人生境界——"我自由了！"

与其所反映的精神的丰富性相联系的，还有潜在写作强烈体现出作者面对生活所把握的感性存在。共名是一种被抽象化的时代情绪，当它制约作家的创作时，作家只能以抽象的观念为先导，如过多地接受共名制约，创作难免会概念化。这大约是50—70年代公开发表的文学创作的最大弊病之一。但是潜在写作由于远离了时代共名，尤其是大量写作者被迫沉入社会生活底层，他们被迫看到了现实生活真实的一面，并始终对此保持直接的感性的认识。潜在写作者不再为发表而写作，所以无须为迎合时代共名而按照政治概念去把握生活现象，只有当生活中的现象真正地揳入了他的灵魂，换句话说，只有他从生活中体会到与自己生命血肉相连的感受时，才有可能冒触犯天规的激情投入艺术的伊甸园。所以比较同一时期的文学创作，潜在写作一般情况下较之公开发表的作品对生活更具有激情，也更具有艺术感染力。

潜在写作现象是每个时代都可能产生的，但在相对贫乏与单一的50—70年代的当代文学史中，潜在写作的意义就显得特别重要，如果不只是从数量上来估量的话，这一时期的潜在写作应该成为文学史的半壁江山，有了潜在写作的支撑，我们的当代文学史才能真正地丰

① 　　　绿原：《绿原自选诗》，人民文学出版社1998年版，第239页。

新文学整体观续编

我们的抽屉
——试论当代文学史（1949—1976）的潜在写作

富和完整起来，文学在外部世界的压力下通过自身内部的裂变和对立，来捍卫不死的艺术生命力和知识分子的精神追求。

对于潜在写作，我只能说这么一些不成熟的想法，这项研究工作刚刚开始，收集和发掘原始资料以及鉴定工作还是主要的任务，理论研究还将在大量资料的重新发现和研究以后才可望有进一步的深入。我提出这个问题，不仅仅是为了向我的朋友证明我们的抽屉不是空的，还希望有更多的学者来关心这个文学史研究的重要现象，以期从根本上改变我们对文学史的狭隘理解。

1999 年 8 月于黑水斋
2011 年 3 月修订

共名与无名：百年文学管窥

一、概念解释：共名与无名

当时代含有重大而统一的主题时，知识分子思考问题和探索问题的材料都来自时代的主题，个人的独立性被掩盖在时代主题之下。我们不妨把这样的文化状态称作"共名"，而这样状态下的文化工作和文学创作都成了"共名"的派生。

当时代进入比较稳定、开放、多元的社会时期，人们的精神生活日益丰富，那种重大而统一的时代主题往往拢不住民族的精神走向，于是价值多元、共生共存的文化状态就会出现。文化工作和文学创作都反映了时代的一部分主题，却不能达到一种共名状态，我们把这样的状态称作"无名"。"无名"不是没有主题，而是有多种主题并存。

共名的文化状态下，时代主题对知识者来说，既是思想的出发点，又是思想的自我限制，从某种意义上说，也可以把在这种状态下工作的知识者称为时代精神的"打工者"；而在无名的文化状态下，知识者摆脱了时代主题的思想束缚，个人的独特性比较明显。本文就以这两种状态下的文学创作现象为考察对象，对百年来的中国文学发展规律作一些讨论。

二、知识者对时代共名的参与

戊戌变法失败以后，中国的士大夫阶级渐渐地从国家权力机构中分离出来，成为独立的社会力量，来推动社会现代化进程。我们从当时康有为和严复的分歧中不难看到这种分化。康有为在变法失败以后，组织保皇党，参与复辟和鼓吹孔教，着眼点始终在庙堂，希望通过权力来实现自己的治国理想；而严复不同，他早在变法期间就提出了"鼓民力""开民智""新民德"的思想，着眼点在民间。变法失败，他尖锐地指出："然终谓民智不开，则守旧、维新，两无一可。即使朝廷今日不行一事，抑所为皆非，但令在野之人，与夫后生英俊，洞识中西实情者日多一日，则炎黄种类未必遂至沦胥，即不幸暂被羁縻（亡国），亦得有复苏之一日也。所以屏弃万缘，惟以译书自课。"[①]严复原先也是赞成变法的，他这段话是对另一个变法支持者张元济说的，这里不乏自省的成分，但重要的是，严复的话表达了一个与康有为不同的观念：他自动跳出了庙堂里守旧和维新的党派之争的怪圈，即放弃了对庙堂权力者的希望，直接把"开民智"的使命担在自己的肩上。他选择了引进和普及西方学术思想的道路，把思想文化的现代化放在国家存亡利益之上。在这里他确立了自己的工作岗位和价值原则，把译书视为实现自身价值的证明，甚至断言说："然使前数书得转汉文，仆死不朽矣。"[②]张元济显然也是接受了严复的观点，变法失败后，他

---

① 　　转引自商务印书馆编辑部编《论严复与严译名著》，商务印书馆1982年版，第13页。
② 　　转引自商务印书馆编辑部编《论严复与严译名著》，商务印书馆1982年版，第13页。

被驱逐出庙堂，办教育、搞出版，直接承担了文化的薪传大业。①如果说，康有为等人至死走在传统士大夫的末路上，那么，严复、张元济等人新开辟的事业，则迈出了现代知识分子道路的第一步。这些近代中国第一代的知识分子，撇开庙堂，直接面对民众，实践对社会进步和人类理想的道义责任。他们在接受西方教育的过程中创造了一系列新的观念和话语，重新解释时代，解释中国与世界的关系，解释中国的社会进步规律。中国现代文化运动，正是知识分子在外界的各种刺激下运用新的思想观念发动起来的，所以，共名往往是知识分子承担社会责任的产物。

纵观中国新文学史的文化状态，共名状态多于无名状态。这种共名的来源大致有三种：知识分子为社会进步设计的思想方案（如五四新文化运动），外界的刺激（如抗战），国家权力的政策制定。这三种共名与知识分子都有密切的关系，他们直接创造了第一种共名，积极参与了第二种共名，而第三种共名的实施，当然也离不开知识分子的响应和执行（不管他们是否自愿）。所以当我们探讨中国百年来文学创作与时代共名的关系时，首先应该看到，这种共名多半是知识分子在实践社会理想过程中创造或者自觉参与创造的，是知识分子与庙堂、与社会之间维系平衡的纽带。如果我们把共名和无名这两种状态下的文化工作和文学创作对照来看，这种特点就更加明显。在共名状态下，知识分子对社会履行的责任显得比较重大，而无名状态下相对要轻一些。

从这个角度看中国百年文学史的发展规律，我们不难看到，时代

---

① 　　　参见吴方《仁智的山水——张元济传》，上海文艺出版社1994年版，第64～65页。

新文学整体观续编

共名与无名：百年文学管窥

的共名状态和无名状态是互相转化的：

1917—1927：共名状态　主题：启蒙、提倡民主与科学、白话文

1928—1937：无名状态

1937—1989：共名状态　主题：抗战、社会主义、"文化大革命"、改革开放

1990—　　：无名状态

在共名状态下，社会共同理想代表着民族精神走向的凝聚力，其他思想观念和文学观念都由此派生。在20世纪第二个十年（1911—1920），人们普遍相信共和政体比君主政体好，这是当时共同的社会理想，于是新文化运动中关于民主与科学、反封建、个性解放、批判国民性等观念都由此生发，来支持这个社会理想的实现。新文学成了这个社会理想的派生物。到第三个十年（1921—1930）的前期，原有的社会理想渐渐破产，就有了所谓的新文化运动的"分化"一说，但不久人们又开始相信，南方革命政府比北方军阀政府好，逐渐趋于一种共同社会理想，于是身在北方的知识分子纷纷南下，投入国民革命运动中去，在文化上相应出现个人主义向集体主义过渡的观念，国家、民族、集体等观念逐渐取代了五四时期的人性解放，文学创作中风靡一时的"革命加恋爱"现象，可由此得到解释。

相反，无名状态下，社会共同理想破灭了，思想进入了多元的探索，各种理想、各种行为都进入了实验阶段。如20世纪30年代（这里所指的是1928—1937年），虽然国民党政府在军事上统一了中国的大部分地区，但在思想文化上始终没有形成主流局面。当时的国民党政府中有人提倡"三民主义"文学和以"民族主义为中心"的理论，以此与五四以来的个性解放思潮和左翼文化运动相对抗，但并没有被

大多数知识分子接受。同样，一部分知识分子在中国共产党的策划下发起左翼文化运动，提倡马克思主义文学和"普罗文学"，一时颇有声势，后来的文学史著作中常把左翼文艺运动作为30年代的主流文学，其实也是不符合当时实际状况的，因为左翼文艺运动是革命运动，它始终处于半地下的活动状态，许多左翼刊物都出不了几期即被取缔，许多左翼作家或遭逮捕枪杀（左联五烈士），或被迫亡命国外（郭沫若等），它在文学创作上的实际影响毕竟有限，尤其不能涵盖大量的自由主义作家的创作。再则，由于"九一八"事变的影响，爱国救亡运动逐渐高涨，但抗日的主题远没有1937年以后那样高于一切。可以说，这一时代的知识分子有可能信奉任何一种思想学说和政治思想：三民主义、马克思主义、民族主义、自由主义等各种社会思潮共同构成了30年代的多元文化格局，但没有一种学说和理想能成为民族精神走向的凝聚点。五四时代"学生振臂一呼令武人仓惶失措"、中国的思想文化为之改观的盛况一去不复返，无名状态下的时代精神往往显得涣散而复杂。

我们从鲁迅与时代共名的关系中也可以看出这种变化。他回顾自己在五四时代的创作时曾说："既然是呐喊，则当然须听将令的了……"①他所说的"呐喊"，也暗指了《呐喊》，即他在五四时期创作的小说，他把那时的创作说成是遵奉了"革命的前驱者的命令"。以往文学史和鲁迅研究中对"革命的前驱者"有各种解释，但从时间上来推测，这"革命"只能是指以辛亥年为标志的民主革命，它普及民主民权意识，推翻君主神权神话，正是新文化运动提倡民主与科学，

①　　鲁迅：《〈呐喊〉自序》，见《鲁迅全集》第1卷，人民文学出版社2005年版，第441页。

新文学整体观续编

共名与无名：百年文学管窥

批判传统礼教的精神所向。鲁迅本人在日本留学期间深受尼采现代批判思想的影响，对欧洲的民主体制抱有深刻怀疑，所以他在理智上对新文化运动提倡民主科学、物质文明的主潮并不十分认同。①但作为一个作家，他在《新青年》上发表创作，就不得不与新文化运动的"主将"们取"同一的步调"，他不但自觉地在小说里删削一些安特莱夫式的阴冷，装点若干希望的亮色，而且自称这是一种"遵命文学"。②也就是说，他尽管特立独行，仍没有使自己的创作游离于时代共名之外。然而到了30年代，鲁迅自己虽成了左翼文化运动的一员，但他对来自同一阵营里的企图统一别人思想行为的做法抱着深深的反感，他不断地用嘲讽的口气称同一营垒的领导人为"元帅""奴隶总管"③等等，完全没有当年称新文化运动的领导人为"主将"的亲切感。全面抗战爆发前夕左翼领导人企图用"国防文学"来重建时代共名，也遭到了鲁迅的强烈反对，他嘲笑"作文已经有了'最中心之主题'"，并重申他的小说不属于"国防文学"。④鲁迅对共名的不同反应，自然是由多方面的原因造成，但从中我们也不难看到时代风气的变迁：在共名的文化状态下，一般知识分子对共名的认同完全是自觉的；而在无名的文化状态下，任何一种企图成为共名的思潮都很难受到欢迎。

① 鲁迅在早年提出"掊物质而张灵明，任个人而排众数"，其理想正与五四时期提倡的"民主与科学"的主张相反。我在《王国维鲁迅比较论》一文中做过具体分析，可参阅《鸡鸣风雨》，学林出版社1994年版，第111～135页。

② 参见鲁迅《〈自选集〉自序》，见《鲁迅全集》第4卷，人民文学出版社2005年版，第468～469页。

③ "元帅"语，参见鲁迅《致胡风》（1935年6月28日），见《鲁迅全集》第13卷，人民文学出版社2005年版，第491页；"奴隶总管"语，参见鲁迅《答徐懋庸并关于抗日统一战线问题》，见《鲁迅全集》第6卷，人民文学出版社2005年版，第558页。

④ 参见鲁迅《"这也是生活"……》，见《鲁迅全集》第6卷，人民文学出版社2005年版，第625页；并可参见《答徐懋庸并关于抗日统一战线问题》。

可是，不管鲁迅愿意不愿意看到，30年代繁复多元的精神自由格局很快被外来的炮火打破，在他去世后不到一年，抗战就成为中国各界统一而重大的主题。这一次的共名来自外界的战争刺激，凡有良知的知识分子都毫无保留地参加了，为了维护这一新的"共名"，许多知识分子不得不放弃原有的启蒙立场和批判传统，鲁迅式的民族反省和自我批判变得不合时宜，这就是胡风所哀叹的：假如鲁迅还活着，很可能会被人指为"汉奸"。① 但胡风本人仍然是时代共名的创造者和参与者，并且在抗战的共名中成为知识分子的一面旗帜。这时候的社会又有了共同的理想：在抗战时期，一切希望都可以放在战争的胜利之上。这以后，中国的历史似乎一直在某种激情和期待的轨道上滑行，30年代前期那种理想破灭、精神松弛的多元自由局面一如瞬间春梦，人们在对现实的强烈不满中一次次为新的政治理想和诺言所激动，不断地寄希望于下一个社会共同理想（如社会主义革命、在无产阶级专政下继续革命、拨乱反正实现现代化）。所以我认为，从1937年到1989年，维持了一个漫长的共名状态，尽管历史在这几十年中发生了沧桑之变，时代主题也不断更替，但是对于时代共名的创造和认同，则是一脉相承的。

在这样漫长的共名的文化状态里，知识分子扮演的社会角色也屡屡发生变化。本来在五四时代，庙堂既崩，知识分子根据各种改造社会的理想方案，不断地制造时代话题，推动社会的进步。那时候的知识分子话题也就是社会进步的话题，逐渐形成了一种时代的"主流文化"，知识分子则成为主流文化的中心。张爱玲有一段形容交响乐的

---

① 　　胡风：《如果现在他还活着——纪念鲁迅先生逝世五周年》，见《胡风评论集》中，人民文学出版社1984年版，第164～173页。

话说得很形象："大规模的交响乐自然又不同，那是浩浩荡荡五四运动一般地冲了来，把每一个人的声音都变了它的声音，前后左右呼啸喊嚓的都是自己的声音，人一开口就震惊于自己的声音的深宏远大；又像在初睡醒的时候听见人向你说话，不大知道是自己说的还是人家说的，感到模糊的恐怖。"①大音稀声，从表面看它若有若无，每个知识分子都是用自己的喉咙发出声音，但这声音的内容和频率，却是共同的，构成了时代的共名。这是知识分子与时代共名的第一种关系。到了全民族抗战爆发，时代本身提出了主题，反过来要求知识分子主动参与进去，并将认同与不认同这种共名，作为评价知识分子良知的标准。这是知识分子与时代共名的第二种关系。再后来，时代的主流文化成了新的权力意识形态，知识分子的启蒙立场换来了一项"用小资产阶级面貌改造世界"的政治罪名，从此不再有知识分子自己的歌，剩下的声音只能是"脱胎换骨"后为权力者设计的主题摇旗呐喊。这是知识分子与时代共名的第三种关系。归纳起来，知识分子面对的始终是这样两种"共名"：要么是知识分子自己建构起来的共名，要么是权力者构筑起来的共名。"文化大革命"结束后的十几年里，知识分子一直力图从后一种共名的状态中摆脱出来，恢复前一种共名的状态。由于这种努力与当时社会改革的节奏相吻合，两种共名的文化状态一度出现过蜜月相融的静好岁月。

　　90年代开始，中国文学史的文化状态又进入了无名的状态。

①　　张爱玲：《谈音乐》，见金宏达、于青编《张爱玲文集》第4卷，安徽文艺出版社1992年版，第164页。

三、共名状态下的文学创作

中国现代文学运动本来就脱胎于知识分子鼓噪天下的黄钟大吕，时代的共名文化状态对中国作家的创作产生了深刻影响。但这种影响所包含的内容是相当复杂的。因为文学从本质上来说是作家个人化的精神劳动，但在时代共名的状态下，知识分子不但自觉认同了时代主题，而且往往把它作为批判社会见解的一种参照系，作家把握时代主题进行写作，不管其艺术能力高下，写出来的都可能成为被时代认可的流行文学受到欢迎。但在这种状态下，作家精神劳动的独创性往往被忽略，作家的个人化因素（包括个人的精神立场、审美把握、语言能力等）不能不与"共名"构成紧张的关系。

通常的情况下，在共名的文化状态下的文学创作会出现以下三种可能：

第一种是作家自觉地把握了时代的主题，并在艺术创作中进行图解。这类作品只要作家稍具才力，就能成为流行的文学而产生影响。比如五四新文化运动鼓吹个性解放，夸大人在宇宙中的主宰能力，于是就有郭沫若的《女神》风靡一时，并不是说郭沫若的诗写得怎样好，而是它在艺术风格上应和了时代的"共名"。这类创作在后来大革命时期、抗战时期、50年代以后的中国文学中比比皆是。但因为在各个历史时期知识分子所扮演的角色不一样，他们图解时代共名的意义也不一样，其创作在文学史上的价值也因人因事而异。

第二种是作家拥有独立的精神立场，他也认同时代共名。他把对时代某种精神现象的思考融化到个人独特的经验中去，或者说，以作家对时代敏锐而强烈的个人感受，包容乃至消化了时代的主题。这一类作家需要有特别顽强的个人性，比如五四时期的启蒙主义和个性解放，构成了时代的共名，但在鲁迅的小说里，启蒙是通过他对中国民众麻木愚昧的精神状态的深切痛感和知识分子理想失败的确认来完成的，显示出特别的深刻性；再看郁达夫的小说，当时鼓吹个性解放的文艺作品通常是描写青年婚恋问题，而像《沉沦》《银灰色的死》等作品，一下子就揭示出青年人因为不能满足性爱的饥渴而生出的颓废和病态。可以说，这都是作家以个人独特经验来穿透共名一般模式的例子。文学史上的例子所能证明的就是：在共名的状态下，只有个人创造力特别强的作家才具备与共名搏斗的可能性，通过穿透共名来达到包容和消化时代主题，使之在文学创作中转化为强大的思想容量，这样的作品不仅能在当时产生较大的社会影响，而且也拥有较持久的艺术魅力。

由于共名是一种社会性的现象，一种思潮被社会广泛地接受，总是被分解成多种层面，而社会一般舆论总是按照社会公众的一般理解层面来定义思潮，所以，作家的创作既然是面对社会公众，就不能不受制于社会一般人的理解水平。即使是个人性比较强的作家，也不得不尊重受众的一般理解。鲁迅的《狂人日记》就是一个现成的例子。这部小说最深刻的地方是揭示出凡人身上都保留了"吃人"的兽性，作者痛心地发现了这个秘密，小说的境界升华到"人的忏悔"的抽象高度，小说最后发出"救救孩子"的著名呼吁，不是为了拯救孩子"被吃"的命运，而是因为"没有吃过人的孩子，或者还有"，需要拯救的是孩子还未泯灭的童心与未被玷污的纯洁。这篇小说第一次对人的全部道德价值提出了深刻的怀疑。但是，很显然，鲁迅在小说里所表现的关于人的本质的现代意识，在当时的时代共名里并没有被接受。

《新青年》上紧接着《狂人日记》而发表的是吴虞的读后感《吃人与礼教》，该文一桩一桩地列举中国历史上真有哪几件吃人的案件，最后把本来是对人自身兽性的忏悔变成了对礼教吃人的控诉。吴虞的解释迎合了当时反封建的共名，由此得以流传开去，至今不绝。鲁迅在30年代解释这篇小说时，也不得不追认了这种说法。如果这个例子说明了共名在客观上对文学创作中的个人性有所改造，那么我们从郁达夫的小说里也可以看到作家主观上对共名的迁就。《沉沦》写的是一个中国学生在日本留学时期遭遇的"灵"与"肉"相分离的痛苦，他对异性的追求，起先是满怀了"灵"的向往，称他什么都不要，只要一个伊甸园的"伊扶"；可是当他"灵"的追求实现不了的时候，他就用病态的心理去看日本异性，灵魂一再堕落，最后堕落到"肉"的放纵；可是他到底又无法用"肉"的放纵来满足"灵"的渴望，反而加深了精神的痛苦，终于自沉大海。小说描写主人公狭邪嫖妓、窥探少女沐浴、偷听旁人幽会等性变态行为，处处表现出作家对自身病态的肉欲放纵无法克制的精神恐惧和痛苦，自成心理逻辑。从写人的艺术上说，这篇小说自有它的价值，同时反映出社会蜕嬗时期新旧道德风俗冲突的时代共名。但是，作家在小说结尾写到主人公投海自沉前，却画蛇添足地加上了他呼喊祖国快快富强的内容，似乎这个留学生在日本找不到异性是因为中国太贫弱，结尾就成了流行的爱国主义的主题。我这么说，当然不是认为郁达夫不该写爱国的内容，而是想说明在这样一篇作品里，作者把复杂的性变态原因简单地归结为国家贫弱，反而损害了小说内在逻辑的完整性。他之所以这么做，也许正是因为呼吁祖国富强的结尾更宜于让国人接受这部离经叛道的小说。鲁迅和郁达夫是五四时期中国最优秀也最富有独立性的作家，他们的创作遭遇尚且如此，可见在共名的文化状态下的作家要真正完成特立独行的创作是多么的艰难。

第三种是作家拒绝认同共名，有意回避时代的主题。他们以较强烈的个人因素突破时代共名的限制，在创作里完全表现了个人的生活经验、审美情绪和精神立场。但这是相当冒险的艺术追求。如果作家个人化的精神感召力不足以抗衡共名，很可能被淹没在时代大音之下，无声无息地消失；或者虽然孤独地存在，却长期被排斥在社会公众可能接受的阈值之外。比如20年代废名的创作，40年代钱锺书的创作，都属于这类现象。他们是依靠自身拥有的艺术价值，默默地存在于时代共名之外，直到这种共名的文化现象完全消失，才慢慢地被人注意和接受。

综观上述三种情况，第一种不必多说，第二种和第三种创作都构成了作家与共名之间的紧张关系。第二种关系要求作家的个人化因素强大到足以包容时代共名，以至穿透、克服时代的共名；第三种关系则要求作家的个人化因素足以战胜共名的客观性，才能使作品生存。无论包容还是拒绝时代共名，能在这种艺术搏斗中生存下来的文学创作，通常都需要比较强大的艺术力量。因此，考察中国20世纪文学发展的历史，在共名的文化状态下生存的文学创作，要么是大量无甚价值的平庸之作，要么是具有较强震撼力的优秀作品。

四、无名状态下的文学创作

在中国百年文学发展史上，无名状态非常短暂，许多规律性的现象都未能充分展开。从中国的文学史发展来看，只有20世纪30年代前期有过繁复多元的文学无名状态，在90年代的前期，又似乎出现了类似的状态。由于无名状态的历史比较短暂，也由于五四以来中国作家的大部分文学生涯都是在共名状态下度过的，因此很少有人能从理论上去把握这种新的文学格局及其特点。表现在文学史研究的著作里，关于30年代文学状态的描述总是难免以偏概全的弊病，以五四时期的共名标准来衡量，"主流文化/非主流文化""左翼文化/非左翼文化""反帝反封建传统/非五四传统""进步文学/反动文学"……所有的共名模式都无法恰到好处地展示30年代的文学全貌。同样，90年代的中国文学也处于一个传统价值失范、共名现象瓦解、知识分子个人性因素尚不强盛、市场经济又刺激起大众通俗文化等尴尬局面，对于这种状态下的文学总体价值，理论界似乎也变得难以把握。

文学上的无名状态来自两个方面：第一，有一部分作家始终坚持追求文学本体的审美价值和个人写作的心灵自由，即使在共名的时代里，他们宁可冒被冷落的危险，拒绝认同共名，只是默默地在自己的园地里营造理想。比如周作人，早在20年代初，他就放弃了因写作《人的文学》等代表新文学主流文章而获得的盛名，自称"野和尚登高座妄谈般若，还不如在僧房里译述几章法句，更为有益"[1]。于是决定停止高谈阔论而去写小品、做翻译，虽然在思想上文学上他依然坚持了五四的新文学传统，但在自觉打破时代的共名状态，强调文学的个人化方面，可以说是春江之鸭、冬雪之梅；而且，周作人不但身体力行地实践，还从文学史中寻找无名状态下的文学创作特点。他在总

---

① 　　《胜业》，见周作人著，止庵校订《知堂文集》，河北教育出版社2002年版，第12页。

结历代散文发展时提出一个非常有意思的理论："小品文是文学发达的极致，它的兴盛必须在王纲解纽的时代。"因为"在朝廷强盛，政教统一的时代，载道主义一定占势力，文学大盛，统是平伯所谓'大的高的正的'……一到了颓废时代，皇帝祖师等等要人没有多大力量了，处士横议，百家争鸣，正统家大叹其人心不古，可是我们觉得有许多新思想好文章都在这个时代发生"。[①]在中国古代士大夫文化里，认同王权就是最高的共名，但在现代中国社会里，这王纲也可以看作知识分子自己创造的共名现象。周作人用了一个很好的词"王纲解纽"，用以暗示无名状态下文学发展的可能性，这就为无名时代的文学播下了种子。在周作人的影响之下，才有了废名等人凄苦寂寞的创作，到30年代又有了京派文学的蔚然大观。第二，更重要的原因是，当这种王纲解纽发生在知识分子的内心深处，即他们本来所认同的社会理想发生变故，以致理想破灭的时候，真正的无名状态才会到来。个别知识分子的精神涣散还形不成时代风气，只有当一个共同的社会理想幻灭了，时代的共名也就变得可有可无。所以，无名状态的精神特征是颓废而涣散，王纲在事实上有否解纽尚可置疑，但在知识分子的心中已经解纽，这是事实。否则的话，即使真的王纲解纽发生，如辛亥革命以后就有五四启蒙兴起，知识分子仍然可以担当起共名的责任。

当然，这并不排除在无名的文化状态下，知识分子在小范围里拥有共同的社会理想和文学主张，如30年代的左翼作家联盟，其成员的文学创作仍然保留着政治观念先行的创作特征；又如东北沦陷以后流亡到关内的东北作家群，其创作也表现出强烈的救亡意识；也有始

①　《近代散文抄序》，见周作人著，止庵校订《苦雨斋序跋文》，河北教育出版社2002年版，第126、127页。

272

终坚持五四以来知识分子反封建的传统，并将这一传统与批判现实相结合的作家，如巴金的创作，始终具有饱满的现实战斗精神。但是在许多观念共存的状态下，并没有一种高于一切、压倒一切的共名来制约作家，人们也不以意识形态是否先进来衡量作家，所以，时代话题和社会理想仅仅作为作家们自身思想修养和行为操守的一种标志，而不是衡量一个时代的文学创作的共同准绳。——只有在这样一个环境里，千姿百态的文学风格才会脱颖而出。

重大而且统一的时代主题消失了，作家的思想和创作都相对轻松得多。在20年代思想界主流向集体主义转换的时期，我们不难看到许多本来持个人主义立场的作家（如朱自清、叶圣陶等）都勉为其难地想克服自我，努力向时代主流靠拢（长篇小说《倪焕之》是典型的证明）；在40年代，许多自由主义作家在抗日的大背景下自觉改变原有风格，将个人风格融化到时代的主流文化中去（何其芳、闻一多都是著名的例子）。但30年代就不是这样。一些轻巧、细腻、琐屑的个人化的创作风格如火如荼地盛行开去，比如在相对繁荣多元的创作格局里，生长出"京派""海派"等多元的文学现象。其实30年代文学上的"派"远比20年代的文学社团复杂，没有什么"为人生""为艺术"之类的文学主张，甚至连组织上的松散形式也没有，完全是以个人性的创作因素立足于文坛。作家们不但在创作中能够较充分地展示其个人性，而且在文学史上也比较有独特地位的，往往是一些卓尔不群的散兵游勇。以历史小说为例，30年代最值得注意的是四川籍作家李劼人的《死水微澜》系列；以都市小说为例，比较典型的应是穆时英、刘呐鸥、施蛰存的作品；以散文为例，30年代出现一大批以抒情散文为主要创作形式的作家，如北京的何其芳、南京的缪崇群、上海的陆蠡和丽尼，等等，其个人性因素也较20年代的散文更为突出。对比之下就会发现，20年代的创作多显大气，即使如郁达夫、周作人的颓废，也是大江东去、老树古藤式的非凡气势，即使如废名、俞平伯顾影自怜式的文字，也满溢了中外文化的底蕴；而30年代则多是文字精巧的美文，感情天地见于方寸之间，艺术格局极小，文字上的个性却非常分明，遍读他们的作品犹如走了一趟苏州的各色园林。如果艺术上真有大小之分，这些作家只能算"小"作家，但正是这样的"小"作家，撑起了30年代文学创作的繁荣天地。文学处于一种无名的状态，作家是以细微的个人风格和艺术的独特性奉献于文坛。这种情况在大气磅礴的20世纪20年代和40年代都是难以想象的。

在共名的文化状态下，作家可以托共名而成名；在无名的文化状态下，作家的个人性因素必须经受更加严峻的考验。时代的无名状态主要表现为各种时代主题的多元并存，构成了相对的多层次的复合结构。无名时代并非真是"无"名，作家有权利拒绝时代主流文化的制约，以个人性立足于世，但这并非说，作家可以完全脱离时代主题和文化立场。更准确地说，知识分子从来就不是抽象意义上的人，他只能是站立于实实在在的环境里，对周围世界发表自己的看法。所谓共名，本来是知识分子解释世界的一种途径，他借助共名发表各种看法，说话就有了社会共同的参照系；而在无名状态下，社会失去了统一认同的参照，这样就给知识分子的发言带来更高的要求和更大的难度，个人所要承担的责任有时会超过个人所能承担的能力。比如鲁迅，他一生都在寻找一种代表时代进步的文化认同，他认同过辛亥革命、五四运动、国民革命，等等。这期间他虽然也屡屡失望，但他始终是在时代的共名中努力地前进，精神是昂扬的。而在30年代他的最后一段生命历程里，他又一次遭遇了与左翼作家联盟的某些领导人的分裂，不得不"横站"的时候，他才感受到了致命的孤独和绝望。①我们在五四新文化运动的领袖、中国共产党的创建者之一陈独秀一生流连颠沛，晚年连托派组织也将他摒除出去的时候，也能体会到这种打击真正的致命性。②而知识分子个人性的价值往往就在这感受到彻底虚无的刹那间，迸发出惊心动魄的光彩。但这样的代价实在是太大了。

以上我们看到了30年代的无名状态下三种知识分子的选择：一部分知识分子自觉认同小范围的社会理想和时代的局部主题，在相对多元的文化格局里履行自己的社会使命；一部分知识分子在拒绝了时代共名以后，只能在极小的个人感情天地里流连忘返，以保持个人性的纯粹和完美；也有一部分知识分子彻底摒弃了外在于生命的文化价值，或自觉或被迫地以个人生命来肉搏这虚无的黑暗，由此体尝高加索山上普罗米修斯所遭遇的生命的悲壮。在30年代的文坛上，第一部分的代表有巴金，第二部分的代表是周作人，而第三部分的行列里，站立着伟大的鲁迅。

但我还想讨论第四种立场。以上三种立场，都是以知识分子的个体价值与时代共名之间的对立范畴所展开的，如果我们把考察的视线越出这个范围，将会看到在30年代还有相当多的知识分子在既认识到个体价值的渺小，又拒绝时代共名的制约之间，走向了另一种文化价值取向——民间的文化立场。他们走向世俗，走向庙堂主流文化和知识分子"广场文化"以外的文化世界，在自生自在的民间文化形态

---

① 参见王晓明《无法直面的人生——鲁迅传》（修订本），生活·读书·新知三联书店2021年版，第197～214页。
② 参见王观泉《被绑的普罗米修斯——陈独秀传》第四章，业强出版社1996年版。

中寻找新的立场。由于五四以来知识分子所认同的共名中一向缺乏真正的民间视野，所以当这种新的立场引入新文化领域，立刻获得了意想不到的成功。在20年代末30年代初崛起的一批优秀作家中，有浑身充满远山僻野乡土气的沈从文，有带来了世俗喧嚣的老舍，有缠绵于呼兰河之梦的萧红，还有从民间走向诗坛的艾青和田间……这些作家或多或少都偏离一点五四以来的知识分子立场，为这个文化传统带来了新的生命力。由于这些作家的个体价值都融汇到各自的民间文化背景里，每个人的作品所表现的新世界的气象，都充满了朴素、健康和新鲜。我在这里不想对这一类创作的价值做出详细分析，但从这一类知识分子的选择中，我们不难看出前三种选择所缺乏的某些健康因素。30年代文学在无名状态下出现的短暂繁荣，与这些知识分子脱离了时代共名后，走向民间的抉择是分不开的。

可惜过于短暂的30年代前期的文学没能充分展示它的规律，而90年代的中国文学还在发展之中，所以，关于无名状态下的文学创作，我们还将作进一步的研究。

1996 年初作
2011 年 3 月修订

276

从『少年情怀』到『中年危机』

——20世纪中国文学研究的一个视角

在人们关注中国文学走向的当下，有必要对两个"新世纪"文学做一对比。一个"新世纪"文学是指20世纪初的文学，另一个"新世纪"文学是指近八年来的21世纪初的文学。这两个"世纪初"文学相隔一百年，它们之间有什么内在的关联？连接两个"世纪初"文学的整整一个世纪，究竟经历了怎样的文学发展形态？对此，我提供两个非文学性的视角："少年情怀"与"中年危机"——从最贴近生命的视角来探讨这一百年中国文学演变的某些特点。①

20世纪中国文学的生命线有点像人的生命，在自身发展过程中，呈现了一个从少年到中年的成长与成熟的主题。应该说明的是，这两个视角都不是我首次使用。20世纪初到五四新文学的青春主题是一个

---

①　本文是应香港岭南大学中文系主任李雄溪教授邀请，笔者担任"岭南大学香港赛马会杰出现代文学访问教授计划"的首任教授，于2009年3月6日在岭南大学王忠秩演讲厅作的公开讲演。

普遍关注的现象，曾经有许多研究论文探讨过。①关于当代文学的中年特征，90年代就有人指出过。②但是把这两者结合在一起考察20世纪中国文学的演变规律，也许是本文所要尝试的一个新的独特视角。需要说明的是，本文对这两个视角没有任何褒贬含义，只是给以客观的描述和分析。

一、少年情怀·青春主题·革命话语：
五四新文学的一种读解

今年是五四运动九十周年，这是作为政治意义上的五四的发生；如果从新文化或新文学的历史来看，其发生时间还要早些。陈独秀创

---

① 近年来，笔者阅读到的有关文学史的青春主题的论文，主要有美国卫斯理学院宋明炜的两篇论文：《现代中国的青春想象》和《"少年中国"之"老少年"：清末文学中的青春想象》，受启发颇多。此外，笔者还知道台湾地区及海外尚有关于"青春"的意识形态性、文学史或主题学意义的研究论文，如Xueping Zhong（钟雪萍），"Long Live Youth" and the Ironies of Youth and Gender in Chinese Films of the 1950s and 1960s, in: *Modern Chinese Literature and Culture*, vol. 11, no. 2 (Fall, 1999), pp. 150–185；梅家玲《发现少年，想象中国——梁启超〈少年中国说〉的现代性、启蒙论述与国族想象》，《汉学研究》19卷第1期，第246～276页；《少年台湾——八九〇年代台湾小说中的青少年论述》，见梅家玲《性别，还是家国？——五〇与八九〇年代台湾小说论》（麦田出版社2004年版）。大陆出版的著作有樊国宾《主体的生成：50年成长小说研究》（中国戏剧出版社2003年版）、刘广涛《百年青春档案：20世纪中国小说中的青春主题研究》（中国社会科学出版社2005年版）、刘广涛《二十世纪中国青春文学史研究——百年文学青春主题的文化阐释》（齐鲁书社2007年版）、周海波《青春文化与"五四"文学》（百花文艺出版社1996年版）等。笔者只读过其中的部分著述。

② 较早提出当代文学创作的"中年特征"的，有诗歌界肖开愚《抑制、减速、放弃的中年时期》《九十年代诗歌：抱负、特征和资料》和欧阳江河《1989年后国内诗歌写作：本土气质，中年特征与知识分子身份》等，主要是讨论诗歌创作领域的现象，本文的第二部分有专门介绍。

办《新青年》杂志（前身为《青年杂志》）是1915年。现在学术界讨论中国现代文学的开端，有一种观点是溯源到1892年。那一年，韩邦庆发表连载小说《海上花列传》（全书1894年出版），被认为是中国古典小说向现代转型的开山之作。[①]不过这是一部写青楼妓女与嫖客故事的小说，与本文讨论的少年主题没有什么关系，那时现代性因素还处在躁动于母胎的生命阶段。真正的少年主题，是从梁启超发表《少年中国说》为开端的，时间为1900年，也就是新世纪的黎明到来之际。

"少年中国"这个概念来自于意大利革命者马志尼创立的"少年意大利"团体。梁启超说："夫意大利者，欧洲第一之老大国也。自罗马亡后，土地隶于教皇，政权归于奥国，殆所谓老而濒于死者矣。而得一玛志尼，且能举全国而少年之，况我中国之实为少年时代者耶！堂堂四百余州之国土，凛凛四百余兆之国民，岂遂无一玛志尼其人者？"[②]于是梁启超遂起意，把"老大帝国"的中国形象改变为"少年中国"的形象。他用非常华丽的语言描述了中国的少年特征，认为中国数千年历史就是一个老年和少年轮回的历史，盛世就是少年，衰世就是老年。当时处于清朝末年变法失败之际，应该是老而又老、濒于死亡的中华帝国，但梁启超就在这关键时刻大声疾呼："造成今日之老大中国者，则中国老朽之冤业也；制出将来之少年中国者，则中国少年之责任也。"梁启超这一修辞的变化适逢其时，立刻获得了巨大反响。正如一位学者所描绘的："少年话语已经成为清末社会中

---

① 参见范伯群《中国现代通俗文学史（插图本）》，北京大学出版社2007年版，第14～24页。

② 梁启超：《少年中国说》，初刊于《清议报》第35册（1900年2月10日），第2253页。下引《少年中国说》均依此本。

最为激进的文化表述。梁启超笔下的'少年中国'在历史的时间表中为'中国'确定了新生的起点、发展的方向和未来的形象，作为政治象喻的'少年'被赋予了无以伦比的文化能量。其时追求进步的年轻知识分子莫不竞相以'少年中国之少年'或'新中国之少年'自称[1]，而一时之间，有关少年的论述涌现于政治、文学、伦理、教育等诸多文化表述领域。另一方面，自1902年南洋公学学生组织'少年中国之革命军'，首倡现代中国之'学运'[2]，及至邹容以二十岁年轻生命献身革命，汪精卫后来密谋行刺醇亲王载沣被捕，吟出'引刀成一快，不负少年头'的名句，少年也已经从概念理想，化身为血肉之躯、革命的先锋、未来历史的塑造者。"[3]

一个国家也好，一个民族也好，要从老年状态逆转为少年状态，肯定不是靠一厢情愿就能完成的，还需要有更大的外力推动。梁启超的"少年中国说"之所以能够被普遍接受，是因为当时有了更大的参照系，那就是中国以外的"世界"以及这个"世界"提供了一个"现代"的样板。中国被西方列强的侵略枪炮惊醒，首先看清了现代化的目标，产生了奋起直追的觉醒。如果老大帝国被列强侵略而一蹶不振甘当奴隶，那只能是处于"落后"状态"被淘汰"；然而中国被侵略后调整方向，向侵略者学习，拜列强为师，竞相直追世界现代化而达

----

[1]　例如与康梁立场相对立的排满作家陈天华，在其小说《狮子吼》中也让一位"新中国之少年"登场演绎未来国史，且又要注明"看官须知这个新中国少年，并不是日本横滨市保皇会中人，且要留心，不可错被混过"。见《中国近代小说大系》（《仇史》《狮子吼》《如此京华》等卷），百花洲文艺出版社1991年版，第33页。——引文原注。可见保皇党人梁启超的这一呼吁，革命者也同样响应。

[2]　参阅桑兵《晚清学堂学生与社会变迁》，学林出版社1995年版，第74～76页。——引文原注。可见少年情怀最终导致革命话语，也是在晚清时期就被呈现。

[3]　宋明炜：《"少年中国"之"老少年"：清末文学中的青春想象》，《中国学术》第27辑，商务印书馆2010年版，第207～231页，引文见第207～208页。

到富国强民，那就成为"少年中国"。世界格局在客观上是一样的，但是由于阐释不一样，导致国民文化心态的不一样，化历史为主动，由少年心态带动了革命，结束了清朝老大帝国。我们在20世纪头十年的历史中可以看到，"少年中国"虽然是一种语言能指，其背后支撑的是现代化进程中关于国族的政治想象，直接导致的后果是革命运动。所以，国族想象（现代性）—少年情怀—革命运动构成了三位一体的时代精神。

辛亥革命以后，"少年情怀"逐渐被"青春"主题取代。钱穆曾经考证"青年"一词，他指出："青年二字，亦为民国以来一新名词。古人只称童年、少年、成年、中年、晚年。……或称青春，则当在成婚前后数年间。及其为人父母，则不再言青春矣。民初以来，乃有《新青年》杂志问世。其时方求扫荡旧传统，改务西化。中年以后兴趣勇气皆嫌不足，乃期之于青年。而犹必为新青年，乃指在大学时期身受新教育具新知识者言。故青年二字乃民国以来之新名词，而尊重青年亦成为民国以来之新风气。"① "青年"一词借助了五四新文化运动得以广泛传播流行，当时虽然有"少年中国学会"的庞大组织②，但是流行于文化领域的话语已经逐渐改为"青年"或者"新"，从五四时期流行的期刊如《新青年》《少年中国》《新潮》《解放与改造》《创造》等名字来看，"青春"成为一种流行主题，它的内涵依然是现

① 钱穆：《中国文学论丛》，生活·读书·新知三联书店2002年版，第26页。但要指出的是，"青年"一词肯定不是来自陈独秀创办的《青年杂志》《新青年》），之前就流行"青年"一词，于是才会出现陈独秀的《青年杂志》与别的杂志重名发生纠纷的事件。

② "少年中国学会"成立于1919年7月1日，其宗旨为：本科学的精神，为社会的活动，以创造少年中国。其刊物为《少年中国》，鼓吹"少年运动"。发起人为王光祈，早年研究音乐，后留学德国，死于德国。

代性的国族想象和革命社会实践两大部分，这一点与"少年中国"的内涵相比没有多少变化。陈独秀在《青年杂志》创刊号上开宗明义"敬告青年"的六条标准①，几乎每一条都可以与对一个新的民族国家的期望等同起来。李大钊直接把对青年的期望转化为对青春的鼓吹。他在主编的《晨钟》发刊词里，高歌青春："个人有个人之青春，国家有国家之青春。今者，白发之中华垂亡，青春之中华未孕，旧稘之黄昏已去，新稘之黎明将来……人人奋青春之元气，发新中华青春中应发之曙光。"②其语气，其象征，其宗旨，都是梁启超《少年中国说》的青春版。我们看到，少年、青年、青春，这些概念在五四时期既可以用于对人的期望，也可以用于对国家、民族的期望，或者两者同时混杂在一起。

因此，"青春"主题正是五四新文学对时代精神的回应。中国现代文学的发展与中国社会的现代化进程紧密相关。在那样的时代，由于整个中国进入了世界现代化进程，它处处都显示出一种朝气蓬勃的青年的形象。从梁启超的"少年中国"的政治隐喻转而成为新文学的青春主题，其影响一直存在于中国现代文学史，并一直延伸到20世纪60年代。五四时期有创造社郭沫若为代表的青春诗人和郁达夫为代表的青春期骚动小说，30年代有左翼文学以及巴金为代表的青春期革命小说，全面抗战爆发以后的文学中出现了艾青的诗歌以及路翎的《财主底儿女们》的青春主题（评论家胡风曾经称路翎的小说是"青

① 陈独秀《敬告青年》(《青年杂志》1卷1号，1915年9月15日)对青年提出六条要求：自主的而非奴隶的、进步的而非保守的、进取的而非退隐的、世界的而非锁国的、实利的而非虚文的、科学的而非想象的。
② 李大钊：《〈晨钟〉之使命》，《晨钟》创刊号，1916年8月15日，收入《李大钊全集》第1卷，人民出版社2006年版，第166～171页，引文见第166页。

春的诗"），50年代又有一批年轻的新作家走上文坛，代表作有王蒙的长篇小说《青春万岁》、宗璞的《红豆》、杨沫的《青春之歌》以及郭小川的青春诗歌。在中国大陆之外，则有鹿桥的《未央歌》、白先勇的《寂寞的十七岁》、创世纪和蓝星诗社，以及在香港《文艺新潮》《好望角》等青年刊物上发表的一系列现代主义的文学作品。中国在20世纪走过了极其艰难的道路，几经曲折几经反复，文学创作上也有各种各样的表现，但是青春主题似乎一直是文学史的主流现象，甚至可以延续到60年代的红卫兵文化现象。①

有学者认为，青春文化是从创造社开始的。②在我看来，五四新文学从一开始就拥有强烈的青春主题，它是少年中国政治隐喻在文学上的反映和变异，同时，五四新文学运动是先锋文学运动③，青春主题正表达了先锋文学的某些特质。青春主题夸大了老年与青年（少年）、旧与新、过去与未来、腐朽与新鲜等的二元对立④，青春主题的世界观是进化论，强调青年必胜过老年，未来必定比现在进步，于是，

① 20世纪60年代的红卫兵运动仍然有大量的诗歌、剧本等创作，其风格依然是青春主题的呈现，可参考杨健《文化大革命时期的地下文学》，朝华出版社1993年版。

② 王富仁在《创造社与中国现代社会的青年文化》一文里写道："青年文化的传统，按照我的意见，则是创造社首先建立的。"（王富仁：《灵魂的挣扎——文化的变迁与文学的变迁》，时代文艺出版社1993年版，第200页）

③ 关于五四先锋文学的特质，参阅拙文《试论五四新文学运动的先锋性》，初刊于《复旦学报（社会科学版）》2005年第6期，收入本书。

④ 梁启超提出的"少年中国"概念，就是从老大帝国的对比中产生的。《少年中国说》对此运用了一系列精彩绝伦的比喻："老年人如夕照，少年人如朝阳；老年人如瘠牛，少年人如乳虎；老年人如僧，少年人如侠；老年人如字典，少年人如戏文；老年人如鸦片烟，少年人如泼兰地酒；老年人如别行星之陨石，少年人如大洋海之珊瑚岛；老年人如埃及沙漠之金字塔，少年人如西伯利亚之铁路；老年人如秋后之柳，少年人如春前之草；老年人如死海之潴为泽，少年人如长江之初发源。"这种二元对立的模式表现在文学作品中，以巴金描写大家庭题材的"激流三部曲"最为典型。

青年就天然地拥有了居高临下的话语权。"老年"的文化包括所谓传统专制、保守退隐、闭关锁国、封建落后、虚伪无聊，等等，被界定为必然被淘汰的文化。这样一种二元对立的青春主题在文学思潮上表现出几个特征：一是彻底的反传统，从古至今都要反，青年是站在新人的立场上宣布自己的诞生，以昨日之非来证明今日之是。鲁迅笔下的"狂人"就是一个新人的典型。二是反对所有权威，包括与自己同一阵营的权威。这也是先锋文学的一个重要特征。青年人雄心勃勃，谋求自身的发展，当他走上社会时首先感到的压力不是来自敌人一方，而是自己一方的权威、前辈和引路人。于是我们就可以理解：为什么新文学运动初期林纾、严复等第一代西方文化的引进者都成为保守派的代表人物；为什么创造社异军突起，批判矛头不是对准鸳鸯蝴蝶派，而是对准了文学研究会和胡适等人；为什么1928年左翼文学兴起，在所谓"革命文学"论争中，左翼作家把鲁迅、茅盾、叶圣陶等新文学第一代作家都当作主要敌人。[①]三是强调与现实环境的对抗，这也是先锋文学的特征之一。青春主题不仅把矛头指向过去，指向权威，更要直接指向现实的生存环境，张扬了一种不可调和的对抗性。例如，当年胡适提出"八不"主义的时候说："吾辈已张革命之旗，虽不容退缩，然亦决不敢以吾辈所主张为必是，而不容他人之匡正也。"[②]陈

---

① 王富仁在《创造社与中国现代社会的青年文化》中也提出过类似问题，他认为这些让人困惑莫解的问题，"使我们感到仅仅在革命与反动、进步与保守、正确与错误这些固有理论框架中已经极难说明它的全部问题，使我们感到有必要在新的评论框架中解决尚未解决的问题，以补正已有的评论"。于是他提出青年文化的视角。（王富仁：《灵魂的挣扎——文化的变迁与文学的变迁》，时代文艺出版社1993年版，第171页）

② 胡适：《寄陈独秀》，见胡适编选《中国新文学大系·建设理论集》，上海良友图书公司1936年版，第53页。

独秀马上写文章断然宣称:"改良中国文学,当以白话为文学正宗之说,其是非甚明,……必不容他人之匡正也。"①这种强硬、不讲理的语词,正表达了青年文化的语言特征。陈独秀后来在《本志罪案之答辩书》中公然声称自己的立场是:"破坏孔教,破坏礼法,破坏国粹,破坏贞节,破坏旧伦理(忠孝节),破坏旧艺术(中国戏),破坏旧宗教(鬼神),破坏旧文学,破坏旧政治(特权人治)。"②一连九个"破坏",与其说是针对历史传统,还不如说是挑战现实社会,以强硬态度来刺激敌人,产生对抗效应。但也有另一种状况,青春主题在现实压力下遭到失败时,也会采取决断的态度来夸大对抗性,如郁达夫小说里的伤感、悲愤和自戕。笼罩在这样一种"青春"的气氛下,文学运动发展也必然含有两面性的特征:青春主题一方面包含一种强大的生命活力,一种批判社会的革命精神;另一方面也呈现出话语中的幼稚、粗暴和简单的对抗性。我把这种现象称为革命话语,事实上它是通过话语而不是别的形态来表达其幼稚和粗暴特质。20世纪上半叶的中国文学史中充斥着这样一种二元对立、形式主义、暴力对抗的话语,话语背后所隐藏的精神现象在每一代年轻人身上都有体现。五四时期老年人不受欢迎,北京大学教授钱玄同有一句名言流传甚广,说是"四十岁以上的人都应该枪毙"③。刘半农在30年代初编了一本白话诗稿,在序里说,他们这些五四时期的白话诗人,都"挤挤成了三代以

---

① 陈独秀:《答胡适之》,见胡适编选《中国新文学大系·建设理论集》,上海良友图书公司1936年版,第56页。
② 陈独秀:《本志罪案之答辩书》,《新青年》6卷1号,1919年1月15日。
③ 转引自鲁迅《教授杂咏》,见《鲁迅全集》第7卷,人民文学出版社2005年版,第460页。

上的古人"①。左联时期，鲁迅不过五十几岁，可是左翼青年背后称他为"老生""老头子"，鲁迅知道后很不高兴，感到是骂自己很"落伍"。②在青春崇拜的时代，年轻作家层出不穷，占据了绝对的优势。

新文学史上几乎十年换一代，每一代都是新人辈出。他们发散出一种强烈的先锋性力量，毫不犹豫地把前辈推开，毫不犹豫地宣布自己才是文坛的主人。文学史上可以很清晰地找到如上所述的发展脉络——《新青年》集团登上文坛，马上就把梁启超、林琴南抛弃了；十年一过，1928年"革命文学"论争中一批激进的马克思主义者出现了，他们首先批判五四，批判鲁迅，宣布五四已经过时（当时钱杏邨有一篇很著名的文章《死去了的阿Q时代》）；再过十年，全民族抗战爆发，新的一代，特别是在延安产生的一批新人，他们倡导新的人物、新的语言、新的形式，用"新"这样的概念来证明30年代那些著名作家已经过时了；到60年代以后，青春文学越来越趋向革命暴力话语，而离文学愈来愈远，那个时候红卫兵宣布自己是天兵天将，宣布之前的东西全部是封、资、修，都应该烧毁。不同的只是红卫兵除了用暴力话语，还充分发挥了拳头的力量和暴行来证明自己。这样，从少年中国到青春主题再到革命话语的三部曲就完成了。

但青春文化最初的原意是创造，他们的粗暴是因为生命力的旺盛和爆发力，火山爆发泥石狂泻，往往是在巨大的冲动下，生命中美好的壮丽的恐怖的甚至恶魔性的因素统统呈现出来。青春主题给我们的现代文学带来了强大活力，同时不可避免地产生出某种幼稚性。我觉

---

① 刘半农：《初期白话诗稿》，书目文献出版社1984年版，第6页。
② 参见鲁迅《"醉眼"中的朦胧》《我的态度气量和年纪》，见《鲁迅全集》第4卷，人民文学出版社2005年版，第61～72、109～116页。

得整个中国现代文学史都贯穿了这样的东西。从当时的文学创作的闪光点来看，卓越的作家都是在20岁到30岁之间奉献出他们一生的代表作。我们一提到巴金就会想到他的《家》，这是他28岁左右写的；曹禺的《雷雨》则是他在清华大学读研究生的时候完成的；萧红创作《生死场》时不过才二十出头；张爱玲的主要作品都是在她23、24岁之间完成的；路翎创作长篇小说《财主底儿女们》时还不到20岁；而老舍，在30岁前已经完成了《老张的哲学》《赵子曰》《二马》《小坡的生日》等创作。鲁迅先生写《狂人日记》的时候是37岁，37岁在我们今天的概念中应当算作是青年作家，而在当时看来，三十几岁就已经很老了。回顾这一代作家，我们差不多都会产生相似的印象，都觉得他们成熟以后创作的作品反而比不上青年时期的创作。除了老舍比较特殊，像巴金的《寒夜》、曹禺的《北京人》、萧红的《呼兰河传》、张爱玲的《秧歌》等，从技巧上说都达到了炉火纯青，远较青年时期的创作圆熟，但其影响力明显不如以前的作品。所以，文学史编撰者如果要为他们选择一部代表作的话，往往还是会选他们二十几岁的作品。现代文学史上没有大器晚成的典型例子。这就是由现代文学的青春主题所决定的。

二、多元共存·中年危机·盛世危言：对新世纪文学的一个反省

我在描述现代文学的青春主题时，有意把五四新文学运动作为一种先锋文学运动的特征与青春主题联系在一起，为的是要强调一个人

们看不见的事实：先锋文学永远是属于边缘性的，它以敏锐的触角感受时代变迁的信息，并且依仗着新思想，打断与社会相适应的常态文学的正常进程，以突变的形态来推动文学发展。^①五四作为一种先锋文学运动，从边缘向常态的主流文学发起进攻时，青春主题就成为一种武器，这是青春主题向革命话语转化的内在的必然。但是，先锋思潮又是短暂的，它会在一个短时期内集中巨大能力发起进攻，产生影响，也会迅速地消散在常态文学中，它在推动文学发展的同时也会迅速消解自身，也可能被更新的先锋思潮所否定。这个过程与我所描述的青春主题/革命话语的形态非常相似。因为五四文学是边缘化的，其自身的许多负面因素都被遮蔽，一旦青春主题/革命话语形态脱离了先锋性而成为文学主流，其负面因素就马上扩大弥散。张爱玲有一篇谈论音乐的散文，用五四来比喻交响乐："大规模的交响乐自然又不同，那是浩浩荡荡五四运动一般地冲了来，把每一个人的声音都变了它的声音，前后左右呼啸喊嘇的都是自己的声音，人一开口就震惊于自己的声音的深宏远大；又像在初睡醒的时候听见人向你说话，不大知道是自己说的还是人家说的，感到模糊的恐怖。"^②如果把五四运动改成青春主题，那个比喻就可以反过来理解：青春是盲目的、狂热的、集体的、轰隆隆的，很难达到个人理性的、宽容的境界。这种交

①　本文所说的所谓"看不见的事实"，是笔者正在研究的一个新的文学史观点：现代文学史有两种形态——先锋文学和常态文学——在交替着互相推动发展，而不是以往文学史著述里描绘的以五四为起点的唯一的新文学史运动。正因为少年中国/青春情怀在五四时代不是主流的文学而是边缘的文学，它才起到了真正的革命性的作用。"先锋文学"在本文中不作展开，但又是我们了解青春主题必须认识的一个关键词。特此说明。

②　张爱玲：《谈音乐》，见金宏达、于青编《张爱玲文集》第4卷，安徽文艺出版社1992年版，第164页。

响乐似的恐怖如果从边缘向主流进攻的话，可以成为一种攻击的力量，但如果它本身占据了主流地位，就成为真正的恐怖了。

1949年以后的文学史上，青春依旧是受到鼓励的主题，但是其背后是政治权力的意识形态化，"青春"常常被作为革命成长力量的隐喻，占据文学的主流地位，不再是边缘的先锋文学。从革命话语支配下的青春主题到红卫兵文化，有其一脉相承的发展轨迹。本文不讨论这个问题，只是指出：在60年代红卫兵运动的武器的批判下，所有的文学都成为一片废墟，而作为一种生命形态的文学，到了此时也必然会蜕变成熟，开始挣脱青春的朦胧枷锁，走向中年人的情怀了。

20世纪80年代开始，中国文学进入了多元共存和理性竞争的状态。十年劫难一视同仁地迫害了各年龄层次的作家，所以大家一起从废墟中走出来。论政治迫害，中老年作家首当其冲，他们自然担当了文学复兴的主力。在老中青三代同堂、左中右各家并行的80年代文学格局中，青年作家显然是弱势，他们的创作经历主要体现在"伤痕文学"和知青文学的范围内。当时中老年作家主要是从历史的反思与政治的需要出发，来批判"文化大革命"和"四人帮"的罪恶，而青年作家则是从他们个体的实际感受出发，写"文化大革命"的灾难。①

---

① 　知青文学的研究专家郭小东在《中国叙事：中国知青文学》一书中发问：新时期最初的那些呐喊与控诉的文学发端，为什么更多地产生在年轻一代作家也就是知青作家之手？他自己回答说，这些知青作家当时"并非纯正和严格意义上的知识分子，他们只不过是些仅读几年初高中的青年学生而已。他们没有中国知识分子那种根深蒂固的秉性，故他们在对社会丑恶的正视上有一种激越的锐气和幼稚的彻底。……所以，新时期早期阶段的知青文学，更多的是以对个人的自伤喟叹，去圆一个民族命运的梦寻"。（郭小东：《中国叙事：中国知青文学》，花城出版社2005年版，第24页）

两者有明显的不同，当时的意识形态导向支持并鼓励了前者，而着眼于纠正和引导后者。

我们现在回顾三十年前的文学，很难分辨当初"伤痕文学"与"反思文学"之间存在的微妙差异。可以举一个例子：一般文学史都会描述伤痕文学思潮发端于刘心武的《班主任》（发表于《人民文学》1977年第11期）与卢新华的《伤痕》（发表于《文汇报》1978年8月11日）。前者是写一个中学班主任，从学生把革命小说《牛虻》当作黄色读物的个案，思考了"文化大革命"中的教育是如何戕害青少年的理解力的；后者写一个母亲在"文化大革命"中被诬陷为叛徒，女儿与母亲划清界限，到农村当知青，后来母亲在冤案平反后死去，女儿永远失去了向母亲忏悔的机会。文学史把这两篇作品作为伤痕文学思潮的滥觞有点奇怪。《班主任》的作者当时已经是中年人，《班主任》的思路和表达形式与王蒙的小说《最宝贵的》非常相似，是从青年人的错误引申出教训，让成年人去思考，正面来解答历史教训与理想重建。所以《班主任》更接近后来的反思文学思潮的特点，反思文学需要有正面的理想人物（或者由作家自己来担任）来表达主流信念，并用理性来思考当下社会的种种弊害。而伤痕文学没有正面的理想人物，忏悔才是人物（或作家）的内心情结，以此表达出对历史的绝望。正因为绝望，才会触犯当时的教条，才会在社会上引起轩然大波。而这种忏悔、绝望的情绪反映了当时大多数青年人从红卫兵到知识青年，历尽辛苦后终于发现上当受骗、落得一无所有的集体无意识。从当时的社会效应来说，伤痕文学思潮汹涌澎湃，蔓延文坛，但始终因为过于悲观和尖锐得不到主流批评的支持。①伤痕文学思潮兴起之初，批评家们希望通过《班主任》的规范来引导青年作者。很快反思文学思潮兴起，80年代主流文学是以中年一代作家所创造、所代表的，作家们反思历史经验教训，坚定支持了改革开放的新的国策。

我们今天回顾这段历史，不无遗憾地看到，第一代伤痕文学的作者几乎在以后的十年中陆续淡出文学界，这当然不能仅仅归咎于他们的文学技巧②；最初的知青文学（我指的是与伤痕文学思潮联系在一起的知青文学）也几乎是难以为继，很快就转向了其他形态的表述。③几年后，知青作家借助文化寻根思潮④重新崛起，逐渐走上民间道路。

---

① 人们对"伤痕文学"有不同的理解。一般文学史著作认为，"伤痕文学"是以卢新华《伤痕》为代表的文艺思潮，代表作品有郑义《枫》、孔捷生《在小河那边》、陈国凯《我应该怎么办》、曹冠龙《锁》，等等，还有很多电影作品和诗歌创作。这些创作都表现了一种共同情绪，就是作家体会到"文化大革命"的苦难是永恒的创伤，是无法弥补的。以我的理解，"伤痕文学"思潮涉及的范围还要广，包含了70年代末80年代初揭露、批判十年浩劫罪恶与教训的所有作品，如巴金等老作家的散文随笔、以白桦为代表的中年作家的《苦恋》等电影剧本、以《今天》为代表的诗歌等等。但青年作家无疑是"伤痕文学"的主要力量。参阅拙文《中国当代文学与"文革"记忆》，《中国现代文学论丛》2008年第2期。

② 伤痕文学的代表性作家卢新华、孔捷生、郑义、曹冠龙、李克威、陈国凯等，后来因为各种原因，都离开了文学创作，大部分到海外谋生。

③ 知青文学最初是与伤痕文学联系在一起的，代表作如竹林《生活的路》、孔捷生《在小河那边》等，后来逐渐改变了伤痕文学的暴露性写法，出现了张承志、梁晓声的"青春无悔"浪漫主义，阿城、王小波的灰色人生众生相，以及叶辛《蹉跎岁月》《孽债》等比较世俗化的创作道路，知青生活的尖锐性和戕害性被冲淡了。诚如郭小东所概括的，出现了"知青后文学状态"。

④ 寻根文学思潮出现在1985年前后，主要作家都是知青作家，他们根据上山下乡的生活经验和文化记忆，着力于表现农村社会的民俗文化之根，代表作有阿城《棋王》、韩少功《爸爸爸》、张承志《黑骏马》、王安忆《小鲍庄》、郑义《老井》等。

新文学整体观续编

从"少年情怀"到"中年危机"
——20世纪中国文学研究的一个视角

但那时他们的年龄也几乎是接近中年了。①

90年代开始，知青作家逐渐成长为新一代的中年，他们自觉承担起文学主力军的责任，并且是以个体的风格而不是集体的风格完成了这场接力。1990年王安忆首先发表了检讨80年代的中篇小说《叔叔的故事》，她用反讽的手法写了一个80年代走红的作家代表，一个年龄在"父亲"与"兄长"之间的前辈，作家用审视的眼光描述了她的前辈有关苦难、中兴以及浮华的叙事，最后"叔叔"虽然战胜了自己丑陋的儿子却失去了幸福感，于是作家也承认，他们这一代也不再会感到快乐了。②紧接着是贾平凹写作了《废都》，直接把时代的困惑与苦恼诉诸感官，人的主体的精神力量丧失了，只剩下退回性本能来证明自我的存在。值得注意的是，在小说的后记里，作家以四十岁男人的生理疲软影射了这个时代的精神缺陷。山东作家张炜则强调回归原野，回到民间大地重新思考生命的意义，他的《九月寓言》成为那个时代最有力量的作品。张承志则回归民间宗教，他离开北京，皈依西北的哲合忍耶伊斯兰教派，写出了哲合忍耶七代教宗的故事。还有史铁生、余华、莫言、林白、阎连科、韩少功、刘震云，等等，这一代作家终于呈现出稳定的、独特的、成熟的个人风格，与交响乐似的青

---

① 知青作家主要来自所谓"老三届"，即1966—1968年高中、初中毕业的历届中学生，因为"文化大革命"爆发中止高考，他们直接参加红卫兵运动，1968年后大部分上山下乡，再加上老三届以后继续全体上山下乡的1969届和部分上山下乡的1970、1972、1973届学生，他们中间少数人在1977年以后通过高考改变了人生命运，但大部分人都是命运多舛，一生坎坷。他们的出生时间差不多集中在1946—1956年，在"文化大革命"刚结束时处于20～30岁的青年阶段，到了1986年寻根文学思潮兴起，处于30～40岁之间，90年代创作风格真正成熟时，基本上已经人到中年了，成为文坛的中坚力量。

② 这个意思在小说《叔叔的故事》里被凝练为两句话。"叔叔"的警句是："原先我以为自己是幸运者，如今却发现不是。"而"我"的警句是："我一直以为自己是快乐的孩子，却忽然明白其实不是。"

春主题的写作风格拉开了距离。

诗歌领域首先注意到了这一风格的出现，敏感的诗人已经捕捉到时代的关键词：中年情怀。[①]诗人肖开愚第一个描绘了这一现象[②]，他后来回顾当时的情景："1989年我在《大河》诗刊发表了一篇文章，提出'中年写作'，探讨摆脱孩子气的青春抒情，让诗歌写作进入生活和世界的核心部分，成人的责任社会。在正常的文学传统中，这应当是一个文学常识，停留在青春期的愿望、愤怒和清新，停留在不及物状态，文学作品不可能获得真正的重要性。中年的提法既说明经验的价值，又说明突破经验的紧迫性，中年的责任感体现在解决具体问题的能力上，而非呼声上。"[③]诗人欧阳江河进一步界定了"中年写作"的特征："显然，我们已经从青春期写作进入了中年写作。1989年夏末，肖开愚在刊载于《大河》上的一篇题为《抑制、减速、开阔的中年》的短文中明确提出了中年写作。我认为，这一重要的转变所涉及的并非年龄问题，而是人生、命运、工作性质这类问题。它还涉及到写作时的心情。中年写作与罗兰·巴尔特所说的写作的秋天状态

①　　"中年"是诗歌界评论20世纪八九十年代之交诗歌风格变化的关键词，当时称作"中年特征"或"中年写作"。

②　　肖开愚描绘这一现象的第一篇文章，是发表在《大河》诗刊第1期上的《抑制、减速、放弃的中年时期》。《大河》诗刊是当时河南省作协下的诗歌协会办的一个刊物，没有刊号，只存在了三年左右的时间。肖开愚的这篇文章似乎不甚流传，乃至后来提到这篇文章的，都把"放弃"误以为是"开阔"，下文引用的欧阳江河的文章里即是。肖开愚所理解的中年时期的"抑制、减速、放弃"，可参见他在文中的一段话："强调对向终极目的的飞行的减速，其实是对终极价值的抑制，还不仅仅是延缓某种聚敛和驯养过程，使其达到充分。它甚至是放弃那种所谓诗人与偏激的缩短和不正常，放弃变可能为部分的可能。"（转引自微信公众号"新诗"2015-02-10。）

③　　肖开愚：《九十年代诗歌：抱负、特征和资料》，《学术思想评论》第1辑，第215～234页，引文见第226页。

极其相似：写作者的心情在累累果实与迟暮秋风之间、在已逝之物与将逝之物之间、在深信和质疑之间、在关于责任的关系神话和关于自由的个人神话之间、在词与物的广泛联系和精微考究的幽独行文之间转换不已。如果我们将这种心情从印象、应酬和杂念中分离出来，使之获得某种绝对性；并且，如果我们将时间的推移感受为一种剥夺的、越来越少的、最终完全使人消失的客观力量，我们就有可能做到以回忆录的目光来看待现存事物，使写作和生活带有令人着迷的梦幻性质。"①

"中年"概念不完全是一种年龄的特征，只有在个人的生命意识与社会责任两方面综合的经验中，才会体会到这个概念的真正意味。但是无论如何，诗人和作家的年龄在其创作风格的转变中还是会产生深刻的影响。②中年的主要标志，如诗人们所概述的，是社会责任的沉重感（文学开始进入生活与世界的核心部分），是人生、命运、工作性质这类问题以及秋天般的写作心情。但我觉得，文学作为一种精神的标志，其最闪亮不灭的因素是对人生的透彻感悟和生命形态的成熟。中年作家的文笔不再为理想的激情所支配，而更多的是对实际的社会生活的观察和思考。现实帮助了文学的生命和诗人的生命同时成熟，橙色的梦幻在80年代还是美丽的，但进入90年代，一切都变得

---

① 欧阳江河：《1989年后国内诗歌写作：本土气质、中年特征与知识分子身份》，见《站在虚构这边》，生活·读书·新知三联书店2001年版，第56~57页。

② 艾略特在《传统与个人才能》一文中说："对于任何一个超过二十五岁仍想继续写诗的人来说……历史意识几乎是绝不可少的。"（《艾略特文学论文集》，李赋宁译注，百花洲文艺出版社1994年版，第2页）另外，艾略特认为叶芝主要是一个"中年诗人"："在理论上，没有理由认为一个诗人到了中年或者在耄耋之前的任何时候会丧失其灵感和材料。因为，一个有能力体验生活的人，在一生中的不同阶段，会发现自己处身于不同的世界；由于他用不同的眼睛去观察，他的艺术材料就会不断地更新。但事实上，只有很少几个诗人才有能力适应岁月的变嬗。"（［英］艾略特：《叶芝：诗与诗剧》，王恩衷译，见王家新编选《叶芝文集·朝圣者的灵魂》附录，东方出版社1996年版，第407页）

实实在在，没有幻想，只有现实。张爱玲所描绘的那种交响乐似的轰隆隆的青春热情已经消失了，换取了个人独立寒秋的风霜感和成熟感。这才会导致一批年龄相仿的作家自觉离开了原来知识分子走惯了的道路，转而融入广袤的生活世界，从无以名状的民间大地中吸取生存力量，寻找新的路标。他们的转型获得成功，不但摆脱了传统的知识分子的表述的困境，同时摆脱了市场经济压力下生存的困境。90年代的文学进入了一个相对稳定平静和个人风格发展的多元时代。我把它称为无名的时代。

作为从五四新文学运动浩浩荡荡出发的少年情怀和青春主题，经历了革命话语时代的自我异化和裂变之后，其主流文学进入中年阶段，有着更加深刻的历史背景。中国作为世界现代化进程中的一个后发成员，已经快步地追赶上来，成为经济全球化中一个不可或缺的成员了。经济的发展终于显示了它对国家的发展的重要性，而在这样一个时代里，昔日风华正茂的文学不可避免会受到冷遇，轮到物质主义的社会反过来质疑文学青春时代的幼稚、鲁莽和偏激。于是，五四新文学的启蒙运动和精英主义受到了质疑，知识分子的广场意识渐渐被时代消解，鲁迅崇高的地位被动摇，告别革命的声音从海外传到了国内，广泛地被人接受。我愿意把这一切都看作文学生命进入中年状态的自我调整，以求获取未来的生命的发展。2008年北京夏季奥运会开幕式上，举世瞩目的民族大狂欢中独独缺少了文学的声音（这与2009年美国总统就职典礼上女诗人伊丽莎白·亚历山大朗诵诗歌的情景形成鲜明对照）。从表面上看，文学在当下的媒体狂欢中黯然出局，但从更加深沉的意义上来理解，五四新文学以来的青春主题到革命话语，进而与意识形态紧密捆绑的时代也许真的过去了。文学越来越变成了个人的事业，个人生命密码的一种呈现，就好像某种多足类生物的生命蜕变，每一次成长都是通过蜕皮仪式来告别青春痕迹，直到完全的成熟期到来。

就像人的生命总是会进入中年时期一样，文学的中年期也总是会到来，只是我们这一代的作家碰巧遭遇了这个时机。我们回顾一下中国20世纪以来的文学历史，什么时候有过一代作家在近三十年中独领风骚？我觉得这是我们的时代变了，我们的文学的环境变了，这个时代为中年作家提供了一个非常广阔的空间。过去是十年一轮，新人辈出，文学之流如长江之水，滚滚后浪推前浪；而今天，从80年代成长起来的从青年进入中年的作家们，迅速建立了自己的叙事风格和民间立场，他们建立了独特的创作风格的审美领域，90年代的文学不再有流派，也没有思潮，变成了个人话语的众声喧哗多元共存。这一批中年作家，他们在创作上不断进行自我蜕变以求适应和创造文学环境，80年代一个境界，90年代一个境界，21世纪又是一个境界，几乎是十年一个境界，不断地提高，不断在变化。[①]这一批作家跨出了国门，走向世界的图书市场。60年代中国文学的外销是为了对外宣传，译成外文送到国外完全是自产自销行为，80年代中国文学引起西方汉学家的关注，翻译成外文主要是充当西方高校东亚系的课堂教材，但21世纪中国文学被译成外文，是直接送到图书市场作为商业流通进

---

① 　　这一代作家的创作风格始终处于自我更新的过程中，最典型的如：贾平凹从《满月儿》到《废都》再到《秦腔》，莫言从《透明的红萝卜》到《檀香刑》再到《生死疲劳》，王安忆从雯雯的故事系列到《叔叔的故事》再到《长恨歌》《启蒙时代》，张炜从《古船》到《九月寓言》再到《家族》，等等，可以举出许多这样的例子。作家们在每个阶段都会推出他们的新的风格的创作，既表达他们对生活的新的思考，也表现出他们自我变异的创作能力。

入西方读者的阅读视野。中年的文学生命与人的生命一样，散发了成熟、丰富、复杂和辉煌的魅力。

但是，文学的生命与个人的生命毕竟是不一样的，文学不是依靠个别作家而是依靠一代代作家的生命连接起来延续繁衍的。在世界文学史上，有的民族国家的文学史如同一部民族精神史，代代相传层层衔接。比如法国文学，从伏尔泰到萨特，比如俄罗斯文学，从普希金到索尔仁尼琴，我们都可以看到文学的生命如璀璨的明珠代代相传，这是民族精神强盛的体现。但也有的民族国家，文学在某个机遇中突然爆发出灿烂光华，一时间名家辈出，犹如流星划过，过后就恢复了冷寂和沉默，默默无闻。我想问的是，21世纪中国文学的未来走向能够预测到什么？是中年期的文学进一步创造出新的奇迹，老而弥坚？是会有更新的一代文学出现，焕发出更年轻的气息？还是会在不久的将来，文学又重新回到死气沉沉、默默无闻的荒凉世界？

我以为，这几种结果都是可能的。这就是本文标题中列入了"中年危机"的含义所在。在90年代的文学发展中，多元共存本来是在理性竞争下进行的，由于市场经济的压力、文学边缘化的状态以及媒体的明星化倾向，导致了中年以下的更年轻的文学后继者难以有进一步发展的空间。中年期的文学规范讲究宽容和理性的竞争，讲究实力的比较，但是初出茅庐的青年是很难在中年的成熟规范下轻易取胜的。我亲历了90年代文坛上发生的各种冲突和争论，如以朱文、韩东为代表的新生代的"断裂派"[①]；以棉棉、卫慧为代表的青春反叛小说[②]；电影领域还有第六代导演群，诗歌领域有更多来自民间的青年派别；等等，他们曾经在90年代都有过发展的空间，最终除了电影导演部分得到主流的承认，大部分被以各种各样理由排除在主流以外。这些青年作家虽然采取了反传统的决绝态度，但是他们的反叛思路和创作追求，依然是五四新文学青春主题和少年叛逆的线路，倒是文学主流进入了中年时期，游戏的规则发生了变化，导致叛逆青年文学的创作难以获得主流批评的关注。其结果是，80后作家完全在传统的规范以外求生存，他们寄存于现代媒体，接受媒体的包装和塑造，成为网络上出色的写手。这对我们自五四发轫以来的文学传统和文学主流而言，到底是一个令人兴奋还是令人沮丧的局面？

我曾经把这样的问题与许多学者和评论家讨论，所得到的反应几乎一样，都是喟叹当代文学萎缩的趋势似乎不可阻挡，而且可以从文学边缘化的事实中找到这种萎缩的客观依据。我的看法略有不同，我以为不是事实上的青年文学的萎缩，而是在我们既成的整个文学话语体系下误以为他们萎缩了。很显然，文学需要阐释，一代人有一代人的话语密码，需要给以理性阐释而不是媒体上的随意起哄，这是问题的关键。今天主流的作家和主流的批评家都已经是中年人，作为同代

[①] 韩东是1961年出生，朱文是1967年出生，新生代的主要作家大约都是60年代后期出生的，他们在90年代初提出了一系列违背主流文学规范的文学理念和审美理念，并且在主流的漠视下提出了"断裂"口号。后来在各种压力下，他们都退出了文学创作领域。（韩东除外，他一直坚持文学创作，2022年还获得了鲁迅文学奖。）

[②] 棉棉、卫慧等一批作家，曾经被媒体包装为"美女作家"，大约都是70年代出生，以她们为代表的创作随着《上海宝贝》被禁售，渐渐失去了集体的流派的力量。

人，他们之间存在着很好的沟通；而在更加年轻的作家崛起于文学创作领域的时候，文学批评和文学理论显然是严重滞后了，以至于常常需要作家自己出来发表一些词不达意的话，来表达自己。结果误解与隔膜越来越深。这是一个很奇怪的现象。我们现当代文学的硕士点是80年代初期设立的，博士点的设立在80年代后期，我们的高校中文系培养了一批又一批的博士、硕士，他们都到哪里去了？他们为什么不把眼光放到与他们同代的人身上？这是我们今天的教育，尤其是所谓学院派的研究生教育都应该认真反省的。

记得在80年代中期，有一次复旦大学召开中国当代文学的讲习班，邀请了王安忆与她的母亲、著名作家茹志鹃一起来参加一个座谈。王安忆当时才三十多岁，她在会上对着茹志鹃说："你们老一代总是说，对我们要宽容，要你们宽容什么？我们早就存在了！"现在轮到王安忆这一代面对年轻人了，事实上也不是谁宽容谁的问题，青年一代的存在是事实，他们本身就存在，我们不能不承认这个事实。如果我们不承认这个事实，中国文学就永远处于壮年时期，也许很快会到老年时期，我们文学的活力就丧失了。

2009 年初作
2016 年 6 月修订

20世纪中国文学的世界性因素

《中国比较文学》杂志发起对"20世纪中国文学的世界性因素"①的讨论，已经将近一年，编辑部希望我对此发表一些看法。这个话题是我在几年前提出来的，当时仅仅为了解决自己在研究20世纪中外文学关系问题上遇到的疑惑，提出一些具体的理论设想。关于"世界性因素"正是其中设想之一。但终究因为不够成熟，几年过去了自己还是徘徊在原来的理论起点上。这次编辑部发起讨论和同行们的参与争鸣，都是对我的一个重大鞭策，尤其是批评性的意见，使我获得启发而感到兴奋。我现在的意见仍然很不成熟，只是想借此机会说出来参加讨论，以期引来更为切中要害的批评。"20世纪中国文学的世界性因素"的研究包含了两层意义，它既是方法论，也包含了观念论，两者之间有着密切的联系，很难完全区分，因为研究方法也是从依据观念而设定的研究目的而来的。

一、从哪里提出问题？

这个课题，我把它命名为"20世纪中国文学的世界性因素"的研究，但是这个说法很容易发生误解，以为它仅仅要解决20世纪中

① 　　《中国比较文学》杂志从2000年第1期起，开辟"20世纪中国文学的世界性因素"专栏，讨论这一命题。本文发表于该专栏中。

国文学内部的问题，与比较文学学科无关。这样的理解并非没有理由，因为20世纪中国文学的特征之一，就是它已经被纳入世界文化格局，其文学主潮不能不带有世界性因素；研究中国文学和中国现代作家，也不能不考虑其与世界的关系。比较文学在中国兴起之前，现代文学研究领域就出现了关于中国作家接受外来影响的研究课题，而这些研究领域的成果，在"比较文学"的学科概念引进中国初期，理所当然地成为它的第一批学术积累。

当然，"比较文学"从学科概念上说，它有自己的话语体系和研究资源，上述成果被纳入"影响研究"范畴的时候，有些研究因素已经被改变了。我注意到传统法国学派的"影响研究"著作里经常出现的"旅游者""旅游书"或"游记中的外国形象"等关键词，但是在中国的"影响研究"中，不但这些关键词被忽略不计，而且，作为个别作家的知识修养（包括外来影响）的研究也越来越让位给外来思潮流派影响的宏观研究，终于在出现过几种关于"中外文学比较史"之类的著作后，"20世纪中外文学关系研究"已经成为一门学科的方向在比较文学专业里确定下来，而且是最具中国特色的方向之一。

我从80年代初跟随贾植芳先生研究20世纪外来思潮流派和理论在中国现代文学史上的影响，整理和编辑过几百万字的原始资料，并且一直在断断续续地研究这个课题。①一晃十几年过去，成效甚微，困惑益多，究其原因，在于对"影响研究"之"影响"难以科学地把

①　20世纪80年代初，贾植芳主持中国社会科学院文学所策划的大型资料书《外来思潮、流派、理论在中国现代文学史上的影响》的编纂项目，我参加了这个项目的主要编辑整理工作，并编写了《外来影响大事记》。但由于出版上的问题，拖延到2004年，才改编为《中外文学关系史资料汇编（1898—1937）》，由广西师范大学出版社出版。

握。以我的看法，"20世纪中外文学关系"这个研究方向应该包含两个部分：一部分是译介学在这一领域的应用，它的研究对象，包括20世纪以来翻译文献的整理研究，以及对外国文学创作、理论、思潮流派的介绍、评价和研究等等。它是对外国文学研究（我把翻译也看作一种研究方式）的研究，偏重于中外文学关系的原始译介资料的搜集整理和研究。这项研究工作已经有不少同行在进行，但到目前为止，我们仍然缺乏系统的可供依据的资料汇编和翻译研究。① 另一部分则是关于20世纪中国文学与世界文学这一对"民族与世界"所构成的文学关系的研究，这一部分是"中外文学关系"研究的主体，中国现代文学有什么理由要进入国际比较文学的研究视野，它在世界文学总潮流中提供了哪些自己的特色，尤其是20世纪中国文学在世界格局里究竟处于什么地位，这些问题需要给以理论上的解决。但是由于缺乏理论的准备，也缺乏实事求是的研究态度，在这个部分我们至今还缺乏真正有分量并能够自成体系的学术成果。

20世纪中外文学关系研究有一个比较特殊的现象，即构成该研究领域的两个部分的研究没有必然的因果关系。也就是说，前一部分的资料研究成果，仅能说明外国文学的译介状况，并不说明"关系"本身的状况。而后一部分，由于长期被制约在"影响研究"的范畴里，仅仅从"影响"的角度来解释"关系"，也不能说明中外文学关系的全部内容。如果我们对影响研究从方式到观念的特点都缺乏清晰认识，缺乏理论上的探索热情，"影响"本身也是难以得到准确表述，更不

① 　由李子云、赵长天和我主编的"世纪的回响"第3辑"外来思潮卷"推出10本，包括尼采、弗洛伊德、罗素、杜威、托尔斯泰、达尔文、克鲁泡特金、易卜生、白璧德、泰戈尔的学说在20世纪前半期传入中国的全部资料，由江西高校出版社2009年出版。这是目前最详尽的资料汇编。

用说对整个20世纪中外文学关系的把握。

我可以举个例子。下面是从一本目前通行的比较文学教材中摘录的一个段落①：

> 创造社是以感伤情绪的直接抒发来对西方浪漫主义作家进行选择、取舍的。他们推崇卢梭，但不喜欢他的代表作《新爱洛绮丝》，而偏爱《忏悔录》；他们喜欢《少年维特之烦恼》时代的歌德，而对《浮士德》时代的成熟的歌德不感兴趣；他们对法国浪漫主义的代表人物雨果不感兴趣，因为雨果崇尚积极浪漫主义的理性；在拜伦与雪莱之间，他们选择了雪莱，因为拜伦作品思想的浓度大于情感的烈度，而雪莱则是吟抒着"我们最甜美的歌声乃是发自最悲哀的情思的倾诉"，这正投合了创造社作家的心思。

这一段引文里关于浪漫主义思潮在中国被接受的论述几乎每一句话都需要仔细商榷，我读后深感讶异：既然创造社成员是以感伤情绪来取舍外国文学，为何不喜欢感伤小说《新爱洛绮丝》而喜欢愤世嫉俗的《忏悔录》？创造社成员何时何地说过对《浮士德》时代的歌德不感兴

---

① 　我不打算指出这段材料的具体出处，因为问题不是这部教材仅有的，而是当前大量的中外文学关系研究中普遍存在的现象。我只是图方便引摘了手边的资料而已。

趣？如果真是这样，郭沫若为何要翻译这部文学名著？① 他们选择介绍雪莱是否就意味拒绝拜伦？② 对雨果"不感兴趣"的创造社成员是否包括王独清？③ 也许作者在查阅浪漫主义传入中国的史料时没有查到创造社作家关于《新爱洛绮丝》《浮士德》和有关拜伦、雨果的介绍，即使这样，也只能说明他们没有介绍这些外国作家作品，但不能依此推断他们对这些外国作家和作品不感兴趣，因为中国作家不需要对他所有感兴趣的外国作家作品都给以介绍。除非有足够的第一手证据，否则怎么能轻易判断他们不感兴趣，又怎么可以随意推断出许多奇奇怪怪的"理由"呢？再说，作者所立论的"创造社是以感伤情绪的直接抒发来对西方浪漫主义作家进行选择、取舍的"也是值得推敲的，像郭沫若的诗集《女神》的创作，正是具有精力充沛、呼风唤雨、

① 郭沫若在1919年即开始断断续续地翻译歌德的《浮士德》，但因为水平有限难以翻译而中止，后来改译《少年维特之烦恼》获得成功。他曾说，那段时期因自己不喜欢学习医科，《浮士德》"投了我的嗜好"，"特别是那第一部开首浮士德咒骂学问的一段独白……就好像我自己在做文章"。为此，郭沫若翻译了《浮士德》中那场独白和其他几个片段，在《学灯》上发表。郭沫若创作《女神》时，声称诗集的第三阶段"诗剧"，正是受了歌德的《浮士德》的影响。以上材料可以参见郭沫若《创造十年》，见《学生时代》，人民文学出版社1979年版，第64～66页。郭译《浮士德》第1卷在1928年由创造社出版。

② 创造社成员偏爱雪莱是事实，但似乎说不上在拜伦与雪莱之间选择雪莱。《创造季刊》第1卷第4期有雪莱纪念专号，因为正逢雪莱逝世百年。专号中收张定璜的《Shelley》、徐祖正的《英国浪漫派三诗人》和郭沫若的《雪莱的诗》《雪莱年谱》。张定璜、徐祖正似乎都不是创造社的代表作家，郭沫若在《雪莱年谱》里一再提到拜伦与雪莱的交往和友谊，似无任何褒贬的看法。徐祖正的文章批评拜伦缺少艺术家的"自制力和忍耐性"，是"革命家的叫声"，而褒扬雪莱之诗，恐怕也是受了西方学者对拜伦的偏见，而非他自己的看法。1924年，徐祖正为纪念拜伦逝世百年，也写了长文《拜伦的精神》，盛赞拜伦的革命精神，并且批评西方学者赫恩认为拜伦"没有自制力"的看法，为拜伦辩护。此文两年后刊登在郁达夫主编的《创造月刊》1卷4期，同刊第3、4两期还连载了梁实秋的长文《拜伦与浪漫主义》。所以，轻易地说创造社"因拜伦作品思想的浓度大于情感的烈度"而舍拜伦取雪莱的看法是没有根据的。

③ 参见王独清《我在欧洲的生活》，光华书局1932年版，第150～160页。

积极向上、否定一切的普罗米修斯式的浪漫主义者的形象，也就是鲁迅所提倡的强有力的"摩罗诗人"的精神，这难道不同样属于浪漫主义思潮吗？那么，这样一种似是而非的研究结论又是从何而来的呢？

下面一段就更值得推敲了：

> 中国现当代文学是在外国文学的影响下发展起来的，离开了同外国文学的比较研究，很难全方位地审视中国现当代文学发展演变的成因与特质。五四时期，新潮社、文学研究会倡扬写实主义、自然主义与易卜生个性主义；以日本留学生（疑为留日学生之误——引者）为主要成员的创造社则更倾向于西方浪漫主义；英美留学生（疑为留英美学生之误——引者）结伴而成的新月派则崇尚维多利亚诗风，与英美湖畔派渊源颇厚；30年代，苏联的"岗位"派思想、日本共产党福本和夫（Fukumoto Kazuo）"左"倾路线的理论以及苏共"拉普"、日共"纳普"理论影响了创造社、太阳社，造就了脍炙人口的"普罗文学"；30年代另一个异军突起的文学流派——"新感觉派"，直接取法于日本新感觉派与法国都会文学；此外"九叶诗派""朦胧诗派"以及在20世纪中国文坛不断亮相的各种文艺思潮（从写实主义到浪漫主义，从新人文主义到象征主义，从尼采、叔本华到别林斯基、车尔尼雪夫斯基、杜勃罗留波夫，从弗洛伊德主义、存在主义到女权主义、结构主义，等等），都与西方文学思潮有着千丝万缕的联系。

如果说，前一段引文只说明影响研究的方法过于空疏，作者的治学态度还不够严密的话，那么，后一段引文则是一种理论逻辑上的误导（它在论断方面的错误我后面还要说到）。即使如作者所罗列的上述各种文艺思潮与西方文艺思潮有关，是否就能推断出"中国现当代文学是在外国文学的影响下发展起来"的结论？因为上述思潮并不能涵盖中国现当代文学的全部内容和意义，尤其是在没有论述五四新文学运动中的《新青年》、20年代的语丝社等文学社团流派、30年代的京派文学以及上海的一大批自由主义的作家群体，更没有论述抗战文学、沦陷区文学、延安文艺运动以至50年代以后的大陆文学政策和运动等的情况下，怎么可以轻易地为"中国现当代文学"的"成因与特质"下如此断然的结论呢？再说，即使以所列举的文艺思潮而言，一个民族的文艺改革运动兴起之初吸收外来文化思潮为武器，是否就能断言它是在外来文化思潮的影响下发展起来的？仅以文学研究会而言，它的成立有其社会和文化的各种原因，沈雁冰在接盘《小说月报》之初尚未决定标举写实主义还是新浪漫主义的旗帜，倒是听从了胡适的劝告才选择写实主义，这种选择仍然充满了主动性，说他们是"倡扬"写实主义并不错，但如以此推断出他们是在写实主义"影响下发展起来的"就未免武断。中国现代文学确实受过来自西方和日本的文艺思潮影响，这仅仅是它得到刺激以至发展的原因之一，或说是中国作家们曾经利用和借鉴外来思潮以壮大自身的声势，但就此作出"中国现当代文学是在外国文学的影响下发展起来"的结论，也未免过于轻率。

其实这不仅是逻辑错误导致的后果，而是反映了一个时代的流行观念。比较文学在80年代中期引进中国，比较文学的"影响研究"

方法直接帮助了当时的中外文学关系的研究，即通过例举外来影响的史料来证明中国现代化进程实质上是对西方先进文化的模仿和引进。关于这一点，当时官方的改革路线与知识分子的分歧仅在于引进西方大量先进科学成果和技术设备的同时，是否应当引进与此相关的思想文化意识。文学研究无法摆脱时代的倾向性导向，比较文学作为一门旨在打破闭关自守、促进国际文化交流的学科，其学术倾向必然会与当时启蒙文化所主张的引进西方现代文化观念暗合，因此，提出中国现代文学是在西方文化影响下发展起来的理论观点，也可以说是五四启蒙文化在中国思想界第二次崛起的产物。出于这样一种学术观念，尽管"影响研究"在方式上并无论证其"影响"的可能，但仍然成为一种科学方法而得到信任和推广。

我这样说并无批评具体研究者的意思，正是因为这是时代的风气使然，这种"影响论"对中外文学关系的解释就成为不证自明的权威前提。我自己就是在这种学术空气中走过来的。回想当时的心境，是刚刚从文化魔魇里走出来的激愤情绪，一面深恶痛绝极左路线造成文学创作的僵化与狭隘；一面如饥似渴接受外来的新鲜思想文化，因为明白传统势力的强大，不是百倍提倡外来的新思想新文化新方法，就不足以冲垮传统思想的堤坝。当时关于"清除精神污染"的争论焦点，就是如何看待来自西方的人道主义思想和现代主义文艺，其实在西方这两种思潮也是相对立的，但在中国的现实环境里被一律视为洪水猛兽。我还记得当时文艺界批评现代主义的声音充满野蛮与无知，我忍不住运用文学史资料写了一篇《中国新文学发展中的现代主义》，从五四新文学运动引进现代主义说起，谈到鲁迅、郭沫若等人对现代主义文艺的借鉴，再谈到现代意识与民族文化融汇的可能性，说的也都是一些常识，却引起了出乎意料的反响。这使我第一次深切地感受到，文章虽然讨论的是西方现代主义，但问题的提出和对应目标则完全是由本土的现实环境所决定的。现代文学研究有一个特点，就是它始终与当代生活保持了紧密的关系。80年代关于"中国现代文学的外来影响研究"的学术指向清楚地表明：中国要走现代化的道路，首先必须要融汇到世界现代化的体系中去；而中国的文学要发展，也只有走向世界，成为西方文学潮流"影响"下的回声余响。

这时候"走向世界"就成为文学界的一个时髦话题，这个词里隐含着时代的焦虑与渴望：所谓"走向"，即意味着中国至今尚未走进"世界"，尚未成为世界的一个成员，那么，是什么样的"世界"既排除了中国又制约着中国呢？（与此相伴的是当时的流行语"落后要挨打""开除球籍"等，都反映了类似的时代情绪。）显然，在全球性的现代化语境里，中国与世界的关系成为一种时间性的同向差距，中外文学关系相应地趋向于这种诠释：中国的现代文学是在世界文学思潮的影响下形成的，中国文学唯有对世界文学样板的模仿与追求，才能产生世界性的意义。虽然在"影响研究"中也注意到民族性的因素，但所谓"愈是民族的愈具有世界性"的格言，使用的仍然是"世界"的标准，潜藏于其背后的依然是被"世界"承认的渴望。

但这样一种思路在90年代越来越受到质疑：即在全球性的现代化进程中，像中国这样的后发国家是否有可能通过发展自身经济而迅速达到现代发达国家的"现代化水平"，从而被接纳到"世界"的范畴里？而世界发达国家的经济文化是否完美无缺地为后发国家提供了模仿样板？世界"现代化"模式是否只能按照现有的发达国家的状况为唯一标准？这些问题都涉及全球化的语境下民族现代化的前途与方向，原不是本文所要讨论的问题，也超出了作者的知识范围，本文描述这一点，只是想在这个基础上解释"世界性因素"的思考背景。"世界性因素"是我针对20世纪中外文学关系研究提出的理论设想之一。这个语词也包括了两种研究的视角：一是因为中国在20世纪被纳入世界格局，它的发展不能不受到世界性思潮的影响。在文学领域，世界文学思潮同样成为中国的外部世界而不断刺激、影响中国文学的发展进程，形成了世界/中国（也即影响者/接受者）的二元对立的文化结构。二是既然中国文学的发展已经被纳入世界格局，那它与世界的关系就不可能完全是被动接受，它已经成为世界体系的一个单元。在其自身的运动（其中也包含了世界的影响）中形成某些特有的审美意识，不管与外来文化的影响是否有直接关系，都是以自身的独特面貌回应世界文学的"问题"，并丰富了世界文学的内容。在后一种研究视角里，世界/中国的二元对立结构不再重要，中国与其他国家的文学在对等的地位上共同建构起"世界"文学的复杂模式。本文所偏重讨论的，即是后一种研究视角下的"世界性因素"。

何谓"世界性因素"，我觉得在考察20世纪中国文学现象时很难区别什么具有"世界性"，什么不具有"世界性"，因此本文所指的"世界性"不反映对象的品质，只反映讨论方法的视野。如果我们仅仅讨论中国文学中的浪漫主义或者女性意识，尽管两者都是世界性的文学现象，但这样的研究不属于比较文学，也就无所谓"世界性因素"，只有当研究者把研究视野扩大到世界的范围，比如探讨中国的浪漫主义与欧洲各国浪漫主义的关系或异同，中国女性意识在世界女权运动中的地位，等等，把话题置放在"浪漫主义"或者"女性主义"的世界背景下进行考察与比较研究，才可能构成"世界性因素"。

因此，"20世纪中国文学的世界性因素"研究的对象虽然是以中国文学为主，但方法上则是强调了"世界性"。如果不嫌烦琐，可以这样来定义：在20世纪中外文学关系中，以中国文学史上可供置于世界文学背景下考察、比较、分析的因素为对象的研究，其方法上必然是跨越语言、国别和民族的比较研究。很显然，在"20世纪中国文学的世界性因素"的研究中既然突出了"世界性"的方法和观念，就不能局限在国别文学的范畴里讨论它。它的问题是针对了所谓"外来影响"考证的不可靠性和"中国现当代文学是在外国文学的影响下发展起来"的观念的虚拟性前提，也就是在这一点上，它对传统的影响研究方法和观念具有颠覆性。

二、为什么要质疑实证研究的方法？

在20世纪中外文学关系研究中，可能会引起的误解就是对实证方法的质疑。因为在造成大量传播不准确的所谓"外来影响"结论的背后，就是隐藏了支配学者们过于迷信所谓实证方法的思维定式。我不是一般地对"中外文学关系研究"中运用实证方法提出非难，因为在传统中外文学关系的研究课题里，由于彼此交流不发达，"影响—接受"的线路比较狭隘，这样的蛛丝马迹通过发现资料和小心求证来获得，是有意义的。因此我很尊重像严绍璗先生那样在中日古代文学关系研究中取得的开创性的学术成果，并从中总结出来的"原典性的实证"等一系列的研究经验。我本人也从事过"外来影响"方面的挖掘、考辨原始资料文献的工作，并将这项工作视为研究中外文学关系的必要基础。正如我前面所说的，20世纪中外文学关系研究至少是由译介学和"影响研究"理论两部分组成的。但问题是前一部分译介学的资料成果并不能充分说明后一部分的影响结论，所以，对于后者，我们有责任从理论的角度重新来探索新的中外文学关系的观念，重新来设定研究规划和研究目的，当然，也包括对方法的重新探讨。

为什么要质疑实证的方法？这是我自己从实证研究的实践中感受到的一点体会。20世纪以来，即使在科学领域里对实证方法论的质疑也是一直存在的，在文艺学领域，科学与审美永远是一对矛盾，实证能证明科学事实和科学规律，但不能证明艺术创造与接受上的审美意义。比较文学的"影响研究"的提倡者意识到这个矛盾，从一开始就有意排斥了研究审美的活动。如法国学派的主要代表学者梵·第根就直言不讳地说过："总之，'比较'这两个字应该摆脱全部美学的涵义，而取得一个科学的涵义。"① 比较文学不可能只是一种文学旅行路线图的测定，它必然要涉及美学领域的不可测定的因素。有的研究者这样归纳梵·第根的学术特征：出于这样的宗旨，他在考察两部不同样语言作品的异同时，侧重于发现一种影响和假借，目的在于刻画出这些影响和假借的"经过线路"。起点是"放送者"，到达点是"接受者"，中间由一个媒介沟通，称为"传递者"。研究者或考察"经过线路"本身，那就要收集尽可能多的材料，这些材料的共同因素就是"文学的假借性"，人们假借得最多的是文体和风格、形式和内容、题材与主题、典型和传说、思想与感情。……"媒介"即传递者，可以是个人，像斯达尔夫人和屠格涅夫分别把德国和俄国的文学介绍给法国，

① ［法］保罗·梵·第根：《比较文学论》，戴望舒译，见干永昌、廖泓钧、倪蕊琴等选编《比较文学研究译文集》，上海译文出版社1985年版，第57页。

也可以是团体——像文学社团、沙龙、宫廷之传布外国文学；也可以是评论文、报刊、译本和译者等。梵·第根把"影响"作为比较文学研究的中心，系统阐释了它的范围、内容和方法。因而他所代表的法国学派就以影响著称。^①我没有读过梵·第根的《比较文学论》原著，只读过其中几个章节的片段，不便对该书作结论，但如果上述那位学者所归纳的内容确实的话，我很惊讶，像风格、文体、感情这样的创作因素的影响路线是如何考证出来的？再退一步说，如果梵·第根能对一两部作品之间的路线作出细密的考证，究竟能否揭示一部文学作品被创作出来（不是剽窃）的全部原因，以至完整地揭示出法国文学与其他国家文学的关系？

我注意到有的比较文学学者把"影响"视为一种神秘的因素，揭示影响也等于是学术揭秘^②，但真正的"影响研究"，大约只能是在国与国之间的文化交流非常贫乏的情况下才存在。正如梵·第根时代只有一个斯达尔夫人在法国介绍德国文学的时候，人们对德国的知识来源非常之少，也就是我说的"非常封闭的环境"，影响研究才能具有绝对的意义。而20世纪是个信息越来越密集的时代，人们可以通过许多渠道来了解外来影响，特别是当许多"外来影响"因素完全融入了本国的日常文化生活，你根本就无法去辨认它的渠道。举一个例子。五四时期如果有人接受马克思主义，无疑是属于一种"外来影响"，

---

① 　引自干永昌对梵·第根的介绍，见干永昌、廖泓钧、倪蕊琴等选编《比较文学研究译文集》，上海译文出版社1985年版，第73页。

② 　［法］布吕奈尔、比叔瓦、卢梭在《什么是比较文学》中说："严格意义上的影响可以被确定为像难以捉摸而又神秘的机理一样的东西，通过这种机理，一部作品对产生出另一部作品而做出贡献（此外，秘密被掩盖在影响这个词的过去的意思里）。"（葛雷、张连奎译，北京大学出版社1989年版，第74页）

也许可以寻找其"红色丝绸之路"的线索，但在50年代以后，马克思主义成为国家的主导意识形态，每个人都在读马列原著，是否能认为这是一种"外来影响"呢？当人们从小阅读《红楼梦》《水浒传》的同时已经阅读了许多用现代汉语翻译的西方文学名著，当任何一家图书馆和书店里都可以得到雨果、歌德、托尔斯泰的著作，世界文学名著已经融化到人们的人格修养之中了的时候，你如何来辨认这些西方作家的影响线路？因此我觉得法国学派的治学经验是在人类对世界的认识处于低级阶段的时期产生的，是传教士到殖民者时代的学问思路和方法，它所炫耀的博学和严密，都与那个时代的封闭狭隘、自以为是的风气联系在一起，如果我们今天在研究20世纪中外文学关系课题时还对这种过时学派的一套烦琐经验顶礼膜拜而不加以认真清理，我们自己的学术道路如何健康开展起来？

本文并非想对法国学派的理论和方法进行全面清理，这些工作也早有人在做，如果有机会我以后也会进一步去做。在本文中我只针对20世纪中外文学关系研究的领域所存在的问题来谈。除了在译介学的范围里我们尽可能详细地收集各种对西方文学的翻译介绍评论的原始资料作为我们的研究基础，我们是否真的能够像我们想象的那样，通过严密的实证方法来弄清楚中国现当代文学创作中的外来影响，并以此来证明"中国现当代文学是在外国文学影响下形成的"结论？

我对20世纪中外文学关系研究中实证的方法是否有效是怀疑的，但是尽管怀疑，我并没有一概否定实证方法的所有意义，同时已经说明了在译介学的范围内收集资料、尊重材料是研究这门课题的基础。我估计这样提出问题会引起争论，果然，在专栏开设讨论中读到了张哲俊先生的批评文章《比较文学的实证研究时代过去了吗？》①。

张哲俊先生的批评文章主要谈了两个部分：一个是关于封闭环境下的文学"影响研究"的可能性，一个是中外文学关系研究中的实证方法与所谓主体性研究的关系。前一个问题张先生把我说的"封闭环境"理解成"文学的封闭时代"，可能是我的表述不清楚引起的疑问，所以讲了一大通文学交流的常识，对此我在前面已经作了解释，不必再重复。后一个问题则很有意思，我原以为张先生文章要论证的是实证方法没有过时的理由，不料张先生似乎也同意我对实证方法的怀疑，分歧只在于他提醒我，中外文学关系研究中单纯的实证研究并不多见，更多的是与"所谓的主体研究"是结合在一起的，而且指出即使单纯的实证研究也是为进一步研究打基础。我终于明白了，张先生把原始资料的收集和整理工作与所谓的实证方法搞混了，以为我是反对对原始资料的收集和研究，一味提倡"求新求创造"。

对此我倒是可以作解释的。我所谓的"实证方法"，并非一般地收集整理中外文学关系的原始材料，而是指通过对个别材料的考证来推断出一般观念或预设目的的治学方法。这种方法在整理和研究古典文学（也包括古代中外文学关系研究）方面是相当有用的。在关于20世纪中外文学关系的研究中，由于我国治学传统的重证据的思维定式的影响，使许多学者也不自觉地倾向于"影响研究"，相信用实证的方法可以揭示出中外文学影响的路线和轨迹。同时在我前面指出过的启蒙的时代风气的支配下，比较文学研究者更是有意识地从一些事实证据中证明"中国现当代文学都是在外国文学思潮影响下发展起

① 　　张哲俊：《比较文学的实证研究时代过去了吗？》，《中国比较文学》2000年第4期。以下分析中有关这篇文章的引文均出自此处。

来的"，实证的方法论就这样成为他们深信不疑的治学态度和价值标准。张哲俊先生为实证方法辩护说："传统的研究方法是经过无数学者研究的证明，经过了漫长的历史时间验证过，自然会存在可靠的因素。"这当然是对的，但是方法本身不是真理，它是要根据治学的内容和观念的变化而变化的。古代人写字的方法是用刀刻竹简，后来有了纸，改用笔写字了，现在又有了电脑，笔也用得少了，这种写字方法的改变是理所当然的，我们不必特别地去废除刻刀和笔，但自然用得少了也是事实。实证的方法在过去是经过时间的验证和学者的实践，但不能就此认为是放之四海的真理，在哪里都适用。至于张先生描绘的实证研究与主体研究相结合的设想，当然也是对的，但正如张先生自己描绘的："这样的研究既是中外文学关系的研究，同时也是作家主体的研究，是对于作家自身创作过程、主体意识、审美形态、艺术形式等等方面的研究。"所以，这样的研究方法已经超出了比较文学本身的专业范畴，成为一般国别和民族文学研究的方法。而且在这样的"结合"研究的公式里，实证研究也仅仅起到为主体研究提供资料的作用。研究一个现代作家的创作，现在谁还会忽略他受到的外来影响呢？具有世界性眼光是现在任何一个文学领域的研究工作者都会自觉做到的。像张先生提醒我们的，曹禺的《雷雨》受到过古希腊悲剧的"命运观"影响，这是曹禺先生早就告诉我们的，也是大量研究者所依据的常识，还需要比较文学的学者去作烦琐考证吗？所以我觉得张先生提倡的这种研究方法，虽然是概括了中外文学关系研究的某些现象，但那只是用现代文学研究和具体作家研究的一般方法来取代"中外文学关系"这一比较文学专业方向的特殊方法，实际上还是回避了他自己设定的论文题目：在20世纪中外文学关系研究中，实证研究时代过去了吗？

我对20世纪中外文学关系研究领域的实证方法的怀疑，是从实际的研究工作中产生的。我在80年代写作《中国新文学整体观》的时候，也是相当自信于这些"外来影响"的材料，但在进一步研究下去时，特别是在准备撰写中外文学关系史的时候，就发现许多结论都无法被证实，相反倒是有大量的似是而非的结论可以被证伪。由此我不能不怀疑：实证研究究竟能否证实中外文学关系上的"影响"？我们不妨从能够证明"影响"的例证说起。

大致上，用材料能够证明"影响"存在的，有以下几个方面：作家、流派、时代。

1. 作家接受外来影响的材料，不外乎几种：作家自己披露（包括文献记载，如书信日记等）；文本里有所表现；知情人或其他文献的旁证。譬如鲁迅的《狂人日记》，他自己说过曾受到尼采的影响（符合第一种）[①]；小说引用了尼采的语言（符合第二种）；还有，鲁迅当时读过尼采的原著和同时代人对尼采思想的介绍，他本人也翻译过《查拉图斯特拉如是说》的序言（符合第三种）。这是最完全的实证研究的证据，可以说是全证。因此，我们似乎可以推断：鲁迅在小说《狂人日记》里有尼采的影响。然而，鲁迅的作品里不止一部体现出尼采的影响（譬如《野草》和《热风》中的部分篇章），因此我们似乎也能够通过上述的材料全证和若干作品中的影响存在，进一步推断，鲁迅前期受过尼采的影响（包括思想和写作两个层面）。大致能"实证"的也仅此而已。但是，第二轮的推断已经包含了被证伪的可能，

---

① 　参见鲁迅《〈中国新文学大系〉小说二集序》，见《鲁迅全集》第6卷，人民文学出版社2005年版，第246～247页。

因为我们推断"鲁迅前期受过尼采的影响"的结论时，用的就是从个别到一般的实证方法，我们还是无法说明这种影响的程度究竟有多深：是如鲁迅的同时代人和好友刘半农所称的"托尼学说，魏晋文章"或"中国的尼采"那样，将尼采的若干精神融化到鲁迅的思维与人格，并贯穿在他前期所有创作中的深刻影响，还是昙花一现，零星偶然、创作时随机引用的影响？这个问题用实证的方法无法给以说明。反之，我们从鲁迅在五四前后的其他小说创作的分析中，同样可以推断出这些创作与尼采并无关系，事实上，作家进行创作的动机和构思极为复杂，不一定每部创作都体现了作家受到的单一的外来影响，那么，我们是否可以从那些不受影响的作品分析来证明鲁迅前期的思想和创作中尼采影响并不是主要和本质的呢？同样，这样的争论还可以延续到鲁迅后期，有的学者曾因为鲁迅后期杂文中有一两处对尼采的虚无主义有过保留的感叹，就推断出鲁迅在30年代以后就与尼采"思想上彻底决裂"了，但我们是否也可以用同样的方法——譬如鲁迅对徐梵澄翻译尼采著作的支持，或者若干杂文中保留了对尼采语录的引用，来证明鲁迅后期思想上依然保持了尼采的影响呢？从方法论上说，他们用的是一样的实证方法。

2. 思潮流派的外来影响，比作家研究更复杂。因为接受外来思潮流派影响的主体往往是文学社团，五四新文学初期，中国文学社团的发起宣言都喜欢标榜某种外来的"主义"作为旗帜，其实也有点拉大旗作虎皮的意思，壮其声势。但他们吸收外来影响主要体现在理论传播和文学宣言上，并不十分认真地落实在具体创作上。最典型的是创造社与西方浪漫主义的关系，也许从郭沫若、郁达夫等人的文学主张和创作风格上我们可以找到若干材料来证实创造社接受过浪漫主义思潮（当然也夹杂了其他的文艺思潮），但具体到每一个创作成员的创作风格的追求则完全是多元的，创造社元老之一张资平就是一个自然主义文学的崇拜者和实行者。这样的情况几乎涉及每一个流派，当我们的研究者轻率地断言文学研究会张扬"写实主义"，创造社提倡"浪漫主义"，新月派崇尚维多利亚诗风，而左翼文艺运动受到苏联"拉普"和日本"纳普"影响时，都没有说明他们所标举的仅仅是一些理论和翻译，并不是他们的文学创作。我们无法用写实主义的美学标准来衡量黄庐隐、许地山、王统照、孙俍工的小说，谢冰心、徐玉诺、朱自清等人的诗歌和周作人、俞平伯的散文。同样，我们也不能拿苏联和日本普罗文艺的理论与实践来说明鲁迅的杂文，茅盾、张天翼、沙汀、艾芜的小说，艾青的诗歌和田汉、夏衍的戏剧。从实证研究的方法上说，研究者可以举出沈雁冰在20年代前期发表在《小说月报》上的理论文章来证明他提倡写实主义，并根据从个别求证一般的归纳逻辑，沈雁冰是文学研究会的主要理论家，《小说月报》又是文学研究会的主要机关刊物，当然可以推断出文学研究会接受了写实主义文艺思潮的影响。这在逻辑上并不错，但如果在这个前提下推断到文学研究会的创作，结论便是大谬。所以，我在本文第一节里作为靶子的关于文艺思潮影响的第二段引文里，许多论断都是有疑义的，从科学的意义上说就是靠不住的。

3. 时代的影响。时代受到外来思潮影响，生活于其中的每个人自然也难免受其余泽。譬如五四时代提倡的西方民主与科学的思潮，提倡个性解放的思潮，提倡劳工神圣和形形色色社会主义的思潮，就大的背景而言对当时的知识分子多少总有影响。这似乎无须考证，分析五四新文学作家的外来影响，从大体上说明他们受到民主与科学，启蒙文化和个性解放，甚至社会主义的影响，都不会有大错。我们经常可以读到这样的文章，在分析某作家的作品里有人道主义的思想时，往往先从五四的大背景说起，引证了《新青年》等杂志上的一系列相关言论后，自然而然就推断出某作家有人道主义思想。从实证的角度来说，运用大量材料来证明一个时代风气是可以做到的，甚至也可以对时代风气作很细致的归类分析，但如果以存在的时代风气来说明具体作家的接受状况，就不能作简单过渡。譬如说巴金，他自称是五四运动的产儿，积极从事反封建的创作活动，对民主主义、人道主义和个性解放思潮都有过涉猎，这些谁都不会否认。但巴金是如何理解五四时期"个性解放"思潮的呢？有不少研究者想当然地以为，既然巴金反对旧式家庭制度，提倡恋爱自由，那他毫无疑问是"个性解放"的鼓吹者。但是如果你细读他的代表作《家》就会发现，作家对小说里描写的高家二少爷觉民逃婚的态度相当复杂，并不是我们想象的那样无条件支持，而是通过觉慧之口，不断批判觉民的个人主义。显然，已经信仰了无政府主义的巴金对五四时期流行的民主主义和个性解放的看法与通常的理解是不一样的，他站在更激进的社会主义的立场上批判小资产阶级的"个性解放"，向往进一步的社会革命。他是站在更高的理论立场上描写民主革命时期的青年人的反封建任务，这也就是他最初强调"激流三部曲"（包括《家》《春》《秋》）是反对"资产阶级社会制度"的原因。如果用简单的时代影响来说明作家接受外来影响，是有问题的。

从作家、思潮和时代三个方面所陈述的例证来看，实证方法在"20世纪中外文学关系"研究中只能部分地起到作用，它可以用来证明作家个人的接受状况（诸如阅读过的书籍和作家本人的言论收集）、社团的接受状况（理论层面的引摘和发挥、文学纲领的宣传等）、时代的接受状况（当时的原始文献）等比较表层的研究，但无法再深入一步，由作家个人的具体接受状况推断其全部思想创作的一般接受状况，尤其无法真正解说作家的艺术创作，无法由社团的接受状况来推断具体成员的接受状况与创作风格的变异，也无法由时代的接受风气推断具体个人的接受状况。所以，它的作用其实非常有限。

也许有的研究者会提出，我所例举的问题，或许不是实证研究方法本身的缺陷，而正是没有彻底贯彻实证的精神，对资料的研究不够严密所致。我对这些可能的疑难也认真作过思考。事实上，在研究20世纪中外文学关系的领域里，还存在着许多陷阱，不但是实证方法根本无法解决的，而且正是对实证研究的迷信使研究者无意间制造了一个又一个的冤假错案。我不妨举一个例子：胡适在美国留学期间提出了著名的文学改良的"八事"（即"八不主义"）。这八条主张，有人考证与美国当时刚兴起的意象诗派的宣言很相似。最初是胡适留美期间的朋友梅光迪等人出于反对白话诗的目的，说过胡适的"八事"与美国意象派诗歌有关。[①]后来国内的同时代人如梁实秋、朱自清

①　梅光迪与胡适关于白话诗是否受美国意象派诗影响的争论，最早见诸胡适的留学日记。梅光迪观点的系统表达是《评提倡新文化者》，载《学衡》创刊号，言："所谓白话诗者，纯拾自由诗及美国近年来形象主义（Imagism）之唾余。"从语义的角度看，"拾……唾余"句型即"拾人余唾"，谓没有自己主张，因袭别人老调的意思，与明确地证明受别人影响还是不一样。（该文收入郑振铎编选《中国新文学大系·文学论争集》，上海良友图书公司1935年版，后上海文艺出版社有影印本。）

等也支持过这个说法。[①] 胡适为此特意在日记里记录了他读意象派宣言的日期，表明是在他提出"八事"主张之后，意在自我辩解。[②] 但是到了70年代，一批海外华人学者旧案重提[③]，并将意象派的主张一条条拿来对照，这样一来，胡适发动白话文运动的纲领性文件几同抄袭。后来还有学者特意从旁证来说明胡适为什么不敢承认自己是受了意象派的影响的理由。[④] 这里既有同时代人的证明，也有文本的对照，唯一缺少的是当事人的供认，但既然已经有学者解释了胡适不敢承认的原因，从实证研究的角度说，几乎可以定案了。我读到这些材料是1980年初，正是对西方现代主义文艺最有兴趣的时候，毫不犹豫就接受了此说。[⑤] 但是多年后，我读到一篇论文[⑥]，论证了胡适"八事"没有受过意象派影响，文章没有提供任何新的材料，唯一的依据还是

① 　梁实秋在《现代中国文学之浪漫的趋势》中言："意象派唯一的特点，即在于不用陈腐文字，不表现陈腐思想。我想，这一派十年前在美国声势最盛的时候，我们中国留美的学生一定不免受其影响。试细按意象主义者的宣言，列有六戒条，主要的如不用典、不用陈腐的套语，几乎条条都与我们中国倡导的白话文的主旨吻合，所以我想，白话文运动是由外国影响而起。"朱自清在编选的《中国新文学大系·诗集》"导论"中引了梁氏的这段话，并肯定了梁氏之说。

② 　参见《胡适留学日记》，商务印书馆1948年版，第1071～1073页。胡适在日记中言："此派所主张，与我所主张多相似之处。"

③ 　参见 Achilles Fang（方志彤），"From Imagism to Whitmanism in Recent Chinese Poetry: A Search for Poetics that Failed", in: Indiana University Conference on Oriental Western Literary Relations, ed. by Horst Frenz and G. L. Anderson, Chapel Hill, NC: University of North Carolina Press 1955, pp.177–189. 另外，周策纵《五四运动史》（明报出版社1995年版）、夏志清《中国现代小说史》（A History of Modern Chinese Fiction, New Haven, CT: Yale University Press, 1961），都提到了胡适与意象派的影响。

④ 　参见《从新潮的内涵看中国新诗革命的起源》，见王润华《中西文学关系研究》，东大图书公司1978年版，第227～245页。

⑤ 　参见拙文《中国新文学发展中的现代主义》，收入《中国新文学整体观》（修订版），高等教育出版社2023年版。

⑥ 　沈永宝：《"八事"源于〈意象派宣言〉质疑——〈文学改良刍议〉探源》，《上海文化》1994年第4期。

胡适本人的日记，然而作者一层层解开关于此说的来源，最后发现唯一的依据还是梅光迪的那句意图暧昧的话，其他都是以讹传讹，所谓的考据、材料、推论、引经据典，都仿佛建筑在沙上一样。我现在并不以某种观点为必是，因为我相信这篇为胡适辩诬的文章的观点也不一定能说服对方，实际上双方都是依据了所谓的实证研究的方法，但问题的真正答案是无法被证实的。

三、对"世界性因素"研究的几点理解

20世纪80年代中国文化界在启蒙与现代性的追迫之下急于推动中国的对外开放和引进外来文化，20世纪中外文学关系研究领域的许多学者不自觉地倾向于重新解释五四现代文化与外来文化的关系，并预设了"外来影响"的文学观念。于是，尽管实证研究的方法无法解开许多接受影响之谜，但仍然被过度地信任和滥用了。中国学者喜欢"铁证如山"，以为只要有了证据就可以使结论立于不败之地，殊不知证据及证据推理本身还有着严重的疑点，究竟能否证明这个"实"呢？艺术的审美接受是纯粹的精神性的愉悦活动，艺术创作更是社会生活的综合性精神投射，两者之间可能会有某种关联，但由于精神领域的复杂性与审美特征的形象性，不可能构成一般意义上的因果关系，而更多的是表现为心灵交感的感应关系，化于无形无态之间。创作不是理论，不是学术研究，无须用逻辑规范的语言来表达，形象思维决定了艺术传播功能的模糊性。这一切，都是实证研究所无法实证的。外来影响的表现也是多层次的，最直接也是最表层的手段，有模仿、

借用、移花接木等，也有从道听途说中举一反三、郢书燕说的"创造性变异"，也有在时代氛围等大背景下根据本土环境而创造的"世界性因素"，面对羚羊挂角似的复杂的外来影响过程，传统考据方法让人津津乐道的，只能是"影响—接受"二元对立研究机制中的人物设置、结构布局、情节细部等最表层的比较，像警犬似的嗅寻其中的"影响"线索，这又有什么太大的意义呢？"《马桥词典》风波"引出的教训，正是需要我们认真反省的。

作家的精神劳动当然不可能在文化真空里进行，他在创作过程中必然会调动起大量积淀在他意识深层的文化信息，包括远期与近期的阅读信息，外来影响的某些信息或许会成为他感情爆发的某种引线，也可能成为某些情节布局的启发点，但这对一个卓越的艺术家而言，完全属于他个人的精神独创的一部分，因为在无数文化信息共同熔铸成新的艺术形象的过程中，某一个具体的外来影响其实是微不足道的。就以戏剧家曹禺的名剧《雷雨》里的命运观来说，虽然这是戏剧里的一个重要因素，但是出现在《雷雨》里的"命运"，与古希腊悲剧所表现的英雄与命运抗争终于失败的悲剧意识不同，那是现代人情欲与罪恶构成的自我毁灭的见证，是"自作孽不可逭"的中国式的命运观的表现。曹禺在创作《雷雨》过程中综合了许多外来影响的因素，但主要制约他的创作激情的艺术因素仍然来自他的生活环境的刺激和影响，所以，即便是外来影响的成分，它在融入过程中表现出来的也是中国化的艺术思维特征。我们在分析《雷雨》时如果完全不注意古希腊悲剧命运观的影响是不对的，但它仅仅是构成《雷雨》艺术构造的一个部件，而且已经被打上了"中国制造"的印记。

我这样的分析，似乎与张哲俊先生所提倡的"实证研究与主体研究相结合”的研究思路并无矛盾，但我想说的是，这样一种研究方法仍然是针对了曹禺这一具体作家研究而设定的，并没有体现出中外文学关系研究的主要特征。我想探索的“中国文学的世界性因素”的研究，正是要跨越中国文学研究与中国作家研究的自我国别界限，把中国文学置于世界文化背景下给以考察。就以“曹禺与悲剧‘命运’观”这个题目为例，“命运”固然是从古希腊悲剧中形成的一种观念，但也不能排斥中国人在长期生活实践中形成的命运观念，考察曹禺在《雷雨》中体现的命运观，当然要注意到他从古希腊悲剧中获得的某种启示，但更重要的是：（1）曹禺是怎样在外来影响（不仅仅以古希腊悲剧为限）的基础上创造了他自己对“命运”的理解和表现方法；（2）如何将曹禺所创造的“命运”返回到世界文学中“命运”的创造体系中，揭示出它是如何更加丰富了世界性的“命运”的艺术表现体系。传统的比较文学视野里没有中国或东方第三世界文化的成分，欧洲文化的形成本来具有同源性，其变异因素是在同一谱系里发生的，所以，追溯起源发展、影响脉络等，都可以用实证的方法来考证清楚，等于是考证出一个同祖血缘的大家族成员。可以说，欧洲各民族的本土传统对这一血缘家族来说仿佛是外面迎娶的女子，经过同化以后就能纳入家族，为他们传宗接代。可是东方文化传统下的中国文化的因素，并不存在与欧洲文化的同源性，它与欧洲文化之间的关系应该是多元并举的文化格局。但问题又不是那么简单，由于西方殖民主义文化以及随之而来的现代性在全球普及，中国等第三世界文化被很深地覆盖了西方强势文化的影响，在20世纪的东西方文化的交流与融合中，中国现代文化与西方强势文化之间，难免有过血缘的杂交，无法作绝对区分，但是从血缘的起源上说，它仍然属于不比西方强势文化低劣的另类谱系。可是在过去的外来影响研究中，中外文化杂交中产生出某些具有外来影响因素的艺术想象，却被解释成暧昧的私生子一样，仿佛没有西方文学的"种子"，中国这片土地就会寸毛不长。所以，要讨论20世纪中外文学关系中的"世界性因素"，首先就是要破除这道迷信，把"世界"看成一个覆盖地球村各种文化区域的多元多姿的庞大格局，然后才能公平地探讨这一庞大格局中的多元因素如何在平等层面构成人类世界的丰富文化。我们在讨论曹禺的悲剧"命运观"时，不但应该追溯古希腊悲剧和西方现代悲剧的影响的蛛丝马迹，也应该注意到本土传统的悲剧命运观对曹禺的影响，从而来理解曹禺如何通过创造性的舞台表现，在世界性的悲剧"命运"观谱系中增加了独特的东方文化精神的"命运"艺术。这样的研究不仅仅是对曹禺的个人创作成果（所谓主体）研究，也是对曹禺在世界性因素谱系中的得失与意义的研究，非国别作家研究和主体研究所能全然包括。

要从事"世界性因素"的研究，首先是一个观念的改变，也就是说，比较的观念里不能先存在一个世界性因素的样板，它与传统的"影响研究"的一个区别就是影响研究中的"影响传播体"与接受体之间的比较是不平等的，后者的意义未免取决于前者的标准。我去年在韩国与全炯俊教授有过一次交谈，全先生批评中国学者提出的"20世纪中国文学"概念中，有意把20世纪的中国文学的发展描述成一系列的"进程"，其内心深处反映了对西方发达国家的所谓"现代性"的模拟心态，暗示了中国通过现代性的追求最终将"完成"现代性，也就是反映了80年代的知识分子的潜意识里，"现代化"是有明确目标的，那就是西方发达国家的经济文化状况，这就是一个潜在的标准，它是以"影响传播体"提供的样板为衡量标准。后来我又读到全先生的文章①，他进一步阐明了这一观点：我们对西方发达国家的现代性与东亚第三世界的现代性应予分别的考察，两者是互为表里、相互依存的，没有后发资本主义及殖民地，也就不成立先发资本主义及殖民主义国家。以为西方发达国家的现代性是真正的现代性，而第三世界的现代性是残废畸形的现代性或是还没有真正形成的现代性的看法是没有道理的，其实这就是所谓现代性的"两面"。在全先生看来，20世纪中国文学的发展与斗争过程的本身就反映了中国知识分子所追求和所体现的现代性的特殊状况，世界上本来就没有统一的现代性，而今天之所以对现代性的趋同看法，正是全球性的强势文化的"影响"所致。全先生的这一观点对我有很大的启发，再回想到我们在80年代一再讨论的"伪现代派"等问题，不正是我们心中始终承认西方有一个客观的绝对的"现代"标准，而我们至今为止要走现代化的道路只有向这个标准靠拢并模仿吗？"世界性因素"的研究正是要在心理上驱除这一先验的样板，每一个接受体经过接受主体的创造而形成的世界性因素，再还原到世界性谱系中去的话，都将是以新的独立元素来丰富谱系内涵，而不是谱系多了一个复制品。

再者，对中国文学的世界性因素的研究，从方法上是超越了传统的影响研究和平行研究的二元对立范畴。世界性因素的研究不排除影响研究，它必须吸收大量译介学意义上的资料，甚至也包含了传统影响研究中的方法和观念。关于这个问题，查明建先生的论文《从互文性角度重新审视20世纪中外文学关系》②中有较为详细的探讨，我在

---

① ［韩］全炯俊：《"二十世纪中国文学论"批判》，《文艺理论研究》1999年第3期。
② 查明建：《从互文性角度重新审视20世纪中外文学关系——兼论影响研究》，《中国比较文学》2000年第2期。本文中有关这篇文章的引文均引自此处。

新文学整体观续编

20世纪中国文学的世界性因素

本文中不准备对查先生所设想的"互文性"作具体回应，但他在讨论中涉及的关于"世界性因素"的批评启发了我的思考，我想顺着他的思路作一些解答，也有利于本文的论述进一步展开。查先生似乎能够理解我对传统的影响研究（即所谓法国学派）方法的批评，但又以为今天的影响研究已经从法国学派的框架中摆脱出来，新开拓的影响研究已经将"世界性因素"研究中的部分主体性的成分包含了进去。那么，什么才是"世界性因素"研究的部分主体性成分呢？查先生概括为：接受主体对外来影响的选择、接受主体的创造性的借鉴、误读、反影响等，所以"世界性因素"的提出只是显示了新开拓的影响研究"应有的研究基域与深度要求"。那么，什么才是"新开拓的影响研究"呢？据说是容纳了接受美学和"创造性误读"等主体性的接受研究，"接受研究突出了接受者的对外来影响的主动性，接受者总是根据自身的文学文化需求对外来文学进行剔除、选择、消化、改造，将其融入自己的创作之中"。查先生的概括自有他的道理，但他似乎没有注意到，我一再说明"中国文学中的世界性因素"研究是针对20世纪中外文学关系研究的范畴提出来的，而不是针对所谓"影响研究"的。影响研究，不管是传统的法国学派还是接纳了"接受研究"的新开拓，都是另一种研究范畴，它是属于"影响—接受"二元对立的研究机制中的方法论，它把国际间的文化交流视为一种"输出与接受"的关系，其背后的文化观念中潜伏着的是强势文化与弱势文化的对立。在20世纪中外文学关系研究中引进影响研究的方法与观念是必然的，这既是殖民时代强势文化对弱势文化侵犯与覆盖的事实存照，也是现代性发展过程中第三世界后发国家文化进步的必然途径。但是，影响研究的方法只能解决中外文化关系的一部分现象，而不是全部，更不能反映出中国文化在全球性资本主义文化结构中的民族立场。不管我们如何强调接受者主体性的一面，都无法解释中国文化在创新发展中没有受影响的另一面，因为这一部分已经溢出了"影响—接受"的机制，如果一定要纳入其中，那就意味着不能不缩小接受主体的意义，把本来不属于接受影响的部分也强行改造成所谓接受的"主体性反馈"。那么，是否可以将接受者的主体区分开来，将其接受影响的一面纳入影响研究，而不属于接受影响的另一面放到平行比较领域呢？当然也是不可能的。由于中外文学关系的特殊情况，主体在创新发展中没有接受影响的另一面，又恰恰是与接受过影响的一面（包括各种的主体性反馈）不可分割地糅合为一体，我们根本不可能如此分割一种精神劳动的产品。所以，我才想到用"中国文学的世界性因素"研究来超越所谓的影响研究和平行研究。我不否认影响研究在中外文学关系研究中的作用，但它只属于20世纪中外文学关系研究的一个局部性的方法，其意义主要在于收集一些译介方面和作家知识结构方面的资料；我也不否认接受研究在研究影响因素经过主体的反馈而后发生变异现象时也是有意义的，但接受美学的无边夸大主体性的方法本来是用在艺术效应分析领域的，如果无原则地把它运用到中外文学关系的范畴里去，那倒真的会"走入以主观臆测代替文学发展实际具体考察的误区"。所以，不管影响研究有没有新开拓，在我看来，同样不能解决20世纪中外文学关系理论的基本观念，也不能取代和包揽中外文学关系研究的所有方法。同样的理由，世界性因素的研究也不属于传统的平行研究。所谓平行比较，反映了在多元族群文化背景下的美国学者渴望参与世界对话的文化要求，这与中国学者既要寻求、学习世界现代化经验，又要坚持民族文化传统立场的学术活动，是不一样的。所以，研究以中外文学关系为核心的"世界性因素"，不可能采用平行比较的方法，我们也不是在讨论中西古典文学的异同，而是把研究聚焦点放在全球化的背景下的民族文化发展与新生的道路，这怎么可能是既缺乏主体话语又缺乏世界框架的平行研究呢？查明建先生用想象出来的平行研究的特点来归纳"中国文学的世界性因素"，自然可以推理出"如果只能彰显中国文学发展的特质，只从中国文学自身的立场来研究中国文学，中外文学关系研究只剩下与外国文学共时性的契合关系，就不能有效地解释中外文学关系中的普遍现象，也难以揭示中国文学在影响的大语境之下如何择取、接受等等时代性的文学特点"。但是"中国文学的世界性因素"并不是仅仅研究中国文学的特质，既称"世界性"，就是要在其与世界的关系中讨论中国文学的特质，怎么可能用平行研究的套子来硬套呢？

需要讨论的是与之相关的问题：为什么要认定20世纪中外文学关系的大语境是"影响"呢？为什么没有揭示中国文学在"影响"的大语境下如何择取、接受等时代性的文学特点，就不能有效解释"中外文学关系中的普遍现象"呢？20世纪中外文学关系所表达的，是中国知识分子在被殖民文化环境下寻找现代化道路过程中的审美追求，如何理解这种审美追求，站在不同的立场就有不同的解释。如果从西方中心主义的立场出发，就会被解释成"影响—接受"的基本阐述模式。但是如果我们已经意识到"影响—接受"模式只是20世纪中外文学关系的一种解释立场，也不能阐释中外文学关系在20世纪的时代意义，那么，为什么我们不能从另外的研究视角和研究机制来重新理解和诠释20世纪的中外文学关系的意义呢？查明建先生指出："历史上的实际的不平等，不被普遍认同的现象是客观存在，我们不能以今天解构西方中心主义的态度来改写西方中心主义确实曾被（被迫）认同、被接受的不对等的历史。"我觉得查先生混淆了历史现实和对历史的描述之间的区别。中国现代文学被纳入世界格局以后，当然会吸取外来影响，这些影响在文学发展中起到了积极的革命的促进作用。这一点谁也没有否认过，而且这也不是查先生所说的"西方中心主义被迫认同"造成的。所谓"西方中心主义"，恰恰体现了我们对这一历史现象的描述立场，外来影响不是造就中国现代文学的唯一原因，这也是事实，为什么我们要认定20世纪中外文学关系的大语境是不平等的"影响"而不应该是地位对等的"世界性因素"呢？描述文学历史现象当然要体现出描述者的当代立场，所谓"客观性"和"历史性"，只能是阐释者研究前提、材料和资源，如果缺失了当代立场，缺失了不断思考、怀疑、证伪、重写的过程，文学史不就是一部资料长编吗？所以我觉得，如果研究者抽去了当代立场和当代文化精神来维护所谓"历史客观真实性"，恰恰是维护了陈旧的文学史观念和研究立场，而不是维护文学历史本身。也许我的话说得比较极端和片面了一些，但这涉及研究者的最根本的立场问题，仍然是需要我们充分重视的。

关于"20世纪中国文学的世界性因素"的研究，还是一个不成熟的理论尝试，极需研究者在实践中一步步探讨和摸索，才能逐渐积累起经验与研究实绩。幸有更多的青年学者以此思路作了实实在在的研究工作①，他们在研究实践和理论探索两方面都比我走得远得多。

---

① 张新颖的博士学位论文《20世纪上半期中国文学的现代意识》、张业松的博士学位论文《创建现实——抗战前中外现实主义文学关系史论》，均有部分章节在《中国比较文学》和其他专业性刊物上发表，可供参考。

当然，这些工作离开我们所期望的研究成果还有十分远的距离。这次专栏的主题讨论从理论上引起争鸣，正反映了它的不成熟和有待深化。我感谢编辑部的好意和提倡，更感谢张哲俊先生和查明建先生热忱地加入同行间的认真讨论，希望我的故作激烈姿态的言论没有影响同行的自尊，反而激起更加深入的批评与研讨，共同来推动20世纪中外文学关系研究的发展。

2000 年 7 月于黑水斋

附录

『20 世纪文学史理论
创新探索丛书』导言

一、文学史写作的意义

2005年底，香港浸会大学中文系举办第二届"明贤讲席——近现代中国文学的学科视野"的报告会，主题报告者有李欧梵、王德威、王晓明、黄子平、陈平原和我六人。我挨着陈平原教授坐，所以他的报告我听得很清楚。印象最深的是，他开口便语惊四座：凡从事文学教育或研究的人，撰写并出版一部"文学史"，都是一件让人魂牵梦萦的壮举。他引王瑶先生当年的文章说：几乎每一位研究中国文学学者的最后志愿都是写一部满意的中国文学史。同时举一位已经作古的老先生（名字我忘记了）为例，那位先生的终身遗憾就是没有写出一部文学史。① 尽管平原教授接下去的观点并非赞美文学史，而是相反，他要力破"文学史神话"，对当下的文学史写作痛陈弊害，但这些故事实在很精彩，过后许多时候，我的脑海里还盘旋着他讲演时绘声绘色的姿态。

平原教授所描绘的文学史写作对学者的诱惑，我是将信将疑的。但我自己确是一个深受蛊惑的人。记得在"文化大革命"后期，我还没有机会读到许多现代文学作品的时候，我先读到了一部文学史，是

---

① 　　陈平原的报告《重建"中国现代文学"——在学科建制与民间视野之间》刊于香港浸会大学主编的《人文中国学报》第12期，上海古籍出版社2006年版。但有些具体例子被作者发表时删去，这里仅凭印象记录。特此说明。

丁易先生的《中国现代文学史略》。现在这部著作还在我的手边，但已经十几年没有去翻阅了，里面许多充满火药味的观点今天也完全过时，但就是这部书打开了我的眼界，让我把以前断断续续阅读过的作品都自觉地串联起来，形成一个非常壮观的文学世界。这种感觉，是我在阅读单部文学作品时从未有过的，文学史所引导我的，不是回到过去，而是联系着未来，读一部现代文学史，把我自身的处境与历史拉近了。这是我阅读文学史著作的最初体验。后来我有幸考入复旦大学中文系，有感于书海浩瀚无从下舟，便找到了一部王瑶先生的《中国新文学史稿》，根据书中所介绍的内容，一本书一本书地照着去寻来阅读。也可以说，正是这种老马识途似的引导，把我一步步带进了现代文学研究的堂奥。也正是因为重视文学史，后来才会不满足于当时流行的文学史著作，才会参与到"重写文学史"的倡导中去。从20世纪80年代末提倡口号，到后来的文学史写作实践，"重写文学史"理念陪伴了我近二十年的治学道路，成了我的学术研究与写作的目标。"重写文学史"从一开始就不是对作家研究提出不同评价，而是通过对某些既定文学史观的质疑，力图改变原来的文学史固定观念和研究模式。这个目的，从后来的文学史写作状况来看，多少是产生了积极的作用。

再回到平原教授的问题，为什么文学史写作会给现代学者带来这么大的诱惑力，会成为许多学者的"终身目标"和"最后志愿"？固然，文学史写作与现代文学学科的发展以及教育机制都有关联，但并不是全部原因。虽然教学用途使文学史教材的市场有广阔前景，有学者还举例鲁迅当年编写《中国小说史略》的最初动机，就是教书糊口，但是这种例子却不能解释，在鲁迅早已脱离教育工作的晚年，他还是念念不忘要写一部中国文学史。我以为文学史研究和写作的真正价值，与其说是现实环境的名利所致，毋宁说它与现代知识分子参与学术活动的潜在动机和价值观有关。中国的文学史写作起步于社会现代化的起步阶段，如平原教授所指出的："古已有之的'文章流别论'，转化为今日流行于学界的'文学史'，仍应归功于西学东渐的大潮。这里涉及晚清以来关于现代民族国家的想象、'五四'文学革命提倡者的自我确证，以及百年中国知识体系的转化。"①在中国古代，士大夫阶级直接从事庙堂的政治活动，无须通过文学表达其治国平天下的理想，然而现代知识分子离开庙堂，在民间建立工作岗位，包括了文学的研究与教育。对研究文学的学者来说，文学史通过文学与社会之间关系的考察来研究文学发展规律，也是一个时代人文精神的流布与发扬的见证，文学史研究需要摆脱单纯的审美而进入对社会历史变动、政治环境改变、经济发展以及人文精神演变的综合考察。在文学研究的三大环节中，文学作品研究对应审美解读，作家传记研究对应知识考辨，而文学史研究则对应文学发展规律与知识分子精神史的考察，是一种综合性理论性的整体研究。八年前，我提出过关于文学史教学的三种对象和三个层面的理论假设②，包括了优秀文学作品研究、文学史知识考辨与文学精神（也就是通过文学来探讨时代与人文精神的关系）的探索与表达。这三个层面都可以成为文学史的写作。但是最能够体现文学史理想的写作，应该是对文学精神的探索与表达，这是一种具

---

① 《"文学史"作为一门学科的建立》，见陈平原《文学史的形成与建构》，广西教育出版社1999年版，第3～4页。

② 参见拙文《〈中国当代文学史教程〉前言》，见陈思和主编《中国当代文学史教程》，复旦大学出版社1999年初版，收入《中国新文学整体观》（修订版），高等教育出版社2023年版。

有知识系统性、也具有鲜明理论目的的学术研究，与一般作品的审美解读和作家资料考据有着不一样的功能和价值，这才是研究文学者的"终身目标"和"最后志愿"。对研究者的主体而言，学术研究本来就隐晦表达了一种主体性，在文学作品分析过程中，主体的快感重在享用与表达自我感受，功能在审美；在对文学史知识考辨的过程中，主体的快感来自对新知识以及新意义的发现，功能在求真；而文学史研究面对的则是历史与文学所构成的完整世界，主体的快感疆域要广阔得多，它体现了研究者对历史的积极参与，要求重新陈述历史意义，显现了主体重新布局并阐释文学的能力，其意义的最高境界是善的理想，而在这种追求善和传播善的本能中，主体能够获得极大的满足。王国维先生曾经描述学人"一旦豁然悟宇宙人生之真理，或以胸中惝恍不可捉摸之意境一旦表诸文字、绘画、雕刻之上"时所获得的快感："决非南面王之所能易者也。"① 文学史写作正是因为触及现代知识分子价值取向转换以后的潜在欲望与动机，对研究者来说才能成为一件让人魂牵梦萦的"壮举"。

毋庸讳言，现代中国的文学史写作在形成过程中，主要体现为大学教科书。② 尤其在1949年以后，教科书集中体现为主流意识形态的表达，文学史的书写与意识形态宣传之间时有不协调之处。矛盾意味着转化，80年代的"重写文学史"之所以会如此强烈地引起学术界的反响和促使学科面貌的改变，就取决于文学史所处的特殊地位及其所含的特殊意义。陈平原教授尖锐地指出："目前中国大陆之所以盛产

---

① 　王国维：《论哲学家与美术家之天职》，见周锡山编校《王国维文学美学论著集》，北岳文艺出版社1987年版，第36页。

② 　林传甲、朱希祖、吴梅著，陈平原辑：《早期北大文学史讲义三种》"序"，北京大学出版社2005年版，第2页。

'文学史'，与大学扩招——每年两千万在校大学生，已经相当可观；按照教育部门的设想，到2020年，这个数位还将翻一番——有某种内在联系。办学规模扩大，学生水平参差，需要不同层次的教科书，而落实在中文系，便是编写各种'文学史'。"① 大学既然设定了文学史的必修课程，教学需要教科书也是常理。在目前高校纷纷向研究型大学转型的潮流下，教学与科研的互动也会推动文学史的写作。作为教科书的文学史著作是否有个性，是否有学科价值，不是取决于教学功能，而是取决于写作者能否将独特的科研能力和科研优势融入文学史的写作。成功的文学史是有个性的文学史，是破除了人云亦云的陈旧叙事模式的文学史。所谓教学与科研互动，主要表现在写作者是否了解教学对象的需要和水平，从而将这些要求有机地融入写作者的学术个性中去，创造出一套适合读者水平的文学史叙事话语。我很不赞成学术界流行的一种说法，认为专家的学术专著应该有个性和创新意识，而一般文学史教材则要求四平八稳。这种说法表面上似乎是出于对教学的慎重，其实是一种对教学不负责任的态度。一般来说，学生进入高等院校是他们接受普通教育的最后一个机会，也将决定他们人生道路上的关键性选择——是进入专业训练成为专业人才，还是完成教育程序成为非专业人员。从价值上说，两者的选择无高低之分，但是在决定其一生是否以某种专业为终身志愿的意义上，对受教育者来说是至关重要的。大学的专业课程教师有责任将这个专业的最前沿、最深刻的学术成果展示给学生，也有责任将自己的研究成果展示给学生，让学生在各种各样的学术思想中学会判断和辨别，逐渐成熟起来。

① 　陈平原：《重建"中国现代文学"——在学科建制与民间视野之间》，《人文中国学报》第12期，上海古籍出版社2006年版，第29页。

新文学整体观续编

"20世纪文学史理论创新探索丛书"导言

平庸的教材只能传达出平庸的专业内涵，只能培养出平庸的学生，平庸的学生一旦进入专业领域，将如何来创造灿烂的学术思想，如何来承担学术创新的重任？我在大学念书的时候，古汉语课程采用的是一部名家主编的教科书，教师也是一位老教师，他每次在课堂上都要批评这部教科书，有时批得一无是处，然后再讲解自己的自成体系的学术观点。现在回想起来，这位教师的批评未必都正确，那部教科书也未必一无是处，但是，这是我在大学四年中最难忘的一门课——我由此懂得了如何不迷信专家权威，如何培养自己学术上的独立思考。所以，即使承认文学史写作与大学教科书的广泛使用有联系，也只能说，在教学与科研的互动中，文学史还是可以通过改善和提高教科书质量来显示其学术水准。这已经为许多有思想个性的文学史写作实践所证明。

还有一个更为重要的问题：有没有可能使文学史著作摆脱一般教科书性质，甚至摆脱一般的教学对象，成为学者的个人学术著作。我觉得在理论上这没有什么不可以。文学史作为一种研究类型，呈现的是研究者对于文学发展规律的探究成果，文学发展只能在现实社会环境中进行，没有一成不变的文学发展规律，也没有普遍适用的文学发展规律。文学史总是在文学事实已经存在的前提下，考察文学的产生机制、运行机制、传播机制以及它自身价值的辨识与确立。文学史研究甚至可以作为一种文学研究的方法论——在当下文学批评中，运用文学史知识作为参照系，来厘定与论述新兴文学现象与文学风格的意义。所以，摆脱了一般大学教科书而形成个人研究型的文学史著作，是完全可能的。俄国伟大学者克鲁泡特金的《俄国文学史》，是根据他在美国的讲演记录整理的一部文学史，十分口语化，非常通俗、随意，但真知灼见处处闪烁着锋芒。五四以后中国作家论述俄国文学，很少不受这部文学史的影响。勃兰兑斯的《十九世纪文学主潮》也是根据著者在哥本哈根大学主持美学讲座的讲义整理的，其气势磅礴的文学史叙事，唤起了一大批志同道合的作家，形成一个"现代开路人"的知识分子群体，掀起一场精神革命。这些伟大的文学史著述都曾经是讲义整理的，但丝毫没有我们所认为的教科书的陈腐观念和教条。教科书模式并不是文学史不能有学术个性的理由。80年代，上海外语教育出版社推出的一套美国文学史论译丛，第一本是描述60年代美国文化的《伊甸园之门》，第一章从金斯堡的一场诗歌朗诵会写起。我想所有读过这部书的人都不会忘记著者开阔的文学视野和活泼的论述形式，这当然是一部文学史，但完全摆脱了教科书的痕迹，成为一部充满个人记忆的文学史。

文学史写作只是一种研究的类型，它是综合审美研究和历史知识，而后达到一种新的理论高度和学术境界。它可以为教学服务，但其功能与价值指向远远超越于教学。我们今天有许多断代文学史、区域文学史、文类文学史，甚至某种另类的文学史（如同性恋文学史、女性文学史等），都不是为了教学而写作的，而是出于对写史实录（求真，追求价值永恒）、作品欣赏（求美，追求艺术审美）和理性评判（求善，追求伦理正义）的综合诉求。它是在一个更加宏观的意义上引导文学研究工作者来把握个人、文学与时代之间的关系，以探求文学的社会使命与发展规律。所以，应该有各种各样的文学史进入大学的讲堂，应该有一种激情引导我们探索文学发展规律，探索我们今天的文学究竟能够表达什么，怎样表达？也就是今天的文学研究者、在大学讲台上的讲演者，与讲堂外的世界究竟构成一种怎样的关系？文学史所研究的对象是已经过去的文学现象，而研究者的立场却是现时的、

新文学整体观续编

进行式的，这是两种时间的碰撞与互动的结果。20世纪文学史强化了这一本质性的特征。因为它与我们今天正在发生的文学事件紧紧联系在一起，密不可分。对于20世纪文学史，我们还不仅仅是在叙述它，同时在试图改变它。我们仍然是在创造我们的文学史。我以为，这才是今天有大量学者魂牵梦萦地加入文学史研究和书写行列的根本的原因。

二、文学史理论的界定及其创新的必要性

只有当文学史写作在当代学术领域的意义被确认的前提下，我们才能讨论文学史理论创新的必要性。二十多年来，文学史写作数量极多①，对文学史理论的探讨则很少②。这种不平衡的现象形成了学术发展的瓶颈，以致大量的文学史写作都徘徊在一般教科书的局限之中，整体学术水平不能提高。回顾本学科的发展历程，有两个历史阶段曾经产生过重大推动力：一个阶段是20世纪50年代初，以王瑶先生的

①　据2004年11月12日《文汇读书周报》朱自奋报道《1600余部中国文学史——佳作寥寥》，近二十年来的文学史写作达到1600余种，这是客观的数量。

②　自1985年陈平原、钱理群、黄子平提出"20世纪中国文学"概念，1988年《上海文论》提出"重写文学史"的口号并由陈思和、王晓明主持专栏开始，对文学史理论的探讨开始引起人们注意。但是《上海文论》的专栏只开设了一年半，于1989年底结束。理论问题并未深入展开。随之，这个话题引起了港台学术界的注意，1993年陈国球主编《中国文学史的省思》（香港三联书店），集合了海峡两岸暨香港的学者讨论文学问题，接着陈国球、陈平原等创办《文学史》杂志（共出版三期）。随后，讨论文学史的著述有陈平原《文学史的形成与建构》（广西教育出版社1999年版）、戴燕《文学史的权力》（北京大学出版社2002年版）、陈国球《文学史书写形态与文化政治》（北京大学出版社2004年版）等。此外，关于文学史理论的专著还有陶东风《文学史哲学》（河南人民出版社1994年版）和葛红兵、温潘亚《文学史形态学》（上海大学出版社2001年版）等。

《中国新文学史稿》为代表，确立了新民主主义的文学史观和学科规范，影响贯穿了新中国成立后十七年的文学史写作；另一个阶段是20世纪80年代中期，从"20世纪中国文学""中国新文学整体观"的提出到"重写文学史"的实践，建构了一个综合现当代的文学概念，刷新了学科的内涵。这两个阶段之所以能给学科发展以重大影响，正是理论走到了学科的前沿。尤其是80年代，启蒙话语为中心的文学史理论发挥了重要的作用。从90年代开始，整个治学风气由偏重思想理论向"研究问题"的学术化转换，现代文学学科在具体领域有很多开拓性成果，对于以往文学史不能涉及的禁区给以了充分的重视，但是如何从文学史角度进行理论的有机整合，成了当下最为迫切的问题，这就需要有理论的深入参与，文学史理论的探索与创新成了当下激活文学史写作的关键所在。

照葛红兵教授的《文学史形态学》分析，文学史的范畴可以包括三个层次：（1）文学实践史，即客观存在的原生状态的文学发展史；（2）文学史实践，即文学史的研究与撰写工作；（3）文学史理论，即文学史的内在关联性，是文学史学科的理论体系。[①] 但是，何谓"文学史学科的理论体系"？葛著语焉不详。这是一个需要在实践中不断探索不断创新的课题，我们是在文学史写作实践中发现真正具有文学史理论价值的问题，并给以讨论和解决，反过来说，也只有在文学史理论创新方面有了充分讨论的自由与可能性，才能够真正推动与丰富文学史写作的实践。这是相辅相成的两个层次，不可能孤立地发展。缺乏文学史理论创新，一味提倡文学史写作，就会出现泛滥成灾的教

[①]　　　参见葛红兵、温潘亚《文学史形态学》，上海大学出版社2001年版，第1页。

新文学整体观续编

科书;反之,文学史理论如果可能构成体系的话,那也一定是与特定阶段的文学史写作实践紧紧联系在一起的理论实践,文学史理论是建构在文学史实践的丰厚与完美之基础上的。

文学史理论不同于一般的文学理论,它具有鲜明的目的性和实践性。一般来说,文学理论是从大量的文学创作实践中抽象出来,探讨某种文学的规律,形成其理论观念与体系,反过来指导或解释文学创作。如果仅仅以文学史写作为对象,任何文学理论,甚至哲学和社会学理论都可能成为文学史写作的理论指导,如实证主义哲学经过了丹纳、勃兰兑斯等文学史家的实践,成为一种指导文学史写作的理论模式;马克思主义的辩证唯物主义理论,通过高尔基、卢卡奇等人的实践,也可以成为一种指导文学史写作的理论模式。俄国形式主义理论、新批评的文本分析理论、西方流行的接受美学理论、女权主义理论、后现代理论,等等,同样可以指导文学史的写作实践,成为各不相同的文学史写作模式。但这些理论只是具有一般指导意义的理论,并非我们所讨论的文学史理论。我指的是一种与文学史写作实践紧密交织在一起的,具体解释文学史写作的问题,并对一般文学史写作有实际指导意义的理论假设。我前面说过,文学的发展都是在具体社会环境下进行的,特殊的境遇产生特殊的文学现象,需要我们寻找特殊视角来观察和解释文学现象。当我们考察文学的产生机制、运行机制、传播机制以及对文学价值的辨识时,我们无法脱离具体的社会环境来讨论文学史问题。文学史理论首先是为了解决上述文学史实践的问题而提出的假设,当这种假设被证明不仅行得通,能够解释文学史的相关问题,而且能够产生连锁的效应,推及较为普遍的文学现象,那才具有文学史理论的价值。

比如说，对于文学史分期的讨论，就必然涉及对文学史性质的定位和内涵的厘定。表面上看，文学史分期之争只是文学研究者对文学史发展规律的不同理解，但其背后支撑的是不同的文学史理论架构。20世纪50年代以后的文学史，分成古代文学、近代文学、现代文学和当代文学，除了古代文学，另三种文学的分类基本上是根据毛泽东的新民主主义革命理论来界定的，突出了旧民主主义革命、新民主主义革命和社会主义革命为文学史的主流叙事的核心价值，那么，在这些革命范围以外的文学现象显然无法容纳进去。80年代后，文学研究领域相继提出的"20世纪中国文学""新文学整体观"等概念，逐渐打通近、现、当代文学的界限，形成了一种宏观文学史的共识。它给学科带来的根本性的变化就是弥补了以往的文学史与政治利益过于贴近的倾向，使一个政治定义的文学史观念逐渐向文化定义的文学史过渡。随之，以往许多被排斥在文学史体系以外的文学现象，逐渐进入了研究者的视野。尽管在20世纪中国文学史与新文学整体观的理论构架上仍然存在着许多不尽如人意之处，两者之间也有很大的差异，但它们为90年代的"重写文学史"实践带来了切实的理论依据。文学史理论离不开一定的概念术语的概括，但是它在概念术语的背后，形成了带有根本性的文学史观和文学史建构。如"新文学整体观"的理论概念，是强调了五四新文学的流变作为中国20世纪文学中的主流，以此为标准，它不但勾勒出近七十年（1917—1987）的文学演变轨迹，还疏通了海峡两岸暨香港的文学源流，形成了以新文学为主流的整体观。这较之以前以政治甚至党派的视角勾勒文学史，有了较大的突破，但明显的局限是对新文学以外的文学流派（如通俗文学、沦陷区文学、旧语体文学等）就缺乏整合的能力。而"20世纪中国文学"理论框架对于比较全面整合文学现象具有很大的涵盖性与包容性，尽管提倡者当时未必能清醒认识到这一点，其能量在以后的文学史研究中逐渐表现出来；其不足在于当时没有到20世纪的结束，提倡者对概念的性质界定是通过前四分之三的文学经验来推断的，未预想到未来二十年中国社会发生的巨变，所以到90年代市场经济大潮兴起以后，这个概念的涵盖力量就减弱了。但无论如何，像这样的文学史理论的讨论与实践对文学史写作来说，非常必要。

对于文学史写作中的许多现象，我们常常视而不见，仅把注意力放在材料的拼凑和领地的占有，而整合性的理论研究却极其缺乏。我只举一个例子。近几年许多文学史的写作者都意识到沦陷区文学、台港澳文学、通俗文学、旧语体文学等新兴研究领域的成果，也都开始有意识地把这些领域列入自己编写的文学史，但是他们注意的是相关研究的成果，用一种拼接的形式将其纳进文学史框架，不注意整个文学史的观念与框架充满了不和谐。我们没有给通俗文学、沦陷区文学（包括日本殖民统治时期的台湾文学）和旧语体文学等现象比较充分的文学史定位和理论探讨，就将其塞进原有框架里的文学史，结果必然造成文学史的逻辑混乱和大杂烩。在90年代初，有一位研究中国现代文学史编撰的学者读了一百六七十部现代文学史著作之后，坦言"著作数量多，却大同小异，人们多有不满足之感"①。陈平原教授在三年前统计的数量还要多，连古代文学史加在一起已经是1600多种，但佳作仍然寥寥。既然文学史的写作大军源源不断，那就必然会要求有个性的文学史和高质量的文学史，但从目前的状况来看，高质量的

---

① 转引自《很有学术价值的探索》，见樊骏《中国现代文学论集》，人民文学出版社2006年版，第221页。

文学史姑且不谈，有个性的文学史是首先应该做到的。那就是文学史的写作者要尽可能地将自己所擅长的研究成果容纳到文学史的研究中去，从各自的角度来完善文学史的写作。所谓有个性的文学史，说到底是有独特文学史理论建树的文学史。我以为当前需要注意的倾向不是文学史写作的泛滥，而是缺乏提高之作，尤其是缺乏文学史理论的突破与创新，呼之欲出的瓶颈所在。

我在这几年着重提出并讨论"五四新文学运动的先锋性"与"文学史上先锋与常态"的问题，试图从理论上来解决五四新文学的主流与其他各类文学（通俗文学、旧体文学等）之间的关系。我在《中国新文学整体观》里提出过一个文学史的观点：文学史传统的稳定性是作为文学整体而存在的，但每一部新作品的产生，每一种新的外来影响的冲击，都可能促使这个整体内部固有的结构发生变动。经过一番内部调整和重新组合，新的因素在传统的庞大体系中占有一席之地，然后归于稳定状态。但是在事实上，文学的发展是不会停顿的，随着新的文学作品文学现象绵绵不断地产生，老的文学作品文学现象被重新发掘重新阐释，文学史的整体也处于不断的自我调整之中。海外汉学90年代开始在论述中国现代文学史时不断强化现代性因素，而晚清文学正是寻找现代性的重要空间。这一新的研究视野与新的文学空间的发掘，构成了对五四新文学主流地位的挑战。像这样的问题，我们既要重视新材料的发现和重新认识，同时必须从理论上去解决这些疑难，在尊重史实的同时要有新的理论建树，才能适应中国新文学整体观的发展变化。关于先锋性和常态性的文学史理论是否能够用来解释现代文学的发展规律是可以讨论的，任何理论都必须在实践中加以检验，并且通过不断被证伪来推动发展。从发展角度来讲，在20世纪文学的形成和发展的过程中，本学科既积累了许多宝贵的经验，又有很多值得思考的教训，这些因素都迫切需要上升到理性认识的高度上来给以总结和发展。尤其应当看到，这门学科的内核的稳定性是相对的，它仍然比较年轻，具有开放性，仍然在运动，仍然在发展，随着时间的推移还会有更多新的问题出现。综观20世纪中国文学，它只是整个中国文学发展轨迹中的一个进程，这个进程于一个世纪前开始，但没有结束的下限，进入21世纪之后，20世纪中国文学在时间的限定上似乎已经结束，但其内在特征仍然在延续，这种延续将扩大20世纪中国文学的外延和内涵。如果我们从更广泛意义的"现代文学"的概念来讲，20世纪中国文学应当仅仅是中国现代文学的第一个阶段、一道序幕而已，它所隐含的现代知识分子的人文传统，在今后的文学创作和学术研究中仍将继续延续下去，而文学史整体格局的调整与基本观念的改变都是可能发生的，需要文学史的研究者保持清醒的学术敏感与理论的对应能力，不断提出新的理论新的方法来更好地把握它和阐释它。

在文学史写作领域，史料的征集与发现和理论的探索与创新是两项最重要的工作。近二十年来，史料发现方面做出了不少成绩。从近年来的中国现当代文学专业的研究生学位论文成果来看，围绕某些领域的史料研究大多数都比较成功。这对于文学史某些空白的填补，改变文学史的某些定论，都起到了重要的作用。就我所注意到的这方面成果，关于沦陷区文学的资料整理、关于社团史的资料整理、关于旧体诗词的个案研究、关于潜在写作的史料收集、关于传媒与文学之间关系的资料梳理，等等，都是相当有价值的。但是，就另一方面而言，文学史理论的突破和创新成果乏善可陈。有一段时间，西方尤其是英美的各种时髦理论被引进，直接影响到现代文学领域研究，大量来自西方的术语、概念和逻辑方式被用作解释的武器。这种"拿来主义"当然也给我们学科带来很多启发，但是发展到今天，趋时趋新的横向移植所造成的学术领域的浮躁喧嚣、避难趋易、标新立异等倾向显然妨碍了学术的进一步发展。与上一代研究者立足于广泛扎实的文本阅读——这是宏观和理论研究的必然基础——相比，尚需积累的年轻研究者在提倡时髦理论的口号下轻视文学作品本身，大量的精力纠缠于西方学术的术语和无谓的逻辑推理中，卖弄所谓的理论概念却不能解决实际的问题。我近年来读到的很多研究生学位论文，以一个流行理论作为中心，然后寻找材料填充，甚至任意削足适履。这样的理论不仅无益，反而会使学生未来的学术发展走入歧途。更有甚者以文学作品作为西方某些理论的注脚，本末倒置。这也是我近年来大力提倡"文本细读"的研究方法力图给以纠正的主要理由。文学史理论的提出或者移植，都必须从文学史的实际情况出发，以大量的文本阅读和个案研究为基础，才能切近20世纪中国文学史的现实状况，激励其生命的活力，也不会重蹈过去意识形态教条化的覆辙。中国的文学史家历来强调所谓史识，鲁迅曾经批评郑振铎主编的《插图本中国文学史》："诚哉滔滔不已，然此乃文学史资料长编，非'史'也。但倘有具史识者，资以为史，亦可用耳。"[①]胡适有一次谈到编历史书时也认为："整理史料固重要，解释史料也极为重要。中国止有史料——无数史料——而无有历史，正因为史家缺乏解释的能力。"[②]这两位文学

[①]　鲁迅：《致台静农》（1932年8月15日），见《鲁迅全集》第12卷，人民文学出版社2005年版，第322页。

[②]　《胡适的日记》，中华书局1985年版，第185页，见1921年8月13日条。

史家在史学观点上也许有很多不同的地方，但他们对于史识的推崇却是惊人地一致。

然而什么是文学史家的史识？我的理解，就是文学史家有能力解读史料文本，有能力创造出新的理论假设来解释文学现象，推动文学史研究的深入和原有文学史理论的提高。所谓"史识"，不完全是根据新的史料阐释出新的历史见解，而是体现为一种依据旧材料阐释新见解的能力。鲁迅曾说自己写文学史喜欢用一般的通行本作材料，我想，鲁迅的自信在于他相信自己的史识能力，即通过一般的材料他也能够读出与别人不一样的感受和想法，进而形成自己的深刻而独到的理论观点。这就是一个与文学史家的理论创新能力有关的问题。

樊骏先生对于现代文学学科的理论创新说过一段很中肯的话："我们的每一步前进、每一个突破，都面临着理论准备的考验。任何超越和深入，都离不开理论的指引与支撑。理论又是最终成果之归结所在，构成学科的核心。而且，衡量一门学科的学术水平、学术质量的高低，归根到底，取决于它在自己的领域里究竟从理论上解决了多少全局性的课题，得出多少具有重大理论价值的结论，有多少能够被广泛应用，经得起历史检验，值得为其它学科参考的理论建树。在走向成熟的道路上，需要牢记这一基本事实。"① 我补充的是，文学史理论的创新，正是我们的文学史写作走向成熟的标志之一。

---

① 　　《我们的学科：已经不再年轻，正在走向成熟》，见樊骏《中国现代文学论集》，人民文学出版社2006年版，第514～515页。

三、"20世纪文学史理论创新探索丛书"①的初步尝试

"20世纪文学史理论创新探索丛书"是由我领衔申报的国家社科基金项目。最初的想法是将我在近二十年来对20世纪文学史理论的研究成果作一个简单的总结。1985年我参加了在北京万寿寺举办的现代文学创新座谈会，当时参加者都被称作青年学者，但我理解这个"青年"的概念，更多的是指某种精神状态。因为是青年，所以敏锐、无畏，敢于探索和打破前人设置的条条框框，以崭新的学术面目来刷新学科。《中国新文学整体观》一书正是当初探索文学史理论的产物。当时出版社编辑把这部文学史著作列入"牛犊丛书"，意味着"初生之犊不怕虎"的期望。从1988年参与《上海文论》主持"重写文学史"的栏目以来，近二十年的教学和研究中，我一直在探索20世纪中国文学史的理论问题，针对这个课题，相继发表了《当代文学观念中的战争文化心理》《民间的浮沉：从抗战到"文革"文学史的一个尝试性解释》《民间的还原："文革"后文学史某种走向的解释》《我们的抽屉——试论当代文学史（1949—1976）的潜在写作》《共名和无名：百年中国文学发展管窥》《20世纪中外文学关系研究中的"世界性因素"的几点思考》等一系列论文，对文学史的各种现象做出我自己的解释，提出了一系列理论概念，引起过学术界同行的兴趣和响

---

① "20世纪文学史理论创新探索丛书"是国家社会科学基金一般项目成果，陈思和主持，参加者有郜元宝、张新颖、姚晓雷、王光东等。收入丛书的论著有：郜元宝《汉语别史——现代中国的语言体验》，张新颖、［日］坂井洋史《现代困境中的文学语言和文化形式》，姚晓雷《乡土与声音——"民间"审视下的新时期以来河南乡土类型小说》，王光东《新文学的民间传统——"五四"至抗战前的文学与"民间"关系的一种思考》，以及陈思和《新文学整体观续编》。

新文学整体观续编

应。1999年，我和我的合作者首次将这些理论应用于《中国当代文学史教程》的写作，探索性地建构新的文学史体例和文学史理论构架。该书出版后，曾得到同行们的热情鼓励。近十年来，在复旦大学攻读博士学位的一些青年朋友，如王光东、刘志荣、姚晓雷、李丹梦等人都从不同的角度对这些理论进行了延伸研究。而复旦大学的青年学者郜元宝、张新颖等从各自的研究实践出发，对文学史与语言研究的跨学科领域进行了有意义的探索。经过反复讨论规划，最后决定以目前系列研究的形式来展示我们的研究成果。本项目所包括的理论丛书，正是复旦大学的师生在多年合作切磋的基础上逐渐形成的对20世纪中国文学史理论探索的部分成果。归纳起来，大致体现在以下几个方面。

（一）20世纪中国文学的语言问题

20世纪中国文学语言问题的研究，已经成为近年来本学科研究的热点，有着非常明确的总结现代汉语经验的动机，许多语言学、文字学研究方法被引入文学语言研究，在20世纪文学史的广阔背景下探讨中国文学语言的"本体"和"主体"等问题。复旦大学的青年学者目前主要关注的方面：（1）关于现代语言观念的演变。从源头上——白话文的确立与发展的历史进程中，梳理出现代汉语的内在发展与外部观念的冲撞中的发展轨迹，并着眼于两个完全对立的语言观念：工具论语言观和本体论语言观。它们互为对立，前者作为一种主流的语言观念深深地制约了中国现代文化和现代文学的品质，而后者虽被压抑却一直存在，以其注重"语言之体验"对于弥补现代汉语所受到的某种伤害起到重要的作用。①（2）"音本位"和"字本位"。郭绍虞先生曾经提出过关于中国文学"字本位"的结论，郜元宝教授在此立场上重新反思现代汉语作为文学语言的独特性，讨论五四以来有关口语和书面语的争论，由此出发，解释新文学语言粗糙背后的问题。他指出，中国文化人与其说是用汉语，不如说是用汉字思维，这种思维模式冲破了德里达批判的"语音中心主义"的西方现代语言学藩篱；可是在现代汉语的发展中，恰恰是脱离中国文学语言和语言文字实际，而这导致现代文学无法在内部的传统延续和外在观念的影响下真正找到自己的道路。②（3）欧化、方言及现代汉语的主体性问题。现代汉语从其生成之日起，其主体和欧化就无法泾渭分明地简单讨论。研究者从中国文学的实际情况出发，从一个新的角度观察为人诟病的"欧化"问题。他们通过对胡风的理论和路翎的小说创作实践的研究发现，语言主体性的获得，在于它是语言在与之表达的对象之间产生的，就如胡风和路翎的作品，那些不为人所喜的、冗长而带着欧化特征的语言，却是在与中国现实的紧张"肉搏"和"奋力地突击"中，艰难地获取中国主体的诚实语言。方言问题也一样，都是相对于规范的现代汉语，追求语言的丰富性、差异性的自由，其实它们是一个大问题的不同层面。他们从文学个案入手，深入探讨语言如何表达民间，以及方言在不同运用程度上，其自身的活力和主体意义。民间世界只有通过它自

① 参见郜元宝《现代汉语：工具论与本体论的交战——关于中国现代知识分子语言观念的思考》，《当代作家评论》2002年第2期。
② 参见郜元宝《音本位与字本位——在汉语中理解汉语》，《当代作家评论》2002年第2期。

新文学整体观续编

己的语言，即方言，才能真正获得其主体性。①这些研究成果（包括关于都市文化、大众音乐等方面的讨论）在发表之后曾经引起国内外学者的积极反响，这些争论在本项目里也得到了部分的反映。

（二）文学史上的潜在写作

"潜在写作"②这一概念的提出是为了说明20世纪中国文学创作的复杂性，即有许多被剥夺了正常写作权力的作家在哑声的时代里，依然保持着对文学的挚爱和创作热情，他们创作的许多作品在当时环境下不能公开发表。这些作品分成两种：一种是作家们自觉的创作；另一种是作家们在特殊时期不自觉的写作活动，如日记、书信、读书笔记等。中国自古以来对文学取广义的理解，书信表奏均为文学。作家不能正常写作时，他们的文学才情被熔铸到日常书写体裁之中，不自觉中丰富了文学内涵。如沈从文在1949年以后停止文学创作，但他写的家信文情并茂，细腻地表达了他对时代、生活和文学的理解。相对于那时空虚浮躁的文风，这些不自觉的日常写作不能不说是那个时代最有真情实感的文学作品之一。"潜在写作"是指那些写出来后没有及时发表的作品。如果从作家创作的角度来定义，也就是指作家不是为了公开发表而进行的写作活动。但这个定义还都有补充的必要：就作品而言，潜在写作虽然当时没有发表，但在若干年以后是已经发

---

① 关于欧化、方言及现代汉语的主体性问题，可参阅张新颖《现代困境中的语言经验》，《上海文学》2002年第8期；《行将失传的方言和它的世界——从这个角度看〈丑行或浪漫〉》，《上海文学》2004年第12期。
② 有关"潜在写作"的定义，主要来自陈思和《我们的抽屉——试论当代文学史（1949—1976）的潜在写作》，初刊于《文学评论》1999年第6期，收入本书。

表了的，如果是始终没有发表的东西，那就无法进入文学史的研究视野；就作家而言，是以创作的时候不考虑发表，或明知无法发表仍然写作的为限，如有些作品本来是为了发表而创作，只是因为客观环境的变故而没有发表的，则不属于潜在写作的范围。对于潜在写作的作品，过去文学史作者也曾注意到，但一般情况下是将这类作品放在它们公开发表的时代背景下讨论，这对于写作者本人是无关紧要的，可是一旦置于文学史背景之下，意义就不一样了。现在提出"潜在写作"现象就是把这些作品还原到它们的创作年代来考察，尽管当时没有公开发表因而也没有产生客观影响，但它们同样反映了那个时代知识分子的严肃思考，是那个时代精神现象的一个不可忽视的有机组成。在任何一个时代里，如马克思所认为的，统治阶级的思想永远是占统治地位的思想，研究者只有将被遮蔽的民间思想文化充分发掘出来，才能够打破"万马齐喑"的时代假象，真正展示时代精神的丰富性和多元性。

（三）文学史上的民间形态

20世纪中国文学史的"民间"概念可以拥有多种解释。《民间的浮沉：从抗战到"文革"文学史的一个尝试性解释》等论文曾经尝试从民间文化形态、民间隐形结构和民间的理想主义三个层面来阐释它的含义。所谓的"民间文化形态"是指：（1）它是在国家权力控制相对薄弱的领域产生，保存了相对自由活泼的形式，能够比较真实地表达出民间社会生活的面貌和下层人民的情绪世界；虽然在权力面前民间总是以弱势的形态出现，并且在一定限度内被迫接纳权力，并与之相互渗透。但它毕竟属于被统治阶级的"范畴"，而且有着自己独立的历史和传统。（2）自由自在是它最基本的审美风格。民间的传统意味着人类原始的生命力紧紧拥抱生活本身的过程，由此迸发出对生活的爱和憎，对人生欲望的追求，这是任何道德说教都无法规范，任何政治条律都无法约束，甚至连文明、进步、美这样一些抽象概念也无法涵盖的自由自在。（3）它既然拥有民间宗教、哲学、文学艺术的传统背景，用政治术语说，民主性的精华和封建性的糟粕交杂在一起，构成了独特的藏污纳垢的形态。①这三条定义只是就民间的文化基本形态而言，在实际的文化研究中，"民间"所涵盖的意义要广泛得多，其中还应包括作家的写作立场、价值取向、审美风格、文化修养，等等，并以此引申出许多相关的名词概念。民间隐形结构是指一部优秀的文学作品往往由显形文本结构与隐形文本结构共同构成。显形文本结构通常由时代共名所决定，而隐形文本结构则受到民间文化形态的制约，决定着作品的艺术立场和趣味。如电影《李双双》，其显形文本结构是歌颂"大跃进"运动的政治宣传，但其隐形结构则体现了类似于传统喜剧"二人转"的男女调情模式，有意思的是，后者冲淡了前者的政治说教，使作品在一定程度上超越了时代精神而获得民间艺术的审美价值。民间隐形文本结构有时通过不完整的破碎的方式表现出来，甚至隐蔽在显形文本的结构内部，用对立面的方式来表现。这就造成五六十年代描写阶级斗争的作品里通常出现的落后人物和反面人物写得比正面人物更生动，因为落后人物和反面人物身上往往不自

---

①　　参阅拙文《民间的浮沉：从抗战到"文革"文学史的一个解释》，原名《民间的浮沉：从抗战到"文革"文学史的一个尝试性解释》，初刊于《上海文学》1994年第1期，收入本书。

360

觉地寄托了民间趣味和愿望，而正面英雄人物则是时代共名的传声筒。如赵树理的许多创作都生动地表达了这一特点。民间的理想主义①，是针对20世纪90年代出现的一批歌颂理想主义的作家的创作现象而言的。在五六十年代，理想主义是国家意志的代名词。随着"文化大革命"的结束和市场经济的兴起，人们普遍地对虚伪的理想主义感到厌恶，但同时滋长了放弃人类精神的向上追求、放逐理想和信仰的庸俗唯物主义。90年代知识分子发起"人文精神寻思"的讨论，重新呼唤人的精神理想，有不少作家也在创作里提倡人的理想，但他们在历史的经验教训中改变了五六十年代寻求理想的方式，转向民间立场，在民间大地上确认和寻找人生理想，表现出丰富的多元性，如张承志在民间宗教中寻求理想，张炜立足于民族土地中讴歌理想……有人称这种思潮为道德理想主义，其意含混，不如用民间理想主义来概括更加明确一些。这是世纪末精神的一个值得关注的动向。

民间及其相关的概念的提出并以此视角来梳理20世纪中国文学史，解决了很多以往的文学史理论框架中无法容纳的内容。以往的文学史过分强调五四以来的启蒙精神的主导作用，无意中遮蔽了民间文化形态的空间。其实，民间的文化特征长期存在于文学创作中，如老舍、萧红、张爱玲、沈从文等人的创作中都有着非常浓厚、非常活跃的民间文化因子。它不是被谁发现或构想出来的，只不过以往狭隘的文学史观无法阐释这些现象。另外，以往文学史基本持精英立场，通俗文学没有得到充分的尊重，但作为文化现象的存在，将它们抛在文

---

① 有关民间理想主义的定义，主要来自陈思和《关于90年代文学的几个概念的说明》中"民间叙事立场的写作"一节，最初用韩语发表于韩国《文学村》杂志2000年1月号，中文版收入《谈虎谈兔》，广西师范大学出版社2001年版，第115～117页。

学史之外并不公平。民间理论的引入，在一定程度上消解了精英与大众的对立模式，在更开阔的空间中看到它们彼此互相渗透的种种迹象。

姚晓雷的探讨从民间视角与研究对象之间的契合性开始。在特定历史处境下，文学史上所要研究的"民间"具有对启蒙视角以及地域文化视角双重包容并超越的特点：它既接纳了地域文化视角所强调的"地方色彩"，又接纳了"启蒙"视角的现代人文精神价值标准，要求知识分子以一种更富有人道情怀的态度进入社会底层的庞大空间去，对那里人们生存的方式要有真实的了解，并把他们视为同类，他们有平等的人生权利和生命欲求。河南社会的历史背景、河南的文人文学传统、新文化运动以来的现代思想价值背景、新时期作家的个性等方面，共同铸造出新时期以来河南乡土类型文学里一种既非完全启蒙姿态、也非完全在地域里画地为牢的新创作立场，并最终转化为复杂的文本形态，其价值特征恰可以通过上述的民间的视角去解释。而从民间视角出发，姚晓雷着重探讨了新时期以来河南乡土类型小说的价值形态的表现特征，针对其中的民间个性呈现提出了"河南侉子性"这一理论创见，并对其所具有的"本色品格"和"智性品格"以及彼此的结构形式做了深入详细的分析，讨论它对于极度苦难的处境下人们的支撑和它本身所存在的缺陷。

（四）20世纪中国文学的世界性因素

"20世纪中国文学的世界性因素"是指在20世纪中外文学关系研究中的新的理论视野。这一理论认为：中国文学的发展进程已经被纳入了世界格局，那么它与世界的关系就不可能是完全被动的接受，它已经成为世界体系中的一个单元，在其自身的运动中形成某些特有的审美意识，不管它与相关的外来文化是否存在着直接的影响关系，都是以独特的面貌加入世界文化的行列，并丰富了世界文化的内容。在这种研究视野里，中国文学与其他国家的文学在对等的地位上共同建构起"世界文学"的复杂模式。20世纪中国文学的世界性因素的研究既然凸显"世界性"的方法和观念，就不能局限在国别文学的范畴里讨论这些现象。它的问题是针对所谓"外来影响"考证的不可靠性，对传统的影响研究方法和观念进行了颠覆性的质疑。[1]这个题目隐藏了许多复杂课题，其最终目的是将中国20世纪文学史置于世界性的格局中展开，建构起一个20世纪中国文学与世界对话的学术平台。本课题中关于五四新文学的先锋性探讨，就是一个世界性因素的典型例子。五四新文学运动是一个带有先锋性的革命文学运动，它和当时席卷欧洲的先锋运动构成了世界性的对话，它们都以激进的政治批判态度、颠覆传统文化的决绝立场、求新求变的语言探索以及对唯美主义文艺观的批判为标志。从这一全新的观点出发来理解五四新文学运动和梳理20世纪文学的发展，使我们对自己的文学传统有了更加宽广也更为贴合历史的理解：中国文学的古今演变中存在着"变"的两种形态，一种是依循了社会生活的发展而自然演变的文学主流；一种是以超前的社会理想和激进的断裂实行激变的先锋运动。在这之中，作为先锋运动的五四新文学运动猛烈地冲击了当时的文学主流，促进了文学史的激变，但是其本身先锋的性质也决定了它的短暂过程，决

---

[1] 有关"20世纪中国文学的世界性因素"的定义主要来自陈思和《关于20世纪中外文学关系研究中的世界性因素的几点思考》，初刊于《中国比较文学》2001年第1期，收入本书。

定了它和文化主流之间复杂的关系。

四、文学史理论研究的两个特征

20世纪中国文学史理论研究不限于以上几个方面，本丛书只是我们就项目所设计的部分探索和尝试，以一斑而窥全豹。但就以上的几方面探索与实践，我们可以看出文学史理论研究具有以下两个特征：

其一，文学史理论不同于一般的文学理论和哲学社会学理论，它所指的是一种与文学史写作实践紧密交织在一起的，具体解释文学史写作中的问题，对于一般文学史写作有实际指导意义的理论假设。它不仅仅是一个理论问题，更是一个实践的问题。许多问题是在针对20世纪中国文学的具体问题、具体现象而提出，并且使之提升到一定的普遍意义。所以文学史理论不是一种空泛的理论探讨，它必须深入文学史的语境和实践中探讨和研究，能够解决研究中的实际问题，并能够在文学史写作中带来推动意义。我这里所说的普遍意义和推动意义，都是指某种理论不仅仅是为了对某一个具体问题作出解说，而是可以举一反三，在依次说明同类现象或者相似现象时不断扩大自身的内涵。比如，我在最初提出民间的理论概念时一直是把它理解为全面抗战爆发以后由于民众抗战而崛起的一种新的审美空间，我曾经断言，在全面抗战前民间是一个被遮蔽的空间，不在人们（主要是启蒙者）的视野里。也有青年学者受到这一观点的影响，在博士学位论文里讨论鲁迅等启蒙者与民间的隔阂。但是我指导的研究生王光东在其博士学位论文里提出了不同的看法，他将民间的理论概念与洪长泰

《到民间去》的学术研究成果结合起来，把作为文学史理论的民间与五四一代知识分子对民间文化的研究联系起来，专门论述了从五四到全面抗战之间的文学史的民间理论，我虽然与他关于"民间"的理解不完全一致，但我很赞同他的研究与探索。他扩大了民间文学史理论的阐释空间，而且在多方面丰富了这一理论的内涵。对理论创新来说，实践的检验是最重要的，任何理论观点只有通过反复论争、证伪和补充，才能有所提高，有所完善。文学史理论是一种来自文学史写作实践并且解决实践中问题的理论尝试，更加需要的是在实践中充实与完善自身。

其二，文学史理论创新并非要构建出一个放之四海而皆准的理论，尽管它能够体现文学史发展的一般规律，但不同的视角、不同的探讨方法会对同一历史现象有着不同的结论，而且随着文学创作的变化发展，文学史理论也会过时和改变。在文学史理论领域里，任何带有唯一"结论"性质的企图都是徒劳的，它的目的应当是建立多元的、丰富的文学史空间。理论创新并非只是"将颠倒的历史再颠倒过来"——以推翻前人的成果为标准，创新的真正指向是探讨文学史可以延展的空间，探索文学史研究的更大可能性，从而完成对文学史的多层面叙述。它要改变的，与其说是某个具体的结论，不如说是文学史研究的某种习惯思维，它追求的是百家争鸣的多元学术局面。

文学史理论创新的提出，会引起讨论和争鸣，这是正常的现象，也是当下学术领域所需要的学术局面。我以为近年来文学研究领域存在的最大问题，就是当代学者整体性地被媒体批评的起哄与庸俗文化的繁荣假象搞昏了头，对于真正的学术研究和理论创新缺乏信心。没有学术争论，没有批评与反批评，学术界缺少对理论创新的关注和热情，要么处于失语的状态哑然无声疲软无力，要么跟随着媒体的诱导兴风作浪哗众取宠。现代文学学科虽然相对处于平稳状态，但是理论上的平庸化也是显而易见的。基于这一点，可以说文学史理论的探索和创新存在着非常广阔的空间，它所呈现的总是处于未完成时态，对此的探索也将是一种长期的和吸引更多人参与的学术前景。所以，我们无论从现代文学研究现状还是本学科的发展而言，最当务之急的就是要提高文学史理论的创新水平，以激活我们的学科发展。

2007 年 8 月于黑水斋

引用文献

中文著作

1. 《巴金全集》第9卷，人民文学出版社1989年版。

2. ［德］彼得·比格尔：《先锋派理论》，高建平译，商务印书馆2002年版。

3. ［法］布吕奈尔、比叔瓦、卢梭：《什么是比较文学》，葛雷、张连奎译，北京大学出版社1989年版。

4. 陈平原：《文学史的形成与建构》，广西教育出版社1999年版。

5. 陈思和：《鸡鸣风雨》，学林出版社1994年版。

6. 陈思和：《豕突集》，汉语大词典出版社1998年版。

7. 陈思和：《思和文存》，黄山书社2013年版。

8. 陈思和：《谈虎谈兔》，广西师范大学出版社2001年版。

9. 陈思和：《羊骚与猴骚》，上海人民出版社1994年版。

10. 陈思和：《中国新文学整体观》（修订版），高等教育出版社2023年版。

11. 陈思和主编：《中国当代文学史教程》，复旦大学出版社1999年版。

12. 陈寅恪：《寒柳堂集》，上海古籍出版社1980年版。

13. 陈寅恪：《金明馆丛稿二编》，上海古籍出版社1980年版。

14. 《辞海》（第七版）缩印本纪念版，上海辞书出版社2021年版。

15. 董大中：《赵树理评传》，百花文艺出版社1986年版。

16. 《法国作家论文学》，王忠琪等译，生活·读书·新知三联书店1984年版。

17. 樊骏：《中国现代文学论集》，人民文学出版社2006年版。

18. 范伯群：《中国现代通俗文学史（插图本）》，北京大学出版社2007年版。

19. 范伯群、孔庆东主编：《通俗文学十五讲》，北京大学出版社2003年版。

20. 干永昌、廖鸿钧、倪蕊琴等选编：《比较文学研究译文集》，上海译文出版社1985年版。

21. 高晓声：《生活·思考·创作》，上海文艺出版社1986年版。

22. 高玉：《现代汉语与中国现代文学》，中国社会科学出版社2003年版。

23. 葛红兵、温潘亚：《文学史形态学》，上海大学出版社2001年版。

24. 《郭沫若全集》文学编第1卷，人民文学出版社1982年版。

25. 郭沫若：《学生时代》，人民文学出版社1979年版。

26. 郭小东：《中国叙事：中国知青文学》，花城出版社2005年版。

27. 《侯金镜文艺评论选集》，人民文学出版社1979年版。

28. 胡风：《胡风全集》第1卷，湖北人民出版社1999年版。

29. 《胡风评论集》，人民文学出版社1984—1985年版。

30. 胡兰成：《今生今世》，远行出版社1990年版。

31. 胡适编选：《中国新文学大系·建设理论集》，上海良友图书公司1936年版。

32. 《胡适的日记》，中华书局1985年版。

33. 《胡适留学日记》，商务印书馆1948年版。

34. 黄子平、陈平原、钱理群：《二十世纪中国文学三人谈》，人民文学出版社1988年版。

35. 贾植芳主编：《中国现代文学的主潮》，复旦大学出版社1990年版。

36. 金宏达、于青编：《张爱玲文集》，安徽文艺出版社1992年版。

37. 《柯灵六十年文选：1930—1992》，上海文艺出版社1993年版。

38. 来凤仪编：《张爱玲散文全编》，浙江文艺出版社1992年版。

39. 《李大钊全集》第1卷，人民出版社2006年版。

40. 李欧梵：《中国现代作家的浪漫一代》，王宏志等译，新星出版社2010年版。

41. 李泽厚：《中国现代思想史论》，东方出版社1987年版。

42. 林传甲、朱希祖、吴梅著，陈平原辑：《早期北大文学史讲义三种》，北京大学出版社2005年版。

43. 刘半农：《初期白话诗稿》，书目文献出版社1984年版。

44. 柳鸣九主编：《未来主义超现实主义 魔幻现实主义》，中国社会科学出版社1987年版。

45. 《鲁迅全集》，人民文学出版社2005年版。

46. 绿原：《绿原自选诗》，人民文学出版社1998年版。

47. 《马克思恩格斯全集》第1卷，人民出版社1995年版。

48. 《马克思恩格斯选集》，人民出版社2012年版。

49. ［美］马泰·卡林内斯库：《现代性的五副面孔》，顾爱彬、李瑞华译，商务印书馆2002年版。

50. 《毛泽东选集》，人民出版社1991年版。

51. 《茅盾文集》，人民文学出版社1961年版。

52. 茅盾：《我走过的道路》，人民文学出版社1997年版。

53. 茅盾：《子夜》，人民文学出版社1960年版。

54. 牛汉：《牛汉诗选》，人民文学出版社1998年版。

55. 欧阳江河：《站在虚构这边》，生活·读书·新知三联书店2001年版。

56. 潘旭澜主编：《新中国文学词典》，江苏文艺出版社1993年版。

57. 钱穆：《中国文学论丛》，生活·读书·新知三联书店2002年版。

58. 曲波：《林海雪原》，人民文学出版社1964年版。

59. 《瞿秋白文集》第2卷，人民文学出版社1953年版。

60. 《全台诗》第1册，远流出版公司2004年版。

61. 桑兵：《晚清学堂学生与社会变迁》，学林出版社1995年版。

62. 商务印书馆编辑部编：《论严复与严译名著》，商务印书馆1982年版。

63. 沈从文、张兆和著，沈虎雏编选：《从文家书——从文兆和书信选》，上海远东出版社1996年版。

64. 宋春舫：《宋春舫论剧》第1集，中华书局1923年版。

65. 孙犁：《晚华集》，山东画报出版社1999年版。

66. 唐正序、陈厚诚主编：《20世纪中国文学与西方现代主义思潮》，四川人民出版社1992年版。

67. ［英］托·斯·艾略特：《艾略特文学论文集》，李赋宁译注，百花洲文艺出版社1994年版。

68. ［美］王德威：《被压抑的

现代性：晚清小说新论》，宋伟杰译，北京大学出版社 2005 年版。

69. 王富仁：《灵魂的挣扎——文化的变迁与文学的变迁》，时代文艺出版社 1993 年版。

70. 王观泉：《被绑的普罗米修斯——陈独秀传》，业强出版社 1996 年版。

71. 王家新编选：《叶芝文集》，东方出版社 1996 年版。

72. 王润华：《中西文学关系研究》，东大图书公司 1978 年版。

73. 王栻主编：《严复集》，中华书局 1986 年版。

74. 王晓明：《无法直面的人生——鲁迅传》（修订本），生活·读书·新知三联书店 2021 年版。

75. 无名氏：《创世纪大菩提》，远景出版社 1984 年版。

76. 吴方：《仁智的山水——张元济传》，上海文艺出版社 1994 年版。

77. 辛华、任菁编：《内在超越之路——余英时新儒学论著辑要》，中国广播电视出版社 1992 年版。

78. 杨健：《文化大革命中的地下文学》，朝华出版社 1993 年版。

79. 《郁达夫文集》第 5 卷，花城出版社、生活·读书·新知三联书店香港分店 1982 年版。

80. 《曾卓文集》，长江文艺出版社 1994 年版。

81. 张中晓遗稿，路莘整理：《无梦楼随笔》，上海远东出版社 1996 年版。

82. 章培恒、陈思和主编：《开端与终结——现代文学史分期论集》，复旦大学出版社 2002 年版。

83. 《赵树理全集》，北岳文艺出版社 1986—1994 年版。

84. 郑振铎编选：《中国新文学大系·文学论争集》，上海良友图书公司 1935 年版。

85. 《中国近代小说大系》（《仇史》《狮子吼》《如此京华》等卷），百花洲文艺出版社 1991 年版。

86. 《中国新文学大系（1937—1949）·文学理论卷二》，上海文艺出版社 1990 年版。

87. 周锡山编校：《王国维文学美学论著集》，北岳文艺出版社 1987 年版。

88. 《周扬文集》，人民文学出版社 1984—1994 年版。

89. 周作人：《谈龙集》，上海书店 1987 年影印本。

90. 周作人著，止庵校订：《苦雨斋序跋文》，河北教育出版社 2002 年版。

91. 周作人著，止庵校订：《知堂文集》，河北教育出版社 2002 年版。

92. 朱自清编选：《中国新文学大系·诗集》，上海良友图书公司 1935 年版。

新文学整体观续编

引用文献

报刊

1. ［俄］布尔柳克等:《给社会趣味一记耳光》,张捷译,《文艺理论研究》1982年第2期。

2. 陈独秀:《本志罪案之答辩书》,《新青年》6卷1号,1919年1月15日。

3. 陈独秀:《今日之教育方针》,《青年杂志》1卷2号,1915年10月15日。

4. 陈独秀:《敬告青年》,《青年杂志》1卷1号,1915年9月15日。

5. 陈独秀:《文学革命论》,《新青年》2卷6号,1917年2月1日。

6. 陈独秀:《致胡适之》,《新青年》2卷2号,1916年10月1日,"通信"栏目。

7. 陈平原:《重建"中国现代文学"——在学科建制与民间视野之间》,《人文中国学报》第12期,上海古籍出版社2006年版。

8. 陈思和:《从鲁迅到巴金:新文学传统在先锋与大众之间——试论巴金在现代文学史上的意义》,《文学评论》2006年第1期。

9. 陈思和:《试论知识分子在现代社会转型期的三种价值取向》,《上海文化》创刊号(1993年11月)。

10. 陈思和:《中国当代文学与"文革"记忆》,《中国现代文学论丛》2008年第2期。

11. 范伯群:《近现代通俗小说漫话之三:鸳鸯蝴蝶派"倒是中国小说的正宗"》,《文汇报》1996年10月31日。

12. 傅葆石:《战争和文化结构的关系》,《复旦学报(社会科学版)》1985年第6期。

13. 郜元宝:《现代汉语:工具论与本体论的交战——关于中国现代知识分子语言观念的思考》,《当代作家评论》2002年第2期。

14. 郜元宝:《音本位与字本位——在汉语中理解汉语》,《当代作家评论》2002年第2期。

15. 郭沫若:《抗战与文化问题》,《自由中国》第3期,1938年6月20日。

16. 郭沫若:《未来派的诗约及其批评》,《创造周报》第17号,1923年9月2日。

17. 郭沫若:《我们的文学新运动》,《创造周报》第3号,1923年5月27日。

18. 郭沫若:《自然与艺术——对于表现派的共感》,《创造周报》第16号,1923年8月26日。

19. 胡兰成:《评张爱玲》,《杂志》1944年第13卷第2、3期。

20. 胡适:《建设的文学革命论》,《新青年》4卷4号,1918年4月15日。

21. 李大钊:《〈晨钟〉之使命》,《晨钟》创刊号,1916年8月15日。

22. 《全国文艺界抗敌协会成立大会》,《新华日报》1938年3月27日。

23. ［韩］全炯俊:《"二十世纪中国文学论"批判》,《文艺理论研究》1999年第3期。

24. 沈雁冰:《汎系主义与意大利现代文学》,《小说月报》14卷12号,1923年12月10日。

25. 沈雁冰:《论无产阶级艺术》,《文学周报》第196期,1925年10月24日。

26. 沈雁冰:《未来派文学之现势》,《小说月报》13卷10号,1922年10月10日。

27. 沈永宝:《"八事"源于〈意象派宣言〉质疑——〈文学改良刍议〉探源》,《上海文化》1994年第4期。

28. 宋春舫:《德国之表现派戏剧》,《东方杂志》18卷16号,1921年8月25日。

29. 宋明炜:《"少年中国"之"老少年":清末文学中的青春想象》,《中国学术》第27辑,商务印书馆2010年版。

30. 王宁:《传统与先锋 现代与后现代——20世纪的艺术精神》,《文艺争鸣》1995年第1期。

31. 《文艺报》编辑部:《关于"写中间人物"的材料》,《文艺报》1964年第8、9期。

32. 肖开愚:《九十年代诗歌:抱负、特征和资料》,《学术思想评论》第1辑。

33. 肖开愚:《抑制、减速、放弃的中年时期》,微信公众号"新诗"2015-02-10。

34. 玄珠(沈雁冰):《苏维埃俄罗斯的革命诗人》,《文学旬刊》第130期,1924年7月14日。

35. 迅雨(傅雷):《论张爱玲的小说》,《万象》1944年第3卷第11期。

36. 查明建:《从互文性角度重新审视20世纪中外文学关系——兼论影响研究》,《中国比较文学》2000年第2期。

37. 张哲俊:《比较文学的实证研究时代过去了吗?》,《中国比较文学》2000年第4期。

38. 《中华全国文艺界抗敌协会宣言》,《文艺月刊·战时特刊》第9期,1938年4月1日。

39. 周扬:《〈赵树理文集〉序》,《工人日报》1980年9月22日。

40. 朱自奋:《1600余部中国文学史——佳作寥寥》,《文汇读书周报》2004年11月12日。

新文学整体观续编

引用文献

外文著作

1. Achilles Fang, "From Imagism to Whitmanism in Recent Chinese Poetry: A Search for Poetics that Failed", in: Indiana University Conference on Oriental Western Literary Relations, ed. by Horst Frenz and G. L. Anderson, Chapel Hill, NC: University of North Carolina Press, 1955.

2. David Der-wei Wang, *Fin-de-siècle Splendor: Repressed Modernities of Late Qing Fiction, 1849–1911*, Stanford, CA: Stanford University Press, 1997.

3. Peter Bürger, "Avant-Garde", in: *Encyclopedia of Aesthetics*, Vol.1, ed. by Michael Kelly, New York, NY: Oxford University Press, 1998.

4. Peter Bürger, *Theory of the Avant-Garde*, translated by Michael Shaw, Foreword by Jochen Schulte-Sasse, Minneapolis, MN: University of Minnesota Press, 1984.

5. Renato Poggioli, *The Theory of the Avant-Garde*, translated from the Italian by Gerald Fitzgerald, Cambridge, MA: Harvard University Press, 1968.

索引

名词索引

刊物、著作、文章篇名索引

新文学整体观续编

索引

人名索引

中国人名（包括作品人物名）

初版后记

2010年新年刚过，我校对了两本自己的论文选集，一本是应北京师范大学出版社之约编的批评文集，另一本是山东教育出版社的文学史理论文集。这两本选集略有重复，但基本上反映了我近二十年来研究工作的状况。

我从事的工作大致有三个方向：从巴金、胡风等传记研究进入以鲁迅为核心的新文学传统的研究，着眼于现代知识分子人文精神及其实践的探索；从新文学整体观进入重写文学史，对民间文化形态、战争文化心理、潜在写作等一系列文学史理论进行探索，重新梳理我们的文学史研究和学科建设；从当下文学批评实践出发，探索文学批评参与和推动创作的可能性。如果说，第一个方向是作为一个现代知识分子追求安身立命的价值所在和行为立场，第二个方向是建立知识分子的工作岗位和学术目标，那第三个方向则是对于一种事功的可能性的摸索，它既是对社会生活的理解和描述，也是我对改变当下处境的可能性的摸索。

这本文学史理论论著是我的第二个方向工作的成果结集。20世纪中国文学史研究是我的专业，也是我的专业岗位的主要工作。从20世纪80年代中期我写了《中国新文学整体观》以后，我的兴趣始终在重写文学史的探索方面。渐渐地，我把主要精力放在文学史理论的探索与创新方面。关于文学史理论的特点与意义，我在丛书的导言里已经给以阐述，这里只是交代一下这本书的成形。应该说，这本书体现了我近二十年来关于文学史理论探索的主要成果。1987年《中国新文学整体观》出版后，我开始对1949年以后的文学史进行比较深入的探索。第一篇就是发表于1988年的关于战争文化心理的探索，之后我渐渐发现，这一类探索，与新文学整体观不一样。整体观是一种方法论，以文学史为背景来全面考察文学创作现象，梳理文学思潮脉络、解释文学演变来龙去脉的踪迹，揭示的仍然是文学史的某种发展规律；而从战争文化心理开始探索，我企图解说的是具体的创作现象，通过理论探索，为文学史研究提供新的研究视角和研究空间，从而改变文学史的既定结论。因此，我提出某些文学史理论以后，直接开拓了研究领域的新空间。这样，陆陆续续地，我对战争文化心理、民间文化形态、潜在写作、共名与无名、世界性因素等方面的文学史理论进行探索性的研究，并且以此来指导研究生，鼓励他们一起进行深入的探索。其中做得比较好的，有王光东、姚晓雷对民间文化形态的研究，有刘志荣对潜在写作的研究，有张新颖等人对世界性因素的研究。我所谓的文学史理论，就是从文学史研究中发现问题和提出问题，并且上升到理论概念层面来解决问题，转而对同类研究有指导意义的理论，它能够开拓文学史研究的新空间。这些青年学者的研究实践大大地丰富了我最初提出的研究理论。

最初的设想，是把我的研究生的研究成果整合成一套丛书，既有我提出的理论视角，又有研究生们的研究实践。同时，郜元宝教授和张新颖教授当时正在从事文学史与语言关系的研究，我觉得这也是20世纪文学史上的重要问题和崭新视角，于是邀请他们将自己的研究成果加盟于这套丛书。这套丛书设计以后申报了国家社科基金项目，并成功立项。几年以后人事情况有所变动，个别论著因为有其他原因而抽出另行出版，本丛书最后完成的，是郜元宝的《汉语别史——现代中国的语言体验》、张新颖与日本学者坂井洋史合作的《现代困境中的文学语言和文化形式》、王光东的《新文学的民间传统——"五四"至抗战前的文学与"民间"关系的一种思考》、姚晓雷的《乡土与声音——"民间"审视下的新时期以来河南乡土类型小说》以及我自己的这本著作。应该感谢山东教育出版社的祝丽女士，她最早约定了出版这套丛书，并且很快就列入出版计划。但由于我们这套丛书属于国家社科基金项目，规定必须等验收结项后才能正式出版，而结项过程中又有一个较长时间的反复修改过程，为此，这套丛书整整拖延了三年时间。这期间，祝丽女士对我们表达了非凡的耐心和信心，等待我们冗长的结项过程。其次还要感谢那几位放心将书稿放入这套丛书等待出版的朋友。他们都已经是很有知名度的学者，邀稿出书的机会很多，而这几种书又都是体现他们最重要的、也是最花力气的学术研究成果，在今天这样一个浮躁的环境下他们竟如此耐心地陪同我一起等待了好几年，并且耐心地按照要求多次修改，使这套丛书达到比较完美的程度。我不能不为之感动。尤其是姚晓雷，他这几年一直面临求职、升职等具有现实功利性的压力，但是这本代表了他最重要学术成果的著作，我没有能够及时为他出版，也没有给他提供一点方便，但他也毫无怨言，耐心等待，表现了对我的信任。朋友间这种友谊和信任，我尤其珍惜。

至于我自己的这本著作，本来是不打算列入丛书的。因为我的文学史理论探索进行了很长时间，许多研究成果都陆续发表过，并不全是新的成果。但出版社方面和学校里负责项目管理的文科科研处都希望我将自己的著作也列进去，于是我就把将近二十年来关于文学史理

新文学整体观续编

初版后记

论探索的文章集中进行编辑整理，以求比较完整地表达我在这一方向的主要成果。2002年我编过一本《中国当代文学关键词十讲》，由复旦大学出版社出版；现在这本书是在"十讲"的基础上重新编排的，书中五个主题（战争文化心理、民间文化形态、潜在写作、共名与无名、世界性因素）基本与"十讲"相同，但内容有了较大的改变和扩充，新增内容除了我在近年着重探讨的"先锋与常态"，还有对新世纪文学创作中的民间文化形态的研究，主要是通过文本分析来探讨民间美学特点和民间叙述特点。我以为，理论产生于文本，没有相应的文本分析，理论只能是空洞无当的理论，不具备对文学史研究的指导意义。同时，唯有通过对新的文本的解读，才能不断扩大文学史理论的意义和内涵，才能真正做到理论联系实际。应该说明，书中的章节是根据丛书的要求而设的，为了体现这本书的完整性，我把原来以论文形式发表的叙述方式改成章节体叙述，原文中比较率性的论述也作了相应的删节。

最后要交代一下本书的书名。前面已经说过，本书的第一篇论文是接着1987年《中国新文学整体观》而写的，所以，最初就打算把这本书稿取名为《新文学整体观续编》。《中国新文学整体观》（简称《整体观》）有过好几个版本，最近的一个版本是2001年上海文艺出版社的增订本，里面加入了"中国新文学发展中的文化状态"（第三章）、"中国新文学发展中的战争文化心理"（第四章）和"中国新文学发展中的民间文化形态"（第五章）。这个版本距今也已经有九年时间，而且我一直觉得这三章内容与原来的《整体观》写作的体例不一样，性质也不一样。所以这次我特意把这三章从《整体观》中抽取出来，经过修订后编入本书。这样，本书就是一本比较完整并且内在统一的文学史理论探索著作。我还曾将书名改为《文学史若干理论问题的探讨》，比较能够体现这本书稿的主题。至于《整体观》，如果出修订本的话，将不再编入这三章的内容。但是，送出书稿后，祝丽编辑坚持说她喜欢《新文学整体观续编》这个书名，为了表达对她的敬意，我愿意听从她的意见，把书名改回来，又成为"续编"了。特此说明。

新文学整体观续编

初版后记

新版编后记

《新文学整体观续编》成书于2010年，写作过程却很长，最早一篇《当代文学观念中的战争文化心理》写于1988年。在这之前，我已经完成了两个计划中的研究系列，一个是与李辉合作的巴金研究系列，成果是《巴金论稿》，由人民文学出版社1986年出版；还有一个就是新文学整体观的研究系列，成果是《中国新文学整体观》，由上海文艺出版社1987年出版。后一本书初版的时候，系列论文还没有写完，在同一年里，我写完了《中国新文学发展中的浪漫主义》和《中国新文学发展中的启蒙传统》，只剩下计划中的最后一篇，原打算讨论中国新文学发展与马克思主义理论输入的关系，但在准备过程中，读了王观泉先生的小册子《"天火"在中国燃烧》，这本书写得实在太好，由此自觉到自己的研究远远不够水平；再加上在我刚留校任教的时候，《复旦学报》约我写了一篇关于毛泽东《在延安文艺座谈会上的讲话》体现党的集体智慧的文章，题目是编辑部出的，但关于毛泽东文艺思想的研究观点则是我自己的，这样就把对该讲话的研究心得也已经写进了文章。所以，再要另起炉灶就感到勉为其难，于是，我渐渐就打消了写那篇论文的念头。

　　接下来再做些什么？那时，我一方面参与《上海文学》杂志编辑部组织的青年文学评论群，写作当下文学评论；另一方面，还想继续在现当代文学专业进一步做研究。《当代文学观念中的战争文化心理》就是接下来系列研究的第一篇，文章发表在《上海文学》，还有一个副标题"当代文化与文学论纲之一"。后来在编年体文集《鸡鸣风雨》里，我收录了这篇论文和《民间的浮沉》《民间的还原》两篇，列为"当代文化与文学论纲"之一、之二、之三。现在回想起来，我确是准备开始一个新系列的研究，不过后来事情多而且杂，我无法像80年代那样专心致志地做计划中的每件事，就把这个新研究系列耽搁下来了。不过从第一篇研究战争文化心理的内容来看，我的研究兴趣明显转到了从延安文艺座谈会开始的当代文学领域，接下来研究"民间""潜在写作"，也属于这一类。但还是有继续关于"整体观"的研究，只是方法上发生变化，文学史研究不再取宏观视角和偏重文艺思潮的思路，而是紧紧围绕文学史中的具体问题，提出了关键词的研究，就像关于"先锋""常态""共名""无名""世界性因素"，等等。这样拉拉扯扯延宕了二十来年的时间，成就了这部《新文学整体观续编》。

《新文学整体观续编》独立成书的最初雏形，是2002年出版的《中国当代文学关键词十讲》，这是复旦大学出版社策划的"十讲"丛书中的一本。策划者是陈麦青与孙晶。我选了五篇论文和五篇作品分析，分别讨论"战争文化心理""潜在写作""民间文化形态和民间隐形结构""无名与共名""中国文学中的世界性因素"五个关键词，相对应的是关于胡风、无名氏、莫言、新生代作家、韩少功等相关作品的研究论文，凑成"十讲"。出版后印了两次共一千册。2008年我主持的一个国家社科基金项目"20世纪文学史理论创新探索丛书"结项，整个过程拖延了两年多时间，到2010年才由山东教育出版社正式出版。其间应出版社和学校文科科研处的要求，我在早已绝版的"十讲"和2001年版的《中国新文学整体观》（增订本）的基础上，又加入了新的研究成果，这样完成了《新文学整体观续编》的编撰，收入这套丛书。关于其成因过程，我在《新文学整体观续编》初版后记里已经有了说明，这里不再重复，仅留下篇目：

代　序　我们的学科，已经不再年轻，其实还年轻
第一章　五四新文学运动的先锋性
第二章　抗战与当代文学
第三章　当代文学史上的潜在写作
第四章　文学史上的民间文化形态
第五章　现代都市文化与民间形态
第六章　共名与无名相交替的文学状态
第七章　20世纪中国文学中的世界性因素

共七章，包含了大部分研究文学史关键词的系列论文。

2012年，台湾新地文学事业体系负责人郭枫来上海，我们又见了面。郭枫先生是20世纪80年代在台湾首次出版大陆作家作品的破冰者，第一本书是阿城的《棋王》，曾在台湾引起轰动。以后他陆续出版了很多大陆文艺书籍。我在80年代就认识他，隔了二十多年再相逢，我们都已经是银发飘飘了。郭枫先生提出要在台湾出版我的著作，我二话没说就答应了。我把《新文学整体观续编》做了篇目调整和文字修订，主要是删去了"文学史上的民间文化形态"一章，新写了序言，并将书名改为《文学史理论的新探索》。

《新文学整体观续编》第四个版本是《陈思和文集》第六卷第二辑。这一次恢复了论文集的形式，每篇论文的标题也恢复了当初发表时的题目。同时，文集版把前三版中讨论作品部分都删掉了，又因为

文集偏重现当代文学，不收比较文学的论著，所以我把《20世纪中国文学的世界性因素》一文删掉了，也纳入了一些新的成果。其目录如下：

试论五四新文学运动的先锋性

先锋与常态——现代文学史的两种基本形态

简论抗战为文学史分界的两个问题

当代文学观念中的战争文化心理

民间的浮沉：从抗战到"文革"文学史的一个解释

民间的还原："文革"后文学史某种走向的解释

现代都市文化与民间形态

我们的抽屉——试论当代文学史（1949—1976）的潜在写作

共名与无名：百年文学管窥

从"少年情怀"到"中年危机"——20世纪中国文学研究的一个视角

后记

这次稷下文库版《新文学整体观续编》（第五个版本）在保留了文集本的全部内容以外，还增补了《20世纪中国文学的世界性因素》和2001年版的《中国新文学整体观》（增订本）的绪论。我还把当时主持的国家社科基金项目"20世纪文学史理论创新探索丛书"的导言也作为附录，这样，读者可以比较全面地看到我对于文学史理论以及关键词创新的追求。在文集第六卷的自序里，我说：我希望这是一个最后的定本了。现在，我还是要强调一下，这一回，经过修订和补充的稷下文库版的《新文学整体观续编》，应该是一个最后的定本了。

在本书的最后，我整理了《新文学整体观续编》发表、转载和获奖信息，作为对本书学术影响轨迹的一个总结。

2022 年 3 月 9 日于海上鱼焦了斋

新文学整体观续编

新版编后记

发表、转载、获奖信息

著作

《新文学整体观续编》 　　　山东教育出版社2010年初版

2012年获上海市第11届哲学社会科学优秀成果奖著作类一等奖，2013年获教育部"第6届高等学校科学研究成果奖（人文社会科学）"一等奖

论文

《关于现代文学研究的 　　　初刊《文艺争鸣》1997年第3期
一封信》

《试论五四新文学运动的先锋性》 　　初刊《复旦学报（社会科学版）》2005年第6期，2009年获教育部"第5届高等学校科学研究成果奖（人文社会科学）"一等奖

《先锋与常态—— 　　　初刊《文艺争鸣》2007年第3期，人大复印报刊中心《中
现代文学史的两种 　　　国现当代文学研究影印资料》2007年第6期全文转载，《新
基本形态》 　　　华文摘》2008年第1期全文转载

《简论抗战为文学史 　　　初刊《社会科学》2005年第8期
分界的两个问题》

《当代文学观念中的 战争文化心理》	初刊《上海文学》1988年第6期
《民间的浮沉：从抗战 到"文革"文学史的 一个解释》	初刊《上海文学》1994年第1期，原题为《民间的浮沉： 从抗战到"文革"文学史的一个尝试性解释》，人大复印 报刊中心《中国现当代文学研究影印资料》1994年第2期 全文转载。1998年获教育部"第2届高等学校科学研究成 果奖（人文社会科学）"三等奖
《民间的还原：新时期 文学史某种走向的解释》	初刊《文艺争鸣》1994年第1期，原题为《民间的还原： "文革"后文学史某种走向的解释》，人大复印报刊中心 《中国现当代文学研究影印资料》1994年第2期全文转载
《现代都市文化与 民间形态》	第一到第四部分初刊《上海文学》1995年第10期，原题为 《民间与现代都市文化》，人大复印报刊中心《中国现当代 文学研究影印资料》1996年第1期全文转载 第五部分初刊《文学世界》1995年第6期，原题为《当代 都市小说创作中的民间形态之一：现代读物》，人大复印 报刊中心《中国现当代文学研究影印资料》1996年第1期 全文转载
《我们的抽屉—— 试论当代文学史（1949—1976）的 潜在写作》	初刊《文学评论》1999年第6期，原题为《试论当代文学 史（1949—1976）的"潜在写作"》，曾收入《〈文学评论〉 六十年纪念文选》卷四（中国社会科学院文学研究所编， 社会科学文献出版社2017年9月出版）
《共名与无名： 百年文学管窥》	初刊《上海文学》1996年第10期，原题为《共名和无名： 百年中国文学发展管窥》，人大复印报刊中心《中国现当 代文学研究影印资料》1997年第1期全文转载

新文学整体观续编

新版编后记

《从"少年情怀"到"中年危机" ——20世纪中国文学研究的一个 视角》	初刊上海《探索与争鸣》2009年第5期,《新华文摘》2009 年第15期全文转载
《20世纪中国文学的 世界性因素》	初刊《中国比较文学》2001年第1期,原题为《20世纪中外 文学关系研究中的"世界性因素"的几点思考》
《"20世纪文学史 理论创新探索丛书" 导言》	初刊《文艺争鸣》2007年第9期

出版说明

高等教育出版社"稷下文库"丛书以"荟萃当代优秀成果，彰显盛世学术繁荣"为宗旨，注重历史与现实、理论与实践相结合，遴选中国当代人文社科各领域知名学者的代表作。这些著作，均是改革开放以来经过学界、读者和市场检验的高水平研究成果，是了解中国当代学术发展的必读经典。

丛书中的部分作品写作和初版时间较早，反映出作者当时的学术思考，其观点和表述或带有时代的印痕，与当下的习惯、认识有一定差异。随着时代发展，学术进步乃是必然。正因为学术的健康发展需要传承有绪、守正创新，学术经典的价值并不会因为时代变迁而消减，故而，我社本着充分尊重原著的原则，在保留原著观点、风貌的基础上，协同作者梳理修订文字，补充校订注释和引文，并增加了参考文献和索引，以期带给读者更好的阅读体验，让学术经典在新时代继续创造价值。

高等教育出版社

2022年10月

图书在版编目（CIP）数据

新文学整体观续编/陈思和著. -- 修订版. -- 北
京：高等教育出版社，2023.8
ISBN 978-7-04-060417-7

Ⅰ.①新… Ⅱ.①陈… Ⅲ.①中国文学－现代文学－
文学研究②中国文学－当代文学－文学研究 Ⅳ.
①I206.6

中国国家版本馆CIP数据核字(2023)第071197号

策划编辑	龙 杰 孙 璐	
责任编辑	孙 璐 郑韵扬	
封面设计	张志奇	
版式设计	张志奇	
责任校对	陈 杨	
责任印制	耿 轩	
出版发行	高等教育出版社	
社　　址	北京市西城区德外大街4号	
邮政编码	100120	
购书热线	010-58581118	
咨询电话	400-810-0598	
网　　址	http://www.hep.edu.cn	
	http://www.hep.com.cn	
网上订购	http://www.hepmall.com.cn	
	http://www.hepmall.com	
	http://www.hepmall.cn	
印　　刷	河北信瑞彩印刷有限公司	
开　　本	787 mm×1092 mm 1/16	
印　　张	26	
字　　数	320千字	
插　　页	1	
版　　次	2023年8月第1版	
印　　次	2023年8月第1次印刷	
定　　价	98.00元	

新文学整体观续编
（修订版）
XINWENXUE ZHENGTIGUAN XUBIAN
（XIUDING BAN）

内容简介

本书与《中国新文学整体观》的研究一脉相承，紧紧围绕中国新文学史上的具体创作现象和问题，运用关键词的研究方法，进行文学史理论的探索与创新。全书共14篇文章，重点探讨了战争文化心理、民间文化形态、潜在写作、共名与无名、世界性因素等五个问题。这些探讨为文学史研究提供了新的研究视角和研究空间，从而改变文学史的某些既定结论，并隐含现代知识分子求索的思想历程，充分体现了中国现代文学研究的学术生命力和现实关怀。

本书在过往版本的基础上，收录文章更加完整，比较全面地呈现作者对于文学史理论创新的追求。作者对全书文字，包括引文和注释，作了认真的校阅修改，并依照当前的学术规范，添加了引用文献与索引，以期更便于读者抓住相关研究的重点与脉络。本次修订版为作者期望的定本。